Título original: *The Last Jew*
Traducción: M.ª Antonia Menini
1.ª edición: enero 2009

© 1999 by Noah Gordon
© Ediciones B, S.A., 2009
   para el sello Zeta Bolsillo
   Bailén, 84 - 08009 Barcelona (España)
   www.edicionesb.com

Printed in Spain
ISBN: 978-84-9872-140-9
Depósito legal: B. 48.632-2008

Impreso por LIBERDÚPLEX, S.L.U.
Ctra. BV 2249 Km 7,4 Polígono Torrentfondo
08791 - Sant Llorenç d'Hortons (Barcelona)

El último judío

NOAH GORDON

EDICIÓN **ZETA** LIMITADA

Agradecimientos

Muchas personas han hecho posible este libro. Si hubiera errores en mi interpretación de la información facilitada por las personas abajo citadas, éstos serían exclusivamente míos.

Por responder a mis preguntas en el campo de la medicina doy las gracias a la doctora Myra Rufo, profesora del Departamento de Anatomía y Biología Celular de la Facultad de Medicina de la Universidad Tufts; al doctor Louis Caplan, director de la Unidad de Accidentes Vasculares del hospital Beth Israel y profesor de Neurología de la Facultad de Medicina de Harvard; al doctor Jared A. Gollob, director adjunto del programa de terapia biológica del hospital Beth Israel y profesor adjunto de la Facultad de Medicina Harvard Medical School; al doctor Vincent Patalano, oftalmólogo en el Centro Médico del Ojo y el Oído de Massachusetts, y profesor adjunto de la Facultad de Medicina de Harvard; y al personal de los Centros para el Control de Enfermedades de Atlanta, Georgia.

En España, el historiador Carlos Benarroch me acompañó generosamente en un recorrido por el viejo Barrio Judío de Barcelona y me ofreció fugaces visiones de la vida de los judíos españoles en la Edad Media. Agradezco la amabilidad que tuvieron conmigo en Gerona Jordi Maestre y Josep Tarrés. Dos familias de Gerona me abrieron las puertas de su casa para que pudiera hacerme una idea de cómo vivían algunos judíos en España hace cientos de años. Josep Vicens i Cubarsi y Maria Collell Laporta Casademont me mostraron una prodigiosa estructura en piedra provista de un horno de pared que se descubrió debajo del interesante edificio, cuando se excavó el suelo de tierra de su sótano. La familia Colls Labayen me mostró la hermosa residencia que en el siglo XIII fue el hogar de Rabbi Moses ben Nahman, el gran Nahmánides. En Toledo, tanto Rufino Miranda como el personal del Museo Sefardí de la Sinagoga del Tránsito fueron muy amables conmigo.

En el Museu Marítim de Barcelona, Enrique García y Pep Savall, hablando con mi hijo Michael Gordon, que representaba a su padre, le comentaron los viajes en velero y le indicaron los puertos españoles en los que pudo hacer escala un bajel del siglo XVI. Lluis Sintes Rita y Pere Llorens Vila me mostraron las aguas de la costa de Menorca, a bordo del *Sol Naixent III*, el barco de Lluis, y me trasladaron a un apartado edificio de la isla que antiguamente había sido un hospital para enfermos infecciosos y que en la actualidad es un lugar de veraneo para los médicos del servicio sanitario nacional español. Quisiera dar las gracias al director del centro, Carlos Gutiérrez del Pino, y al jefe de personal, Policarpo Sintes, por su hospitalidad y por haberme mostrado el museo de instrumental médico primitivo.

Doy las gracias al Congreso Judío norteamericano y a su docto guía principal, Avi Camchi, por permitirme participar en un recorrido por los lugares históricos judíos de interés en España, dejando que yo me fuera por mi cuenta varios días seguidos para incorporarme posteriormente al recorrido; y agradezco a un extraordinario grupo de personas de Canadá y Estados Unidos que acogieran repetidamente en sus filas a un escritor y lo autorizaran a acercar su grabadora a todos los conferenciantes.

En Estados Unidos doy las gracias por haber contestado a mis preguntas al profesor M. Mitchell Cerels, antiguo director de Estudios Sefardíes de la Universidad Yeshiva; al doctor Howard M. Sachar, profesor de Historia de la Universidad George Washington; y al doctor Thomas F. Glick, director del Instituto de Historia Medieval de la Universidad de Boston.

El padre James Field, director de la Congregación del Culto Divino de la archidiócesis de Boston, y al padre Richard Lennon, rector del Seminario St. John's de Brighton, Massachusetts, contestaron pacientemente a las preguntas de un judío norteamericano acerca de la Iglesia católica y doy también las gracias por su gentileza al Departamento de Latín del Colegio de la Santa Cruz de Worcester, Massachusetts.

El rabino Don Pollack y Charles Ritz me ayudaron a localizar las fechas de las fiestas judías en la Edad Media. Charlie Ritz, amigo mío de toda la vida, también me permitió utilizar libremente su biblioteca personal sobre temas judíos. El abogado Saul Fatles, un compañero de armas durante mi juvenil permanencia en el Ejército de Estados Unidos, respondió a varias preguntas de tema jurídico.

La Universidad de Massachusetts en Amherst me concedió el privilegio de utilizar la Biblioteca W.E.B. Du Bois, tal como viene haciendo desde hace varios años. Doy particularmente las gracias a Gordon Fretwell, el director adjunto de dicha biblioteca; a Betty Brace, jefa de los servicios de asistencia al usuario; y a Edda Holm, antigua jefa de la oficina de préstamos interbibliotecarios. Agradezco también la amabilidad de la Biblioteca Mugar Memorial y de la Biblioteca de Ciencia e Ingeniería de la Universidad de Boston, donde cursé mis estudios; de la Biblioteca Médica Countway y de la Biblioteca Widener de la Universidad de Harvard; de la Biblioteca de la Facultad de Hebreo; de la Biblioteca Pública Brookline; y de la Biblioteca Pública de Boston.

Descubrí que los relatos ofrecían valoraciones distintas de la población judía española a finales del siglo XV y algunos describían los acontecimientos de aquel período desde puntos de vista divergentes. En tales casos, me tomé la libertad de elegir la versión a mi juicio más lógica y probable.

Quisiera proponer una advertencia: he basado mis descripciones de remedios con plantas medicinales en los escritos de Avicena, Galeno y otros médicos de la antigüedad. Sin embargo, en esos primeros tiempos de la medicina no se aplicaba el método científico a la preparación de medicamentos, por lo que su eficacia no está probada. Se desaconseja la utilización de los remedios que aparecen en este libro, que pueden ser peligrosos y perjudiciales para la salud.

Desde los primeros tiempos del cristianismo hubo un activo mercado de robo y tráfico de reliquias religiosas, algunas de ellas falsas, que aún pervive en la actualidad. Las reliquias de santa Ana, venerada por los católicos por ser la madre de la Virgen María, se encuentran en muchas iglesias y en distintos lugares del mundo. Para la historia imaginaria de mi reliquia de santa Ana, incluyendo el período de Carlomagno, me he basado en acontecimientos que se describen en historias hagiográficas.

Los acontecimientos que rodearon a la reliquia después del período de Carlomagno son imaginarios, como también lo son el priorato de la Asunción de Toledo y el valle y la aldea de Pradogrande. Todos los reyes y obispos mencionados son históricos, exceptuando Enrique Sagasta y Guillermo Ramero. Todos los personajes modernos del epílogo son imaginarios y no están inspirados en ninguna persona viva o muerta.

Agradezco el cordial apoyo y la amistad de mi editor alemán el doctor Karl H. Blessing de la Karl Blessing Verlag, de mi agente norteamericano Eugene H. Winick de McIntosh & Otis, Inc., de mi agente internacional Sara Fisher de la A. M. Heath Literary Agency de Londres, y de mi agente española Montse Yáñez.

Mi editorial de España, Ediciones B, me fue extremadamente útil en muchas cosas y doy las gracias a su gerente Blanca Rosa Roca y a Enrique de Hériz, su editor jefe.

Envié el manuscrito a Alemania y España en fragmentos

para que se pudieran empezar las traducciones en cada uno de estos países mientras yo seguía escribiendo. El historiador y periodista José María Perceval revisó mis páginas con el fin de que los nombres de mis personajes encajaran con el lenguaje y la cultura de las regiones españolas en las que se desarrollaba la acción del relato. La difícil tarea, que yo le agradezco, convirtió las revisiones en una constante necesidad, y expreso también mi especial gratitud a la paciencia y habilidad de las editoras Judith Schwaab de Karl Blessing Verlag de Múnich y Cristina Hernández Johansson de Ediciones B de Barcelona. Durante buena parte de la escritura de mi novela disfruté del lujo de tener a Herman Gollob como editor de primera vista hasta que se fue a Inglaterra para llevar a cabo investigaciones sobre un libro acerca de sus relaciones con Shakespeare. Es un gran editor que ama la labor de los escritores y esta novela es mucho mejor de lo que hubiera sido sin él.

Mi hija Jamie Beth Gordon estuvo buscando constantemente «algún libro que le pudiera ser útil a papá» y siempre me siento halagado y reconfortado cuando leo algunas de las notitas que me deja. Mi hija Lise Gordon, que siempre me proporciona lectura tanto para documentarme como para mi solaz, y que es mi más severa aunque cariñosa editora, leyó una parte del manuscrito inicial y toda la obra terminada. Mi yerno Roger Weiss atendió innumerables llamadas de socorro siempre que mi ordenador se tragaba partes enteras fruto de mi esfuerzo y se negaba a devolvérmelas; siempre me sacó del apuro. Mi nuera María Palma Castillón tradujo, interpretó y leyó las pruebas de la edición española y, siempre que estábamos en el mismo país, nos atiborraba con excelentes platos de la cocina catalana. Mi hijo Michael Seay Gordon estuvo constantemente a mi lado con informes, recortes de periódico, llamadas telefónicas, consejos, inteligencia y apoyo. Entrevistó a muchas personas en mi nombre y fue un inmejorable compañero durante varios de mis viajes a España.

Lorraine Gordon, que sigue siendo la quintaesencia de

la esposa de un escritor, me ofrece tantas cosas que ni siquiera intento expresarlas con palabras. Ha permitido que yo me enamorara de ella repetidamente, cosa que hace muchos años que llevo haciendo.

Brookline, Massachusetts
6 de julio de 1999

*Con amor,
para Caleb y Emma
y la abuela*

PRIMERA PARTE

EL PRIMER HIJO

Toledo, Castilla

23 de agosto de 1489

1

El hijo del platero

Los malos tiempos empezaron para Bernardo Espina un día en que el aire era tan pesado como el hierro y los arrogantes rayos del sol caían como una maldición. Aquella mañana su habitualmente abarrotado dispensario estaba casi vacío cuando una mujer embarazada rompió aguas, por cuyo motivo él rogó a los dos pacientes que quedaban que tuvieran la bondad de retirarse. La mujer ni siquiera era paciente suya, sino que había acompañado a su anciano padre a ver al médico a causa de una tos persistente. La criatura era su quinto vástago y vino al mundo sin demora. Espina recibió en sus manos el resbaladizo y rosado varón y, cuando le dio unas palmadas en las menudas nalgas, el delicado llanto del pequeño y vigoroso peón fue acogido con vítores y risas por parte de los que aguardaban fuera.

El alumbramiento elevó el ánimo de Espina en una falsa promesa de día afortunado. Aquella tarde no tenía nada que hacer y estaba pensando en llenar un cesto con dulces y una botella de vino tinto e irse con su familia a la orilla del río, donde los niños podrían chapotear en el agua y él y Estrella se sentarían a la sombra de un árbol, donde beberían vino mientras tomaban un bocado y conversaban tranquilamente.

Estaba terminando de atender a su último paciente cuando un hombre envuelto en las pardas vestiduras propias de un novicio entró a lomos de un asno que parecía a punto de derrumbarse por el excesivo esfuerzo que le habían obligado a hacer en un día tan caluroso como aquél.

Sin apenas poder contener su nerviosismo, el hombre dijo entre tartamudeos que el padre Sebastián Álvarez, del priorato de la Asunción requería la presencia del señor médico.

—El prior desea que acudáis allí de inmediato.

El médico comprendió que el hombre sabía que él era un converso. Sus palabras estaban envueltas en la deferencia debida a su profesión, pero el tono era insolente, casi rayano —aunque no del todo— en el que hubiera utilizado para dirigirse a un judío cualquiera.

Espina asintió con un gesto y se encargó de que dieran agua al asno en pequeñas cantidades y ofrecieran al hombre comida y bebida. Por su parte, alivió la vejiga como medida de precaución, se lavó el rostro y las manos y comió un mendrugo. El novicio aún estaba dando cuenta de su refrigerio cuando Espina salió a caballo para acudir a la llamada.

Su conversión se había producido once años atrás. Desde entonces, había sido un fervoroso practicante de su nueva religión, celebraba las festividades de todos los santos, asistía a misa a diario en compañía de su mujer, y siempre estaba dispuesto a servir a la Iglesia. En ese momento se había puesto en camino sin dilación para responder a la llamada del clérigo, pero lo hacía a un ritmo lo bastante pausado como para no fatigar a su montura bajo aquel sol de justicia.

Llegó al priorato a tiempo para oír el líquido sonido de las campanas llamando a los fieles al rezo del ángelus de la Encarnación y ver a cuatro sudorosos hermanos legos llevando el cesto de pan duro y la caldera de la sopa boba que constituiría la única comida del día para los indigentes congregados a la puerta del priorato.

Encontró al padre Sebastián paseando por el claustro, enfrascado en una conversación con fray Julio Pérez, el sacristán de la capilla. La seriedad de sus rostros fue captada de inmediato por Espina.

«Sorprendido» fue el adjetivo que acudió a la mente del médico Bernardo Espina al ver que el prior despedía al sacristán y a él lo saludaba sombríamente en nombre de Cristo.

—Se ha encontrado el cadáver de un joven entre nuestros olivos.

—¿Hay alguna evidencia de que sufriera alguna enfermedad, reverendo padre?

—El joven ha sido asesinado —contestó el sacerdote.

Era un hombre de mediana edad y expresión crónicamente inquieta, como si temiera que Dios no estuviera satisfecho de su obra. Siempre había sido honrado en sus relaciones con los conversos.

Espina asintió lentamente con la cabeza, pero en su mente ya sonaba una señal de alarma. En un mundo tan violento como aquél, era lamentablemente frecuente encontrar algún muerto; pero, cuando la vida ya se ha ido, no hay ninguna razón para llamar al médico.

—Venid.

El padre prior lo acompañó a la celda de un fraile en la que habían depositado el cadáver. El calor ya había atraído a las moscas y favorecido la aparición del hedor dulzón característico de la mortalidad humana. Con un estremecimiento, Bernardo Espina reconoció el rostro y se santiguó sin saber si su reacción había sido por el joven judío asesinado, por sí mismo, o si se había debido a la presencia del clérigo.

—Quisiéramos saberlo todo de esta muerte. —El sacerdote lo miró fijamente—. Al menos, cuanto sea posible —concretó el padre Sebastián mientras Bernardo asentía con la cabeza, todavía perplejo.

Algunas cosas ambos las sabían ya desde un principio.

—Es Meir, hijo de Helkias Toledano —dijo Bernardo.

El sacerdote asintió.

El padre del muchacho asesinado era uno de los mejores plateros de toda Castilla.

—El mozo tenía apenas quince años, si la memoria no me engaña —dijo Espina. En cualquier caso, su vida acababa de rebasar la infancia. Trató de respirar superficialmente para no percibir los malolientes efluvios, pero de nada le sirvió. Bajo la manta que cubría su modestia, el joven y vigoroso cuerpo sólo estaba cubierto por una camisa—. ¿Así lo hallaron?

—Sí. Lo encontró fray Angelo que estaba recogiendo aceitunas en la frialdad del alba, después de maitines.

—¿Me permitís que lo examine, padre prior? —preguntó Espina.

El prior hizo un impaciente gesto con la mano.

El inocente rostro del muchacho no presentaba ninguna señal de violencia. Se veían unas moradas magulladuras en los brazos y el pecho, unas manchas en los músculos del muslo, tres puñaladas superficiales en la espalda y un corte en el lado izquierdo, por encima de la tercera costilla. El ano estaba desgarrado y había restos de esperma en las nalgas y unas brillantes gotas de sangre sobre la garganta cortada.

Bernardo conocía a su familia, unos devotos y obstinados judíos que aborrecían a los que, como él, habían decidido abandonar la religión de sus padres.

Una vez finalizado el examen, el padre Sebastián le pidió al médico que lo acompañara al *sacellum*, donde ambos cayeron de hinojos sobre las duras baldosas del suelo delante del altar para rezar el padrenuestro. De un armario situado detrás del altar el padre Sebastián sacó un pequeño estuche de madera de sándalo. Lo abrió y tomó un cuadrado de seda escarlata intensamente perfumado. Cuando lo desdobló, Bernardo Espina vio un seco y descolorido fragmento de menos de media cuarta de longitud.

—¿Sabéis lo que es eso?

El clérigo pareció ofrecerle el objeto a regañadientes. Espina se acercó a la trémula luz de las lámparas votivas.

—Un fragmento de hueso humano, padre prior.

—Sí, hijo mío.

Bernardo se encontraba en un angosto e inseguro puente, tambaleándose al borde de un traicionero abismo de conocimientos adquiridos en el transcurso de largas y secretas horas junto a la mesa de disección. La Iglesia prohibía la disección y la consideraba un pecado, pero Espina era todavía judío cuando trabajaba como auxiliar de Samuel Provo, un renombrado médico judío que practicaba constantemente la disección en secreto. Miró directamente a los ojos del prior.

—Un fragmento de fémur, el hueso más largo del cuerpo. Este fragmento corresponde a la parte cercana a la rodilla. —Estudió el trabado hueso, tomando nota de su masa, de la escuadración, de sus características y de las fosas—. Pertenece a la pierna derecha de una mujer.

—¿Podéis establecer todo eso por medio de un simple examen?

—Sí.

La luz de las velas confería un color amarillento a los ojos del prior.

—Es el eslabón más sagrado que nos une al Salvador.

Una reliquia.

Bernardo Espina contempló el hueso con interés. Nunca hubiera imaginado poder estar algún día tan cerca de una sagrada reliquia.

—¿Es el hueso de una mártir?

—Es el hueso de santa Ana —contestó el prior en voz baja.

Espina tardó un momento en comprenderlo. ¿La madre de la Virgen María?

No es posible, pensó, pero inmediatamente se horrorizó al darse cuenta de que había expresado su pensamiento en voz alta.

—Sí, lo es, hijo mío. Certificado por aquellos que tratan de estos asuntos en Roma y enviado a nosotros por Su Eminencia el cardenal Rodrigo Lancol.

La mano de Espina que sostenía el hueso tembló de una forma un tanto extraña en alguien que durante muchos años había sido un buen cirujano. El médico devolvió el hueso al clérigo con reverencia y volvió a arrodillarse. Santiguándose rápidamente, se unió al padre Sebastián en una nueva plegaria.

Cuando más tarde volvió a salir a la calurosa luz del día, Espina reparó en la presencia de unos hombres armados que no parecían frailes en el recinto del priorato.

—¿Anoche no visteis al mozo cuando todavía estaba vivo, padre prior?

—No lo vi —contestó el padre Sebastián, y acto seguido procedió a explicarle por qué razón lo había mandado llamar—. Este priorato había encargado al platero Helkias un relicario de plata y oro repujados. Tenía que ser un singular relicario en forma de ciborio para albergar nuestra sagrada reliquia durante los años que tardaremos en costear y construir un templo apropiado en honor de santa Ana.

»Los dibujos del artesano eran soberbios y permitían adivinar que la obra terminada sería digna de cumplir tan alta función.

»El mozo hubiera tenido que entregarnos el relicario anoche. Cuando se encontró el cuerpo, a su lado había una bolsa de cuero vacía.

»Puede que los que mataran al chico fueran judíos, pero también cabe la posibilidad de que fueran cristianos. Vos sois médico y tenéis acceso a muchos lugares y a muchas vidas, sois cristiano y también judío. Quiero que descubráis la identidad de los asesinos.

Bernardo Espina procuró disimular su indignación ante la insensible ignorancia de aquel clérigo, que pensaba que un converso era bien recibido en todas partes.

—Puede que yo sea la persona menos indicada para cumplir este propósito, reverendo padre.

—Aun así, quiero que lo hagáis. —El sacerdote lo miró con obstinación y con la implacable amargura propia del que ha abandonado todas las comodidades terrenas para apostarlo todo por el mundo futuro—. Tenéis que encontrar a esos ladrones asesinos, hijo mío. Tenéis que decirles a nuestros demonios que es muy posible que decidamos combatirlos por todos los medios. Tenéis que llevar a cabo la obra de Dios.

2

El don de Dios

El padre Sebastián sabía que fray Julio Pérez era un hombre de fe intachable que hubiera sido elegido sin duda para gobernar el priorato de la Asunción en caso de que él tuviera que abandonarlo debido a la muerte o a la necesidad. Pero el sacristán de la capilla tenía un defecto: era demasiado ingenuo y confiado. El padre Sebastián estaba preocupado porque, de entre los seis soldados que fray Julio había contratado para que vigilaran el perímetro del priorato, sólo tres eran conocidos suyos o del propio fray Julio.

El clérigo sabía muy bien que el futuro del priorato, por no mencionar el suyo propio, dependía del pequeño estuche de madera que se conservaba en la capilla. La presencia de aquella reliquia lo llenaba de gratitud y de renovado asombro, pero acrecentaba al mismo tiempo su inquietud, pues el hecho de tenerla bajo su custodia era un alto honor que acarreaba una terrible responsabilidad.

Cuando era un muchacho de apenas doce años en Valencia, Sebastián Álvarez había visto algo en la reluciente superficie de una negra jarra de loza. La visión —pues eso lo había considerado él a lo largo de toda su vida— se le había presentado en mitad de una aterradora noche, cuando despertó en el dormitorio que compartía con sus hermanos Agustín y Juan Antonio. Contemplando la negra jarra de loza en la estancia iluminada por la luz de la luna, vio a Nuestro Señor Jesucristo en la cruz. Pero tanto la figura del Señor como la cruz eran amorfas y vagas. Tras haber contemplado la visión, volvió a sumirse en un cálido y placentero sueño; cuando despertó a la mañana siguiente, la visión había desaparecido, pero el recuerdo perduraba incólume en su mente.

Jamás había revelado a nadie que Dios lo había elegido para recibir aquella visión. Sus hermanos mayores se hubieran burlado y le hubieran dicho que había visto la luna llena reflejada en la jarra. Su padre, un barón que, por la extensión de sus tierras y la altura de su linaje, se consideraba con derecho a comportarse como un bruto, lo hubiera molido a palos por su necedad. Por otra parte, su madre era una figura sumisa que vivía atemorizada por su esposo y raras veces hablaba con sus hijos.

Sin embargo, a partir de la noche de aquella visión, Sebastián tuvo muy claro cuál iba a ser su misión en la vida y puso de manifiesto una devoción tan grande que su familia no tuvo más remedio que entregarlo al servicio de la Iglesia.

Tras la ordenación, había aceptado cumplir humildemente distintas tareas de poca monta. Seis años después de su ordenación, la creciente prosperidad de su hermano Juan Antonio le fue muy beneficiosa. Su hermano Agustín había heredado el título y las tierras de Valencia, pero Juan Antonio había contraído unas ventajosas nupcias en Toledo y la familia de su esposa, los poderosos Borgia, se había encargado de que Sebastián fuera asignado a la sede de Toledo.

Sebastián fue nombrado capellán de un nuevo priorato de jerónimos y ayudante del prior, el padre Jerónimo Degas. El priorato de la Asunción era extremadamente pobre. No poseía más tierras que el minúsculo terreno en el que se levantaba su edificio, pero tenía arrendado un olivar y Juan Antonio permitía por caridad que los frailes plantaran vides en las estrechas franjas de los confines de sus tierras. El priorato recibía muy poco dinero en donaciones por parte de Juan Antonio o de otros, y no atraía a la vida del sagrado ministerio a ningún novicio de familia acaudalada.

Sin embargo, a la muerte del padre Jerónimo Degas, Sebastián Álvarez había sucumbido al pecado de orgullo al ser elegido prior por los frailes, por más que él sospechara que semejante honor se le había otorgado por ser hermano de quien era.

Los primeros cinco años de gobierno del priorato rebajaron su orgullo y minaron su espíritu. No obstante, a pesar de las opresivas penurias, el sacerdote se atrevía a soñar. La gigantesca orden cisterciense había recibido el impulso de un puñado de fervorosos hombres más pobres que sus propios frailes. Cuando una comunidad contaba con sesenta monjes cistercienses de blanco hábito, doce de ellos eran enviados a fundar un nuevo monasterio y, de esta manera, habían logrado extenderse por toda Europa en nombre de Jesús. El padre Sebastián pensaba que su modesto priorato podría hacer lo mismo si Dios se dignara mostrarle el camino.

En el año del Señor de 1488, un visitante de Roma llenó de entusiasmo al padre Sebastián e infundió nuevo vigor a la comunidad religiosa de Castilla. El cardenal Rodrigo Lancol tenía raíces españolas, pues su verdadero nombre era el de Rodrigo Borgia y había nacido en Játiva. De joven había sido adoptado por su tío el papa Calixto III y, al llegar a la edad adulta, se había convertido en un hombre temible que ostentaba un inmenso poder dentro de la Iglesia.

La familia Álvarez era desde hacía mucho tiempo amiga y aliada de los Borgia y los fuertes lazos entre ambas estirpes se habían reforzado con el matrimonio de Leonor Borgia con Juan Antonio. Gracias a su relación con los Borgia, Juan Antonio se había convertido en una figura popular en la corte y decían que era un favorito de la Reina.

Leonor era prima hermana del cardenal Lancol.

—Una reliquia —le había dicho Sebastián a Leonor. No soportaba tener que pedirle nada a su cuñada, a la que aborrecía por su vanidad, su hipocresía y su temperamento rencoroso cuando se enojaba—. Si Su Eminencia pudiera ayudar al priorato a conseguir tan preciada prenda, sería nuestra fortuna. Estoy seguro de que acudirá en nuestra ayuda si vos se lo pedís.

—Pero yo no puedo hacer tal cosa —protestó Leonor.

Sin embargo, a medida que se acercaba la visita del cardenal, el servilismo y la insistencia de Sebastián fueron aumentando, y ella acabó por ablandarse. Al final, para librarse de aquella molestia y sólo por su marido, Leonor prometió al hermano de Juan Antonio que haría todo lo humanamente posible en favor de su causa. Era bien sabido que el cardenal sería agasajado en la finca que poseía en Cuenca el hermano de su padre, Garci Borgia Júnez.

—Hablaré con el tío y le pediré que lo haga —le prometió a Sebastián.

Antes de su partida de España, el cardenal ofició en la catedral de Toledo una misa a la que asistieron todos los frailes, sacerdotes y prelados de la región. Una vez finalizada la ceremonia, los presentes se congregaron alrededor del cardenal que, con la cabeza cubierta por la mitra, permanecía de pie sosteniendo el báculo en la mano, con el cuello rodeado por el palio que le había entregado el Papa. Sebastián le vio de lejos como si contemplara otra visión. Después de la misa, no hizo el menor intento de acercarse al cardenal. Leonor le había dicho que Garci Borgia Júnez ya le había presentado la petición. Su tío había señalado que los caballeros y los soldados de todos los países de Europa habían pasado por España después de cada una de las grandes cruzadas. Pero, antes de regresar a casa, habían despojado al país de sus sagradas reliquias, desenterrando los huesos de los mártires y los santos, y saqueando a su gusto las reliquias de todas las iglesias y catedrales que encontraron a su paso. Su tío le había dicho amablemente al cardenal Lancol que, si le enviaba una reliquia al clérigo español que era pariente suyo por matrimonio, se ganaría el reconocimiento de Castilla.

Sebastián sabía que la cuestión la dirimirían Dios y los servidores que éste tenía designados en Roma.

Los días fueron transcurriendo muy despacio para él. Al principio, se atrevió a imaginar que le enviarían una reliquia capaz de atender las súplicas de los cristianos, sanar a los enfermos y atraer devotos y donaciones desde lejanas tierras. El pequeño priorato se convertiría en un próspero monasterio y el prior sería...

Cuando los días se transformaron en semanas y meses, Sebastián hizo un esfuerzo para apartar a un lado su sueño. Ya casi había perdido las esperanzas cuando fue llamado a la sede de Toledo. Acababa de llegar la valija de Roma que se enviaba a Toledo dos veces al año. Entre otras cosas, la valija contenía un mensaje sellado para el padre Sebastián Álvarez, del priorato de la Asunción.

Era insólito que un humilde sacerdote recibiera un paquete sellado de la Santa Sede. El obispo auxiliar Guillermo Ramero que se lo entregó a Sebastián sentía curiosidad y aguardó expectante a que el prior abriera el paquete y revelara su contenido, tal como cualquier sacerdote obediente hubiera hecho. Se puso furioso al ver que el padre Álvarez se limitaba a aceptar el paquete y se retiraba precipitadamente.

Sólo cuando estuvo a solas en el priorato Sebastián rompió el sello de cera con trémulos dedos.

El paquete contenía un documento titulado *Translatio Sanctae Annae*. El padre Sebastián se sentó en una silla, empezó a leer y comprendió que se trataba de la historia de los restos de la madre de la Bienaventurada Virgen María.

La madre de la Virgen, Chana la Judía, esposa de Joaquín, había muerto en Nazareth y estaba enterrada en un sepulcro de allí. Era venerada por los cristianos desde los primeros tiempos. Poco después de su muerte, dos de sus primas, ambas llamadas María, en compañía de un pariente más lejano llamado Maximino, abandonaron Tierra Santa para difundir el evangelio de Jesús. Su misión se sancionó con la entrega de un cofre de madera que contenía varias reliquias de la madre de la Bienaventurada Virgen María. Los tres cruzaron el

Mediterráneo, llegaron a Marsella y las dos mujeres se instalaron en una cercana aldea de pescadores para proclamar el evangelio. Puesto que la región estaba sometida a frecuentes invasiones, Maximino recibió el encargo de llevar las sagradas reliquias a un lugar más seguro, y el hombre se trasladó a la ciudad de Apt, donde las depositó en un sepulcro.

Los huesos descansaron durante varios cientos de años en Apt. En el siglo VIII fueron visitados por un hombre a quien sus soldados llamaban Carolus Magnus, Carlos el Grande, rey de los francos, el cual se quedó sorprendido al leer la inscripción del sepulcro: «Aquí yacen los restos de santa Ana, madre de la gloriosa Virgen María.»

El rey guerrero sacó los huesos del enmohecido sudario que los envolvía, sintió la presencia de Dios, y se impresionó al sostener en sus manos algo que era un eslabón físico con Jesucristo.

Donó varias reliquias a sus amigos más íntimos, se quedó unas cuantas para él y las envió a Aquisgrán. Ordenó que se realizara un inventario de los huesos, envió una copia del mismo al Papa y dejó las restantes reliquias al cuidado del obispo de Apt y de sus sucesores.

En el año 800 del Señor, varias décadas después de que su genio militar hubiera conquistado el oeste de Europa, cuando él fue coronado con el nombre de Carlomagno, emperador de los romanos, la efigie bordada de santa Ana destacaba con toda claridad en las vestiduras de su coronación.

Varias décadas atrás, las restantes reliquias de la santa habían sido sacadas de su sepulcro de Nazareth y algunas se habían repartido entre varias iglesias de distintos países. Los tres huesos que quedaban se habían encomendado a la custodia del Santo Padre y llevaban más de un siglo conservadas en las catacumbas romanas. En el año 830, un ladrón de reliquias, un diácono de la Iglesia llamado Duesdona, llevó a cabo un expolio de las catacumbas con el fin de abastecer a dos monasterios alemanes: Fulda y Mühlheim. Vendió los restos de los santos Sebastián, Fabián, Alejandro, Emerenciana, Felicidad, Felicísimo y Urbano entre otros, pero, en su saqueo, se le pasaron por alto los pocos huesos que quedaban de santa Ana. Cuando las autoridades de la Iglesia se percataron de la depravación que se había producido, trasladaron los huesos de santa Ana a un almacén, donde las reliquias se pasaron varios siglos acumulando polvo en la seguridad de su refugio.

Ahora se notificaba al padre Sebastián que le sería enviado uno de aquellos preciados restos.

Sebastián se pasó veinticuatro horas dando gracias de rodillas en la capilla, de maitines a maitines, sin tomar bebida ni alimento alguno. Cuando intentó levantarse, había perdido la sensibilidad de las piernas y los preocupados frailes tuvieron que llevarlo en brazos a su celda. Pero, al final, Dios le devolvió las fuerzas y él llevó la *Translatio* a Juan Antonio y Garci Borgia. Comprensiblemente impresionados, éstos accedieron a sufragar la confección de un relicario para la conservación de la reliquia de santa Ana, hasta que se pudiera construir una capilla apropiada. Estudiaron los nombres de varios destacados artesanos a quienes se pudiera encomendar la tarea y Juan Antonio sugirió que Sebastián le encargara la realización del relicario a Helkias Toledano, un platero judío, famoso por los originales diseños y la belleza de sus obras.

El platero y Sebastián hablaron de la composición del relicario, negociaron el precio y llegaron a un acuerdo. Al clérigo se le ocurrió pensar cuánto le agradaría ganar el alma del judío para Cristo como consecuencia de aquella obra que exigía el Señor.

Los esbozos que Helkias había presentado revelaban que éste no sólo era un artesano sino también un artista. La copa interior, la base cuadrada y la tapa tendrían que ser de suave plata maciza. Helkias propuso la colocación de dos figuras femeninas de filigrana de plata. Sólo se las vería de espaldas, elegantes y claramente femeninas, la madre a la izquierda y la hija, todavía niña, pero identificada por una aureola alrededor de la cabeza. Sobre el ciborio Helkias colocaría una profusión de plantas, con las que Chana debía de estar familiarizada: racimos de uva y aceitunas, granadas y dátiles, higos, trigo, cebada y espelta. Al otro lado del cáliz —en representación de los objetos que marcarían el futuro de ambas mujeres—, Helkias labraría en plata maciza la cruz que se convertiría en un símbolo mucho después de la vida de Chana. A los pies de la cruz colocaría un niño labrado en oro.

El padre Sebastián temía que los dos donantes retrasaran la aprobación del diseño y exigieran que se tuvieran en cuenta sus sugerencias, pero, para su gran deleite, tanto Juan Antonio como Garci Borgia se mostraron sumamente impresionados por los dibujos que Helkias había presentado.

En cuestión de pocas semanas, el padre Sebastián comprendió que la inminente prosperidad del priorato ya no era un secreto. Alguien —Juan Antonio, Garci Borgia o el judío— había comentado la existencia de la reliquia. O tal vez alguien de Roma había hablado con imprudencia; a veces la Iglesia era como una aldea.

Muchos representantes de la comunidad religiosa de Toledo que jamás habían reparado en él, ahora le dirigían miradas rebosantes de hostilidad. El obispo auxiliar Guillermo Ramero se presentó en el priorato e inspeccionó la capilla, la cocina y las celdas de los frailes.

—La Eucaristía es el cuerpo de Cristo —le dijo a Sebastián—. ¿Acaso hay alguna reliquia más poderosa?

—Ninguna, Eminencia —contestó humildemente Sebastián.

—Si se concediera a Toledo una reliquia de la Sagrada Familia, su custodia debería encomendarse a la sede episcopal, y no a una de sus instituciones subordinadas —advirtió el obispo.

Esta vez Sebastián no contestó, sino que miró directamente a los ojos a Ramero sin la menor humildad. El obispo soltó un bufido y se retiró con su séquito.

Antes de que el padre Sebastián se decidiera a comunicarle la trascendental noticia a fray Julio, el sacristán de la capilla se enteró de la nueva a través de un primo suyo que desarrollaba su ministerio sacerdotal en la Congregación del Culto de la diócesis. Sebastián no tardó en comprender que todo el mundo lo sabía, incluidos sus frailes y sus novicios.

El primo de fray Julio dijo que las distintas órdenes se disponían a emprender drásticas acciones en respuesta a la noticia. Los franciscanos y los benedictinos enviaron acerbos mensajes de protesta a Roma. Los cistercienses, cuya principal característica era la devoción a la Virgen María, estaban furiosos por el hecho de que la reliquia de la madre de ésta fuera a parar a un priorato de jerónimos y habían encargado a un abogado la defensa de su causa en Roma.

Incluso dentro de la orden de los jerónimos se insinuó que un priorato tan humilde no merecía el honor de custodiar tan importante reliquia.

El padre Sebastián y fray Julio comprendieron que, si algo entorpecía la entrega de la reliquia, el priorato se encontraría en una situación extremadamente delicada, por lo que ambos se pasaban largas horas rezando juntos de rodillas.

Finalmente, un caluroso día estival, un barbudo y corpulento desconocido envuelto en humildes ropajes se presentó en el priorato de la Asunción. Llegó a la hora del reparto de la sopa boba, que aceptó con tanta ansia como cualquiera de los hambrientos indigentes que la esperaban. Cuando se hubo tragado la última gota del caldo, pidió hablar con el padre Sebastián y, una vez a solas con éste, se identificó como el padre Tullio Brea de la Santa Sede de Roma, y transmitió la bendición de Su Eminencia el cardenal Rodrigo Lancol. Después sacó de su raída bolsa un pequeño estuche de madera. Cuando lo abrió, el padre Sebastián descubrió una perfumada envoltura de seda de color rojo sangre, en cuyo interior se encontraba el fragmento de hueso que había viajado desde tan lejanas tierras.

El clérigo italiano sólo se quedó con ellos hasta el rezo de las más exultantes y agradecidas vísperas que jamás se hubieran orado en el priorato de la Asunción. En cuanto terminaron, el padre Tullio se fue con la misma discreción con que había llegado y se perdió en la noche.

Entonces el padre Sebastián pensó con nostalgia en la despreocupación con la que debía de servir a Dios una persona que, como el padre Tullio, recorría el mundo disfrazado de pobre y admiró la inteligencia del que había enviado una reliquia tan valiosa por medio de un solitario y humilde mensajero. Luego mandó decir al judío Helkias que, cuando terminara el relicario, lo enviara por medio de un solo portador cuando ya hubiera anochecido.

Helkias se mostró de acuerdo y envió a su hijo, tal como antes había hecho Dios con el Suyo, y con el mismo resultado. El niño Meir era judío y por esta razón jamás podría entrar en el Paraíso, no obstante el padre Sebastián rezó igualmente por su alma. El asesinato y el robo le hicieron comprender el peligro que corrían los protectores de la reliquia y entonces rezó también por la feliz conclusión de la obra de Dios que había encomendado al médico.

3

Un judío cristiano

El padre Sebastián era el tipo de persona más peligrosa que existe: un hombre prudente y necio al mismo tiempo, pensó Bernardo, alejándose a lomos de su montura. Bernardo Espina sabía que él era el hombre menos indicado para obtener información de los judíos o de los cristianos, pues ambas comunidades lo despreciaban por igual.

Bernardo conocía muy bien la historia de la familia Espina. Contaba la leyenda que el primer antepasado suyo que se había asentado en la península ibérica era un sacerdote del templo de Salomón. Los Espina y otros judíos habían sobrevivido bajo los reyes visigodos, los musulmanes y los cristianos de la Reconquista. Siempre habían obedecido escrupulosamente las leyes de la monarquía y de la nación, siguiendo las indicaciones de sus rabinos.

Los judíos habían alcanzado las más altas posiciones en la sociedad hispana. Habían servido a los reyes y a los emires por igual, y habían prosperado como médicos, diplomáticos, prestamistas y financieros, cobradores de impuestos y mercaderes, campesinos y artesanos. Casi en todas las generaciones habían sido víctimas de matanzas a manos de muchedumbres alentadas directa o indirectamente por la Iglesia.

—Los judíos son peligrosos e influyentes y siembran la duda entre los buenos cristianos —le había advertido severamente el sacerdote que lo había convertido.

Durante siglos, los dominicos y los franciscanos habían incitado a las clases bajas —a las que llamaban el pueblo menudo—, provocando en ellas un odio implacable contra los hebreos. Desde las matanzas del año 1391, en las que habían muerto nada menos que cincuenta mil judíos, en la única conversión en masa de la historia judía, centenares de miles habían aceptado a Cristo, algunos para salvar la vida y otros para prosperar en sus oficios en una sociedad que aborrecía a los de su religión.

Algunos, como Espina, habían acogido a Jesús en su corazón, pero muchos cristianos sólo de nombre habían seguido adorando en privado al Dios del Antiguo Testamento. Éstos eran tan numerosos que, en 1478, el papa Sixto IV había aprobado el establecimiento de la Santa Inquisición para el descubrimiento y la destrucción de los cristianos descarriados. Espina había oído a algunos judíos llamar «marranos» a los conversos y señalar que éstos serían condenados por toda la eternidad y no resucitarían en el Juicio Final. Con más caridad, otros llamaban a los apóstatas «anusim», los obligados, y señalaban que Dios perdonaba a los que habían sido forzados a convertirse y comprendía su necesidad de sobrevivir.

Espina no figuraba entre los obligados. El personaje de Jesús lo había intrigado en su infancia desde que entreviera fugazmente a través del pórtico abierto de la catedral la figura de la cruz, a la que su padre y otros judíos llamaban a veces «el hombre colgado». Cuando estaba aprendiendo el oficio de médico y trataba de aliviar el sufrimiento humano, se había sentido atraído por los sufrimientos de Cristo y poco a poco su inicial interés había madurado en una ardiente fe y convicción que, finalmente, había desembocado en un deseo de alcanzar la pureza cristiana y el estado de gracia.

Una vez sellado el compromiso, se enamoró de una divinidad y le pareció que su devoción era mucho más fuerte que la de alguien que ya fuera cristiano desde su nacimiento. El ardiente amor hacia Jesús de Saulo de Tarso no podía haber sido más fuerte que el suyo, inamovible y seguro, más intenso que cualquier anhelo que sintiera un hombre por una mujer.

Se había convertido al cristianismo al cumplir los veintidós, un año después de haber alcanzado el título de médico. Su familia se había puesto de luto por él y había rezado un *kaddish* como si hubiera muerto. Cuando su padre, Jacobo Espina, antaño tan lleno de orgullo y de amor, se cruzaba con él en la plaza, le negaba el saludo y no daba la menor señal de reconocimiento. Por aquel entonces Jacobo Espina estaba viviendo el último año de su vida. Llevaba una semana enterrado cuando Bernardo se enteró de su muerte. Bernardo rezó una novena por su alma, pero no pudo resistir el impulso de rezar también un *kaddish*, llorando solo en su dormitorio mientras recitaba la oración por el difunto sin la consoladora presencia del *minyan*, el grupo de nueve hombres necesario para que se pudieran celebrar las funciones religiosas.

La nobleza y la burguesía aceptaba a los conversos acaudalados o prósperos, y muchos de éstos se casaban con cristianas viejas. El propio Bernardo Espina había contraído matrimonio con Estrella de Aranda, hija de una aristocrática familia. En medio del primer revuelo de la aceptación familiar y del nuevo arrebato religioso, había abrigado la irracional esperanza de que sus pacientes lo aceptaran como a un correligionario, un «judío completo» que había aceptado a su Mesías; sin embargo, no se extrañó de que lo siguieran despreciando como judío.

Durante la juventud del padre de Espina, los magistrados de Toledo habían aprobado un estatuto:

Declaramos que los llamados conversos, vástagos de perversos antepasados judíos, deben ser considerados por ley infames e ignominiosos, ineptos e indignos de ostentar cargos públicos o beneficios en la ciudad de Toledo o en el territorio de su jurisdicción, o actuar como testigos de juramentos o en representación de notarios, o ejercer cualquier autoridad sobre los verdaderos cristianos de la Santa Iglesia Católica.

Bernardo pasó por delante de otras comunidades religiosas, algunas casi tan pequeñas como el priorato de la Asunción y otras tan grandes como una pequeña aldea. Bajo la monarquía católica se había popularizado el servicio en la Iglesia. Los segundones de las familias de la nobleza, excluidos de la herencia en virtud de la ley del mayorazgo, se entregaban a la vida religiosa, en la que la influencia de su familia les aseguraba un rápido ascenso. Las hijas menores de las mismas familias, debido a las cuantiosas dotes que exigía el casamiento de las primogénitas, eran enviadas a menudo a un convento. La vida religiosa atraía también a los campesinos más pobres, para quienes las prebendas y los beneficios constituían la única oportunidad de escapar de la miseria y la servidumbre.

El creciente número de comunidades religiosas había dado lugar a unas encarnizadas luchas por el apoyo económico. La reliquia de santa Ana sería la fortuna del priorato de la Asunción, pero el prior le había dicho a Bernardo que tanto los poderosos benedictinos como los astutos franciscanos, además de otros enérgicos representantes de la propia orden de los jerónimos y Dios sabía cuántos más, estaban forjando planes y tejiendo intrigas para arrebatarles la posesión de la reliquia de la Sagrada Familia. Espina temía verse atrapado entre poderosos bandos y ser aplastado con la misma facilidad con que Meir Toledano había sido asesinado.

Bernardo inició sus pesquisas, tratando de reconstruir los movimientos del joven antes de que lo mataran.

La vivienda de Helkias el platero formaba parte de un grupo de casas construidas entre dos sinagogas. La principal sinagoga había pasado desde hacía mucho tiempo a manos de la Iglesia y por entonces los judíos celebraban sus funciones religiosas en la sinagoga de Samuel ha-Levi, cuya magnificencia constituía el reflejo de una época en que la vida era más plácida para ellos.

La comunidad judía era lo bastante reducida como para que todo el mundo supiera quién había abandonado la fe, quién fingía haberlo hecho y quién seguía observando la religión de sus mayores, y evitaba al máximo el trato con los cristianos nuevos. Pese a ello, cuatro años atrás, el desesperado Helkias había acudido a la consulta del médico.

Su esposa Esther, una caritativa mujer perteneciente a la familia de los grandes rabinos Saloman, había empezado a consumirse, y el platero deseaba por todos los medios salvar a la madre de sus tres hijos. Bernardo había hecho todos los esfuerzos imaginables, había probado todos los remedios que conocía y había rezado a Cristo por su vida tal como Helkias había orado a Jehová, pero no había podido salvarla, que el Señor tuviera misericordia de su alma inmortal.

En ese momento pasó por delante de la casa de Helkias sin detenerse, sabiendo que muy pronto los frailes del priorato de la Asunción trasladarían hasta allí a lomos de un asno el cuerpo sin vida del primogénito del desventurado platero.

Siglos atrás otras generaciones de judíos habían construido las sinagogas, obedeciendo un antiguo precepto según el cual se tenía que construir una casa de oración en el punto más elevado posible de la comunidad. Por eso habían elegido emplazamientos situados en lo alto de los escarpados peñascos que bordeaban el Tajo.

La yegua de Bernardo dio un nervioso respingo cuando éste la acercó demasiado al borde del precipicio.

¡Madre de Dios!, pensó Bernardo, tirando de las riendas; después, cuando el animal se tranquilizó, Bernardo no tuvo más remedio que sonreír ante aquella ironía.

—¡Abuela del Salvador! —exclamó con asombro.

Se imaginó a Meir ben Helkias allí, esperando con impaciencia la llegada del protector manto de la oscuridad. Seguramente el joven no tenía miedo de acercarse al borde de los peñascos. Él mismo recordaba haber estado al anochecer en lo alto de aquellos riscos con su padre Jacobo Espina, escudriñando el cielo en busca del resplandor de las primeras tres estrellas que señalaban el inicio del *Sabbath*. Apartó aquel pensamiento de su mente, tal como solía hacer con todos los inquietantes recuerdos de su pasado judío.

Comprendió la prudencia de Helkias al haber utilizado a su hijo de quince años para la entrega del relicario. Una escolta armada hubiera anunciado a los bandidos la existencia de un tesoro. En cambio, un mozo que caminara de noche con un inofensivo bulto tenía que haber corrido mejor suerte.

Pero la suerte no había sido suficiente, tal como Espina había tenido ocasión de comprobar.

Desmontó y condujo al animal hacia el sendero del peñasco. Justo en su borde se levantaba un edificio de piedra construido siglos atrás por los soldados romanos; desde allí arrojaban al vacío a los prisioneros condenados.

Abajo, la inocente belleza del río serpeaba entre los peñascos y la colina de granito del otro lado. Los muchachos de Toledo evitaban aquel paraje por la noche, pues decían que en el lugar se oían los lamentos de los muertos.

Bajó con su yegua por el sendero del peñasco hasta que la empinada pendiente se convirtió en una suave ladera, y entonces se apartó y siguió un camino que bajaba hasta la orilla del agua. Pero allí no tomó el puente de Alcántara, tal como tampoco lo había hecho Meir ben Helkias. Bernardo siguió hasta los bajíos donde el muchacho debía de haber vadeado la corriente, y volvió a montar en la yegua. Al llegar a la otra orilla se adentró por el camino que conducía al priorato de la Asunción. No lejos de allí había unas ricas y fértiles tierras de cultivo, pero en aquel lugar el terreno era pobre y reseco, y sólo servía para que pastara un poco el ganado. No tardó en oír los cencerros de las ovejas y en tropezarse con un gran rebaño al cuidado de Diego Díaz, un anciano a quien conocía. El pastor tenía una familia casi tan numerosa como su rebaño y él había atendido a varios de sus miembros.

—Muy buenas tardes, mi señor Bernardo.

—Buenas tardes os dé Dios, Diego —contestó Espina, desmontando. Dejó que su caballo hozara un poco con las ovejas y se pasó unos minutos charlando con el pastor. Después preguntó—: Diego, ¿vos conocéis a un joven llamado Meir, hijo de Helkias el Judío?

—Sí, señor. ¿El sobrino de Arón Toledano, a ese mozo os referís?

—Sí. ¿Cuándo lo visteis por última vez?

—Anoche temprano. Había salido a repartir los quesos de su tío y por sólo un sueldo me vendió un queso de cabra que ha sido mi comida de esta mañana. Era tan bueno que ojalá me hubiera vendido dos. —El pastor miró a Espina—. ¿Por qué lo buscáis? ¿Ha hecho algo malo?

—No, en absoluto.

—Ya me lo suponía, no es malo este joven judío.

—¿Visteis a alguien más por aquí anoche? —preguntó Espina.

El pastor le contestó que, poco después de la partida del joven, habían pasado dos soldados que habían estado a punto de aplastarlo bajo los cascos de sus monturas, pero a los que él no había saludado ni ellos lo habían saludado a él.

—¿Decís que eran dos?

Bernardo sabía que podía fiarse de la información que le diera el viejo. El pastor los debía de haber estudiado con detenimiento y se habría alegrado de que unos jinetes nocturnos armados hubieran pasado de largo sin arrebatarle uno o dos corderos.

—Eran dos jinetes, pero no formaban buena pareja. Uno de ellos era tan jorobado que su espalda semejaba una pesada roca que sólo dos hombres hubieran podido acarrear.

Diego soltó un gruñido y corrió para dirigir a su perro hacia cuatro ovejas que se estaban apartando del rebaño.

Bernardo tomó su yegua y volvió a montar en ella.

—Id con Dios, Diego.

El viejo le dirigió una socarrona mirada.

—Que él os acompañe, señor Espina.

Algo más allá del mísero pastizal de las ovejas, la tierra era más rica y fértil. Bernardo cabalgó entre varios viñedos y campos de cultivo.

Al llegar al que lindaba con el olivar del priorato, se detuvo y desmontó, tras lo cual ató las riendas a un arbusto.

La hierba estaba aplastada por los cascos de unas monturas. El número de caballos que había visto el pastor, dos, encajaba con los destrozos.

Alguien se había enterado del encargo del platero. Sabían que Helkias estaba a punto de terminar su trabajo y debían de estar vigilando su casa en busca de algún indicio de la entrega.

Allí se había producido el encuentro.

Nadie debió de oír los gritos de Meir. El olivar que tenía arrendado el priorato estaba en un terreno deshabitado y a una considerable distancia del edificio de la comunidad.

Sangre. Allí el muchacho había sufrido la herida en el costado causada por una de las lanzas.

Por aquella lengua de hierba aplastada, por la que ahora Bernardo caminaba muy despacio, los jinetes habían obligado a Meir ben Helkias a correr delante de sus caballos como un zorro acosado, provocándole las heridas en la espalda.

Allí se habían apoderado de la bolsa de cuero y de su contenido. Muy cerca de aquel lugar, cubiertos de hormigas, había dos pálidos quesos como el que Diego había descrito, el pretexto del joven para salir de noche. Uno de los quesos estaba intacto mientras que el otro aparecía roto y aplanado, como si lo hubiera pisado el casco de un caballo.

Allí habían retirado al mozo del sendero y lo habían llevado al refugio de los olivos. Y uno de ellos había acabado con él.

Al final, lo habían degollado.

Bernardo se sintió aturdido y experimentó una sensación como de mareo.

No estaba tan lejos de su juventud judía como para haber olvidado el temor y la inquietud que solían producirle los desconocidos armados y el terror que sentía al pensar en las muchas iniquidades que tantas veces se habían producido. No estaba tan lejos de su virilidad judía como para haber dejado de sentir todas aquellas maldades.

Durante un prolongado instante, se convirtió mentalmente en un mozo. Los oyó. Aspiró su olor. Intuyó las gigantescas y siniestras siluetas nocturnas, los enormes caballos acercándose a él en medio de la oscuridad.

La cruel acometida de las afiladas lanzas. La violación.

Convertido de nuevo en médico, Bernardo vaciló bajo el sol poniente y se volvió aturdido hacia la yegua para escapar de allí. No creía que fuera a oír los lamentos del alma de Meir ben Helkias, pero de todos modos no deseaba encontrarse en aquel lugar cuando cayera la noche.

4

El interrogatorio

Espina comprendió rápidamente que sólo podría obtener una información muy exigua acerca del asesinato del mozo judío y el robo del ciborio. Casi todo lo que sabía lo había averiguado a través del examen del cadáver, su conversación con el viejo pastor y su inspección del lugar del delito. Lo más evidente, tras una semana de infructuosos paseos por la ciudad haciendo preguntas, era el abandono en que había tenido a sus pacientes. Ahora volvió a entregarse al seguro y consolador trabajo de su práctica cotidiana.

Nueve días después de haber sido llamado al priorato de la Asunción, decidió ir a ver aquella tarde al padre Sebastián para comunicarle lo poco que había conseguido averiguar y anunciarle su deseo de no apartarse de aquel feo asunto.

El último paciente del día fue un anciano con dificultades respiratorias a pesar de la pureza del refrescante aire de aquel insólito día de alivio en plena temporada de calor. El frágil cuerpo que tenía delante estaba agotado y reseco, y sus problemas obedecían a algo más que el clima. La piel del pecho era como de pergamino; por dentro, la cavidad estaba llena y obstruida. Cuando Espina acercó el oído al pecho, percibió un irregular estertor. Tenía la razonable certeza de que el viejo se estaba muriendo, aunque tardaría un poco en dejar el mundo de los vivos. Estaba buscando en su farmacopea una infusión capaz de hacerle menos penosos los últimos días cuando dos desaliñados hombres armados entraron en su sala de consultas como si fueran los nuevos amos. Se identificaron como soldados del alguacil de Toledo.

Uno de ellos era bajito, tenía el pecho abombado y miraba a su alrededor con insolencia.

—Bernardo Espina, tenéis que acompañarnos ahora mismo.

—¿Qué deseáis de mí, señor?

—El Oficio de la Inquisición requiere vuestra presencia.

—¿La Inquisición? —Espina procuró no perder la calma—. Muy bien. Os ruego que esperéis fuera. Enseguida termino con este hombre.

—No, tenéis que acompañarnos ahora mismo —repitió el más alto de los dos, hablando en tono comedido, pero más autoritario.

Espina sabía que Juan Pablo, su criado, estaba charlando con el hijo del anciano a la sombra del cobertizo de su sala de consulta. Se acercó a la puerta y lo llamó.

—Ve a la casa y dile a la señora que quiero un refrigerio para nuestros visitantes. Pan con aceite y miel, y también vino fresco.

Los hombres del alguacil se miraron. El más bajito asintió con un gesto. Su compañero le miró impasible, pero no puso ningún reparo.

Espina introdujo las hierbas de la infusión para el viejo en un recipiente de barro y le colocó un tapón. Estaba terminando de darle las instrucciones al paciente cuando Estrella se acercó presurosa, seguida de una criada con el pan y el vino.

El rostro de su mujer se quedó petrificado cuando él le explicó lo que ocurría.

—¿Qué puede querer de vos la Inquisición, mi querido Bernardo?

—Seguramente les hace falta un médico —aventuró, y la idea sirvió para tranquilizarlos tanto a él como a su mujer.

Mientras los hombres comían y bebían, Juan Pablo ensilló el caballo de Espina.

Los hijos del médico estaban en la casa de un vecino, donde un monje enseñaba semanalmente el catecismo a un grupo de muchachos. Se alegró de que no estuvieran presentes cuando él se alejó flanqueado por los caballos de los dos hombres.

Unos clérigos envueltos en negros ropajes recorrían el pasillo, donde Espina esperaba sentado en un banco de madera. Había otros que también esperaban. De vez en cuando, un guardia acompañaba a una mujer o un hombre con el rostro más blanco que la cera y los obligaba a sentarse, o bien alguien abandonaba el pasillo escoltado por un guardia y se perdía en el interior del edificio. Ninguna de las personas que se levantaba de los bancos volvía a salir.

Espina estuvo esperando hasta que encendieron unas teas para disipar la oscuridad del crepúsculo.

Un guardia permanecía sentado detrás de una mesita. Bernardo se acercó a él y le preguntó a quién tenía que ver, pero el hombre le miró con semblante inexpresivo y le indicó por señas que regresara al banco.

Al cabo de un rato apareció otro guardia, se dirigió al que estaba sentado detrás de la mesa y le hizo unas preguntas acerca de algunas de las personas que estaban esperando. Espina vio que le miraban a él.

—Éste es para fray Bonestruca —le oyó decir Bernardo al guardia de la mesa.

Toledo se estaba convirtiendo en una populosa ciudad, pero Espina había nacido y vivido allí toda su vida y —tal como había señalado el padre Sebastián—, como médico que era conocía muy bien no sólo a la población laica, sino también a los miembros de las comunidades religiosas. Sin embargo, no recordaba a ningún fraile llamado Bonestruca.

Al final, un guardia acudió a buscarlo. Subieron por una escalera de piedra y recorrieron varios pasillos tan mal iluminados como aquel en el que Bernardo había esperado. Finalmente llegaron a una pequeña celda, donde un fraile permanecía sentado bajo una antorcha.

El fraile era nuevo en Toledo, pues, si Espina lo hubiera visto aunque sólo fuera una vez por la calle, lo hubiera recordado con toda seguridad.

Se trataba de un hombre de elevada estatura con una terrible joroba que se proyectaba desde la nuca y la parte superior de la espalda. Espina reprimió el impulso de observar la joroba. Su rápida mirada identificó una masa de altura irregular con una joroba más grande en el lado derecho de la espalda y la parte inferior de la nuca y otra más pequeña en el lado izquierdo.

Espina sólo había visto un caso parecido cuando trabajaba como aprendiz y había ayudado a su maestro en el examen anatómico del cadáver de un hombre que presentaba un defecto similar. Ambos habían descubierto que la joroba era de tejido blanco y cubría una retorcida y entretejida masa ósea. Aparte la joroba dorsal, el hombre presentaba una acusada deformación del esternón y tenía los dedos de las manos y los pies más largos de lo normal.

El pecho del fraile quedaba oculto bajo los pliegues de su negro hábito, pero sus dedos eran como los que el aprendiz Espina había visto mucho tiempo atrás: largos y en forma de espátula.

El rostro...

El semblante del fraile no se parecía en absoluto al rostro del Salvador que Espina había visto en las imágenes y los cuadros. Era un rostro de carácter femenino formado por unos rasgos de belleza masculina, por cuyo motivo la reacción inicial de Espina fue de asombro, casi como si se encontrara en presencia de algo sagrado.

—Habéis recorrido la ciudad haciendo preguntas sobre un relicario recientemente robado al judío Helkias. ¿Qué interés tenéis vos en este asunto?

—Yo... es decir, el padre prior Sebastián Álvarez... —Espina hubiera deseado posar la mirada en otra cosa que no fueran los serenos ojos de aquel extraño fraile, pero no halló nada—. Me pidió que investigara la pérdida del relicario y la... muerte del muchacho que lo llevaba.

—¿Y qué habéis averiguado?

En cuanto vio a fray Bonestruca, Espina recordó las palabras del viejo pastor Diego Díaz. Éste le había dicho que dos soldados habían cabalgado en pos del muchacho y que uno de ellos era tan jorobado, que parecía que llevara una roca en la espalda. Comprendió con terrible certeza que sólo uno de los hombres era un soldado. El otro había sido sin lugar a dudas aquel fraile.

—El muchacho era judío, hijo de un platero.

—Sí, eso ya lo he oído decir.

La voz del fraile resultaba amable y alentadora, casi amistosa, pensó Espina, esperanzado.

—¿Qué más?

—Nada más, reverendo padre.

—¿Cuánto tiempo hace que sois médico?

—Once años.

—¿Aprendisteis en este lugar?

—Sí, aquí mismo, en Toledo.

—¿Quién os enseñó?

Espina tenía la boca seca.

—Con el maestro Samuel Provo.

—Ah, Samuel Provo. Hasta yo he oído hablar de él —asintió benévolamente el fraile—. Un excelente médico, ¿verdad?

—Sí, un médico de gran renombre.

—Era judío.

—Sí.

—¿A cuántos niños calculáis que circuncidó?

Espina miró al fraile, parpadeando.

—Él no se dedicaba a circuncidar.

—¿A cuántos niños circuncidáis vos en un año?

—Yo tampoco circuncido.

—Vamos, vamos —dijo pacientemente el fraile—. ¿Cuántas operaciones de ésas habéis llevado a cabo? No sólo a judíos, sino quizá también a moros.

—Jamás... A lo largo de los años he operado algunas veces... Cuando el prepucio no se lava regularmente como es debido, se puede inflamar, ¿sabéis? A menudo se acumula pus y, para solventar... ellos... tanto los moros como los judíos tienen a unos santos varones que se encargan de hacerlo y celebran unos ritos religiosos.

—Cuando realizabais las operaciones, ¿rezabais alguna oración?

—No.

—¿Ni siquiera un padrenuestro?

—Yo rezo cada día para no causar ningún daño a mis pacientes sino sólo bien, reverendo padre.

—¿Estáis casado, señor?

—Sí.

—El nombre de vuestra esposa.

—Es doña Estrella de Aranda.

—¿Hijos?

—Tres. Dos niñas y un varón.

—¿Vuestra esposa y vuestros hijos son cristianos?

—Sí.

—Vos sois judío, ¿no es cierto?

—¡No! Soy cristiano desde hace once años. ¡Un fiel seguidor de Jesucristo!

El rostro del hombre era de una extraordinaria hermosura. Por eso los ojos que se clavaron en los de Espina resultaban todavía más estremecedores. Eran unos cínicos ojos que parecían conocer todas las flaquezas humanas de la historia de Espina y hasta el último de sus pecados.

Aquella mirada penetró hasta lo más profundo de su alma. Después Espina se sobresaltó al ver que el fraile daba inesperadamente una palmada para llamar al guardia que esperaba al otro lado de la puerta.

Bonestruca hizo un leve gesto con la mano: «Llévatelo.»

Mientras se volvía para retirarse, Bernardo vio que los pies calzados con sandalias bajo la mesa tenían unos dedos muy largos y finos.

El guardia recorrió con él varios pasillos y bajó por los empinados peldaños de una escalera.

Mi dulce Jesús, tú sabes que lo he intentado. Tú lo sabes...

Espina sabía que en lo más profundo del edificio estaban las celdas y los lugares donde se interrogaba a los prisioneros. Sabía con toda certeza que allí había un potro de tormento, una estructura triangular en la que se amarraba a los prisioneros. Cada vez que se hacía girar un torno, se descoyuntaban las articulaciones del cuerpo. Y también había un aparato llamado «tormento de toca», que se utilizaba para torturar con el agua. Colocaban al prisionero con la cabeza en un hueco y se le introducía un lienzo en la garganta. A continuación, se echaba agua a través del lienzo y entonces la garganta y las ventanas de la nariz quedaban obstruidas y la asfixia provocaba la confesión o la muerte.

«Jesús, te suplico, te imploro...»

Puede que su oración fuera escuchada. Cuando llegaron a la salida, el guardia le indicó por señas que siguiera adelante y Espina se encaminó solo hacia el lugar donde había dejado atada su montura.

Se alejó de allí cabalgando al paso para serenarse de tal forma que, al llegar a casa, pudiera tranquilizar a Estrella sin echarse a llorar.

SEGUNDA PARTE

EL SEGUNDO HIJO

Toledo, Castilla

30 de marzo de 1492

5

Yonah ben Helkias

—Bajaré con Eleazar al río a ver si pescamos algo para la cena. ¿Eh, *abba*?

—¿Has terminado el bruñido?

—... Me falta muy poco.

—El trabajo no está terminado hasta que se termina. Tienes que bruñirlo todo —dijo Helkias, hablando con aquel frío y cortante tono de voz que tanto disgustaba a Yonah. A veces sentía deseos de contemplar los distantes ojos de su padre y decirle: Meir ha muerto, pero Eleazar y yo seguimos aquí. Estamos vivos.

Yonah aborrecía bruñir la plata. Aún le quedaban una docena de piezas de gran tamaño por hacer; tomó el trapo y lo introdujo en la hedionda y espesa mezcla de orina y excrementos pulverizados de ave y se puso a frotar con esfuerzo.

La muerte de su madre le había hecho conocer muy pronto el sabor de la amargura y el asesinato de Meir había sido un golpe cruel, pues él ya era mayor, tenía casi trece años, y había comprendido el carácter definitivo de aquella pérdida.

A los pocos meses de la muerte de Meir, lo llamaron a la Torá para que recitara la Ley y se convirtiera oficialmente en miembro del *minyan*. La adversidad lo había hecho madurar más allá de sus años. Su padre, que siempre le había parecido tan alto y fuerte, estaba como empequeñecido, y Yonah no sabía cómo aliviar el dolor de Helkias.

No sabían nada acerca de la identidad de los asesinos de su hermano. Unas semanas después del asesinato de Meir, Helkias Toledano se enteró de que el médico Espina andaba por la ciudad haciendo preguntas acerca de los hechos que habían provocado la muerte de su hijo. Helkias se dirigió con Yonah a casa de Espina para hablar con él, pero, cuando llegaron allí, vieron que la casa estaba abandonada y que Juan Pablo, el antiguo criado de los Espina, se estaba llevando para su uso particular cuanto quedaba del mobiliario: una mesa y unas cuantas sillas. Juan Pablo les dijo que el médico y su familia se habían marchado.

—¿Adónde se han ido?

El hombre sacudió la cabeza.

—No lo sé.

Helkias se dirigió entonces al priorato de la Asunción para hablar con el padre Sebastián Álvarez, pero, una vez allí, pensó por un confuso instante que se había equivocado de camino. Al otro lado de la puerta había una hilera de carros y carretas. Cerca de allí, tres mujeres estaban pisando uva negra en una gran cuba. A través del pórtico abierto de lo que antaño fuera la capilla, Helkias vio unos cestos con aceitunas y más uva.

Al preguntarles a las mujeres adónde se había trasladado el priorato, una de ellas le dijo que el priorato de la Asunción había sido clausurado y que la orden de los jerónimos había arrendado la propiedad a su amo.

—¿Y el padre Sebastián? ¿Dónde está el prior? —preguntó.

La mujer le miró sonriendo, sacudió la cabeza y se encogió de hombros sin dejar de pisar la uva.

Yonah había tratado por todos los medios de asumir los deberes del hijo mayor, pero muy pronto comprendió que jamás podría ocupar el lugar de su hermano como aprendiz de platero, ni como hijo, ni como hermano ni de ninguna otra manera. La apagada mirada de los ojos de su padre acrecentaba su propia tristeza. A pesar de que desde la muerte de Meir ya habían ido y venido tres Pascuas judías, la casa y el taller de Helkias eran todavía lugares de duelo.

Algunas de las piezas que tenía delante, las jarras de vino, estaban especialmente ennegrecidas por la suciedad, pero él no tenía ningún motivo para apresurarse, pues su padre parecía haber recordado de golpe la conversación que ambos habían mantenido hacía media hora.

—No irás al río. Busca a Eleazar y procurad no alejaros de la casa. No es momento para que unos mozos judíos corran riesgos —señaló Helkias.

Yonah tuvo que asumir la responsabilidad que tenía Meir con el pequeño Eleazar, un delicado y enternecedor chiquillo de siete años. Le contaba al niño historias sobre su hermano mayor para que jamás lo olvidara y a veces tomaba la guitarra moruna de Meir, tocaba melodías y ambos entonaban canciones. Le había prometido a Eleazar que le enseñaría a tocar la guitarra, tal como Meir le había enseñado a él. Eso era lo que Eleazar quería hacer cuando Yonah lo encontró jugando a la guerra con piedras y ramitas de árbol a la sombra de la casa. Yonah sacudió la cabeza.

—¿Bajarás al río? —preguntó Eleazar—. ¿Podré acompañarte?

—Hay trabajo que hacer —contestó Yonah, imitando sin darse cuenta el tono de voz de su padre mientras se llevaba al niño al taller. Ambos estaban sentados en un rincón bruñendo plata cuando David Mendoza y el rabino José Ortega entraron en el taller.

—¿Qué noticias hay? —preguntó Helkias.

Mendoza sacudió la cabeza. Era un fornido constructor de mediana edad y tez muy pálida al que le faltaban varios dientes.

—No son buenas, Helkias. Ya no es seguro recorrer a pie la ciudad.

Hacía tres meses que la Inquisición había ejecutado a

cinco judíos y a seis conversos, acusados de haber hecho once años atrás un conjuro en el que, según se decía, habían utilizado una oblea consagrada y el corazón de un niño cristiano crucificado, con el propósito de provocar la locura en todos los buenos cristianos. Aunque el niño jamás se había identificado —¡no se había echado en falta ningún niño cristiano!—, varios acusados sometidos a dolorosas torturas habían revelado detalles de la presunta acusación. Todos habían sido quemados en la hoguera, incluidas las efigies de tres de los condenados que habían muerto antes de la celebración del auto de fe.

—Algunos ya están rezando al niño «mártir». Su odio envenena el aire —dijo Mendoza en tono abatido.

—Tenemos que acudir a nuestros reyes en demanda de protección —señaló el rabino Ortega.

El rabino era un hombre bajito y huesudo con una mata de cabello blanco. La gente sonreía cuando lo veía avanzar tambaleándose en la sinagoga con el pesado rollo de la Torá para que los fieles lo tocaran o lo besaran. Todo el mundo lo respetaba, pero en este caso Mendoza discrepaba de él.

—El rey es también un hombre capaz de profesar amistad y mostrar simpatía, pero últimamente la reina Isabel se ha vuelto contra nosotros. Fue educada en el aislamiento por unos clérigos que moldearon su mente. El inquisidor general Tomás de Torquemada, mal rayo lo parta, fue confesor de Isabel durante su infancia y ejerce gran influencia sobre ella. —Mendoza sacudió la cabeza—. Temo los días que se avecinan.

—Hay que tener fe, David, amigo mío —dijo el rabí Ortega—. Tenemos que ir a rezar juntos a la sinagoga. El Señor oirá nuestras súplicas.

Los dos muchachos habían interrumpido su tarea de bruñir unas tazas de plata. Eleazar estaba preocupado por la tensión de los rostros de los adultos y el visible temor que reflejaban sus voces.

—¿Eso qué quiere decir? —le preguntó en un susurro a Yonah.

—Después te lo explicaré todo —le contestó Yonah en voz baja, a pesar de que no estaba muy seguro de haber comprendido lo que estaba ocurriendo.

A la mañana siguiente, un oficial armado se presentó en la plaza del concejo de Toledo. Lo acompañaban tres trompeteros, dos magistrados y dos hombres armados del alguacil. Leyó una proclama en la que se comunicaba a los judíos que, a pesar de su larga permanencia en España, deberían abandonar el país en un plazo de tres meses. La Reina ya había expulsado a los judíos de Andalucía en 1483. Ahora les pedían que abandonaran todas las comarcas del Reino de España: Castilla, León, Aragón, Galicia, Valencia, el principado de Cataluña, el estado feudal de Vizcaya y las islas de Cerdeña, Sicilia, Mallorca y Menorca.

La proclama se fijó con un clavo en la pared. El rabino Ortega lo copió con una mano tan temblorosa que tuvo dificultades para comprender algunas palabras cuando las leyó en una reunión urgente del Consejo de Treinta.

Todos los judíos y judías de cualquier edad que vivan, residan y moren en nuestros mencionados reinos y dominios... no deberán regresar jamás ni residir en ellos o en alguna parte de los mismos, ya como residentes, viajeros o en cualquier otra forma, bajo pena de muerte... Y ordenamos y prohibimos que cualquier persona o personas de nuestro mencionado Reino se atreva públicamente o en secreto a recibir, dar cobijo, proteger o defender a ningún judío o judía... so pena de perder sus propiedades, vasallos, castillos y otras posesiones.

A todos los cristianos se les prohibió severamente experimentar una falsa compasión. Entre otras cosas, se les prohibía «conversar y mantener tratos... con los judíos, recibirlos en vuestras casas, trabar amistad con ellos o darles cualquier alimento para su sustento».

La proclama se había hecho «por orden del Rey y la Reina, nuestros señores, y del reverendo prior de la Santa Cruz, inquisidor general en todos los reinos y dominios de Sus Majestades».

El Consejo de Treinta que gobernaba a los judíos de Toledo estaba integrado por diez representantes de cada uno de los tres estados: destacados prohombres de la ciudad, mercaderes y artesanos. Helkias formaba parte de él por ser un maestro platero, y en esta ocasión la reunión se celebraba en su casa.

Los consejeros estaban anonadados.

—¿Cómo se nos puede arrancar tan fríamente de una tierra que significa tanto para nosotros y de la que hasta tal punto formamos parte? —preguntó en tono vacilante el rabí Ortega.

—El edicto es una más de las muchas estratagemas reales para sacarnos más dinero en impuestos y sobornos —dijo Juda ben Solomon Avista—. Los reyes españoles siempre han admitido que somos su vaca lechera más rentable.

Se oyó un murmullo de asentimiento.

—Entre los años 1482 y 1491 —intervino Joseph Lazara, un anciano mercader de harinas de Tembleque—, aportamos nada menos que cincuenta y ocho millones de maravedíes a los gastos de guerra y otros veinte millones en «préstamos obligatorios». Una y otra vez la comunidad judía se ha endeudado hasta las cejas para poder pagar los exorbitantes «impuestos» o para hacer una «donación» al trono a cambio de nuestra supervivencia. Seguro que esta vez ocurrirá lo mismo.

—Tenemos que recurrir al Rey y solicitar su intervención —observó Helkias.

Discutieron acerca de la persona que debería presentar la petición y acordaron que ésta fuera don Abraham Seneor.

—Es el cortesano judío al que más aprecia y admira Su Majestad —señaló el rabí Ortega. Muchas cabezas asintieron en señal de conformidad.

6

Los cambios

Abraham Seneor tenía ochenta años y, aunque conservaba una mente preclara y perspicaz, su cuerpo ya estaba muy cansado. Su historia de duros y peligrosos servicios a los monarcas había comenzado con la concertación de las nupcias secretas que el 19 de octubre de 1469 habían unido en matrimonio a dos primos: Isabel de Castilla, de dieciocho años, y Fernando de Aragón, de diecisiete. La ceremonia había sido clandestina porque contravenía los deseos del rey Enrique IV de Castilla, quien deseaba que su hermanastra Isabel se casara con el rey Alfonso de Portugal. La infanta se había negado a obedecer y le había pedido que la nombrara heredera de los tronos de Castilla y León, prometiéndole que sólo se casaría con su consentimiento.

Enrique IV de Castilla no tenía hijos varones (sus súbditos se burlaban de él llamándole Enrique el Impotente), pero tenía una hija llamada Juana que, según se creía, no era suya y de su esposa Juana de Portugal, sino fruto de los amores de ésta con Beltrán de la Cueva. Cuando el Rey quiso nombrar heredera a Juana, estalló el conflicto. Los nobles retiraron su apoyo a Enrique y reconocieron como soberano a Alfonso, que por entonces tenía doce años y era el único hermano de Isabel. El muchacho fue encontrado muerto en su cama, presuntamente envenenado, dos años más tarde.

Isabel no había sido criada ni educada como futura reina, pero poco después de la muerte de su hermano, le pidió a Abraham Seneor que pusiera en marcha unas negociaciones secretas con unos influyentes cortesanos aragoneses, las cuales desembocaron en su boda con Fernando, príncipe de Aragón. El 11 de diciembre de 1474 Enrique IV murió repentinamente en Madrid, estando Isabel en Segovia. En cuanto la infanta se enteró de la noticia, ésta se proclamó de inmediato reina de Castilla. Dos días más tarde, rodeada por una muchedumbre que la vitoreaba, desenvainó su espada, la sostuvo en alto por encima de su cabeza y se dirigió a la catedral de Segovia, al frente de un cortejo. Las Cortes de Castilla le juraron inmediatamente lealtad.

En 1479 murió el rey Juan II de Aragón y su hijo Fernando le sucedió en el trono. En los diez años que siguieron a su boda secreta, los regios esposos libraron constantes batallas, luchando contra las invasiones de Portugal y Francia y aplastando las revueltas internas. Tras haber vencido en todas aquellas campañas, decidieron concentrar sus esfuerzos en los moros.

Durante todos los años de luchas, Abraham Seneor había trabajado fielmente a sus órdenes, reuniendo fondos para el costoso negocio de la guerra, desarrollando un sistema de tributos y guiándolos a través de los escollos políticos y económicos que se interponían a la unión entre Castilla y Aragón.

Los soberanos lo habían recompensado generosamente, nombrándolo rabino y juez supremo de los judíos de Castilla y asesor sobre impuestos judíos en todo el Reino. Desde el año 1488 era tesorero de la Santa Hermandad, una institución que Fernando había creado para el mantenimiento del orden y la seguridad en España.

Sin embargo, antes de que los judíos de muchas zonas del Reino le encargaran a Seneor la presentación de una petición a Fernando, el ilustre judío ya había actuado por su cuenta. Su primer encuentro con los monarcas estuvo presidido por el mutuo afecto y la amistad, pero su petición de revocación del edicto de expulsión recibió una fría negativa que lo dejó consternado.

Varias semanas después solicitó otra audiencia, esta vez en compañía de su yerno el rabí Meir Melamed, que había sido secretario de Fernando y era el principal administrador de las recaudaciones de impuestos del Reino. Ambos hombres habían sido nombrados rabinos por el Rey y no por sus propios correligionarios, pero habían sido unos eficaces defensores de los judíos en la Corte. Los acompañaba Isaac ben Judah Abravanel, el responsable de la recaudación de impuestos en el centro y el sur del país, que había prestado ingentes sumas de dinero al Tesoro real, incluyendo un millón y medio de ducados de oro para asegurar la victoria en la guerra contra Granada.

Los tres judíos volvieron a presentar su petición y esta vez se ofrecieron a recaudar fondos para el Tesoro. Abravanel declaró que él y sus hermanos estarían dispuestos a condonar las elevadas deudas de la Corona a cambio de que se revocara el edicto de expulsión.

Fernando no pudo disimular su interés cuando se habló de las sumas que se le ofrecían. Los tres peticionarios esperaban un decreto inmediato de tal forma que Torquemada y otros clérigos que llevaban años tratando de expulsar a los judíos no tuvieran la oportunidad de influir en la decisión del soberano. Sin embargo, Fernando quiso tomarse las cosas con calma y cuando una semana más tarde los tres volvieron a comparecer ante su presencia, el Rey les informó de que su petición había sido rechazada: había decidido que se llevara a efecto el edicto de expulsión.

Al lado de su marido estaba Isabel, una severa y regordeta mujer de mediana estatura, pero porte extremadamente regio. Tenía unos grandes y autoritarios ojos de un azul verdoso y la boca pequeña y perennemente fruncida. Su cabello rubio rojizo, el rasgo más bello de su persona, estaba empezando a mostrar alguna que otra hebra de plata.

La Reina les hizo más amargo el momento, citando un texto del Libro de los Proverbios de Salomón, 21, 1:

—«Como el agua que fluye es el corazón del rey en mano de Yavé, que Él dirige a donde quiere.»

»¿Creéis que eso os viene de nosotros? Es el Señor el que lo ha puesto en el corazón del Rey —les dijo desdeñosamente a los tres judíos. Con estas palabras dio por finalizada la audiencia.

En su desesperación, los judíos convocaron consejos en todo el reino.

En Toledo, el Consejo de Treinta trató de elaborar un plan.

—Estimo esta tierra. ¡Si tengo que abandonar el amado lugar en el que descansan mis antepasados —dijo finalmente David Mendoza—, quiero ir a un lugar donde jamás se me acuse de haber matado a un niño para hacer *matzos* con su tierno cuerpo, o de haber apuñalado una forma consagrada o de insultar a la Virgen o de burlarme de la misa!

—Tenemos que ir a un lugar en el que el pueblo inocente no se encienda como una mecha —intervino el rabí Ortega.

Se oyó un murmullo de aprobación.

—¿Y dónde está este lugar? —preguntó el padre de Yonah.

Se produjo un prolongado silencio mientras todos se intercambiaban miradas.

Pero a algún sitio se tendrían que ir, por lo que la gente empezó a forjar planes.

Arón Toledano, un hombre corpulento y de hablar pausado, se presentó en casa de su hermano Helkias y ambos se pasaron varias horas proponiendo y descartando destinos mientras Yonah prestaba atención, tratando de comprender.

Tras haber discutido largo y tendido, llegaron a la conclusión de que sólo había tres posibles destinos. Al norte, el Reino de Navarra. Al oeste, Portugal. Al este, la costa, donde unos barcos los podrían trasladar a tierras más lejanas. No obstante, unos días más tarde averiguaron nuevos datos que redujeron sus posibilidades de elección. Arón regresó con su rostro de campesino ensombrecido por la preocupación.

—Tenemos que descartar Navarra: sólo aceptará a los conversos.

Menos de una semana después se enteraron de que don Vidal ben Benveniste de la Cavallería, que había acuñado las monedas de oro de Aragón y Castilla, había visitado Portugal y había recibido permiso para que los judíos españoles se trasladaran allí. El rey Juan II de Portugal vio en ello una buena oportunidad y decretó que su Tesoro impondría un tributo de un ducado por cada inmigrante judío, más una cuarta parte de las mercaderías que éstos llevaran a su reino. A cambio, los judíos serían autorizados a permanecer seis meses en el país.

Arón sacudió la cabeza en gesto de hastío.

—No me fío de ése. Al final, creo que seríamos tratados con menos justicia de la que hemos recibido de la Corona española.

Helkias se mostró de acuerdo. Sólo les quedaba la costa, donde podrían embarcar.

Helkias era un hombre de elevada estatura y amables y pausados modales. Meir era más bajo y corpulento, como su tío Arón, y Eleazar ya empezaba a dar muestras de una complexión parecida. Yonah era alto como su padre, a quien miraba con respeto y afecto.

—Así pues, ¿qué rumbo tomaremos, *abba*?

—No lo sé. Iremos a un lugar donde haya muchas naves, probablemente al puerto de Valencia. Después veremos qué embarcaciones hay disponibles y a qué destinos se dirigen. Tenemos que confiar en que el Todopoderoso nos guíe en nuestro camino y nos ayude a tomar una sabia decisión. ¿Tienes miedo, hijo mío? —preguntó Helkias, mirando a Yonah.

Éste trató de contestar, pero no se le ocurrió ninguna respuesta.

—No hay que avergonzarse de tener miedo. Es prudente reconocer que las travesías por mar están plagadas de peligros. Pero seremos tres hombres altos y fuertes, Arón, tú y yo. Los tres podremos velar por la seguridad de Eleazar y de tu tía Juana.

Yonah se alegró de que su padre lo considerara un hombre.

Fue como si Helkias le hubiera leído el pensamiento.

—Sé que durante los últimos años has asumido responsabilidades propias de hombre —dijo éste en voz baja—. Quiero que sepas que otros han reparado también en tu carácter. Me han hecho proposiciones varios padres de hijas casaderas.

—¿Has hablado de boda? —preguntó Yonah.

—Todavía no. Ahora no. Pero cuando lleguemos a nuestro nuevo hogar, habrá tiempo para que nos reunamos con los judíos de allí y concertemos una buena boda, cosa que sospecho será de tu agrado.

—Lo será —reconoció Yonah mientras su padre se echaba a reír.

—¿Crees acaso que no he sido joven en otros tiempos? Recuerdo muy bien lo que es eso.

—Eleazar se pondrá muy celoso. Él también quiere una esposa —dijo Yonah, y ahora ambos se rieron juntos—. *Abba*, no tengo miedo de ir a ningún sitio mientras tú estés conmigo.

—Yo tampoco tengo miedo estando contigo, Yonah. Contigo no tengo miedo, pues el Señor estará con nosotros.

La idea del matrimonio era un nuevo elemento en la vida de Yonah. Entre todo aquel tumulto, su mente estaba confusa y su cuerpo había cambiado. Por la noche soñaba con mujeres y, en medio de todos los trastornos, soñaba despierto con su amiga de toda la vida, Lucía Martín. Cuando ambos eran unos chiquillos curiosos, en varias ocasiones se habían explorado el uno al otro. Ahora se veía que, bajo la ropa, la joven había adquirido la madurez de la feminidad y una nueva turbación presidía el trato que ambos mantenían.

Todo estaba cambiando y, a pesar de sus temores y recelos, Yonah experimentaba una extraña emoción ante la perspectiva de viajar finalmente a lejanas tierras. Se imaginaba la vida en un nuevo lugar, la clase de vida que los judíos no habían conocido en España en el transcurso de los últimos cien años.

En un libro que había encontrado entre los tratados religiosos de la casa de estudios, escrito por un autor árabe llamado Khordabbek, había leído un comentario sobre los mercaderes judíos:

> Se embarcan en la tierra de los francos, en el mar Occidental, y zarpan rumbo a Farama. Allí cargan sus mercancías a lomos de camellos y se dirigen por tierra a Kolzum, que se encuentra a cinco días de viaje a lo largo de una distancia de veinticinco farsakhs. Embarcan en el mar Rojo y zarpan de Kolzum rumbo a Eltar y Jeddah. Después viajan a Sind, en la India, y a China.

Le hubiera gustado ser mercader. Si fuera cristiano, preferiría ser un caballero, pero de los que no mataban a los judíos, claro. Semejantes vidas debían de estar llenas de prodigios.

Pero, en momentos más realistas, Yonah comprendía que su padre tenía razón. De nada servía perderse en los sueños. Había muchas cosas que hacer, pues los cimientos de su mundo se estaban derrumbando.

7

La fecha de la partida

Yonah conocía a mucha gente que ya se estaba marchando. En el camino que salía de Toledo se vieron en un primer tiempo unos pocos viajeros, después hubo un paulatino goteo y, al final, se produjo una auténtica inundación de judíos que lo recorrían día y noche, una multitud de forasteros de lugares muy lejanos que iban al oeste, hacia Portugal, o bien al este, hacia los barcos. El rumor de su paso se oía desde dentro de las murallas de la ciudad. Viajaban a lomos de caballos y asnos, permanecían sentados sobre los sacos donde guardaban sus pertenencias en carros tirados por vacas, caminaban bajo el ardiente sol llevando sobre sus espaldas pesadas cargas, algunos tropezaban y otros caían. A veces, para animarse y acompañar sus pasos, las mujeres y los niños cantaban y tocaban el tambor y las panderetas.

Las mujeres daban a luz al borde del camino y la gente moría. El Consejo de Treinta de Toledo permitía que los viajeros enterraran a sus muertos en el cementerio judío, pero a menudo no podía ofrecer otra ayuda a los viajeros, ni siquiera un *minyan* para rezar el *kaddish*. En otras ocasiones, a los viajeros en apuros se les hubiera ofrecido ayuda y hospitalidad, pero en esas circunstancias los judíos de Toledo se estaban marchando o preparándose para marcharse y ya tenían sus propios problemas.

Las órdenes franciscana y dominica, complacidas ante

aquella expulsión por la que tanto habían luchado y predicado, se entregaron con toda su alma a la tarea de cosechar el mayor número de almas judías posible. Algunos hebreos de Toledo que eran amigos de la familia de Yonah desde hacía mucho tiempo entraban en las iglesias de la ciudad y se declaraban cristianos... Eran hijos, padres y abuelos con quienes los Toledano habían partido el pan, habían rezado en la sinagoga y habían maldecido la necesidad de llevar la señal amarilla de un pueblo al que todo el mundo rehuía. Casi un tercio de los judíos se convirtió por temor a los terribles peligros del viaje, por amor a algún cristiano, porque habían alcanzado una elevada posición social a la que no podían renunciar o porque ya estaban hartos de ser despreciados.

Los judíos acomodados eran objeto de presión y de coacción para que se convirtieran. Una noche el tío de Yonah, Arón, acudió a Helkias con una escandalosa noticia.

—El rabino Abraham Seneor, su yerno el rabí Meir Melamed y sus familias se han convertido.

Isabel no había podido soportar la perspectiva de prescindir de aquellos dos hombres que tanto habían hecho por ella e incluso corrían rumores de que los había amenazado con tomar represalias contra los judíos en caso de que se negaran a convertirse. Era bien sabido que los soberanos habían preparado personalmente y asistido a las ceremonias públicas de conversión y habían actuado como padrinos en el bautismo.

El rabino Seneor había tomado el nombre de Fernando Núñez Coronel y el rabino Melamed había tomado el de Fernando Pérez Coronel.

Unos días después, Seneor fue nombrado gobernador de Segovia, miembro del consejo real y principal administrador económico del príncipe heredero. Melamed fue nombrado principal contador real y miembro permanente del consejo real.

Isaac Abravanel se negó a convertirse. Él y sus hermanos, Joseph y Jacob, condonaron al Rey y a la Reina sus cuantiosas deudas y, a cambio, fueron autorizados a abandonar el país, llevando consigo mil ducados de oro y algunos valiosos objetos de plata y oro.

Helkias y Arón no tuvieron tanta suerte, y lo mismo cupo decir de la inmensa mayoría de judíos que estaban luchando contra aquella calamidad y a quienes se comunicó que nadie sería autorizado a sacar del Reino plata, oro, dinero o piedras preciosas. La Corona les aconsejó que vendieran todas sus pertenencias y compraran con las ganancias «bienes corrientes» que pudieran vender al llegar a su nueva patria. Pero casi inmediatamente el rey Fernando declaró que ciertas tierras, residencias y propiedades de los judíos en Aragón deberían ser confiscadas para pagar las rentas que se «adeudaban» a la Corona.

Los judíos de Toledo se apresuraron a vender sus propiedades antes de que alguna disposición de los monarcas les impidiera hacerlo, pero todo fue una farsa. Sus vecinos cristianos, sabiendo que las propiedades se tendrían que abandonar o que los judíos tendrían que morir, rebajaron los precios sin piedad, ofreciendo unos pocos sueldos por unos inmuebles que se hubieran podido vender por muchos maravedíes e incluso muchos reales. Un asno o una viña cambiaban de manos por un simple pedazo de tejido.

Arón Toledano, a quien le habían ofrecido una miseria por una granja de cabras, pidió consejo a su hermano mayor.

—No sé qué hacer —dijo con impotencia.

Helkias había sido a lo largo de toda su vida un próspero y apreciado artesano, pero los malos tiempos lo habían dejado en una apurada situación económica. Sólo le habían pagado un depósito a cuenta del relicario. Puesto que la pieza había sido robada antes de su entrega, no había cobrado nada más a pesar de la elevada suma de dinero que había invertido en la compra de oro y plata purísimos para la realización del ciborio. Varios acaudalados clientes no le habían pagado los objetos entregados, intuyendo que quizás el curso de los acontecimientos haría innecesario el pago de las deudas.

—Yo tampoco sé qué hacer —confesó Helkias.

Su situación era desesperada, pero se pudo salvar gracias a los esfuerzos y al tierno corazón de un viejo y fiel amigo.

El orfebre Benito Martín era un cristiano viejo carente

del genio creador que había merecido la fama de platero de Helkias. Casi todo el trabajo de Martín consistía en simples doraduras y algunas reparaciones. Ambos eran jóvenes cuando Benito descubrió que en la misma ciudad de Toledo un judío creaba prodigiosos objetos con metales preciosos.

Buscó al artesano en cuestión y pasó con él todo el tiempo que le fue posible, procurando no ser un estorbo, aprendió nuevas maneras de diseñar objetos de plata y oro, y trató de ampliar su visión de la obra de sus propias manos. Y, mientras aprendía el oficio, Benito Martín descubrió al hombre.

Helkias lo había recibido con los brazos abiertos y lo había invitado a compartir sus conocimientos y sus experiencias humanas. La admiración de Benito fue aumentando poco a poco hasta convertirse en una auténtica y sincera amistad de carácter tan profundo que, en tiempos mejores, Martín incluso acompañaba a sus hijos a la sinagoga para visitar a la familia Toledano en ocasión de la Pascua judía y del *Succoth*, la Fiesta de los Tabernáculos, que conmemoraba los cuarenta años pasados por los judíos en el desierto. Su hija Lucía se había convertido en la mejor amiga de Yonah y su hijo Enrique era el compañero de juegos más habitual de Eleazar.

Benito se avergonzaba de la injusticia que imperaba en Toledo y un anochecer se presentó en casa de Helkias para dar un paseo con él por la cima del peñasco y saludar la llegada de la noche.

—Vuestra casa se levanta en un lugar tan espléndido y vuestro taller está tan bien trazado que no es de extrañar que obtengáis tan buenos resultados. Hace mucho tiempo que os los envidio.

Helkias no dijo nada.

Cuando Benito le hizo su oferta, Helkias se detuvo en seco.

—Ya sé que es un precio muy bajo, pero...

Hubiera sido una oferta muy baja en tiempos normales, pero las circunstancias habían cambiado. Helkias sabía que era todo lo que Benito podía permitirse pagar, una cantidad muy superior a la que le habían ofrecido los voraces especuladores.

Se acercó a su amigo, le besó la rasurada mejilla cristiana, y le dio un prolongado abrazo.

Yonah observó que los ojos de su padre ya no estaban empañados. Helkias se sentó con Arón para estudiar juntos la manera de salvar a la familia. Tenían que actuar de inmediato y Helkias reaccionó afrontando la situación con toda la energía y la atención de que era capaz.

—Por regla general, el viaje a Valencia dura diez días, pero ahora que los caminos están llenos de gente que desea llegar cuanto antes, el mismo viaje nos llevará el doble, exigirá otro tanto de comida y multiplicará los peligros. Por consiguiente, abandonaremos Toledo lo más tarde posible, cuando en los caminos vuelva a haber menos viajeros.

En su granja Arón tenía dos acémilas y un par de espléndidos caballos en los que él y su esposa Juana cabalgarían. Benito Martín había actuado en nombre de Helkias y había comprado dos caballos más y un par de asnos por un precio muy inferior al que le hubieran cobrado a un judío, y ahora Helkias le estaba pagando a su vecino Marcelo Troca una cantidad exorbitante para que tuviera a los cuatro animales en un campo cercano.

Helkias le dijo a su hermano que tenían que buscar la manera de conseguir más capital.

—Cuando lleguemos al puerto, los capitanes no se mostrarán compasivos con nosotros. Necesitaremos mucho dinero para pagar el pasaje. Y, cuando lleguemos a la tierra que ha de acogernos, necesitaremos dinero para mantenernos hasta que podamos volvernos a ganar el pan con nuestro trabajo.

La única fuente posible de dinero eran las deudas no pagadas de los clientes de Helkias. Yonah se sentó con su padre y elaboró una cuidadosa lista de los clientes y de la cantidad que cada uno de ellos les adeudaba.

La suma más elevada eran los sesenta y nueve reales y

dieciséis maravedíes que les debía el conde Fernán Vasca de Tembleque.

—Es un conde arrogante que me mandaba llamar como si fuera un rey y me describía con todo detalle las cosas que quería que yo le hiciera, pero que no me ha pagado ni un solo sueldo de su deuda. Si ahora pudiera cobrarla, tendríamos más que suficiente.

Un claro día de julio, Yonah acompañó a su padre a Tembleque, una aldea muy próxima a Toledo. No estaba acostumbrado a cabalgar, pero las monturas eran muy dóciles y él permaneció sentado en una maltrecha silla con tanto orgullo como un rey. La campiña estaba preciosa y, a pesar de los siniestros pensamientos que lo abrumaban, Helkias estalló en un jubiloso canto mientras cabalgaban. Era un canto de paz.

> *El lobo habitará con la oveja,*
> *y el leopardo se acostará con el niño,*
> *y la vaca y el oso comerán juntos*
> *mientras el león come paja como el buey...*

A Yonah le encantaba oír aquella profunda voz entonando los sonoros versos. Así será cuando lleguemos a Valencia, pensó con regocijo.

Más tarde, mientras cabalgaban, Helkias le contó a su hijo que, cuando el conde Vasca lo había llamado por primera vez a Tembleque, él había consultado el asunto con su amigo, el rabino Ortega, quien le refirió una anécdota.

El rabí Ortega tenía un sobrino, un joven muy estudioso llamado Asher ben Yair, versado en distintas lenguas y también en la Torá.

—A un estudioso le cuesta mucho ganarse la vida —añadió Helkias— y un día Asher se enteró de que un noble de Tembleque estaba buscando secretario, y allí se dirigió para ofrecerle sus servicios.

El conde de Tembleque se enorgullecía de sus habilidades marciales, siguió contando Helkias. Había luchado contra los moros y había viajado por todas partes para participar en torneos, muchos de los cuales había ganado. Pero siempre estaba al corriente de las novedades y, en la primavera del año 1486, se enteró de la existencia de una nueva modalidad de contienda: unas justas literarias en las cuales los participantes luchaban con poemas en lugar de hacerlo con lanzas y espadas.

La contienda eran los Juegos Florales que se habían iniciado en Francia en el siglo XIV, cuando unos jóvenes nobles de Toulouse decidieron invitar a unos trovadores para que recitaran sus obras. El ganador recibiría como premio una violeta de oro.

El certamen se celebró periódicamente en Francia hasta que Violante de Bar, reina de Cataluña y Aragón y esposa del rey Juan I, llevó el certamen poético junto con algunos de sus jueces franceses a Barcelona en el año 1388. Muy pronto la corte española adoptó oficialmente los Juegos Florales y cada año los organizaba con gran pompa.

En el momento en que el conde Vasca se enteró de su existencia, los concursos poéticos anuales eran juzgados por la corte real. Con el tiempo el tercer premio pasó a ser una violeta de plata; el segundo, una rosa de oro. Y el primer premio, en un rasgo típicamente catalán, fue una sola rosa natural, según la teoría de que nada creado por la mano del hombre podía superar una flor creada por Dios.

Vasca pensó que sería maravilloso que lo llamaran a la corte para recibir semejante honor y empezó a forjar planes para participar en los Juegos Florales. El hecho de ser iletrado no lo preocupaba en absoluto, pues su riqueza le permitía contratar a alguien que supiera escribir, por cuyo motivo decidió contratar los servicios de Asher ben Yair, a quien le encomendó que compusiera un poema acerca de la figura de un ilustre y noble soldado. El conde y el secretario no tardaron en llegar a la conclusión de que el protagonista más indicado de semejante poema no podía ser otro que el propio conde Fernán Vasca.

Cuando el secretario terminó el poema y lo leyó, el conde no se ofendió. Le bastaba con que su valentía y sus dotes de guerrero fueran tratadas con reverencia y una cierta exageración. Así pues, el conde Vasca envió una copia a Barcelona.

El poema en cuestión no impresionó favorablemente a los jueces de la corte. Cuando el conde se enteró de que otros tres participantes habían ganado los premios, Asher ben Yair ya se había despedido de su tío, el rabí Ortega, y se había trasladado prudentemente a Sicilia, donde esperaba ganarse la vida como preceptor de jóvenes judíos.

El conde Vasca mandó llamar a Helkias Toledano, un judío famoso por sus obras en metales preciosos. Cuando llegó a Tembleque, Helkias descubrió que Vasca aún estaba furioso por la humillación sufrida a manos de un grupo de ineptos versificadores. Le habló a Helkias de los Juegos Florales y de sus originales premios, y le reveló que había decidido apadrinar un certamen más viril, un verdadero torneo con un primer premio mucho más impresionante y soberbio que el que se otorgaba en Barcelona.

—Quiero que me hagáis una rosa de oro con tallo de plata.

El padre de Yonah asintió con aire pensativo.

—Prestadme mucha atención: tiene que ser tan bella como una rosa natural.

Helkias le miró sonriendo.

—Bueno, pero...

El conde levantó la mano y entonces Helkias pensó que el aristócrata no deseaba perder el tiempo discutiendo con un judío. Vasca dio media vuelta para retirarse.

—Idos y haced lo que os digo. Tendrá que estar terminado para después de Pascua.

Tras lo cual, Helkias fue despedido.

El platero estaba acostumbrado a las absurdas exigencias de ciertos clientes difíciles, pero en aquel caso en particular la situación era especialmente delicada, pues el conde Vasca tenía fama de maltratar a los que incurrían en su cólera. Helkias puso manos a la obra y permaneció sentado largas horas delante de unos rosales, haciendo esbozos. Cuando logró obtener un dibujo de su agrado, empezó a batir el oro y la plata con un martillo. Cuatro días después logró crear un objeto parecido a una rosa, pero el resultado lo decepcionó. Decidió por ello volver a fundir el metal.

Lo intentó repetidamente, y cada vez obtenía pequeñas victorias, pero el efecto del conjunto no era de su agrado. A los dos meses de la reunión con Vasca, aún no había conseguido terminar el encargo.

No obstante él seguía intentándolo y estudiaba la rosa cual si fuera el Talmud: bebía su perfume y su belleza, descomponía las rosas pétalo a pétalo para observar la construcción del conjunto, observaba la forma en que los tallos se volvían, se curvaban y crecían en la dirección del sol, estudiaba la forma en que nacían, maduraban, se desplegaban suavemente y se abrían los capullos. Cada vez que intentaba reproducir la sencilla y sorprendente belleza de la flor, percibía la esencia y el espíritu de la rosa y, a través de los intentos y los fracasos, poco a poco el artesano fue convirtiéndose en artista.

Al final, consiguió crear una flor de metal resplandeciente. Los pétalos se curvaban en una dulce suavidad que era percibida por la vista más que por el tacto. Era una flor tan verosímil, que parecía una rosa natural de oro creada por un jardinero. Por debajo de la flor había un solitario capullo de oro. El tallo, las ramitas, las espinas y las hojas eran de una plata tan reluciente que estropeaba el efecto, pero aún faltaban cinco meses para la fecha de la entrega fijada por el conde Vasca, por lo que Helkias dejó que el tiempo cumpliera su cometido. El oro conservó su color, pero la plata se oscureció hasta adquirir unas características cromáticas que hicieron más verosímil la flor.

El conde Vasca quedó visiblemente sorprendido y complacido al ver la obra de Helkias.

—No quiero entregar esta rosa como premio. Se me ocurre un destino mejor para ella —declaró.

En lugar de pagarle a Helkias el precio convenido, le hizo un segundo e importante encargo de otros objetos, y posteriormente un tercero. Al final, se convirtió en el principal deudor de Helkias y, cuando los judíos recibieron la orden de abandonar España, la deuda de Vasca ascendía a tanto que era la causa de las graves dificultades por las que estaba pasando la familia en aquellos momentos.

Cuando estuvieron más cerca, Helkias y Yonah vieron la impresionante y siniestra fortaleza. El enorme rastrillo de la puerta de la torre del homenaje estaba cerrada y en lo alto de la muralla de piedra se distinguía el puesto del centinela.

—¡Ah de la guardia! —gritó Helkias.

Inmediatamente vio asomar una cabeza protegida por un yelmo.

—Soy el platero Helkias Toledano. Quiero hablar con el muy noble conde de Vasca.

La cabeza se retiró, pero, al cabo de un momento, volvió a asomarse.

—Mi señor conde no está. Tenéis que iros.

Yonah reprimió un gemido, pero su padre insistió.

—Vengo por un asunto muy importante. Si el conde no está, solicito hablar con su mayordomo.

El centinela se volvió a retirar. Yonah y su padre esperaron sentados en sus caballos.

Al final, oyeron un chirrido y un gruñido, el rastrillo se levantó y ambos entraron en el patio del castillo.

El mayordomo era un hombre de complexión delgada que estaba dando de comer tiras de carne a un halcón enjaulado. Carne de gato. Yonah vio el rabo, todavía entero.

El hombre apenas se dignó mirarles.

—Está cazando en el norte —les informó en tono irritado.

—Necesito que me pague las piezas que le hice por encargo y que le entregué en su día —explicó Helkias.

El mayordomo le miró brevemente.

—Yo no le pago nada a nadie a no ser que él me lo ordene.

—¿Cuándo regresará?

—Cuando quiera. —Quizá para librarse de ellos, el hombre se ablandó un poco—. Tal vez dentro de seis días.

Mientras daban media vuelta con sus monturas para regresar a Toledo, Helkias permaneció en silencio, perdido en sus agitados pensamientos. Yonah trató de recuperar en parte el gozoso estado de ánimo del viaje de ida.

—«El lobo habitará con la oveja...» —cantó, pero su padre no le prestó atención y ambos se pasaron casi todo el viaje sin decir nada.

Seis días más tarde, Helkias volvió a hacer el viaje solo. En esta ocasión el mayordomo le dijo que el conde tardaría catorce días en regresar, el día veintiséis del mes.

—Es demasiado tarde —comentó Arón desesperado cuando Helkias le contó lo ocurrido.

—Sí, demasiado tarde —convino Helkias.

Pero al día siguiente se enteraron de que los soberanos, en su clemencia, habían otorgado un día más de plazo para que los judíos abandonaran España, desplazando la fecha final del uno al 2 de agosto.

—¿Tú crees...? —preguntó Arón.

—¡Sí, podremos hacerlo! Yo estaré esperando en el castillo cuando llegue el conde. Nos iremos inmediatamente después de que me haya pagado —dijo Helkias.

—¡Pero el viaje a Valencia dura siete días!

—No nos queda más remedio, Arón —dijo Helkias—. Sin dinero, estamos perdidos.

Arón lanzó un suspiro y Helkias apoyó la mano en el brazo de su hermano.

—Lo conseguiremos. Haremos un esfuerzo nosotros y las bestias, y sin duda encontraremos el camino.

Pero, mientras hablaba, pensó con inquietud que el 2 de agosto era el noveno día del mes judío de *ab*, una fecha aciaga y quizás un mal presagio, pues el 9 de *ab* era la fecha de la destrucción del Templo de Jerusalén, una fecha en la que un considerable número de judíos se había visto obligado a ir errante por el mundo.

8

El pescador

Ya no era necesario que Yonah y Eleazar sacaran brillo a los objetos de plata. Comprendiendo que no podría venderlos a un buen precio, Helkias se los entregó todos a Benito Martín a cambio de una pequeña suma de dinero.

En el dedo medio de la mano derecha Yonah lucía un aro de plata que le había regalado su padre el día en que había sido llamado por primera vez a la Torá. Helkias había hecho un anillo idéntico para su primogénito, pero, cuando le llevaron el cuerpo de Meir, el anillo ya no estaba.

—Quítate el anillo del dedo —ordenó Helkias a su hijo. El muchacho lo hizo a regañadientes. El padre pasó el anillo por un trozo de cordel delgado pero muy fuerte y colgó el cordel alrededor del cuello de su hijo, de tal forma que el anillo quedara escondido en el interior de la camisa—. En caso de que no tengamos más remedio que vender tu anillo, te prometo que te haré otro lo antes posible. Pero puede que con la ayuda del Señor consigas llevar este anillo en otro lugar —añadió.

Helkias se fue con sus dos hijos al cementerio judío situado fuera de la ciudad. Era un lugar desolador, pues otras familias que se tenían que ir de España habían querido visitar los sepulcros de sus seres queridos para despedirse de ellos y sus gritos y sollozos impresionaron de tal modo a Eleazar que éste también rompió a llorar a pesar de que no recordaba en absoluto a su madre y apenas guardaba alguna vaga imagen de Meir.

Helkias había llorado durante muchos años a su esposa y a su primogénito. Aunque tenía los ojos llenos de lágrimas, no emitió ningún lamento, sino que abrazó con fuerza a sus dos hijos, les enjugó las lágrimas y los besó antes de encomendarles la tarea de limpiar los sepulcros y colocar unas piedrecitas encima de ellos como signo de que los habían visitado.

—Es terrible abandonar los sepulcros —le dijo más tarde Helkias a Benito. Martín había llevado un odre de vino y ambos amigos permanecían sentados charlando, tal como tantas veces habían hecho en otros tiempos—. Pero peor todavía es abandonar el sepulcro de mi hijo sin saber quién lo envió allí.

—Si consiguiéramos localizar el relicario, puede que el lugar donde se encuentra nos dijera muchas cosas —observó Martín.

Helkias hizo una mueca.

—No ha sido posible. A esta hora, los ladrones que manejan este tipo de materiales ya lo habrán vendido. Puede que se encuentre en una iglesia muy lejos de aquí —apuntó Helkias, al tiempo que tomaba un buen trago de vino.

—Pero... puede que no —dijo Benito—. Si yo hablara con los clérigos de las iglesias de la región, es posible que averiguara algo.

—Yo pensaba hacerlo —reconoció Helkias—, pero... soy judío. Me dan demasiado miedo las iglesias y los clérigos como para emprender semejante empresa.

—Permitidme que yo lo haga por vos —se ofreció Martín, y Helkias asintió con la cabeza, agradecido.

Después se acercó a su mesa de dibujo y tomó unos bocetos del ciborio para que Benito los pudiera mostrar a los clérigos. Martín estaba preocupado.

—Helkias, en la ciudad los ánimos están muy encrespados contra vos. Se murmura que os negáis a abandonar Toledo y que, sin embargo, no os queréis convertir. Esta casa en lo alto del peñasco está muy expuesta al peligro. Ya es demasiado tarde para buscar refugio entre la muchedumbre del otro lado de la muralla de la Judería, pues los demás judíos ya se han ido. Quizá convendría que vos y vuestros hijos os albergarais en mi casa, en la seguridad de un hogar cristiano.

Helkias sabía que la presencia de un adulto y dos muchachos en casa de Martín, aunque fuera por muy breve tiempo, causaría un gran revuelo. Le dio las gracias a Benito, pero sacudió la cabeza.

—Hasta el momento en que tengamos que irnos, disfrutaremos del hogar en el que nacieron mis vástagos —dijo.

Pero cuando Benito se fue, Helkias acompañó a sus dos hijos al sendero del peñasco. Tras apartarse del sendero, les mostró la boca de una angosta galería en forma de L que conducía a una pequeña cueva.

En caso de necesidad, les dijo a Yonah y Eleazar, la cueva sería un escondrijo seguro.

Yonah sabía muy bien que muchas cosas de las que estaban haciendo, las hacían en Toledo por última vez. Se había perdido la pesca primaveral. La primavera era la mejor época, pues aún hacía fresco, pero el primer calor del sol aceleraba la aparición de las efímeras y de otras minúsculas criaturas aladas que permanecían como en suspenso sobre la superficie del río.

Ahora ya hacía calor, pero él conocía una profunda poza al otro lado de una presa natural formada por grandes rocas y ramas, y sabía que los peces estarían casi inmóviles en el fondo, a la espera de que la comida se acercara a ellos por sí sola.

Tomó los pequeños anzuelos que le había hecho un padre muy experto en el arte de trabajar los metales y se dirigió a la parte de atrás del taller para tomar un corto palo de madera con un fuerte sedal enrollado a su alrededor.

Apenas había dado tres pasos cuando Eleazar apareció corriendo tras él.

—Yonah, ¿me llevas contigo?

—No.

—Quiero ir contigo, Yonah.

Si su padre estuviera presente, seguramente les prohibiría que se alejaran demasiado de la casa. Yonah contempló con inquietud la puerta del taller.

—Eleazar, no me lo eches a perder. Si armas alboroto, él lo oirá y saldrá.

Eleazar le miró entristecido.

—Cuando vuelva, me pasaré la tarde enseñándote a tocar la guitarra.

—¿Toda la tarde?

—Toda.

Un momento más y Yonah pudo subir libremente por el sendero que conducía al río.

Al llegar abajo, prendió un anzuelo y se pasó unos cuantos minutos removiendo las piedras de la orilla. Varios cangrejos de río se alejaron precipitadamente hasta que él encontró uno lo bastante pequeño como para satisfacer sus necesidades; entonces lo atrapó y lo aseguró para que sirviera de cebo.

Era su lugar de pesca preferido y lo había utilizado muchas veces a lo largo de los años. Era muy fácil alcanzar una roca de gran tamaño que se levantaba por encima de la poza, pues su aplanada cima se encontraba casi al mismo nivel que el sendero y cerca de allí había un árbol cuyas colgantes ramas proporcionaban sombra tanto a los peces de la poza como al pescador que se sentaba en la roca.

El anzuelo con el cebo penetró en el agua con un sordo rumor.

Yonah esperó con emoción, pero, al ver que la pesca se resistía, se sentó en la roca lanzando un suspiro. Soplaba una ligera brisa, la roca estaba muy fresca y los suaves murmullos del río serenaban el ánimo. Corriente abajo dos hombres se estaban llamando el uno al otro y cerca de allí se oían los gorjeos de un pájaro.

No se percató de que estaba adormilado, sólo percibió una disminución de los sonidos y de la conciencia hasta que, al final, se quedó profundamente dormido.

Se despertó sobresaltado cuando alguien tiró de la caña y él sintió que el extremo de ésta resbalaba por debajo de su pierna.

—Has pillado un pez —le dijo el hombre.

Yonah se asustó. El hombre, tan alto como *abba*, era un fraile o un monje con hábito negro y sandalias. Yonah jamás había visto a nadie con una espalda tan jorobada como la suya.

—Es un pez muy grande. ¿Quieres la caña?

—No, podéis pescarlo vos —contestó Yonah a regañadientes.

—Lorenzo —dijo alguien desde el sendero.

Yonah se volvió y vio a otro hombre vestido con hábito negro. El pez se estaba agitando como si quisiera alcanzar la presa de arbustos que cerraba la poza, pero el desconocido levantó el extremo de la caña. Yonah observó que era un experto pescador. Tiró suavemente para evitar que la caña se estropeara y guió el pez recogiendo poco a poco el sedal con la mano izquierda hasta que la presa, una soberbia brema que se retorcía en el anzuelo, fue izada a lo alto de la roca. El hombre sonrió.

—No es tan grande como parecía, ¿verdad? Todos parecen muy grandes al principio. ¿Lo quieres?

Por supuesto que Yonah lo quería, pero intuía que el hombre también.

—No, señor —contestó.

—Lorenzo —llamó el otro fraile—. Os lo ruego, no hay tiempo. Nos estará buscando.

—¡Muy bien! —contestó el más alto en tono irritado mientras deslizaba un dedo bajo una agalla para poder sujetar mejor el pez. Unos bondadosos ojos tan profundos como la poza miraron a Yonah.

—Que Cristo te dé suerte —dijo.

9

Los visitantes

A la mañana siguiente el cielo adquirió un tono negro verdoso y hubo muchos truenos y relámpagos; después la tormenta amainó, pero estuvo lloviendo dos días seguidos. Los tíos de Yonah, Arón y Juana, acudieron a casa de su sobrino. Juana comentó que no era frecuente que lloviera de aquella manera en el mes de *tammuz*.

—Pero tampoco es inaudito —objetó su marido.

—No, claro que no es inaudito —dijo Juana, pero nadie se atrevió a comentar que era un mal presagio. El aire era muy cálido a pesar del aguacero, pero, al segundo día, la lluvia amainó y después cesó.

Benito Martín se había pasado los dos días cabalgando bajo la lluvia con los bocetos de Helkias enrollados y envueltos en un trozo de cuero para protegerlos del agua. Desenrolló los dibujos en siete iglesias y dos monasterios. Para entonces, todos los sacerdotes y monjes de Toledo habían oído hablar de la pérdida del ciborio del priorato, pero ninguno de ellos sabía qué había sido del relicario.

Su última parada la hizo en la catedral, donde se arrodilló para rezar.

Cuando terminó de orar, vio que un fraile jorobado de elevada estatura lo estaba observando. Por los chismes que circulaban por la ciudad, Martín sabía que el fraile pertenecía a la Santa Inquisición, pero no recordaba su nombre.

Fue mostrando los bocetos a los numerosos sacerdotes de la catedral. Ya había desplegado infructuosamente los dibujos en tres ocasiones cuando levantó la vista y sus ojos se volvieron a cruzar con los del espigado fraile.

El fraile curvó el dedo índice.

—Dejadme ver.

Benito le enseñó los bocetos y él los estudió con detenimiento.

—¿Por qué los mostráis a los clérigos?

—Son los dibujos de un relicario robado. El platero que lo hizo quiere averiguar si alguien conoce su paradero.

—El judío Toledano.

—Sí.

—¿Vuestro nombre?

—Soy Benito Martín.

—¿Sois un converso?

—No, hermano, soy un cristiano viejo.

—¿Helkias Toledano es amigo vuestro?

Hubiera tenido que ser fácil admitirlo, reconocer su amistad.

A Benito le gustaba mucho la catedral. Tenía por costumbre visitarla a menudo porque aquel hermoso lugar abovedado siempre lo inducía a pensar que sus plegarias subirían desde allí directamente hasta los oídos de Dios, pero aquel fraile le estaba estropeando la catedral.

—Soy orfebre. Muchas veces hemos hablado de cuestiones relacionadas con nuestro oficio —dijo con recelo.

—¿Tenéis parientes conversos?

—No.

—¿Ya se ha ido de Toledo el platero?

—... Está a punto de marcharse.

—¿Os ha hablado de las plegarias judías?

—No. Jamás.

—¿Sabéis si alguna vez ha hablado de plegarias con algún cristiano?

—No.

El fraile le devolvió los bocetos.

—¿Sabéis que nuestros soberanos han prohibido terminantemente que los cristianos ofrezcan consuelo a los judíos?

—Yo no he ofrecido ningún consuelo —adujo Benito, pero quizás el fraile no lo oyó, pues ya había dado media vuelta para retirarse.

Bonestruca, recordó: ése era el nombre.

Cuando llegó a la casa de Toledano ya había dejado de llover.

—Ya, amigo mío —le dijo Helkias.

—Ya, amigo mío. ¿De veras os vais mañana?

—Sí, mañana —contestó Helkias—, tanto si regresa como si no el conde de Tembleque para que yo pueda cobrar mi dinero. Si seguimos esperando, será demasiado tarde.

Helkias le dijo a Benito que cargarían los asnos muy temprano. Él y sus hijos estaban apartando cuidadosamente las pocas pertenencias que podrían llevar consigo.

—Lo que dejemos es vuestro para que dispongáis de ello a vuestro gusto.

—Os doy las gracias.

—No hay por qué.

Martín facilitó a Helkias su descorazonador informe y Helkias se lo agradeció y se encogió de hombros: no era un resultado inesperado.

Después Martín le preguntó:

—¿Conocéis al fraile jorobado, aquel dominico tan alto?

—Lo he visto alguna vez en la ciudad.

—Es un inquisidor. Al verme mostrando los dibujos, me dio a entender que no aprobaba mi misión. Me hizo preguntas sobre vos; demasiadas preguntas en realidad. Temo por vos, Helkias. ¿Habéis tenido algún trato con ese fraile, alguna dificultad o disgusto?

Helkias sacudió la cabeza.

—Jamás he hablado con él. Pero no os preocupéis, Benito. Mañana por la noche ya estaré lejos de aquí.

Benito se avergonzó de que un fraile pudiera causarle semejante inquietud.

Preguntó si podía llevarse a Eleazar a pasar la tarde en su casa para que el niño pudiera despedirse de su amado compañero de juegos, su hijo Enrique.

—¿Podría quedarse a pasar la noche en casa con vuestro permiso?

Helkias asintió con un gesto, pues era consciente de que los niños no volverían a verse nunca más.

Yonah y su padre estuvieron trabajando hasta bien entrada la noche bajo la luz de las velas, completando los arduos detalles de la partida.

Yonah disfrutaba compartiendo las diversas tareas con su padre. No le resultaba desagradable permanecer a solas con él mientras Eleazar pasaba la noche en otro sitio.

Colocaron sus pertenencias en dos montones: una pila con las cosas que pensaban dejar y otra más pequeña que cargarían en los asnos al amanecer: ropa, comida, un libro de oraciones y las herramientas de trabajo de su padre.

Antes de que se hiciera demasiado tarde, Helkias abrazó a Yonah y le ordenó que se acostara.

—Mañana emprenderemos un viaje. Necesitarás todas tus fuerzas.

Yonah acababa de quedarse dormido arrullado por el consolador rumor de la escoba de Helkias barriendo el suelo cuando su padre lo sacudió violentamente por los hombros y le dijo en tono apremiante:

—Hijo mío. Tienes que abandonar la casa por la ventana de atrás. Date prisa.

Yonah oyó el rumor de muchos hombres que bajaban por el camino. Algunos cantaban un belicoso himno. Otros gritaban. No estaban muy lejos.

—¿Adónde...?

—Vete a la cueva del peñasco. No salgas hasta que yo vaya a buscarte. —Su padre le clavó los dedos en el hombro—. Presta atención. Vete ahora mismo. Que no te vea ningún vecino. —Helkias introdujo media hogaza de pan en una bolsita y se la arrojó a su hijo—. Yonah, si no voy a buscarte... quédate allí todo lo que puedas y después ve a casa de Benito Martín.

—Ven conmigo, *abba* —dijo temerosamente el muchacho, pero Helkias empujó a su hijo a través de la ventana y Yonah se quedó solo en la noche.

Dio unas cautelosas vueltas por detrás de las casas, pero, en determinado momento, no tuvo más remedio que cruzar el camino para dirigirse al peñasco. En cuanto dejó las casas a su espalda, se acercó al camino en medio de la oscuridad y vio por primera vez las luces que se acercaban, cada vez más próximas. Era un numeroso grupo de hombres y la luz de las antorchas iluminaba con toda claridad las armas. Trató de contener los sollozos, pero daba igual porque ahora el ruido de los hombres era muy fuerte.

De repente, Yonah echó a correr.

10

La madriguera

La estrechez y la forma de la galería que conducía a la cueva ahogaba casi todos los sonidos, pero de vez en cuando se oía algo, un rugido amortiguado, un aullido semejante al del viento de una lejana tormenta.

Yonah lloró muy quedo, tendido en el suelo de roca y tierra, como si hubiera caído allí desde una altura muy grande, sin prestar atención a los guijarros y las piedras que se le clavaban.

Al cabo de mucho rato se quedó profundamente dormido y pudo huir brevemente de aquella pequeña prisión de piedra.

Cuando despertó, no supo cuánto había dormido ni el tiempo que había transcurrido desde que entrara en la cueva.

Fue consciente de que lo que lo había despertado de su sueño era algo muy pequeño que se movía sobre su pierna. Se tensó, temiendo que fuera una víbora, pero, al final, oyó un consolador y débil correteo y se tranquilizó. Suspiró aliviado, pues no le daban miedo los ratones.

Sus ojos ya se habían acostumbrado a la aterciopelada negrura, pero no podían traspasarla. No sabía si era de día o de noche. Cuando tuvo hambre, masticó un trozo del pan que su padre le había dado.

Después volvió a quedarse dormido y soñó con su padre y, en su sueño, contempló el conocido rostro, sus profundos ojos azules por encima de la recia nariz, la ancha boca de carnosos labios y la poblada barba tan gris como el halo de cabello que le enmarcaba el rostro. Su padre le estaba hablando, pero Yonah no podía oír sus palabras. Tampoco las recordó cuando el sueño terminó y él se despertó tendido en aquella madriguera de animal.

Recordó lo último que le había dicho su padre, su severa advertencia de que esperara en la cueva hasta que él fuera a decirle que todo iba bien; cuando se terminó el pan que le quedaba permaneció tendido en la oscuridad. Tenía mucha sed. Recordó que Meir le había enseñado a tomar un pequeño guijarro cuando no había agua y a succionarlo para aumentar la secreción de saliva. Buscó a tientas con las manos, encontró un guijarro del tamaño apropiado y le sacudió la tierra con los dedos. Cuando se lo introdujo en la boca, notó que aumentaba la saliva y lo succionó como un bebé. Escupió el guijarro cuando empezó a hundirse de nuevo en el profundo pozo del sueño.

Así transcurrió el tiempo entre una seca hambre, una sed devastadora, la huida hacia la modorra y una profunda y creciente debilidad.

Llegó un momento en que Yonah comprendió que, si permanecía más tiempo en la cueva, acabaría muriendo, por lo que empezó a arrastrarse muy lenta y dolorosamente para salir de aquel agujero.

Cuando dobló la esquina de la galería en forma de L, la luz lo azotó como un golpe, de manera que decidió quedarse un ratito inmóvil para acostumbrarse primero a aquella luz cegadora.

Por los rayos del sol supuso que era la tarde. El día estaba en silencio, exceptuando los sonoros trinos de los pájaros. A medida que fue subiendo cautelosamente por el estrecho sendero, comprendió que el Señor lo había protegido durante su desesperado descenso en medio de la oscuridad de la noche.

No se tropezó con nadie mientras regresaba a casa. Cuando llegó al grupo de casas, observó con emoción que todas parecían tan intactas como de costumbre.

Hasta que...

Su casa era la única que había sido saqueada. La puerta había sido arrancada de sus goznes. Los muebles habían desaparecido o estaban destrozados. Todos los objetos de valor —¡incluso la guitarra moruna de Meir!— habían desaparecido. Por encima de cada una de las ventanas, un abanico de color negro en la piedra indicaba en qué lugares el fuego había consumido las soleras.

Dentro todo era ruina y desolación y se percibía el olor de las antorchas.

—¡*Abba!*

»¡*Abba!*

»¡*Abba!*

Pero no hubo respuesta y Yonah se asustó del sonido de sus propios gritos.

Salió y corrió a casa de Benito Martín.

La familia Martín lo recibió con asombrada alegría.

Benito estaba muy pálido.

—Te creíamos muerto, Yonah. Creíamos que te habían arrojado al Tajo desde lo alto del peñasco.

—¿Dónde está mi padre?

Martín se acercó a él y, mientras ambos se mecían en un terrible abrazo, se lo dijo todo sin pronunciar ni una sola palabra.

Cuando le salieron las palabras, Martín fue desgranando la terrible historia.

Un fraile había reunido a una gran muchedumbre en la plaza Mayor de Toledo.

—Era un dominico jorobado, un hombre muy alto llamado Bonestruca. Puso de manifiesto una gran curiosidad sobre tu padre cuando yo le mostré los dibujos del relicario en la catedral.

El fraile jorobado. Yonah recordó a un hombre muy alto de bondadosa mirada.

—Con sus encendidos ataques contra los judíos que habían abandonado la ciudad, consiguió congregar en la plaza a una gran multitud de hombres enfurecidos. Dijo que los judíos habían abandonado España sin haber sido debidamente castigados. Mencionó el nombre de tu padre y lo acusó de ser el judío que había creado un ciborio con el que se podrían hacer terribles conjuros mágicos contra los cristianos; aseguró que era el Anticristo que había rechazado la oportunidad de acercarse al Salvador, que se burlaba impunemente de Él y ahora estaba a punto de escapar indemne.

»Los enardeció hasta la locura y después se quedó atrás mientras la multitud se dirigía a vuestra casa y asesinaba a tu padre.

—¿Dónde está el cuerpo?

—Lo enterramos detrás de la casa. Cada mañana y cada noche rezo por su alma inmortal.

Martín dejó que el muchacho llorara la muerte de su padre.

—¿Por qué no se fue conmigo cuando me obligó a marcharme? —preguntó Yonah en un susurro—. ¿Por qué no huyó él también?

—Creo que se quedó para protegerte —contestó lentamente Martín—. Si no hubieran encontrado a nadie en la casa, hubieran buscado hasta dar con tu padre. Y entonces... también te hubieran encontrado a ti.

Teresa, la esposa de Benito, y su hija Lucía sirvieron pan y leche, pero Yonah estaba tan afligido que no se sentía capaz de probar bocado.

Benito lo instó a comer y, para su vergüenza, Yonah no pudo reprimir el impulso de comer vorazmente tras haberse tragado el primer bocado mientras Martín y las dos mujeres lo contemplaban, ansiosos. Ni Eleazar ni Enrique Martín estaban en la casa, por lo que Yonah dio por sentado que ambos chiquillos estarían jugando en algún sitio cerca de allí.

Poco después Enrique regresó a casa solo.

—¿Dónde está mi hermano?

—Con su tío Arón, el quesero, y su tía Juana —contestó Martín—. A la mañana siguiente de los tumultos, reclamaron a Eleazar y abandonaron Toledo de inmediato.

Yonah se levantó muy trastornado.

—Tengo que irme ahora mismo a Valencia para reunirme con ellos —dijo, pero Benito sacudió la cabeza.

—No irán a Valencia. Arón tenía muy poco dinero. Yo... le pagué una suma que le debía a tu padre por la plata, pero... Pensó que tendrían más posibilidades de encontrar pasaje si se iban a una de las pequeñas aldeas de pescadores que hay por allí. Tomaron los dos caballos que estaban en el campo de Marcelo Troca, para que las dos monturas se pudieran turnar durante el viaje. —Martín titubeó—. Tu tío es un buen hombre y está muy fuerte. Creo que todo irá bien.

—¡Tengo que ir!

—Demasiado tarde, Yonah. Es demasiado tarde. ¿A qué aldea de pescadores irías? Te has pasado tres días en la cueva, muchacho. El último barco de los judíos zarpará dentro de cuatro días. Aunque galoparas día y noche y no reventara tu caballo, no conseguirías alcanzar la costa en cuatro días.

—¿Adónde se llevará mi tío Arón a Eleazar?

Benito sacudió la cabeza, apenado.

—Arón no sabía adónde irían. Todo dependería de los barcos que estuvieran disponibles y de sus destinos. Tienes que quedarte en esta casa, Yonah. En toda España los soldados harán registros en busca de judíos que no hayan obedecido la orden de expulsión. Cualquier judío que no se haya mostrado dispuesto a aceptar la salvación de Cristo será condenado a muerte.

—Entonces, ¿qué haré?

Benito se acercó a él y tomó sus manos entre las suyas.

—Escúchame bien, muchacho. El asesinato de tu padre guarda relación con el de tu hermano. No es una casualidad que tu padre haya sido el único judío asesinado aquí o que su casa haya sido la única que destruyó el pueblo menudo, siendo así que ni una sola sinagoga resultó dañada. Tienes que apartarte del peligro. Por el afecto que me unía a tu padre y a ti mismo, te concedo la protección de mi apellido.

—¿De vuestro apellido?

—Sí. Te tienes que convertir. Vivirás con nosotros como uno de los nuestros. Llevarás el apellido de mi padre. Serás Tomás Martín. ¿Te parece bien?

Yonah le miró, aturdido. El rápido sesgo de los acontecimientos lo había despojado de todos sus parientes y le había arrebatado a todos sus seres queridos. Asintió con la cabeza.

—Bueno, pues entonces, voy ahora mismo en busca de un sacerdote —dijo Benito, y a los pocos minutos salió para cumplir su propósito.

11

La decisión

Sentado en casa de Martín, Yonah estaba aturdido por cuanto le acababa de decir Benito. Lucía se sentó a su lado y le tomó la mano, pero él estaba demasiado trastornado como para responder al gesto de su amiga, por lo que al poco rato ésta se retiró.

¡Como si todo lo ocurrido no fuera suficiente, jamás volvería a ver a su hermano menor Eleazar, que aún estaba vivo!

En la mesa de dibujo de Benito había tinta, pluma y papel. Yonah se acercó, tomó la pluma y, cuando estaba a punto de escribir en una hoja de papel, Teresa Martín se acercó presurosa.

—El papel es caro —le advirtió en tono agrio, mirándolo sin la menor simpatía.

Teresa Martín jamás había sentido por los Toledano el mismo aprecio que su marido y sus hijos, y era evidente que no se alegraba de la decisión de su esposo de añadir un judío a su familia.

Sobre la mesa había uno de los bocetos de la copa de plata que Helkias le había dado a su amigo Martín. Yonah lo tomó y se puso a escribir en el reverso. La primera línea la escribió en hebreo y el resto del mensaje lo redactó rápidamente y sin ninguna pausa en castellano.

A mi querido hermano Eleazar ben Helkias Toledano.

Quiero que sepas que yo, tu hermano, no he sido asesinado por los que le arrebataron la vida a nuestro padre.

Te escribo, mi amado Eleazar, por si algún acontecimiento desconocido hubiera impedido que tú y nuestros parientes embarcarais para alejaros de España. O, en caso de que el 9 de *ab* ya estuvieras en esos mares sobre los que solíamos hacer conjeturas en los tiempos más felices de nuestra infancia, por si llegara el día en que, ya adulto, regresaras al hogar de nuestra niñez y encontraras esta carta en nuestro escondrijo secreto, para que supieras lo que ocurrió.

Si regresas, quiero que sepas para tu seguridad que un poderoso personaje a quien yo no conozco siente un odio especial hacia la familia Toledano. Ignoro la razón. Nuestro padre, que descanse en la eterna paz de los justos, creía que la terrible muerte de nuestro hermano Meir ben Helkias se debió al deseo de robar el relicario que le había encargado realizar el priorato de la Asunción. Benito Martín está convencido de que la muerte de nuestro padre guarda relación con la de Meir, con la copa de oro y plata que él realizó, y con un fraile dominico llamado Bonestruca. Debes tener mucho cuidado.

Yo también.

Aquí ya no quedan judíos, sólo los cristianos viejos y los cristianos nuevos.

¿Estoy solo en España?

Todo aquello por lo que tanto se esforzó nuestro padre ha desaparecido. Hay gente que no pagó sus deudas. Aunque pudieras llegar hasta aquí y leer estas palabras, será muy difícil que cobres lo que se nos debe.

Samuel ben Sahula le debe a nuestro padre trece maravedíes por tres grandes platos para la ceremonia del *seder*, una copa para la oración solemne del *kiddush* y un pequeño cuenco de plata para abluciones ceremoniales.

Don Isaac Ibn Arbet debe seis maravedíes por un

plato de *seder* y dos maravedíes por seis copas pequeñas de plata.

No sé adónde han ido esos hombres; si es la voluntad del Señor, puede que vuestros caminos se crucen algún día.

El conde Fernán Vasca de Tembleque debe a nuestra familia sesenta y nueve reales y dieciséis maravedíes por tres grandes cuencos, cuatro espejitos de plata y dos espejos grandes de plata, una flor de oro con tallo de plata, ocho peinetas de mujer y un peine grande y doce copas de plata maciza con bases de electro.

Benito quiere convertirme en un hijo suyo, cristiano, pero yo tengo que seguir siendo el hijo judío de nuestro padre, aunque ello acarree mi desgracia. Por más que me persigan, no seré un converso. Si ocurriera lo peor, quiero que sepas que me he reunido con nuestro Meir y nuestros amados padres y descanso con ellos a los pies del Todopoderoso.

Quiero que sepas también que pondría en peligro mi lugar en el Reino Celestial con tal de poder abrazar a mi hermano menor. ¡Ah, si pudiera volver a ser tu hermano! Por todas mis negligencias, por todo el daño que te pueda haber causado por medio de palabras o de obras desconsideradas, mi desaparecido y amado hermano, te pido tu perdón y tu amor por toda la eternidad. Acuérdate de nosotros, Eleazar, y reza por nuestras almas. Recuerda que eres hijo de Helkias y descendiente de la tribu de Leví. Reza cada día la shema, en la certeza de que contigo la está rezando tu afligido hermano

Yonah ben Helkias Toledano

—Ahora mi esposo no comprará la casa de tu padre, claro. La casa está en ruinas. —Teresa estudió el papel con el ceño fruncido. Era analfabeta, pero identificó los caracteres judíos de la parte superior de la página—. Vas a traer la desgracia a esta casa.

La idea aterró a Yonah y le hizo recordar que Benito no tardaría en llegar con el cura que llevaría el agua bendita para el bautismo.

Trastornado, tomó el papel y salió al exterior.

El sol se estaba poniendo y la temperatura había bajado. Se alejó de allí sin que nadie se lo impidiera.

Los pies lo condujeron de nuevo a las ruinas de la casa que antaño fuera su hogar. Detrás del edificio vio el lugar donde se había removido la tierra para dar sepultura a su padre. Con los ojos extrañamente secos, rezó la oración de difuntos del *kaddish* y tomó buena nota del lugar de la sepultura, prometiéndose a sí mismo que, si lograba salir de todo aquello con vida, un día trasladaría los restos de su padre a tierra consagrada.

Recordó el sueño que había tenido en la cueva y en ese momento le pareció que en el sueño su padre había intentado decirle que conservara su identidad: él era Yonah ben Helkias Toledano, descendiente de Leví.

Recorrió el interior de la casa a pesar de la creciente oscuridad.

Todas las *mezuzah* de plata, las cajitas que contenían fragmentos del Deuteronomio, habían sido arrancadas de las jambas de la puerta. Había desaparecido hasta el último objeto de valor y el suelo estaba levantado. Los intrusos habían encontrado el dinero que Helkias había conseguido reunir para el viaje que había de alejarlo de España. Pero no habían encontrado un escondrijo de moneditas detrás de una piedra suelta en la pared norte de la casa, los dieciocho sueldos que Yonah y Eleazar habían ahorrado y eran su fortuna personal. Con ellos no podría comprar gran cosa, pero menos era nada. Hizo una bolsita con un trapo sucio y guardó en ella las monedas.

En el suelo había un trozo de pergamino arrancado del interior de una *mezuzah* y posteriormente desechado.

Leyó el fragmento: «Amarás al Señor tu Dios con todo tu corazón, con toda tu alma y con todas tus fuerzas. Y estas palabras que hoy te ordeno, estarán en tu corazón.»

Estuvo a punto de guardar el pergamino en la bolsa junto con las monedas, pero al pensarlo con frialdad, comprendió que el descubrimiento de aquel fragmento en su poder lo llevaría a la muerte. Dobló el trozo de pergamino y lo colocó, junto con la carta a su hermano, detrás de la piedra suelta, donde Eleazar guardaba las monedas. Después salió de la casa.

Más tarde cruzó el campo de Marcelo Troca. Su tío Arón se había llevado los caballos, pero los dos asnos que su padre había comprado aún estaban atados allí, comiendo desperdicios. Cuando intentó acercarse al más grande, éste pegó un respingo y soltó una coz. El otro, un animal más pequeño y de aspecto más tímido, le miró plácidamente y se mostró más tratable. Cuando Yonah soltó la cuerda y montó, la bestia obedeció a la presión de sus talones y se fue al trote.

Quedaba luz suficiente como para que el asno pudiera bajar por el empinado sendero del peñasco. Cuando vadearon el río, vio las formaciones rocosas de pizarra morada que se alzaban como amenazadores dientes negros en medio de los últimos vestigios de luz.

La digestión del asno era muy mala, debido tal vez al repugnante régimen que se había visto obligado a seguir. Yonah no había pensado en ningún destino concreto. Su padre decía que el Todopoderoso guiaría siempre sus caminos. El camino que estaba siguiendo en aquel momento no era muy prometedor, pero, en cuanto se apartó del río, soltó las riendas y dejó que el asno y el Señor lo llevaran adonde quisieran. No se sentía ni un audaz mercader ni tampoco un caballero. El hecho de cabalgar sin ningún amigo hacia lo desconocido a lomos de una bestia que no paraba de soltar ventosidades no era la clase de aventura con que había soñado.

Detuvo por un instante su montura y se volvió para contemplar la ciudad de Toledo allá arriba. La luz de las lámparas de aceite brillaba en muchas ventanas y alguien caminaba con una tea encendida por la angosta y conocida calle que bordeaba el peñasco. Pero era alguien que no lo amaba, por lo que Yonah se apresuró a espolear al asno con las rodillas y no volvió a mirar hacia atrás.

TERCERA PARTE

EL PEÓN

Castilla

30 de agosto de 1492

12

El hombre de la azada

El Inefable y el pequeño asno guiaron toda la noche a Yonah hacia el sur bajo una redonda luna que les hizo compañía e iluminó el camino del asno. Yonah no se atrevió a detenerse. El sacerdote que había acudido a la casa con Benito habría informado inmediatamente a las autoridades de que un mozo judío no bautizado andaba suelto, amenazando a toda la cristiandad. Para salvar su vida, tenía que alejarse todo lo que pudiera de Toledo.

Había cabalgado a través de la campiña desde que dejara Toledo a su espalda. De vez en cuando, distinguía a cierta distancia del sendero la borrosa silueta de una finca. Cada vez que ladraba un perro, lanzaba su montura al trote y pasaba por delante de las pocas casas con que se tropezaba cual si fuera un alma llevada por un asno.

Bajo las primeras y grisáceas nubes del alba, vio que se encontraba en un paisaje distinto, menos escarpado que el territorio de su casa y con alquerías más grandes.

La tierra debía de ser muy fértil, pues pasó por delante de una viña, de un gran olivar y de un campo de verdes cebollas. Se dio cuenta de que tenía el estómago vacío; desmontó, arrancó unas cuantas cebollas y se las comió con avidez. Al llegar a otra viña, tomó un racimo que aún no estaba maduro y tenía un zumo muy ácido. Con las monedas hubiera podido comprar pan, pero no se atrevía a hacerlo por temor a que le hicieran preguntas.

Se detuvo junto a una acequia que contenía un hilillo de agua para que el asno hozara un poco de hierba de la orilla y, cuando salió el sol, se sentó y pensó en su apurada situación. La prudencia le aconsejaba que eligiera un destino. Si tenía que marcharse, quizá fuera mejor que se dirigiera a Portugal, adonde se habían trasladado algunos judíos de Toledo. Ya estaban saliendo los mozos del campo con azadas y cuchillos. Vio sus viviendas al fondo del campo y observó que unos hombres estaban cortando y amontonando maleza. Casi ninguno de ellos prestó atención al muchacho y al asno, por lo que Yonah dejó que el animal hozara a su antojo. Asombrado ante el buen carácter y la docilidad de la bestia, Yonah experimentó una oleada de gratitud. Llegó a la conclusión de que el asno se merecía un nombre y estudió la cuestión mientras volvía a montar y se alejaba de aquel lugar.

Cuando ya casi había perdido de vista el campo que tenía a su espalda, oyó el estremecedor retumbo de unos cascos al galope. Inmediatamente guió al asno hacia el borde del camino para poder mirar con tranquilidad. Para su gran consternación, los ocho soldados a caballo se acercaron a él con sus monturas en lugar de pasar de largo.

Eran una patrulla de siete soldados y un oficial, unos hombres de aspecto fiero, armados con picas y espadas cortas. Uno de los soldados desmontó y empezó a orinar ruidosamente en la acequia.

El oficial miró a Yonah.

—¿Cómo te llamas, muchacho?

Yonah procuró no temblar. En su temor, echó mano de la identidad que le habían ofrecido y él había rechazado en Toledo.

—Soy Tomás Martín, señor.

—¿Dónde vives?

Estaba claro que los mozos del campo les habían informado de que habían visto a un forastero.

—Vengo de Cuenca —contestó.

—¿Has visto a algún judío por el camino?

—No, mi señor. No he visto a ninguno —contestó, disimulando su terror.

El oficial sonrió.

—Nosotros tampoco, a pesar de lo mucho que hemos buscado. Al final nos hemos librado de ellos. O se han largado para siempre, o se han convertido o están en prisión.

—Que otros se queden con ellos —dijo el soldado que había desmontado para orinar—. Que los malditos portugueses disfruten de ellos. Tienen tantos que ya los matan como sabandijas —añadió entre risas.

—¿Adónde vas? —dijo con indiferencia el oficial.

—Voy a Guadalupe —contestó Yonah.

—Pues aún tienes un largo camino por delante. ¿Qué hay en Guadalupe?

—Voy allí... para reunirme con el hermano de mi padre, Enrique Martín.

Comprobó que mentir no era difícil. Ya que estaba, añadió que abandonaba Cuenca porque su padre Benito había muerto el año anterior, combatiendo como soldado contra los moros.

El rostro del oficial se ablandó.

—El destino del soldado... Pareces muy fuerte. ¿Quieres trabajar para poder comprarte comida durante el viaje a Guadalupe?

—La comida no me vendría mal, mi señor.

—Necesitan espaldas jóvenes y fuertes en la hacienda de don Luis Carnero de Palma. Es la próxima hacienda. Di a José Galindo que te envía el capitán Astruells.

—¡Os doy las gracias, capitán!

El soldado que había desmontado para orinar montó de nuevo en su cabalgadura, la patrulla se alejó y Yonah se alegró de asfixiarse con la polvareda que ésta había levantado.

La hacienda de la que le había hablado el capitán era muy grande y, desde el camino, Yonah alcanzó a ver que tenía muchos braceros. Pensó que sería mejor no seguir adelante tal como tenía intención de hacer, pues los soldados de aquel lugar ya se habían dado por satisfechos con su historia mientras que otros que pudiera encontrar en otras regiones quizá no se convencieran tan fácilmente, por desgracia.

Enfiló con el asno el camino de la entrada.

José Galindo no le hizo ninguna pregunta en cuanto Yonah le mencionó al capitán Astruells y Yonah fue enviado de inmediato a un reseco rincón de un campo de cebollas para cortar la resistente maleza con una azada.

A media mañana, un anciano de delgados y fibrosos brazos situado entre las limoneras de un carretón del que tiraba cual si fuera un caballo, recorrió el campo y fue deteniéndose junto a los grupos de hombres para ofrecer a cada uno de ellos un cuenco de madera lleno de gachas de avena y un mendrugo.

Yonah comió tan rápido que apenas notó el sabor. La comida le alivió el hambre, pero le entraron ganas de orinar. De vez en cuando, alguien se acercaba a la acequia que bordeaba el campo para orinar o defecar, pero Yonah sabía muy bien que el hecho de estar circuncidado delataría su condición de judío. Se aguantó todo lo que pudo hasta que, temblando de dolor y temor, se acercó a la acequia y orinó, lanzando un suspiro de alivio. Mientras lo hacía, trató de cubrirse el extremo del miembro. De todos modos, nadie miraba y, en cuanto terminó, regresó junto a su azada. El sol calentaba.

¿Dónde estaban todos los que él conocía?

¿Qué le estaba ocurriendo?

Trabajó con frenesí, procurando no pensar mientras blandía la azada como si ésta fuera la espada de David y las malas hierbas fueran los filisteos. O, mejor, como si las malas hierbas fueran los inquisidores que seguramente estaban muy ocupados buscándolo por toda España.

Cuando ya llevaba tres días trabajando en aquel lugar y estaba sucio y cansado del esfuerzo, reparó en que era el 2 de agosto. El día de la destrucción del Templo en Jerusalén, el último día de la partida de los judíos de España. El noveno día de *ab*. Se pasó el resto de la jornada rezando en silencio mientras trabajaba, suplicándole una y otra vez a Dios que Eleazar, Arón y Juana estuvieran a salvo en el mar, cada vez más lejos de allí.

13

El prisionero

Yonah era un muchacho criado en la ciudad. Estaba familiarizado con las granjas de Toledo y algunas veces había ordeñado las cabras de su tío Arón, había alimentado y pastoreado el rebaño, había cortado heno y había ayudado en la matanza o en la elaboración del queso. Era fuerte y muy alto para su edad, y casi parecía un adulto. Sin embargo, jamás había conocido los duros ciclos cotidianos del esfuerzo incesante que constituyen la principal característica de la vida en el campo, por lo que, durante sus primeras semanas de trabajo en la hacienda de Carnero de Palma, notó que sus entumecidos miembros se quejaban. Los hombres más jóvenes trabajaban como bueyes y se encargaban de las tareas que eran demasiado duras para los que ya tenían el cuerpo debilitado por los muchos años de agotador esfuerzo. Sus músculos no tardaron en endurecerse y desarrollarse y, con el rostro bronceado por el sol, su aspecto ya no se distinguía del de cualquier otro.

Recelaba de todo el mundo, cualquier detalle nimio lo asustaba, sabía que era muy vulnerable y temía que alguien le robara el asno. Durante el día lo ataba en algún lugar en el que pudiera verlo mientras trabajaba. Por la noche, dormía con el asno en un rincón del espacioso establo y experimentaba la extraña sensación de que el animal lo protegía como si fuera un perro guardián.

Los peones parecían aceptar sin más el duro esfuerzo de sus jornadas. Había muchachos de su edad, fornidos hombres de mediana edad y ancianos que gastaban las pocas fuerzas que les quedaban. Yonah era un extraño. No hablaba con nadie y nadie hablaba con él, como no fuera para indicarle dónde tenía que trabajar. En los campos se acostumbró a los extraños sonidos de las azadas que mordían la tierra, las hojas que golpeaban las piedras y los gruñidos de los hombres. Si le llamaban a otra parte del campo, acudía de inmediato; si necesitaba algún apero, lo pedía amablemente, pero sin gastar más palabras de las imprescindibles. Sabía que algunos de sus compañeros lo miraban con inquisitiva animadversión y sabía que tarde o temprano alguien se enzarzaría en una pelea con él. Dejó que lo observaran mientras afilaba una azada desechada hasta conseguir que tuviera un filo cortante. El mango se había roto y él la conservaba a su lado por la noche como si fuera su hacha de guerra.

La hacienda no era un refugio muy cómodo. El duro esfuerzo sólo reportaba unos miserables sueldos y ocupaba todas las horas del día. Pero les daban pan y cebollas y, de vez en cuando, unas aguadas gachas de avena o un caldo muy flojo. Por la noche soñaba a veces con Lucía Martín, pero más a menudo con las carnes que solía comer en casa de su padre: cordero y cabrito asado, además de pollo aderezado y cocido a fuego lento todas las vísperas del sábado judío. Su cuerpo pedía a gritos un poco de grasa.

Cuando empezó a refrescar, en la hacienda se procedió a la matanza de los cerdos. Las sobras y los recortes más bastos se dieron en alimento a los mozos, los cuales se abalanzaron sobre ellos con entusiasmo. Yonah comprendió que no tendría más remedio que comer carne de cerdo; el hecho de no hacerlo sería su perdición. Descubrió para su horror que los rosados recortes de carne eran una delicia y un placer. Rezó en silencio la bendición de la carne y se preguntó qué estaba haciendo, en la certeza de que estaba condenado para siempre.

La idea acentuó su aislamiento y aumentó su desesperación. Ansiaba escuchar una voz humana que hablara en ladino o hebreo. Cada mañana y cada noche rezaba mentalmente la oración de difuntos del *kaddish*, recreándose en la plegaria.

A veces, mientras trabajaba, entonaba en silencio fragmentos de las Escrituras o las bendiciones y plegarias que en aquellos momentos constituían toda su vida.

Llevaba siete semanas en la hacienda cuando regresaron los soldados. Ya había oído hablar de ellos y sabía que pertenecían a la Santa Hermandad, la institución fundada por la Corona para el mantenimiento del orden en todo el Reino.

Estaba cortando maleza a primera hora de la tarde cuando levantó la vista y vio al capitán Astruells.

—¿Cómo? ¿Todavía estás aquí? —preguntó el capitán.

Yonah asintió con la cabeza.

Poco después vio que Astruells y el administrador de la finca José Galindo conversaban sin quitarle ojo.

Se le heló la sangre en las venas. En caso de que el oficial hiciera averiguaciones, no le cabía la menor duda de lo que iba a ocurrir.

Terminó la jornada presa de una profunda inquietud. Al caer la noche tomó su asno y se perdió en la oscuridad. Le debían unas cuantas monedas, pero decidió darlas por perdidas y llevarse en su lugar la azada rota.

En cuanto se sintió a salvo, montó en el asno y se alejó.

Gracias a la dieta de hierba, la digestión del asno había mejorado considerablemente. El animal era tan dócil e incansable que Yonah no pudo por menos que cobrarle gran afecto.

—Te tengo que dar un nombre —dijo, dándole una palmada en el cuello.

Tras haberlo pensado mucho a lo largo de un buen trecho de camino recorrido al trote, Yonah eligió dos nombres. En su mente y en la oscuridad de la noche, llamaría al fiel y bondadoso asno *Moisés*. Era el nombre más bello que jamás se le hubiera podido ocurrir, en honor del hombre que había sacado a los esclavos hebreos de Egipto y de Moisés ben Maimón, el gran médico-filósofo.

—Y, en presencia de la gente, te llamaré *Pedro* —le dijo al asno.

Eran nombres muy apropiados para el compañero de un amo que también tenía varios nombres.

Actuando con la misma cautela que al principio, se pasó dos días viajando de noche y buscando escondrijos de día donde poder ocultarse con *Moisés*. Las uvas de las viñas del borde del camino estaban maduras y cada noche se comía varios racimos que le sabían muy bien, pero ahora era él quien tenía ventosidades y no el asno. Sus tripas gruñían pidiendo comida. A la tercera mañana, el letrero de una encrucijada indicó Guadalupe al oeste y Ciudad Real al sur. Puesto que le había dicho al capitán Astruells que su destino era Guadalupe, no se atrevió a ir allí y se dirigió con su asno hacia el sur.

Era día de mercado y en Ciudad Real reinaba un gran ajetreo. Había tanta gente que nadie se extrañaría de la presencia de un forastero, pensó Yonah, aunque varias personas que lo vieron esbozaron una sonrisa ante aquel joven tan larguirucho que montaba en un asno y cuyos pies colgaban tan bajo que casi rozaban el suelo.

Al pasar por delante del tenderete de un quesero en la plaza Mayor, no pudo resistir la tentación de gastarse una moneda en un pequeño queso que devoró con fruición, a pesar de no ser tan sabroso como los que elaboraba su tío Arón.

—Busco trabajo, señor —le dijo esperanzado al quesero.

Pero el hombre sacudió la cabeza.

—Y a mí, ¿qué? No puedo darle trabajo a nadie. —Sin embargo, llamó a otro que se encontraba allí cerca—. Señor alguacil, este mozo busca trabajo.

Un hombre bajito y barrigudo se acercó pavoneándose. Llevaba el escaso y grasiento cabello que le quedaba pegado al cráneo.

—Soy Isidoro Álvarez, alguacil de esta ciudad.

—Me llamo Tomás Martín y busco trabajo, señor.

—Pues yo puedo ofrecer trabajo, vaya si puedo. ¿Qué sabes hacer?

—He sido peón en una hacienda de las inmediaciones de Toledo.

—¿Qué cultivaban en aquella hacienda?

—Cebollas y trigo. También tenían un rebaño de cabras.

—Mi cosecha es distinta. Yo cultivo criminales y me

gano el pan protegiéndolos del sol y de la lluvia —explicó mientras el quesero soltaba una risotada—. Necesito a alguien que limpie la cárcel, vacíe los cubos de la perfumada mierda de mis bribones y les arroje un poco de comida para conservarles la vida mientras estén bajo mi responsabilidad. ¿Lo podrás hacer tú, joven peón?

No era una perspectiva demasiado halagüeña, pero los ojillos castaños del alguacil parecían tan risueños como peligrosos. Cerca de allí, alguien se rió con disimulo. Yonah adivinó que la gente estaba esperando una ocasión de divertirse y comprendió que no podría rechazar amablemente el ofrecimiento y alejarse de allí como si tal cosa.

—Sí, mi señor. Lo puedo hacer.

—Muy bien pues, tendrás que acompañarme a la cárcel y ponerte a trabajar enseguida —advirtió el alguacil.

Mientras abandonaba la plaza siguiendo al hombre, Yonah sintió que se le erizaban los pelos de la nuca, pues había oído que el quesero le decía a un compañero que Isidoro había encontrado a alguien para cuidar a los judíos.

La cárcel era un edificio angosto y alargado. En un extremo del mismo se encontraba el estudio del alguacil y en el otro una sala de interrogatorios. A ambos lados del pasillo que unía las dos estancias se abrían unas celdas diminutas. Casi todas las celdas tenían un ocupante acurrucado en el suelo o sentado con la espalda contra la pared.

Isidoro Álvarez le dijo a Yonah que entre los prisioneros había tres ladrones, un asesino, un borracho, dos salteadores de caminos y once cristianos nuevos acusados de seguir siendo judíos en secreto.

Un guardia armado con una espada y un garrote dormitaba en una silla del pasillo.

—Éste es Paco —le dijo el alguacil a Yonah. Dirigiéndose al guardia, añadió en un susurro—: Éste es Tomás.

Después se fue a su estudio y cerró la puerta para librarse del intenso hedor.

Yonah comprendió con resignación que el primer intento de limpieza tendría que empezar por los cubos llenos a rebosar de porquería, por lo que le pidió a Paco que le abriera la primera celda, en la que una mujer de mirada extraviada contempló con indiferencia cómo él retiraba su cubo.

Cuando había atado a *Moisés* en la parte posterior de la cárcel había observado la presencia de una pala colgada en la pared; la tomó, buscó un lugar arenoso y cavó un hoyo muy profundo. Vació el maloliente contenido en el hoyo, llenó dos veces el cubo con arena y lo vació. Cerca de allí había un árbol de grandes hojas en forma de corazón que utilizó para retirar la arena del interior del cubo; después enjuagó el cubo en el agua de una acequia cercana y lo llevó de nuevo a la celda.

De esta manera limpió los cubos de cinco celdas y se compadeció con toda su alma de la terrible situación de sus ocupantes. Cuando el guardia le abrió la puerta de la sexta celda, entró y se quedó un instante inmóvil antes de tomar el cubo. El prisionero era un hombre muy flaco. Como a todos los varones de la cárcel, le había crecido el cabello y la barba, pero a Yonah le pareció que algo en su rostro le resultaba vagamente familiar.

El guardia soltó un gruñido, molesto por el hecho de tener que permanecer de pie junto a la puerta abierta de la celda. Yonah tomó el cubo y se lo llevó.

Sólo cuando regresó a la celda con el cubo limpio, tratando de imaginarse el rostro del prisionero tal como debía de ser con el cabello corto y la barba cuidadosamente recortada, le vino un recuerdo a la memoria. Era la imagen de su madre moribunda y del hombre que había acudido a su casa todos los días durante largas semanas para inclinarse sobre Esther Toledano y administrarle las medicinas.

El prisionero era Bernardo Espina, el antiguo médico de Toledo.

14

La fiesta

Por la noche Yonah dormía sobre el suelo de piedra de la sala de interrogatorios. Una vez al día recogía la comida que cocinaba allí cerca la mujer del guardia nocturno apellidado Gato y la repartía entre los prisioneros.

Él comía lo mismo y a veces le daba un poco a *Moisés* para completar su magra dieta de malas hierbas. Estaba esperando la ocasión propicia para escapar. Paco le anunció que estaba a punto de celebrarse un auto de fe al que asistiría mucha gente. A Yonah le pareció un buen momento para irse.

Entre tanto, limpiaba la cárcel e Isidoro, satisfecho de su trabajo, lo dejaba en paz.

Durante sus primeros días en la cárcel, Paco y Gato, el guardia nocturno, apalearon sin compasión a los ladrones y los soltaron. También soltaron al borracho, pero a los tres días tuvieron que volverlo a encerrar en otra celda, pues estaba muy bebido y no paraba de gritar.

Poco a poco, a través de las maldiciones de los reclusos y de las conversaciones entre Isidoro y sus hombres, Yonah averiguó las acusaciones que pesaban sobre algunos cristianos nuevos.

Un carnicero llamado Isaac Montesa había sido acusado

de vender carne preparada según el rito judío. Cuatro de los restantes estaban acusados de comprarle habitualmente la carne a Montesa. Juan Peropán había sido detenido por tenencia de páginas de oraciones judías y su mujer Isabel por participación voluntaria en la liturgia judía. Los vecinos de Ana Montalbán habían observado que ésta dedicaba el séptimo día de la semana al descanso, que se bañaba cada viernes antes de la puesta del sol y que, durante el día de descanso judío, vestía ropa limpia.

Yonah empezó a darse cuenta de que los ojos del médico de Toledo lo seguían cada vez que trabajaba cerca de su celda.

Al final, una mañana en que estaba trabajando en el interior de su celda, el prisionero le preguntó en voz baja:

—¿Por qué te llaman Tomás?

—¿Y de qué otra manera tendrían que llamarme?

—Tú eres un Toledano, pero no recuerdo cuál de ellos.

Vos sabéis que no soy Meir, hubiera querido decirle Yonah, pero no se atrevió. ¿Y si el médico lo denunciaba a la Inquisición a cambio de un trato de favor?

—Os confundís de persona, señor —le dijo.

Terminó de barrer la celda y se retiró.

Transcurrieron varios días sin que se produjera ningún incidente digno de mención. El médico dedicaba buena parte de la jornada a leer el breviario y ya no lo miraba. Yonah pensó que, si hubiera querido traicionarlo, ya lo hubiera hecho.

De entre todos los prisioneros, el carnicero Isaac Montesa era el más insolente y con frecuencia pronunciaba a voz en grito bendiciones y plegarias en hebreo y arrojaba su condición de judío a la cara de sus carceleros. Los restantes acusados de prácticas judaizantes se mostraban más serenos y casi pasivos en su desesperación.

Yonah esperó hasta que se encontró una vez más en la celda de Espina.

—Soy Yonah Toledano, señor.

Espina asintió con la cabeza.

—Tu padre Helkias... ¿se ha ido?

Yonah sacudió la cabeza.

—Lo mataron —contestó, y justo en aquel momento apareció Paco para dejarle salir y cerrar la celda, y ambos tuvieron que interrumpir su conversación.

Paco era un holgazán que se pasaba el rato dormitando en su silla cuando Isidoro no andaba por allí. En tales ocasiones, le molestaba que Yonah le pidiera que le abriera las celdas, por lo que, al final, le entregó a éste las llaves y le dijo que él mismo se ocupara de las puertas.

Yonah había regresado afanosamente a la celda del médico, pero, para su gran decepción, Espina no manifestó el menor deseo de seguir hablando con él y se pasaba el rato con los ojos fijos en las páginas de su breviario.

Cuando Yonah entró en la celda del carnicero Isaac Montesa, vio que éste se encontraba de pie, meciéndose adelante y atrás con la túnica levantada sobre la cabeza cual si fuera un manto de oración, entonando unas plegarias. Yonah se bebió con ansia el sonido de la lengua hebrea y prestó atención al significado:

—Por el pecado que hemos cometido en tu presencia al habernos contaminado con la impureza,

»y por el pecado que hemos cometido en tu presencia por la confesión de los labios,

»y por el pecado que hemos cometido en tu presencia por presunción o error,

»y por el pecado que hemos cometido en tu presencia voluntaria o involuntariamente,

»por todos ellos, oh, Señor del perdón, perdónanos, danos tu absolución y concédenos la expiación.

Montesa se estaba confesando ante Dios y entonces Yonah comprendió con un leve sobresalto que debía de ser el décimo día del mes hebreo de *tishri*, el *Yom Kippur* o Día de la Expiación. Hubiera querido unirse a las oraciones de Montesa, pero la puerta del estudio del alguacil estaba abierta y él podía oír la sonora voz de Isidoro y la más sumisa de Paco, por lo que se limitó a barrer la celda del orante y luego se retiró.

Aquel día todos los prisioneros comieron las gachas que él sirvió en todas las celdas menos en la de Montesa, que quiso observar el severo ayuno de la fiesta. Yonah tampoco comió, y se alegró de poder disponer de un medio de afirmar su condición de judío sin correr ningún riesgo. Su ración de gachas y la de Montesa se las dio a *Moisés*.

Por la noche, tendido despierto en el duro suelo de la sala de interrogatorios, Yonah pidió perdón por sus pecados y por todos los desaires y las ofensas que hubiera podido cometer contra los que amaba y contra los que ni siquiera conocía. Mientras rezaba el *kaddish* y la *shema*, pidió al Todopoderoso que cuidara de Eleazar, Arón y Juana y se preguntó si todavía estarían vivos.

Comprendió que, en caso de que no adoptara las medidas necesarias, no tardaría en olvidarse del calendario judío, por lo que decidió recordar la fecha judía en todas las ocasiones que pudiera. Sabía que cinco meses —*tishri*, *shebat*, *nisan*, *sivan* y *ab*— tenían treinta días mientras que los otros siete —*heshvan*, *kislev*, *tebet*, *adar*, *iyar*, *tammuz* y *elul*— tenían veintiuno.

En ciertas ocasiones, los años bisiestos, se añadían unos días. Eso no sabría cómo hacerlo. *Abba* siempre sabía qué día era...

«No soy Tomás Martín —pensó medio dormido—. Soy Yonah Toledano. Mi padre era Helkias ben Reuven Toledano, de bendita memoria. Pertenecemos a la tribu de Leví. Estamos al décimo día del mes de *tishri*, en el año cinco mil doscientos cincuenta y tres...»

15

El auto de fe

La nueva etapa de los judíos se inició la mañana en que los guardias se presentaron, aherrojaron a Espina y se lo llevaron en una carreta al Oficio de la Inquisición para ser sometido a interrogatorio.

Era de noche cuando lo devolvieron a la cárcel con los pulgares de ambas manos ensangrentados y dislocados por la tortura de las empulgueras. Yonah le sirvió agua, pero él permaneció tendido en el suelo, de cara a la pared. A la mañana siguiente, Yonah regresó a la celda.

—¿Cómo estáis vos aquí? —le preguntó en voz baja—. En Toledo os teníamos por un cristiano voluntario.

—Soy voluntariamente cristiano.

—Pues entonces... ¿por qué os torturan?

Espina guardó silencio.

—¿Qué saben ellos de Jesús? —musitó al final.

Los hombres de la carreta seguían acudiendo a la cárcel para llevarse a los prisioneros uno por uno. Juan Peropán regresó de su interrogatorio con el brazo izquierdo colgando, roto en la tortura de la rueda. La contemplación del estado en que se encontraba trastornó a su esposa Isabel, la cual evitó la tortura respondiendo histéricamente que sí a cuanto le preguntaban los interrogadores.

Yonah sirvió vino al alguacil y a dos amigos suyos a quienes aquél estaba contando los detalles de la confesión de Isabel.

—Le echó toda la culpa al marido. Juan Peropán jamás dejó de ser judío, dice ella, ¡jamás, jamás, jamás! La obligaba a comprar carne y pollo preparados al estilo judío, la obligaba a escuchar impías oraciones y a participar en ellas y la obligaba a enseñárselas a sus hijos.

Había declarado contra todos los prisioneros acusados de prácticas judaizantes, confirmando las acusaciones que pesaban sobre ellos.

Según contó Isidoro Álvarez, incluso había declarado contra el médico, a quien ni siquiera conocía, señalando que Espina le había dicho que había cumplido la alianza de Abraham, llevando a cabo treinta y ocho circuncisiones rituales en otros tantos niños judíos.

El interrogatorio de cada uno de los acusados duró varios días hasta que una mañana, en el balcón del Oficio de la Inquisición, se colgó la bandera roja, señal de que pronto se cumpliría una pena de muerte en un auto de fe.

Tras haber perdido todas las esperanzas, Bernardo Espina experimentó el repentino impulso de hablar de Toledo.

Yonah confiaba instintivamente en él. Una tarde, mientras fregaba el suelo del pasillo, se detuvo junto a su celda para conversar con el hombre. Le dijo que su padre había acudido a la casa vacía de Espina y que después se había dirigido al priorato de la Asunción y había descubierto que estaba abandonado.

Espina asintió con un gesto y no se sorprendió en absoluto de que el priorato de la Asunción ya no existiera.

—Una mañana fray Julio Pérez, el sacristán, y dos guardias armados fueron encontrados asesinados en el exterior de la capilla. Y la reliquia de santa Ana había desaparecido.

—Aquí hay unas profundas corrientes eclesiásticas, mi joven Toledano, y son lo bastante fuertes como para tragarse sin dificultad a las personas como tú y como yo. Hace poco que el cardenal Rodrigo Lancol se ha convertido en nuestro nuevo pontífice bajo el nombre de Alejandro VI. Su Santidad no hubiera aceptado de buen grado un priorato incapaz de conservar una reliquia tan sagrada. Los frailes se habrán repartido dentro de la propia orden de los jerónimos.

—¿Y el prior Sebastián?

—Puedes estar seguro de que ya no es prior y de que lo han enviado a un lugar donde cumplirá con rigor los preceptos de la vida sacerdotal —contestó Espina, esbozando una amarga sonrisa—. A lo mejor, los ladrones han juntado la reliquia con el ciborio que hizo tu padre.

—¿Qué clase de persona puede haber cometido el pecado del asesinato para robar unos objetos sagrados? —preguntó Yonah.

Espina esbozó una fatigada sonrisa.

—Unos hombres impíos que aparentan ser virtuosos. En toda la cristiandad los devotos siempre han tenido mucha fe y esperanza en las reliquias. Hay un vasto y rico comercio de tales objetos y una mortal competencia.

Espina reveló que el padre Sebastián le había encomendado la misión de descubrir cómo había ocurrido el asesinato de Meir. Para Yonah fue un duro golpe escuchar las revelaciones que le hizo Espina acerca del escenario del crimen. Después Espina contó de qué forma el inquisidor Bonestruca lo había detenido.

—¿Bonestruca? ¿El jorobado? Me dijeron que había sido Bonestruca el que había enardecido a la multitud para que se lanzara contra mi padre. Yo he visto a este tal Bonestruca —dijo Yonah.

—Tiene un rostro de singular belleza, ¿verdad? Pero debe de llevar en el alma una carga más pesada que su joroba. Es capaz de destruir a cualquier persona que sepa algo que pueda causarle problemas. Cuando me soltaron después del interrogatorio, me dijeron que me fuera, pues, de lo contrario, él me volvería a detener y la segunda vez sería para siempre. Me disponía a marcharme cuando el padre Sebastián me mandó llamar. Cuando me habló del robo de la reliquia, el prior estaba fuera de sí.

»Lloró y me ordenó que la recuperara, como si estuviera en mi poder hacerlo. Me habló de la enormidad del crimen y me suplicó que redoblara mis esfuerzos para descubrir a los que habían cometido tan terrible infamia contra él. —Espina sacudió la cabeza—. Comprendí que, si me quedaba en Toledo aunque sólo fuera un momento más, me detendrían. Recomendé a mi mujer que encomendara a nuestros hijos a la protección de unos parientes y huí.

—¿Adónde fuisteis?

—A las altas montañas del norte. Encontré recónditos lugares y recorrí varios pequeños pueblos, donde se alegraron mucho de ver a un médico.

Yonah lo creía. Recordó con cuánta ternura había tratado aquel hombre a su madre y recordó que su padre le había dicho que Espina había aprendido su oficio con Samuel Provo, el gran médico judío.

Espina había entregado su noble vida a servir a los demás. Aquel médico que había abandonado la religión de sus padres era, sin embargo, un hombre muy bueno que se dedicaba a curar a la gente, pese a lo cual había sido condenado. Yonah se preguntó si había alguna posibilidad de que los conversos se salvaran, pero para ser sincero no veía ninguna. Durante la noche el guardia era un tal Gato, un malvado que se pasaba toda la jornada durmiendo y que de noche vigilaba las celdas con malicioso desvelo. Aunque durante el día Yonah hubiera tenido la oportunidad de matar al dormido Paco con su afilada azada, ni él ni los prisioneros hubieran podido llegar muy lejos en Ciudad Real, pues la ciudad estaba fuertemente armada.

Si Dios quería salvarlos, tendría que mostrarle a Yonah el camino.

—¿Cuánto tiempo tardaron en encontraros?

—Llevaba casi tres años fuera cuando me detuvieron. La Inquisición arroja una red tremendamente grande.

Yonah se estremeció, pues era consciente de que era la misma red que él debería esquivar.

Al ver que Paco se había despertado y los estaba mirando, reanudó su tarea.

—Buenas tardes, señor Espina.

—Buenas tardes... Tomás Martín.

La Inquisición tenía buen cuidado en dejar las ejecuciones en manos de la autoridad civil, por lo que fue el alguacil quien ordenó a los obreros en la plaza Mayor que levantaran siete postes de madera al lado de un quemadero, un horno circular de ladrillo que unos albañiles estaban construyendo a toda prisa.

En el interior de la cárcel algunos prisioneros lloraban y otros rezaban. Espina parecía sereno y resignado.

Yonah estaba fregando el suelo del pasillo cuando Espina le habló.

—Tengo que pedirte una cosa.

—Todo lo que esté en mi mano...

—Tengo un hijo de ocho años llamado Francisco Duranda Espina. Vive con su madre Estrella y sus dos hermanas. ¿Querrás entregarle al niño este breviario con la bendición de su padre?

—Señor —dijo Yonah, sorprendido y consternado—, yo no puedo regresar a Toledo. De todos modos, en vuestra casa no hay nadie. ¿Dónde se encuentra vuestra familia?

—No lo sé, puede que con los primos de mi mujer, la familia Duranda de Maqueda. O tal vez con la familia Duranda de Medellín. Pero de todas formas toma el breviario, te lo suplico. Es posible que Dios permita que algún día lo puedas entregar.

Yonah asintió con la cabeza.

—Sí, lo intentaré —dijo, a pesar de que el libro cristiano pareció quemarle los dedos cuando lo tomó.

Espina sacó la mano a través de los barrotes de la celda.

Yonah se la estrechó.

—Que el Todopoderoso tenga misericordia de vos.

—Me reuniré con Jesús. Que Dios te acompañe y te proteja, Toledano. Quisiera pedirte que rezaras por mi alma.

Una gran muchedumbre mucho más numerosa que la que se reunía para ver los toros se congregó a primera hora de la mañana en la plaza Mayor. El cielo estaba despejado y soplaba una fría brisa otoñal. Se respiraba en el aire una contenida emoción en medio de los gritos de los niños, los murmullos de las conversaciones, las voces de los vendedores de comida y las alegres canciones de un cuarteto formado por un flautista, dos guitarristas y un intérprete de laúd.

A media mañana apareció un sacerdote. Levantó la mano para pedir silencio y dirigió a los reunidos en el rezo de incesantes padrenuestros. Para entonces, la plaza ya estaba llena a rebosar y Yonah se encontraba entre los espectadores. Los balcones que daban a la plaza estaban llenos de gente, al igual que los tejados de todas las casas. Cuando los hombres de Isidoro Álvarez apartaron a la gente que estaba más cerca de los postes para abrir paso a la llegada de los condenados, se produjo un tumulto.

Los prisioneros fueron sacados de la cárcel en tres carretas de granja de dos ruedas tiradas por asnos y recorrieron las calles entre las burlas y los insultos de los espectadores.

Los once convictos de prácticas judaizantes llevaban los capirotes de los condenados. Dos hombres y una mujer llevaban los amarillos sambenitos marcados con cruces transversales. Los habían condenado a regresar a sus lugares de origen y a llevar el sambenito durante largos períodos de penitencia, reconciliación y piedad cristiana, y a soportar el oprobio de sus vecinos.

Seis hombres y dos mujeres llevaban unos sambenitos de color negro adornados con demonios y llamas infernales, lo cual significaba que tendrían que morir en la hoguera.

En la plaza Mayor los condenados fueron obligados a bajar de las carretas sin vestido alguno. Su desnudez provocó un murmullo y un movimiento como de marea entre la multitud, pues todo el mundo deseaba contemplar aquel detalle, que era uno de los ingredientes de su vergüenza.

A través de su empañada mirada, Yonah observó que Ana Montalbán parecía más vieja desnuda que vestida, pues tenía los senos colgantes y el vello entre las piernas completamente encanecido. En cambio, Isabel Peropán parecía más joven, pues tenía las redondas y firmes nalgas de una moza. Su esposo estaba hundido en el temor y el pesar. No podía caminar, pero lo llevaban a rastras. Cada prisionero fue conducido a un poste y, una vez allí, les ataron los brazos detrás de los postes.

El velloso cuerpo de Isaac Montesa no tenía ninguna magulladura. El carnicero se había librado de las torturas porque su rebelde y constante uso de las plegarias hebreas había demostrado con toda claridad su culpa, pero ahora, por su arrogancia, había sido condenado a morir en el quemadero. La abertura del muro de ladrillo del horno era muy pequeña, por lo que tres hombres tuvieron que empujar su corpulento cuerpo para introducirlo a través de ella mientras la gente lo insultaba y él contestaba, rezando a gritos la *shema*. Sus labios no dejaron de moverse mientras los albañiles tapiaban rápidamente la boca del horno.

Espina estaba rezando en latín.

Muchas manos amontonaron leña y maleza alrededor de los condenados. Las ramas y la leña cubrieron modestamente la parte inferior de sus cuerpos, ocultaron las magulladuras y los arañazos, las cicatrices y los vergonzosos verdugones del temor, y se fueron amontonando alrededor del quemadero hasta que ya no fue posible ver los ladrillos del horno.

El cuarteto empezó a interpretar himnos.

Unos capellanes se habían situado al lado de los cuatro prisioneros que habían solicitado reconciliarse con Cristo. En sus estacas se habían colocado unos garrotes que les aprisionarían el cuello, pues, por su fervor religioso, la Iglesia les concedería la merced de morir estrangulados antes de ser quemados en la hoguera. Isabel Peropán fue la primera; la habían condenado a pesar de sus protestas de inocencia y de sus denuncias contra los demás, pero la Inquisición le había concedido la merced del garrote.

Después éste se aplicó a Espina y a dos hermanos de Almagro mientras Isidoro recorría la hilera con una antorcha encendida, mediante la cual fue prendiendo fuego a los montones de leña y maleza en medio de grandes chisporroteos.

Cuando las llamas se elevaron al cielo, la muchedumbre reaccionó según su temperamento, con gritos de asombro y espanto, exclamaciones de temor o gritos de júbilo y regocijo. Los hombres y las mujeres levantaban en alto a los niños para que éstos pudieran ver en la tierra el terrible infierno del que el Señor Dios los salvaría y protegería siempre y cuando obedecieran a su padre y al cura y si no cometían ningún pecado.

Los montones de leña y maleza ardían en medio de un gran rugido. Isaac el carnicero estaba dentro asándose como un pollo en un horno. Sólo que a los pollos no se los asaba vivos, pensó Yonah, consternado.

Los condenados se retorcían a causa del dolor y abrían y cerraban la boca, pero Yonah no podía oír sus gritos debido al clamor de la muchedumbre. El largo cabello de Isabel Peropán se levantó creando un halo amarillo y azul alrededor de su rostro amoratado. Yonah no pudo soportar contemplar a Espina. El humo se ondulaba y lo ocultaba todo y le hacía lagrimear los ojos. Alguien le dio una palmada en el hombro y le gritó algo al oído.

Era Isidoro. El alguacil le indicó que faltaba leña, maldijo su holgazanería y le ordenó que fuera a ayudar a Paco y a Gato a cargar un carro con más haces de leña y maleza.

Una vez cargado el carro, Yonah no regresó a la plaza. En la silenciosa y desierta cárcel, tomó su saco y la azada rota y se dirigió al lugar donde *Moisés* estaba rozando tranquilamente a la sombra.

Montó, puso en marcha al dócil y pequeño asno comprimiendo los talones contra sus flancos, y se alejó de Ciudad Real a medio galope. No veía ni el sendero ni la campiña. El auto de fe había sido un anticipo de la cruel muerte que lo esperaba si llegaban a atraparlo. Algo en su interior le decía a gritos que buscara la ayuda de un clérigo comprensivo. Tal vez no fuera demasiado tarde para pedir el bautismo y llevar una vida de cristiana rectitud.

Pero había hecho una promesa a la memoria de su padre, a Dios y a su pueblo.

Y también a sí mismo.

Por primera vez, el odio que le inspiraba la Inquisición fue superior a su temor. No podía borrar de su mente las imágenes de los condenados ardiendo en la hoguera, por lo que se dirigió a Dios no en actitud suplicante sino con exigente furia.

«¿Qué plan divino puede exigir que tantos de nosotros seamos Hombres Colgados?

»¿Con qué propósito me has convertido en el último judío de España?»

16

La granjera

Yonah cruzó con *Moisés* el río Guadiana y ambos tuvieron que cubrir una parte a nado cuando tropezaron con una profunda poza en medio de la corriente.

El agua le quitó a Yonah el olor de humo de la ropa, pero no el del alma. Después cabalgó muy despacio hacia el sudeste a través de un valle en el que abundaban las granjas, teniendo siempre a la vista a su izquierda las montañas de Sierra Morena. El tardío otoño era agradablemente benigno. Por el camino se detuvo en distintas granjas, donde trabajó unos cuantos días a cambio de alimento y cobijo, arrancando cebollas, cosechando aceitunas y pisando los últimos racimos de uva de la estación.

Cuando el invierno se hizo inminente, el joven decidió desplazarse hacia el calor. En el extremo sudoeste, allí donde Andalucía lindaba con el sur de Portugal, pasó por toda una serie de pequeñas aldeas cuya existencia giraba en torno a unas grandes heredades.

En casi todas las fincas la temporada de los cultivos ya había terminado, pero él encontró un trabajo muy duro en una inmensa hacienda propiedad de un noble llamado don Manuel de Zúñiga.

—Estamos creando campos en un bosque donde jamás los hubo. Tenemos trabajo para ti, si quieres —le dijo un mayordomo llamado Lámpara.

El mayordomo se apellidaba Lámpara, pero Yonah descubrió que, a espaldas suyas, los criados lo llamaban «Lamparón».

El trabajo era extremadamente gravoso, pues consistía en arrancar y acarrear grandes piedras, partir rocas, talar y desenraizar árboles, además de cortar y quemar maleza, pero él era fuerte por naturaleza y ya estaba acostumbrado al agotador esfuerzo realizado en otros lugares. En la finca Zúñiga había trabajo de sobra, lo cual le permitía quedarse todo el invierno allí. En un cercano campo había un destacamento de soldados. Al principio, los miró con recelo mientras trabajaba, pero ellos no le prestaron la menor atención, pues estaban ocupados con sus marchas y sus ejercicios. El clima era suave, casi acariciador, y había comida en abundancia. Allí se quedó.

Las cosas que había visto y padecido lo inducían a mantenerse apartado de los demás peones. A pesar de su juventud, la temible expresión de sus ojos y la severidad de su semblante hacían que los demás no gastaran bromas con él.

Se entregaba en cuerpo y alma al trabajo, procurando borrar el horror que le causaba la contemplación de la quema de la maleza. Por la noche se tumbaba al lado de *Moisés* y se sumía en un profundo sueño, con la mano apoyada en la afilada azada. El asno lo protegía mientras él soñaba con mujeres y con actos de amor físico, pero a la mañana siguiente, en caso de que recordara el sueño, le faltaban los conocimientos carnales necesarios para saber si lo que había soñado correspondía a la realidad.

Se quitó el anillo de plata que llevaba alrededor del cuello, lo guardó en la bolsa junto con sus restantes pertenencias, ató la bolsa a *Moisés* y procuró atar siempre al asno en un lugar que él pudiera ver. Después se puso a trabajar sin camisa, disfrutando del sudor que le enfriaba el cuerpo en medio de la suavidad del aire.

En una ocasión en que don Manuel visitó la hacienda, hasta los más indolentes braceros trabajaron con tanta diligencia como Yonah. El propietario de la finca era un hombre menudo y presuntuoso. Recorrió los campos y los establos sin fijarse apenas en nada y sin comprender gran cosa más. Se quedó allí tres noches, se acostó con dos mozas de la aldea y se marchó.

En cuanto Zúñiga se fue, todos se tranquilizaron y los hombres hicieron comentarios despectivos sobre él, llamándolo cornudo. Poco a poco, Yonah comprendió por qué.

En la hacienda había varios capataces, pero la personalidad que ejercía más dominio sobre los peones era una antigua amante del propietario llamada Margarita Vega. Antes de llegar a la edad adulta, había tenido dos hijos de él. Cuando don Manuel regresó tras permanecer un año en Francia, descubrió en medio del general regocijo de sus empleados que, en su ausencia, Margarita había tenido un tercer hijo engendrado por uno de los peones de la hacienda. Zúñiga le ofreció una boda y una casa como regalos de despedida. El nuevo esposo de la amante huyó de ella antes de que transcurriera un año. Desde entonces, Margarita se había acostado con muchos hombres, lo cual había dado lugar al nacimiento de otros tres hijos de tres padres distintos. A sus treinta y cinco años, con sus anchas caderas y la dureza de su mirada, Margarita era una mujer de armas tomar.

Según decían los peones, don Manuel visitaba la hacienda en tan pocas ocasiones porque seguía enamorado de Margarita y se sentía traicionado cada vez que ella se acostaba con otro hombre.

Un día Yonah oyó relinchar a *Moisés* y, al levantar la vista, vio que uno de sus compañeros, un mozo llamado Diego, había tomado la bolsa que el asno llevaba atada al lomo y estaba a punto de abrirla.

Yonah soltó la azada, se abalanzó sobre el muchacho y ambos rodaron por el suelo y empezaron a propinarse puñetazos. En cuestión de unos segundos, se enzarzaron en una violenta pelea. Más tarde Yonah se enteró de que Diego era un temido luchador, y con razón, pues al principio de la pelea el peón le propinó un golpe en el rostro que le rompió la nariz. Yonah tenía unos cuantos años menos que Diego, pero era más alto que éste y apenas más delgado. Sus brazos eran más largos y luchó con toda la furia del temor reprimido y el odio que almacenaba desde hacía mucho tiempo. Sus puños golpeaban con el sordo rumor de las mandarrias sobre la endurecida tierra. Lo que debía ser una reyerta entre compañeros se convirtió en una lucha a muerte.

Los demás mozos se acercaron corriendo y se congregaron a su alrededor entre gritos y burlas. El tumulto atrajo la atención del capataz, que se acercó soltando maldiciones y empezó a propinar puñetazos a ambos contendientes con el fin de separarlos. Diego tenía la boca machacada y el ojo izquierdo cerrado. Pareció retirarse de buen grado cuando el capataz ordenó a los mirones y a los contendientes que regresaran a su trabajo.

Yonah esperó a que todos se retiraran y entonces cerró cuidadosamente la bolsa de tela y la volvió a atar a la cuerda de *Moisés*. Le sangraba la nariz y tuvo que secarse la sangre del labio superior con el dorso de la mano. Cuando levantó los ojos, vio a Margarita Vega mirándole con un niño en brazos.

Tenía la nariz hinchada y amoratada, y sus magullados e inflamados nudillos le dolieron durante varios días. Por otra parte, la pelea había hecho que la mujer se fijara en él.

Hubiera sido imposible que Yonah no reparara en ella. Dondequiera que mirara, la veía con un moreno pecho al aire, amamantando a la hambrienta criatura.

Los trabajadores de la hacienda se dieron mutuamente codazos y comentaron entre risas que Margarita se las ingeniaba para aparecer dondequiera que el taciturno mozo estuviera trabajando.

La mujer se mostraba amable con Yonah y se encontraba a gusto con él.

Muchas veces le encomendaba tareas en el interior de la casa y lo llamaba para ofrecerle pan y vino. Yonah no tardó muchos días en desnudarse con ella y en tocar con incredulidad un cuerpo femenino y en saborear la leche que alimentaba a la criatura que dormía allí cerca.

El vigoroso cuerpo no era feo en modo alguno, las piernas eran musculosas, el ombligo era profundo y el vientre sólo estaba ligeramente abultado a pesar de los muchos alumbramientos. Sus partes pudendas de gruesos labios parecían un animalillo de tupido pelaje oscuro. Ella no tuvo el menor inconveniente en facilitarle las instrucciones necesarias y en demandarle que él hiciera determinadas cosas, gracias a lo cual Yonah aprendió a soñar debidamente. La primera cópula fue muy rápida. Pero Yonah era joven y fuerte, por lo que Margarita lo volvió a preparar y entonces él puso en el empeño la misma furia que había empleado contra Diego hasta que, respirando afanosamente, él y la mujer quedaron rendidos.

Al poco rato, cuando ya estaba medio dormido, Yonah sintió que ella lo exploraba con los dedos cual si fuera un animal que quisiera comprar.

—Eres un converso.

Yonah se despertó de golpe.

—... Sí.

—Ya. ¿Cuándo te convertiste a la verdadera fe?

—Pues... hace varios años.

Yonah volvió a cerrar los ojos, en la esperanza de que ella desistiera de seguir haciéndole preguntas.

—¿Dónde fue?

—... En Castilla. En la ciudad de Cuenca.

La mujer se echó a reír.

—¡Pero si yo nací en Cuenca! He vivido allí los últimos ocho años con don Manuel. Dos de mis hermanas y un hermano están allí y también mi anciana abuela, que ha sobrevivido tanto a mi madre como a mi padre. ¿En qué iglesia te convertiste, en la de San Benito o en la de San Marcos?

—Creo que fue... en la de San Benito.

La mujer se lo quedó mirando fijamente.

—¿Crees? ¿No recuerdas el nombre de la iglesia?

—Es un decir. Fue en la de San Benito, naturalmente. Una iglesia muy bonita.

—Vaya si lo es. ¿Y con qué sacerdote?

—Con el viejo.

—Los dos son viejos. —Margarita le miró, frunciendo el ceño—. ¿Fue el padre Ramón o el padre Garcilaso?

—El padre Ramón.

Margarita asintió con la cabeza y se levantó de la cama.

—Bueno, ahora no puedes volver al trabajo. Te quedarás aquí durmiendo como un buen chico hasta que yo regrese de mis ocupaciones. Así estarás fuerte como un león y disfrutaremos mucho en la cama, ¿a que sí?

—Sí, muy bien.

Pero a los pocos minutos Yonah miró a través de una ventanita y la vio salir de la casa con el bebé en brazos, bajo el sol y el calor de la hora de la siesta. Se había vestido con tantas prisas que no se había alisado la falda y ésta le dejaba parcialmente al aire una de sus anchas caderas.

Yonah sabía casi con certeza que no debía de haber ningún padre Ramón en Cuenca, y acaso ni siquiera existía una iglesia en honor de san Benito.

Se vistió apresuradamente, se dirigió a la parte de la sombra de la casa de Margarita donde tenía atado a *Moisés* y en cuestión de un momento se puso en camino bajo el sol. En medio del calor del mediodía, sólo se cruzó con dos hombres que no le prestaron la menor atención. Muy pronto el asno empezó a subir por un sendero que conducía a las estribaciones de Sierra Morena.

Al llegar a un altozano se detuvo y contempló la hacienda de don Manuel de Zúñiga. Vio que unas pequeñas figuras que correspondían a cuatro soldados, con sus armas y sus cotas de malla brillando bajo el sol, seguían a Margarita Vega en dirección a la casa.

Ahora que ya se encontraba muy por encima y más allá de ellos, se sintió lo bastante a salvo como para contemplar a Margarita Vega con asombrada gratitud.

¡Os doy las gracias, señora!

Si fuera posible, le gustaría volver a experimentar el mismo placer. Para que su circuncisión no lo volviera a traicionar, en el futuro les diría a las mujeres que su conversión había tenido lugar no en una pequeña iglesia, sino en una gran catedral. La catedral de Barcelona cuyo ejército de clérigos era tan numeroso que nadie podía conocerlos a todos.

La nariz le seguía doliendo. Pero, mientras cabalgaba, evocó el aspecto de cada una de las partes del cuerpo de Margarita y también los actos, los perfumes y los sonidos.

Le parecía algo increíble: ¡su cuerpo había penetrado en el de una mujer!

Dio gracias al Inefable por haberle concedido seguir siendo libre, por conservar intactos sus miembros y su mente, por haber creado a los hombres y a las mujeres de tal forma que, cuando se unían, ambos encajaban como una llave y una cerradura, y por haberle permitido sobrevivir lo bastante como para conocer aquel día.

Esto me ha ocurrido el día decimosegundo del mes de *shebat*...

... Yo no soy Tomás Martín, soy Yonah Toledano, hijo de Helkias el platero, de la tribu de Leví.

... Los demás meses son *adar*, *nisan*, *iyar*, *sivan*, *tammuz*, *ab*, *elul*, *tishri*, *heshvan*, *kislev* y *tebet*, se dijo mientras *Moisés* proseguía su cauteloso ascenso hacia las pardas colinas.

CUARTA PARTE

EL PASTOR

Sierra Morena

11 de noviembre de 1495

17

El rumor de las ovejas

Yonah viajó nuevamente al norte a lomos de *Moisés*, bordeando muy despacio la frontera de Portugal, como si siguiera el pausado curso del otoño que estaba oscureciendo lentamente la verde tierra. Se detuvo a trabajar en el campo una media docena de veces para ganar un poco de dinero con que comprarse comida, pero no se quedó en ningún lugar hasta que llegó a Salamanca, donde se estaban contratando trabajadores para las obras de reparación de la catedral.

Se presentó al corpulento capataz que se llamaba Ramón Callicó.

—¿Qué sabes hacer? —le preguntó el capataz, pensando que era albañil o carpintero.

—Sé trabajar —contestó Yonah, y el hombre asintió con la cabeza.

Los bueyes y los caballos de tiro que se utilizaban para trasladar las pesadas piedras estaban en un cercano establo. Allí dejó Yonah a *Moisés* y allí dormía también por la noche al lado de su asno, arrullado por los rumores de los animales en sus casillas.

De día formaba parte de un pequeño ejército de obreros, albañiles, canteros y cinceladores, que con gran esfuerzo trabajaban los bloques de oscura piedra que formaban los muros de la catedral y que, en algunos lugares, medían veinticinco palmos de grosor. El esfuerzo era terrible, pues los sudorosos hombres tenían que trabajar entre las quejas de los animales, las maldiciones y los gritos de los capataces y los cinceladores, los golpes de los martillos y las mandarrias, y el constante chirrido de las pesadas piedras arrastradas sobre un suelo que oponía resistencia. Del transporte de los bloques de piedra de menor tamaño se encargaban los obreros. Primero los animales trasladaban los bloques más grandes lo más lejos posible y después los hombres se convertían en bestias de carga y, formando largas filas, trataban de arrastrar las piedras tirando de unas fuertes cuerdas, o bien situándose los unos al lado de los otros para empujar con más eficacia a sus enemigos, los bloques de piedra.

Yonah se alegraba de trabajar en una casa de oración, aunque estuviera destinada a las oraciones de otros. No era el único no cristiano que participaba en las obras de la catedral, pues los artesanos eran moros que trabajaban la madera y la piedra con prodigiosa habilidad.

Cuando el padre Sebastián Álvarez había acudido al padre de Yonah para encargarle el diseño y la realización de un ciborio para la conservación de una reliquia cristiana, Helkias había consultado con el rabino Ortega, quien le aconsejó que aceptara el encargo. «Es una *mitzvah*, una buena obra, ayudar a la gente a rezar», le había dicho el rabino, tras lo cual había añadido que el delicado y hermoso trabajo de las sinagogas de Toledo lo habían hecho los moros.

El trabajo en las obras de la catedral era agotador. Como todos sus compañeros, Yonah trabajaba sin descanso y sin perder el tiempo con risas; se limitaba a hablar de cuestiones relacionadas con el trabajo y se guardaba los pensamientos para protegerse. A veces lo obligaban a trabajar emparejado con un peón calvo que era tan ancho y achaparrado como un bloque de piedra. Yonah nunca supo su nombre, pero los capataces lo llamaban León.

Una mañana, cuando ya llevaba siete semanas en Salamanca, Yonah estaba colocando una piedra con la ayuda de

León. Al levantar la vista, vio una procesión de hombres con la cabeza cubierta por una negra cogulla, saliendo de la catedral tras el rezo del oficio de maitines, que empezaba antes de la llegada de los trabajadores.

León contempló fijamente al alto y anciano fraile que encabezaba la procesión.

—Ése es fray Tomás de Torquemada, el inquisidor general —comentó el compañero del joven en un susurro—. Yo soy de Santa Cruz y él es el prior del monasterio de allí.

Yonah miró y vio a un alto y anciano fraile de recta y larga nariz, barbilla pronunciada y ojos de expresión meditabunda y soñadora. Torquemada pasó rápidamente por delante de ellos, perdido en sus pensamientos. En la irregular columna debía de haber unas dos docenas de curas y frailes, entre los cuales Yonah descubrió a otro hombre de elevada estatura y espalda jorobada, un hombre a quien hubiera reconocido en cualquier lugar. Bonestruca, enfrascado en una conversación con un compañero, estuvo a punto de pisar la sombra de Yonah, pues pasó tan cerca de él que el joven alcanzó a ver sus pobladas cejas e incluso una llaga que tenía en el labio superior.

El fraile jorobado le miró directamente a la cara, pero sus ojos grises no dieron la menor señal de haberle reconocido o de sentir el menor interés por él, pues inmediatamente se apartaron. Yonah se quedó petrificado por el temor mientras Bonestruca seguía adelante.

—¿Qué trae a fray Tomás de Torquemada a Salamanca? —le preguntó Yonah a León.

El peón se encogió de hombros.

Más tarde Yonah oyó que el capataz le comentaba a un obrero que los inquisidores de toda España iban a celebrar una reunión en la catedral. En aquel momento el muchacho judío empezó a preguntarse si Dios no lo habría salvado y conducido a aquel lugar para darle la oportunidad de matar al hombre que había asesinado a su padre y a su hermano.

A la mañana siguiente, Yonah volvió a contemplar a los inquisidores que abandonaban la catedral tras el rezo de maitines. Llegó a la conclusión de que el mejor lugar para atacar a Bonestruca sería a la izquierda del pórtico principal de la catedral. Tendría que hacerlo con un solo golpe antes de que lo sujetaran y pensó que, para matar a Bonestruca, tendría que utilizar la afilada azada a modo de hacha y clavársela en la garganta.

Aquella noche la inquietud le impidió conciliar el sueño en su lecho de paja del establo. De niño había abrigado alguna vez la esperanza de convertirse en un guerrero y, por supuesto, en los últimos años había pensado que le encantaría vengar las muertes de su padre y de su hermano. Ahora que se le presentaba la oportunidad de hacerlo, se sentía angustiado y no sabía si sería capaz de llevar a cabo su propósito. Le pidió al Señor que le diera fuerzas cuando llegara el momento.

Por la mañana se fue a la catedral como de costumbre.

Cuando apareció un fraile en el pórtico tras el rezo de maitines, Yonah tomó la azada y se situó cerca de allí. Casi inmediatamente se puso a temblar sin poderse contener.

Otros cinco frailes siguieron al primero, y después no salió nadie más.

El capataz lo miró y vio que estaba muy pálido.

—¿Te encuentras mal?

—No, señor.

—¿No tendrías que estar ayudando a preparar el mortero? —le preguntó, al tiempo que echaba un vistazo a la azada.

—Sí, señor.

—Pues ve a hacerlo —rezongó el hombre, y Yonah obedeció.

Aquella tarde oyó decir que la reunión de los defensores de la fe había terminado la víspera y entonces comprendió que era un necio y un estúpido, indigno de convertirse en el brazo justiciero de Dios. Había tardado demasiado y Bonestruca ya había iniciado el camino de regreso con los demás inquisidores a las distintas regiones de España, en las que éstos desarrollaban su terrible labor.

Las obras en la catedral de Salamanca duraron hasta bien entrada la primavera. A mediados de marzo, a León se le desgarró un músculo de la espalda mientras ambos arrastraban un bloque de piedra y Yonah lo vio rodar por el suelo retorciéndose de dolor. Colocaron a León en un carro y se lo llevaron. Yonah jamás lo volvió a ver y, a partir de aquel momento, lo emparejaron con otros siempre que alguna tarea exigía la participación de dos hombres, pero él no tenía nada en común con ninguno. Se mantenía apartado por temor y ninguno de sus compañeros se convirtió en su amigo.

Aún no se habían llevado a cabo todas las reparaciones en la catedral, que tenía 355 años de antigüedad, cuando terminaron las obras entre acaloradas discusiones acerca del futuro del edificio. Muchos ciudadanos decían que su templo no era bastante grande. A pesar de que la capilla de San Martín albergaba unos frescos del siglo XIII, la catedral tenía muy pocas ornamentaciones y no podía compararse con las espléndidas catedrales de otros lugares. Puesto que algunos ya habían empezado a reunir dinero para construir un nuevo templo en Salamanca, las restantes reparaciones de la vieja catedral se dejaron para más adelante.

Yonah se quedó sin trabajo y reanudó su camino hacia el sur. El 7 de mayo, el día en que cumplía dieciocho años, se encontraba en la ciudad fronteriza de Coria. Se detuvo en una posada y decidió darse un festín de estofado de cabra con lentejas, pero la conversación de tres hombres sentados alrededor de una mesa cercana le estropeó la celebración.

Estaban hablando de los judíos que habían huido de España a Portugal.

—Para poder permanecer seis meses en Portugal —dijo

uno—, accedieron a pagarle al rey Juan una cuarta parte de sus bienes y un ducado por cada persona que cruzara la frontera. Ciento veinte mil ducados en total. Los seis meses del permiso de residencia terminaron en febrero; ¿y a que no sabéis lo que hizo entonces el malnacido del Rey? Declaró que los judíos eran esclavos del Reino.

—Dios maldiga al rey Juan.

Por su forma de hablar, Yonah dedujo que eran conversos. La mayoría de los cristianos no hubiera lamentado la esclavización de los judíos. A pesar de que no hizo el menor ruido, uno de los tres hombres lo miró y, al verlo rígidamente sentado en su asiento, comprendió que los había oído. Dijo algo en voz baja a sus compañeros y los tres se levantaron y abandonaron la posada.

Yonah comprendió una vez más la prudencia de *abba* y de tío Arón al decidir que el camino más seguro para salir de Toledo era hacia el este y no hacia el oeste, a Portugal. Había perdido el apetito, pero permaneció sentado junto a la mesa mientras el estofado se enfriaba.

Aquella tarde cabalgó hacia un lugar de donde procedían los balidos de muchas ovejas. Muy pronto llegó a un enorme rebaño que se estaba dispersando en todas direcciones y no tardó en comprender la razón. Su enjuto y canoso pastor yacía inmóvil en el suelo.

—Me han atacado —se limitó a decirle el pastor a Yonah.

El pálido rostro apoyado contra el suelo estaba tan blanco como su cabello y el hombre emitía un leve silbido cada vez que intentaba respirar. Yonah lo colocó boca arriba, fue por un poco de agua y trató de aliviar su situación, pero el viejo le dijo que su mayor preocupación era la inminente pérdida del rebaño.

—Yo os puedo reunir el rebaño —se ofreció Yonah.

Montó en *Moisés* y se alejó. La tarea no fue difícil. Muchas veces había trabajado con el rebaño de Arón Toledano. Su tío Arón tenía menos animales y tantas cabras como ovejas, pero él estaba familiarizado con su comportamiento. Las ovejas no se habían apartado mucho y Yonah consiguió reunirlas sin demasiado esfuerzo.

El anciano consiguió decirle entre jadeos que se llamaba Jerónimo Pico.

—¿De qué otra manera os puedo ayudar?

El pastor sufría mucho y mantenía los brazos cruzados sobre el pecho.

—Las ovejas se tienen que devolver a... don Emilio de Valladolid, cerca de Plasencia —dijo.

—Y vos también —señaló Yonah.

Colocó al pastor sobre el lomo del asno y tomó el tosco cayado del viejo. Avanzaban muy despacio, pues tenían que controlar una extensa zona para mantener unido el rebaño. A última hora de la tarde Yonah vio que el anciano pastor caía de la grupa de *Moisés*. Por la forma de caer y la inerte posición del cuerpo en el suelo, comprendió de inmediato que el anciano había muerto.

Pese a ello, se pasó un rato llamando por su nombre a Jerónimo Pico, dando palmadas al rostro del viejo y frotando las muñecas antes de aceptar su muerte.

—Maldición...

Rezando absurdamente el *kaddish* por el desconocido, colocó el cuerpo boca abajo sobre la grupa de *Moisés* con los brazos colgando y reunió el rebaño antes de seguir adelante por el sendero. Plasencia no estaba lejos; no tardó en ver a un hombre y una mujer que trabajaban en un campo.

—¿La hacienda de don Emilio Valladolid?

—Sí —contestó el hombre. Al ver el cadáver, se santiguó—. Jerónimo, el pastor.

—Sí.

El hombre le explicó a Yonah dónde quedaba la hacienda.

—Pasado un árbol muy grande partido por un rayo, a la derecha la verás.

Era una hacienda muy grande y muy bien cuidada. Yonah condujo el rebaño al corral. Aparecieron tres criados que no necesitaron ninguna explicación cuando vieron el cadáver; tomaron el cuerpo de la grupa del animal y se lo llevaron entre murmullos de pesar.

El propietario era un hombre de rostro rubicundo y ojos soñolientos, vestido con unas elegantes prendas cuajadas de lamparones. Le molestó que interrumpieran su cena y salió para hablar con el capataz.

—¿Hay alguna razón para que las ovejas armen tanto alboroto?

—Ha muerto el pastor. Y éste lo ha traído, junto con el rebaño.

—Sacad a los malditos animales de mi casa.

—Sí, don Emilio.

El capataz era un hombre delgado de mediana estatura, cabello castaño entrecano y serenos ojos marrones. Él y sus hijos ayudaron a Yonah a llevar el rebaño a un campo. Los muchachos se pasaron el rato riéndose e insultándose mutuamente. Adolfo era un mozo larguirucho de dieciséis años y Gaspar tenía varios años menos que su hermano. El padre los envió por dos cuencos de comida —unas gachas de trigo espesas y calientes— y, cuando regresaron, él y Yonah se sentaron en el suelo junto a las ovejas y comieron en silencio.

El capataz soltó un eructo y estudió al forastero.

—Me llamo Fernando Ruiz.

—Yo soy Ramón Callicó.

—Parece que sabes tratar a las ovejas, Ramón Callicó.

Fernando Ruiz sabía muy bien que muchos hombres hubieran abandonado el cuerpo de Jerónimo el pastor y se hubieran llevado el valioso rebaño con toda la rapidez que los animales les hubieran permitido. En cambio, aquel joven no lo había hecho, lo cual significaba o bien que estaba loco o bien que era honrado. Observó al muchacho y en sus ojos no halló el menor asomo de locura.

—Necesitamos un pastor. Mi hijo Adolfo lo haría muy

bien, pero todavía le falta un año para asumir semejante responsabilidad. ¿Deseas seguir al cuidado de estas ovejas?

Los animales rozaban en silencio, exceptuando algún que otro suave balido que a Yonah le resultaba tranquilizador.

—Sí, ¿por qué no?

—Pero te las tienes que llevar de aquí.

—¿Acaso a don Emilio no le gustan sus ovejas?

Fernando esbozó una sonrisa. A pesar de que estaban solos en el campo, se inclinó hacia delante y respondió en un susurro:

—A don Emilio no hay nada que le guste.

Yonah pasó treinta y cuatro meses prácticamente solo con el rebaño y llegó a familiarizarse con él hasta el extremo de conocer individualmente las ovejas y los carneros, saber cuáles de ellos eran dóciles y manejables, cuáles eran tercos o porfiados, cuáles estaban sanos y cuáles enfermos. Eran unas estúpidas ovejas de gran tamaño cuya larga y finísima lana blanca lo cubría todo menos el negro hocico y los plácidos ojos. A Yonah le parecían muy hermosas. Cuando hacía buen tiempo, las llevaba a un arroyo de montaña y les lavaba en parte la suciedad que se adhería a la rica lana blanca y le confería un tono amarillento.

Fernando le dio unas míseras provisiones y una daga no demasiado buena, pues estaba forjada con acero de muy mala calidad. Yonah fue autorizado a llevar el rebaño dondequiera que encontrara hierba, con tal de que lo condujera de nuevo a la hacienda de don Emilio en primavera para la trasquila y en otoño para la castración y el sacrificio de algunos carneros jóvenes. Yonah se llevó el rebaño a las estribaciones de la Sierra de Gredos, cabalgando al lento ritmo de los animales. Su tío Arón tenía un perro que lo ayudaba a pastorear las bestias, pero él tenía a *Moisés*. A cada día que pasaba, el pequeño asno adquiría más experiencia en la vigilancia de las ovejas. Al principio, Yonah se pasaba muchas horas en la grupa del asno, pero *Moisés* no tardó en aprender a actuar por su cuenta, trotando tras las ovejas extraviadas como un perro pastor y conduciéndolas de nuevo al rebaño con sus relinchos.

Cada vez que llevaba las ovejas a la hacienda, el joven Adolfo, el hijo de Fernando, lo tomaba bajo su protección y le enseñaba a cuidar del rebaño. Yonah aprendió a trasquilar, aunque nunca fue muy rápido ni consiguió hacerlo tan bien como Fernando y sus hijos. Aprendió a castrar y a sacrificar a los animales, pero, cuando tenía que desollar, era tan poco diestro con el cuchillo como con las tijeras.

—No te preocupes. Es cuestión de práctica —le dijo Adolfo.

Cada vez que Yonah regresaba a la hacienda con las ovejas, Adolfo se iba con una jarra de vino al campo donde estaba el rebaño y se sentaba con Yonah para comentarle las dificultades de la vida de pastor, la falta de mujeres, la soledad y la amenaza de los lobos. Adolfo le recomendaba que cantara de noche para ahuyentarlos.

El pastoreo era el trabajo más adecuado para un fugitivo. Yonah evitaba acercarse a las dispersas aldeas de la sierra y lo mismo hacía con las pequeñas haciendas. Conducía a las ovejas a los claros herbosos que punteaban las laderas inferiores de las desiertas montañas y, en las pocas ocasiones en que se tropezaban con seres humanos, los demás sólo veían a un huraño pastor con aspecto de ermitaño.

Lo evitaban incluso los malhechores, pues era rudo y corpulento y en sus ojos brillaba una fuerza salvaje. Llevaba el cabello castaño muy largo y lucía una poblada barba. Durante los calores del estío iba casi desnudo, pues la ropa usada que se había comprado en sustitución de las prendas que se le habían quedado chicas ya estaba muy gastada. Cuando una oveja sufría un accidente mortal, la desollaba como podía y disfrutaba comiendo cordero o carnero hasta que la carne se pasaba, cosa que en verano ocurría casi de inmediato. En invierno se cubría los brazos y las piernas con pieles de oveja para protegerse de los gélidos vientos. Se sentía a gusto en las colinas. Cuando de noche se encontraba en alguna cumbre, se movía sintiéndose íntimamente unido a las grandes y refulgentes estrellas.

El cayado que había heredado de Jerónimo Pico se encontraba en muy mal estado, por lo que una mañana cortó una fuerte rama de un nogal, cuyo extremo estaba naturalmente curvado. La descortezó con sumo cuidado y labró en ella un dibujo imitando el diseño geométrico que los artesanos moros habían utilizado en la sinagoga de Toledo. Después deslizó la mano por la lana de las ovejas hasta que los dedos le quedaron untados con su grasa y se pasó muchas horas frotando la rama hasta que el flexible cayado adquirió una pátina oscura.

Algunas veces se sentía como un animal salvaje, pero en lo más hondo de su ser se aferraba a sus más nobles orígenes, rezaba las oraciones por la mañana y por la noche, y trataba de seguir el calendario para poder santificar los días de fiesta. A veces conseguía bañarse antes del comienzo del *Sabbath*. Durante el verano le resultaba más fácil, pues cualquier persona que lo viera en el agua de un río o de un arroyo podría pensar que lo hacía para refrescarse y no por motivos religiosos. Cuando hacía más fresco, se lavaba con un paño mojado temblando de frío y, en pleno invierno, prefería apestar; a fin de cuentas, él no era como una mujer, que no podía recibir al marido sin antes haber visitado el *mikvah*.

Hubiera deseado sumergirse y purificarse el alma, pues se sentía atraído por los placeres de la carne. De todos modos, le resultaba difícil encontrar a una mujer en quien poder confiar. A la ramera de una taberna donde en algunas ocasiones compraba un poco de vino le había pagado un par de veces una moneda para que se abriera de piernas en su oscura y perfumada estancia. Otras veces, mientras los animales pacían lánguidamente, había sucumbido a un libidinoso placer y había cometido el pecado por el que el Señor había arrebatado la vida a Onán.

A veces se imaginaba lo distinta que hubiera sido su existencia sin las desgracias que lo habían obligado a abandonar la casa de su padre. A aquella hora ya sería un platero, se habría casado con una mujer de buena familia, y acaso ya hubiera sido padre.

En su lugar, a pesar de sus esfuerzos por seguir siendo una persona, a veces tenía la sensación de estar convirtiéndose en una especie de bestia miserable y llegaba a pensar que no era el último judío de España, sino la última criatura del mundo, lo cual lo inducía en más de una ocasión a correr absurdos riesgos. De noche, sentado frente a la hoguera con los animales a su alrededor, alejaba a los lobos rugiendo fragmentos de palabras recordadas o enviando viejas plegarias al cielo junto con las chispas que se elevaban de la crepitante leña. Un inquisidor o denunciante atraído por la luz de la hoguera hubiera podido oír su temeraria voz pronunciando palabras en hebreo o ladino, pero afortunadamente nadie pasaba jamás por aquellos parajes.

Trataba de ser razonable en sus plegarias. Nunca le pedía a Dios que enviara al arcángel Miguel, el guardián de Israel, desde el Paraíso para que acabara con los que mataban y obraban el mal. Le rogaba, por el contrario, que permitiera que él, Yonah ben Helkias Toledano, pudiera servir al arcángel. Se decía a sí mismo, y le decía a Dios y a los animales de las silenciosas colinas, que necesitaba otra oportunidad de convertirse en el fuerte brazo derecho del arcángel, asesino de asesinos y destructor de los que destruían. La tercera vez que Yonah condujo las ovejas a la hacienda en otoño, descubrió que la familia de Fernando Ruiz estaba de luto. El capataz, que no era viejo, había muerto inesperadamente una tarde mientras iba a inspeccionar un campo arrasado por los ladrones. En la hacienda reinaba un gran desconcierto. Don Emilio no sabía cómo llevar la hacienda y aún no había encontrado un nuevo capataz. Estaba de muy mal humor y gritaba sin cesar.

Yonah pensó que la muerte de Fernando Ruiz era una señal de que tenía que irse. Bebió vino por última vez con Adolfo en el campo de las ovejas.

—Lo lamento —dijo.

Sabía lo que era perder a un padre y, además, Fernando había sido un hombre muy bueno.

Le dijo a Adolfo que se iba.

—¿Quién cuidará de las ovejas?

—Yo seré el pastor —contestó Adolfo.

—¿Conviene que hable con don Emilio?

—Yo se lo diré. No le importará, con tal de que alguien mantenga las ovejas apartadas de su delicada nariz.

Yonah abrazó a Adolfo y le entregó el hermoso cayado de pastor junto con el rebaño. Después montó en *Moisés* y se alejó de la hacienda de Plasencia.

Aquella noche se despertó en medio de la oscuridad y prestó atención, pues le había parecido oír algo. Después se dio cuenta de que la causa de su alarma había sido la ausencia de los suaves balidos de las ovejas. Se volvió y se quedó nuevamente dormido.

18

El bufón

El invierno estaba en camino, por lo que Yonah dirigió a *Moisés* hacia el calor. Quería ver el mar del sur que quedaba al otro lado de Sierra Nevada, pero, cuando se acercó a Granada, las noches ya eran muy frescas. No quería desafiar las cumbres cubiertas de nieve de la alta sierra en invierno y prefirió entrar en la ciudad para gastarse parte de sus ganancias en algunas comodidades para sí mismo y para el asno.

Se inquietó cuando llegó a las murallas de Granada, pues por encima de la siniestra puerta colgaban las cabezas putrefactas de unos criminales ejecutados, pero estaba claro que aquella exhibición no servía para atemorizar a los forajidos, pues al entrar en una posada donde esperaba encontrar vino y comida, se tropezó con dos corpulentos sujetos que pretendían asaltar a un enano. El hombrecillo medía la mitad que ellos y tenía la cabeza muy grande, el tronco fornido, los brazos muy largos y las piernecitas como palillos. Contempló cautelosamente a los asaltantes mientras éstos se acercaban a él desde direcciones contrarias, armados uno con un garrote y el otro con un cuchillo.

—Danos la bolsa si no quieres perder estos cojoncitos tan pequeños que tienes —amenazó el del cuchillo, haciendo ademán de abalanzarse sobre él.

Sin pensarlo dos veces, Yonah tomó la afilada azada y desmontó del asno. Por desgracia, antes de que pudiera intervenir, el ladrón del garrote le asestó un fuerte golpe en la cabeza. Inmediatamente se desplomó al suelo, herido y aturdido, mientras el hombre se inclinaba sobre él con el garrote, a punto de rematarlo.

Medio inconsciente, Yonah vio que el enano se sacaba de debajo de la túnica un cuchillo de grandes dimensiones. Sus piernecitas brincaron y corretearon, sus largos brazos culebrearon con agilidad y la punta del cuchillo se movió con la misma rapidez que la lengua de una serpiente. En un instante, el enano consiguió vencer las precarias defensas del atacante armado, quien lanzó un aullido de dolor y soltó el cuchillo en cuanto la hoja del pequeño luchador lo hirió en un brazo.

Los dos atacantes dieron media vuelta y echaron a correr. Entonces el enano tomó una piedra y la arrojó con tanta fuerza, que alcanzó a uno de los dos fugitivos en la espalda. Después secó la hoja del cuchillo en sus calzones y se acercó para contemplar el rostro de Yonah.

—¿Estáis bien?

—Creo que lo estaré —contestó débilmente el joven, tratando de incorporarse—... cuando entre en la taberna y beba un poco de vino.

—Aquí no os van a dar buen vino. Tenéis que montar en vuestro asno y acompañarme —dijo el hombrecillo mientras Yonah tomaba la mano que éste le ofrecía y sentía que un brazo sorprendentemente fuerte lo levantaba.

—Me llamo Mingo Babar.

—Yo soy Ramón Callicó.

Mientras abandonaba con *Moisés* la ciudad y subía por un empinado sendero, Yonah temió que aquel extraño hombrecillo que había estado a punto de convertirse en víctima fuera un ladrón y un asesino. Se preparó para un posible ataque, pero no ocurrió nada. El enano caminaba por delante del asno con la rapidez de una araña, y las manos rozaban el suelo del sendero cual si fueran dos pies adicionales.

Al poco rato, un centinela desde lo alto de una roca preguntó en voz baja:

—¿Eres tú, Mingo?

—Sí, soy yo. Vengo con un amigo.

Algo más allá, pasaron por delante de un agujero abierto en la colina a través del cual la suave luz de una lámpara se derramaba al exterior. Después pasaron por delante de otro y de varios más. Del interior de las cuevas surgían gritos.

—¡Buenas tardes te dé Dios, Mingo!

—¡Bienvenido, Mingo!

El hombrecillo correspondía a todos los saludos. Al final, detuvo el asno delante de la entrada de otra cueva. Yonah desmontó, siguió al enano hacia la oscuridad y éste lo acompañó a una alfombra de dormir en el lugar más extraño que imaginar cupiera.

Cuando despertó a la mañana siguiente, Yonah se quedó asombrado. Se encontraba en una cueva distinta de cualquier otra que jamás en su vida hubiera visto. Era como si un señor de los bandidos se hubiera creado un refugio en una osera. La débil luz de las lámparas de aceite se mezclaba con el grisáceo resplandor de la entrada, y Yonah pudo distinguir las alfombras de vivos colores que cubrían la tierra y la roca desnuda. Había pesados muebles de madera ricamente labrada, gran cantidad de instrumentos musicales y unos relucientes utensilios de cobre.

Yonah había disfrutado de un largo y profundo sueño reparador. Recordó de inmediato los acontecimientos de la víspera y se alegró de sentir la cabeza de nuevo despejada.

Una gruesa mujer de estatura normal se encontraba sentada allí cerca, sacando plácidamente brillo a un recipiente de cobre. Yonah la saludó y ella le dedicó una sonrisa que dejó al descubierto unos dientes deslumbrantes de tan blancos. Cuando se atrevió a salir de la cueva, vio a Mingo trabajando en un ronzal de cuero en presencia de dos niños, un varón y una hembra, casi de su misma estatura.

—Buenos días os dé Dios.

—Buenos días, Mingo.

Yonah vio que se encontraban en un lugar muy alto de la colina. Abajo se extendía la ciudad de Granada, un amasijo de casas que parecían cubos de color rosa y blanco, rodeado por un cinturón de árboles.

—Es una ciudad muy hermosa —comentó Yonah.

Mingo asintió con la cabeza.

—Sí, lo es. La construyeron los moros, por eso las casas están ricamente decoradas por dentro, a pesar de la sencillez de su exterior.

Por encima de la ciudad, en la cumbre de un cerro de tamaño mucho más reducido que la colina donde estaban las cuevas, se levantaba un edificio de torres y almenas rosadas cuya gracia y majestad dejó a Yonah sin respiración.

—¿Qué es eso? —preguntó, señalándolo.

Mingo sonrió.

—Es la ciudadela y palacio de la Alhambra —contestó.

Yonah comprendió que se encontraba entre un grupo de personas singulares. Hizo muchas preguntas a las que Mingo contestó de buen grado.

Las cuevas se encontraban en un cerro llamado Sacromonte.

—Así llamado —explicó Mingo—, porque en los primeros tiempos del cristianismo muchos fieles fueron martirizados en este lugar.

El enano añadió que su gente, unos gitanos de una tribu llamada de los romanís, llevaba viviendo en las cuevas desde su llegada a España cuando él era pequeño.

—¿Y de dónde vinieron los romanís? —le preguntó Yonah.

—De allí —contestó Mingo, haciendo con la mano un gesto circular que abarcaba todo el orbe—. Hace mucho tiempo se desplazaron desde un lejano lugar del este, por el que discurre el sagrado río Ganges. En tiempos más recientes, antes de instalarse aquí, vagaron sin rumbo por Francia y España, pero, al llegar a Granada, decidieron instalarse y utilizar las cuevas como vivienda.

Las cuevas eran unos lugares muy secos y bien ventilados. Algunas eran una simple habitación, mientras que otras estaban formadas hasta por veinte habitaciones, una detrás de otra, en el interior de la colina. Hasta alguien tan poco experto en las artes militares como Yonah comprendió que el lugar se hubiera podido defender con facilidad en caso de que lo atacaran.

Mingo explicó que muchas cuevas estaban unidas entre sí por grietas o pasadizos naturales, por lo que constituían unos lugares muy apropiados para esconderse o escapar en caso necesario.

La gruesa mujer de la cueva de Mingo era su esposa, Mana. Mientras ella les servía la comida, Mingo le dijo a Yonah con orgullo que él y Mana tenían cuatro hijos, dos de los cuales ya eran mayores y no vivían con ellos.

Adivinó la pregunta que Yonah no se atrevía a formular y añadió sonriendo:

—Todos mis hijos son de estatura normal.

Yonah se pasó todo el día saludando a los distintos miembros de la tribu de los romanís. Algunos de ellos subieron desde un prado donde tenían unos caballos. Yonah dedujo que eran criadores y tratantes de caballos.

Algunos más trabajaban en las inmediaciones y otros desempeñaban su oficio en el exterior de una de las cuevas, arreglando cacharros, utensilios de cocina y herramientas rotas de distintas casas y talleres artesanos de Granada. Yonah contempló con deleite su trabajo y los golpes de sus martillos le hicieron recordar el taller de Helkias Toledano.

Los romanís eran cordiales y acogedores, y aceptaron a Yonah de inmediato porque Mingo lo había llevado consigo. A lo largo del día los miembros de la tribu acudían al enano para que les resolviera los problemas. Cuando al mediodía Yonah se enteró de que Mingo era el jefe de los romanís, no se sorprendió.

—Y, cuando no os dedicáis a gobernar, ¿trabajáis con los

caballos o bien arregláis cacharros rotos con los demás hombres?

—Aprendí pronto a hacer estas cosas, naturalmente, pero hasta hace muy poco tiempo trabajé allí abajo.

—¿En la ciudad? ¿Y a qué clase de trabajo os dedicabais?

—Trabajaba en la Alhambra. Era bufón.

—¿Erais bufón?

—Sí, en la corte del rey moro.

—¿De veras?

—Pues claro, he sido bufón del rey Boabdil, el último rey moro de Granada, que antes se llamaba Muhammad XII.

En cuanto uno se acostumbraba a su figura deforme, el jefe de los romanís resultaba un hombre de personalidad poderosa y semblante noble, a quien los hombres y las mujeres de la tribu respetaban y apreciaban. Yonah lamentó que un hombre tan gentil e inteligente hubiera tenido que ganarse el pan trabajando como bufón.

Mingo adivinó su desazón.

—Os aseguro que el trabajo me gustaba. Lo hacía muy bien. Mi cuerpo pequeño y deforme ayudó a mi gente a prosperar, pues en la corte me enteraba de los peligros que tenían que evitar los romanís y de las oportunidades de trabajo que podía haber para ellos.

—¿Qué clase de hombre es Boabdil? —le preguntó Yonah.

—Muy cruel. Nadie lo apreciaba cuando era rey. Vive en un siglo equivocado, pues hoy en día el poder militar de los musulmanes ya no existe. Hace casi ochocientos años que los moros invadieron la península desde África y la convirtieron en territorio musulmán. Poco después los cristianos del norte lucharon con denuedo por recuperar su independencia y los francos detuvieron su avance al sur de su reino. Eso fue el principio. Después, a lo largo de varios siglos, los ejércitos cristianos han recuperado casi todo el territorio.

»El rey moro Muley Hacén se negó a pagar el tributo a los monarcas católicos y en 1481 inició una guerra contra los cristianos, apoderándose de la ciudad fortificada de Zahara.

Boabdil, el hijo de Muley Hacén, se enfrentó a su padre. Durante algún tiempo, perseguido por las fuerzas de su progenitor, buscó refugio en la corte de los soberanos católicos. Pero, en 1485, Muley Hacén murió y, con la ayuda de los súbditos que le eran leales, Boabdil ocupó el trono.

»¡Pocos meses después —concluyó Mingo—, yo acudí a la Alhambra para ayudarlo a gobernar!

—¿Durante cuánto tiempo lo servisteis como bufón? —preguntó Yonah.

—Casi seis años. En 1491 sólo quedaba un lugar islámico en toda España. En los años anteriores Isabel y Fernando se habían apoderado de Ronda, Marbella, Loja y Málaga. No podían consentir que Boabdil, llamado el Chico, ocupara el trono mientras Mingo Babar permanecía sentado a sus pies, deleitándolos con sus ingeniosos consejos. Pusieron sitio a Granada y en la Alhambra empezamos a pasar hambre. Parte de la población combatió valerosamente con el estómago vacío, pero a finales del año comprendimos cuál iba a ser nuestro futuro.

»Recuerdo una fría noche de invierno en la que una gran luna plateada iluminaba el estanque de los peces. Sólo Boabdil y yo estábamos en el salón del trono.

»—Tú tienes que guiar mi vida, sabio Mingo. ¿Qué tengo que hacer ahora? —me preguntó el rey.

»—Tenéis que deponer las armas e invitar a los Reyes Católicos a un gran banquete, sire, esperar en el patio de los Arrayanes, recibirlos gentilmente y acompañarlos al interior de la Alhambra.

»Boabdil me miró sonriendo.

»—Has hablado como un auténtico bufón —me dijo—, pues ahora que los días de mi reinado están a punto de tocar a su fin, la majestad de mi persona me es más preciada que los rubíes. Tienen que encontrarme sentado aquí en el salón del Trono como un monarca y, en aquellos últimos momentos, me comportaré con todo el orgullo de un auténtico rey moro.

»Y eso fue lo que hizo cuando firmó las capitulaciones

en el salón del Trono el 2 de enero de 1492. Cuando se fue a su exilio de África, de donde habían llegado sus antepasados bereberes tantos siglos atrás, yo y otros consideramos prudente abandonar también la Alhambra —explicó Mingo.

—¿Han cambiado mucho las cosas en Granada ahora que mandan los cristianos? —preguntó Yonah.

Mingo se encogió de hombros.

—Ahora las mezquitas se han convertido en iglesias. Los hombres de todas las religiones creen que Dios sólo los escucha a ellos. —El enano sonrió—. ¡Qué desconcertado debe de estar el Señor! —añadió.

Aquella noche Yonah vio que los romanís cenaban todos juntos, tanto los hombres como las mujeres, alrededor de las hogueras, cocinando y asando carne y aves aderezadas con sabrosas salsas cuyo aroma se esparcía por el aire. Comieron muy bien y se pasaron unos a otros unos odres llenos de unos exquisitos vinos almizcleños. Cuando terminaron de cenar, sacaron de las cuevas sus tambores, guitarras, dulcémeles, violas antiguas y laúdes, e interpretaron una briosa música que Yonah no conocía, de la misma manera que tampoco conocía la libre y sensual gracia con que danzaba aquel pueblo. El hecho de encontrarse de nuevo entre hombres y mujeres le hizo experimentar una repentina oleada de felicidad.

Los romanís eran muy bien parecidos, vestían prendas de vivos colores, tenían la tez aceitunada, unos bellos ojos oscuros y el cabello negro y ensortijado. Yonah se sintió atraído por los miembros de aquel extraño pueblo, capaz de saborear hasta el último de los placeres más simples.

Yonah le agradeció a Mingo su amabilidad y hospitalidad.

—Son buena gente y no temen a los *gadje*, que así llaman ellos a los forasteros —dijo Mingo—. Yo también era un *gadje*, pues no pertenecía a la tribu. ¿No habéis observado que mi aspecto es distinto del suyo?

Yonah asintió con un gesto. Sabía que Mingo se refería a

su estatura. Tenía el cabello que le cubría la voluminosa cabeza parcialmente cano, pues no era joven, pero el resto era casi rubio, mucho más claro que el de los restantes romanís, y sus ojos eran del mismo color que el cielo.

—Fui entregado al Pueblo cuando éste acampó cerca de Reims. Un caballero les ofreció un niño que había nacido con los brazos muy largos y las piernas muy cortas. El forastero les entregó a los gitanos una bolsa repleta de monedas a cambio de que me aceptaran.

»Tuve suerte —añadió Mingo—. Tal como vos sabéis, es frecuente estrangular a los niños que nacen con defectos como el mío. Pero los romanís cumplieron el trato. Jamás me ocultaron los detalles de mi origen. Dicen que pertenezco sin lugar a dudas a un linaje muy alto y es posible que proceda incluso de la estirpe de los reyes de Francia. El hombre que me entregó a ellos iba muy bien vestido, con una armadura y unas armas espléndidas, y hablaba como los aristócratas.

Yonah pensó que el enano poseía en efecto unos rasgos muy nobles.

—¿Jamás habéis lamentado lo que pudo ser y no fue?

—Jamás —contestó Mingo—, pues, si bien es cierto que hubiera podido ser un barón o un duque, no lo es menos que me hubieran podido estrangular nada más nacer. —Sus bellos ojos azules se habían puesto muy serios—. No fui un *gadje* durante mucho tiempo. Bebí el alma de los romanís con la leche de la nodriza que se convirtió en mi madre. Aquí todos son parientes míos. Moriría para proteger a mis hermanos romanís de la misma manera que ellos morirían por mí.

Yonah se quedó muchos días con el Pueblo, envuelto por el calor de su amistad y durmiendo solo de noche en una cueva vacía.

Para corresponder a la hospitalidad de la tribu, se sentaba con los caldereros y colaboraba en su trabajo. Su padre le había enseñado los principios del trabajo de los metales cuando era pequeño y a los romanís les encantó aprender varios de los métodos utilizados por Helkias para soldar el metal con finas soldaduras. Yonah aprendió a su vez de los artesanos gitanos, estudiando las técnicas que éstos se habían transmitido de padres a hijos, de generación en generación, durante cientos de años.

Una noche, cuando terminaron las músicas y las danzas, Yonah tomó una guitarra por primera vez en más de tres años y se puso a tocar. Al principio, lo hizo con cierta vacilación, pero sus dedos no tardaron en adquirir seguridad. Tocó la música de *piyyutim*, los salmos cantados de la sinagoga: el *yotzer* de la primera bendición antes de la *shema* de la mañana; el *zulat*, que se cantaba después de la *shema*; el *kerovah*, que acompañaba las tres primeras bendiciones de la *amidah*; y después el inquietante *selilah*, cantado como acto de contrición en el *Yom Kippur*, el día de la Expiación.

Cuando terminó de tocar, Mana le acarició el brazo mientras los miembros de la tribu regresaban a sus cuevas. Observó que los sabios ojos de Mingo lo estaban estudiando con atención.

—Creo que eso son cantos judíos —observó el enano—. Interpretados con gran tristeza, por cierto.

—Sí.

Sin revelar que él no se había convertido, Yonah le habló a Mingo de su familia y del terrible final de su padre Helkias y su hermano Meir.

—La vida es maravillosa, pero no cabe duda de que también es cruel —declaró Mingo finalmente.

Yonah asintió con la cabeza.

—Quisiera arrebatarles el relicario de mi padre a los ladrones que lo robaron.

—Eso no será fácil, amigo mío. Por lo que me dices, se trata de una obra singular. Una obra de arte. No pueden venderla en Castilla, donde la gente debe de tener conocimiento del robo. Si se ha vuelto a vender, lo más seguro es que ya no se encuentre en España.

—¿Y quién maneja estos objetos?

—Es una modalidad especial de robo. Yo he podido averiguar a lo largo de los años que en España hay dos grupos que compran y venden reliquias robadas y mercancías por el estilo. Uno está en el norte, y no conozco a nadie de allí. El otro está en el sur, y lo manda un hombre llamado Anselmo Lavera.

—¿Y dónde podría yo encontrar a este tal Lavera?

Mingo sacudió gravemente la cabeza.

—Lo ignoro. Pero, si lo supiera, me guardaría mucho de decírtelo, pues es un hombre muy malo. —Se inclinó hacia delante y miró a Yonah a los ojos—. Tú también tienes que dar gracias de que no te estrangularan al nacer. Tienes que olvidar el amargo pasado y procurar que el futuro sea dulce.

—Os deseo un buen descanso, amigo mío.

Mingo dio por sentado que Yonah era un converso.

—Los romanís también pertenecen a una religión precristiana —dijo—, una religión que venera a los apóstoles de la luz que luchan contra los apóstoles de las tinieblas. Pero nos resulta más cómodo rezar al dios del país donde vivimos; por eso nos convertimos al cristianismo cuando llegamos a Europa. A decir verdad, cuando llegamos al territorio de los moros, casi todos nosotros nos convertimos al islamismo.

Mingo temía que Yonah no estuviera capacitado para defenderse en caso de que lo atacaran.

—Tu azada rota... es una azada rota, nada más. Tienes que aprender a luchar con un arma de hombre. Te enseñaré a utilizar el cuchillo.

Así pues, se iniciaron las lecciones. Mingo se burló de la pobre daga que Fernando Ruiz le había dado a Yonah cuando éste se había convertido en pastor.

—Utiliza esto. —Y le entregó un cuchillo moro de acero.

Después le enseñó a sostener el cuchillo con la palma hacia arriba en lugar de hacerlo con los nudillos hacia arriba. De este modo, podría apuñalar con una cuchillada en sentido ascendente.

También le enseñó a atacar con rapidez, antes de que el adversario adivinara de dónde le llegaría el siguiente golpe.

Le enseñó a estudiar los ojos y el cuerpo de su oponente

para adelantarse a sus movimientos, convertirse en un gato montés, no ofrecer un blanco fácil y evitar que el contrincante se le escapara. Yonah pensó que Mingo le transmitía sus conocimientos con la insistencia y la porfía de un rabino que estuviera enseñando las Sagradas Escrituras a un *ilui*, un prodigio bíblico. Aprendió rápidamente gracias a las enseñanzas de su pequeño y deforme maestro, y no tardó en pensar y comportarse como un luchador nato.

El mutuo aprecio floreció hasta convertirse en una amistad que parecía de años, y no de pocos meses.

A Mingo le habían mandado decir que bajara a la Alhambra para hablar con el nuevo mayordomo cristiano, un tal don Ramón Rodríguez.

—¿Te gustaría ver la Alhambra de cerca? —le preguntó Mingo a Yonah.

—¡Vaya si me gustaría, señor!

A la mañana siguiente bajaron del Sacromonte juntos, un alto y musculoso joven cuyas largas piernas y cuyo considerable peso eran excesivos para el pobre asno, y un menudo hombrecillo encaramado a la grupa de un soberbio caballo tordo cual si fuera una ranita sobre el lomo de un perro. Por el camino Mingo le contó a Yonah la historia de la Alhambra.

—Muhammad I, llamado Al Ahmar bin Nasr por su cabello pelirrojo, construyó aquí la primera fortaleza en el siglo XIII. Un siglo más tarde, Yusuf I construyó el patio de los Arrayanes. Los soberanos que le sucedieron ampliaron la ciudadela y el palacio. El patio de los Leones lo construyó Muhammad V, y la torre de las Infantas fue añadida por Muhammad VII.

Mingo detuvo las cabalgaduras cuando llegaron a la alta muralla rosada.

—Trece torres se elevan en el muro de esta muralla. Ésta es la puerta de la Justicia —explicó, al tiempo que señalaba la mano y la llave labradas en los dos arcos de la puerta—. Los cinco dedos representan la obligación de rezar a Alá cinco veces al día: al amanecer, al mediodía, por la tarde, al anochecer y por la noche.

—Sabéis muchas cosas sobre la religión musulmana —dijo Yonah.

Mingo sonrió sin decir nada.

En el momento en que cruzaban la puerta, alguien reconoció a Mingo y lo saludó, pero nadie más les prestó atención. La fortaleza era un hervidero de actividad en el que varios miles de personas se hallaban ocupadas en conservar la belleza y las defensas de sus catorce hectáreas. Dejaron el asno y el caballo en las cuadras y cruzaron a pie el vasto recinto real, bajando por un largo camino bordeado de glicinas.

Yonah estaba impresionado. La Alhambra era más deslumbrante por dentro que vista desde lejos, una fantasía aparentemente interminable de torres, arcos y bóvedas de vistosos colores, con tracerías que parecían de encaje, bóvedas como panales de abejas, brillantes mosaicos y delicados arabescos. En los patios y las salas interiores, unas molduras de yeso pintadas de rojo, azul y oro, simulando un follaje, cubrían las paredes y los techos. Los suelos eran de mármol y la parte inferior de las paredes estaba cubierta por arrimaderos de azulejos verdes y amarillos. En los patios y jardines interiores había flores, surtidores y ruiseñores que cantaban en los árboles.

Mingo le mostró a Yonah las preciosas vistas del Sacromonte y de las cuevas de los romanís de que se disfrutaba desde algunas ventanas. Otras ventanas daban a un boscoso desfiladero por el que discurría el agua.

—Los moros entienden el agua —dijo Mingo—. Canalizaron el Darro en lo alto de las colinas y lo encauzaron hacia este palacio por medio de unas prodigiosas obras hidráulicas que llenan los estanques y las fuentes y la trasladan a todos los dormitorios. —Tradujo una sentencia árabe de una de las paredes: «El que viene a mí torturado por la sed, encontrará agua fresca y pura, dulce y sin mezcla.» Sus pisadas resonaron cuando cruzaron la sala de Embajadores, en la que el rey Boabdil había firmado la rendición a Isabel y Fernando y en la que todavía se encontraba su trono. Mingo le mostró a Yonah los Baños Reales—. Aquí se desnudaban las mujeres del harén y hacían sus abluciones mientras el rey las contemplaba desde un balcón de arriba y elegía a su compañera de lecho. Si reinara todavía Boabdil, nos matarían por haber entrado aquí. Su padre ejecutó a dieciséis miembros de la familia de los Abencerrajes y amontonó sus cabezas en la fuente del harén porque su jefe se atrevió a galantear a una de sus esposas.

Yonah se sentó en un banco a escuchar el rumor de las fuentes mientras Mingo acudía a su cita con el mayordomo. El enano no tardó en regresar. Mientras ambos se dirigían a las cuadras, Mingo comentó que la reina Isabel y el rey Fernando pensaban trasladarse a la Alhambra junto con su corte.

—Últimamente se quejaban mucho de la tristeza de la corte. El jefe de los mayordomos ha averiguado que soy cristiano y por eso me llaman a la Alhambra para servir a los reyes conquistadores como bufón.

—¿Y os complace que os hayan llamado?

—Me complace que unos miembros de los romanís regresen a la Alhambra como criados, jardineros y peones. En cuanto a lo de ser bufón... Es muy difícil distraer la mente de los monarcas. Hay que caminar sobre una línea tan delgada como el filo de una espada. El bufón tiene que ser audaz y atrevido, y tiene que soltar insultos que provoquen la risa. Pero los insultos han de ser suaves e inteligentes. Si permaneces a un lado de la línea, te miman y te quieren. Si cruzas la línea e incurres en la ira real, te apalean e incluso pueden llegar a matarte. —Dio un ejemplo—. Al Rey le remordía la conciencia porque, cuando murió su padre Muley Hacén, ambos eran encarnizados enemigos. Un día Boabdil me oyó hablar de un hijo ingrato y dio por sentado que me refería a él. Dominado por la furia, tomó su espada y me acercó la punta a la ingle.

»Caí al suelo, pero la espada me siguió.

»—¡No me pinchéis, sire —le supliqué—, pues el pequeño pincho que tengo es el único que necesito, mientras que el pincho más grande que vos me daríais sería en verdad un pincho muy malo!

»Boabdil me dijo que todo mi cuerpo era, en efecto, un miserable pincho y, cuando le vi estremecerse de risa, comprendí que me había salvado. —Al ver la inquietud del rostro de Yonah, Mingo sonrió—. No te preocupes por mí, amigo —le tranquilizó—. Hace falta mucho esfuerzo y una gran sabiduría para ser bufón, pero yo soy el rey de los bufones.

Montaron de nuevo en sus cabalgaduras y pasaron por delante de unos capataces moros que estaban dirigiendo la construcción de un ala del palacio.

—Los moros no creen que algún día se les pueda expulsar de España, tal como los judíos no lo creían hasta el momento en que ocurrió —dijo Mingo—. Pero llegará la hora en que a los moros también les ordenarán que se vayan. Los cristianos no olvidan a los muchos católicos que murieron luchando contra los musulmanes. Los moros cometieron el error de blandir la espada contra los cristianos tal como los judíos cometieron el error de aceptar el poder sobre los cristianos y se comportaron como unos pájaros que volaban cada vez más alto hasta que el sol los quemó. —Al ver que Yonah guardaba silencio, Mingo añadió—: Hay judíos en Granada.

—Judíos que se han convertido en cristianos.

—Conversos como tú, naturalmente —asintió Mingo en tono hastiado—. Si quieres establecer contacto con ellos, los encontrarás en los puestos de los mercaderes de seda.

19

Inés Denia

Yonah había evitado a los conversos, porque no creía que el hecho de tratar con ellos pudiera reportarle beneficio alguno. Pero ansiaba el contacto con los judíos y pensaba que no habría nada de malo en posar los ojos en aquellos que en otros tiempos habían cumplido el precepto del *Sabbath*, aunque ahora ya no lo cumplieran.

Una tranquila mañana se dirigió con *Moisés* al mercado. Mingo le había dicho que el mercado de Granada había renacido gracias a la fiebre de construcciones y reformas de la Alhambra. El mercado era un inmenso bazar, por el que Yonah paseó encantado con su asno, fascinado por el espectáculo, los aromas y los sonidos de los tenderetes que ofrecían hogazas de pan y dulces; grandes peces sin cabeza y pececitos frescos de brillantes ojos; lechones enteros y jamones, trozos de carne y cabezas de enormes cerdos; corderos y carneros cocidos y crudos; bolsas de vellones; y toda suerte de aves de corral colgadas boca abajo cuyas vistosas colas llamaban la atención de los compradores; albaricoques, ciruelas, rojas granadas, amarillos melones...

De pronto, Yonah descubrió a dos tratantes de seda.

En uno de los tenderetes un sujeto de rostro avinagrado estaba mostrando unos rollos de tela a dos hombres que acariciaban la seda con expresión dubitativa.

En el otro puesto un hombre con un turbante estaba

atendiendo a una docena de clientes interesados, pero fue otro rostro el que atrajo la atención de Yonah. La mujer se encontraba de pie junto a una mesa, cortando retales de un tejido de seda que un muchacho estaba desenrollando. Yonah había visto sin duda rasgos mucho más agradables y atrayentes que aquéllos, pero no recordaba cuándo ni dónde. El hombre del turbante estaba explicando que la diferencia entre las sedas dependía del tipo de hojas que hubieran comido los gusanos.

—Las hojas que comen los gusanos de la región donde se teje esta nacarada seda dan un brillo muy particular al hilo. ¿No lo veis? La seda terminada tiene unos delicados reflejos dorados.

—Pero es muy cara, Isaac —objetó el cliente.

—Es verdad —reconoció el comerciante—. Pero eso se debe a que se trata de un tejido especial creado por unos miserables gusanos y unos tejedores bendecidos por la mano de Dios.

Yonah no prestaba atención. Trató de confundirse con los cuerpos que pasaban, pero se había quedado petrificado contemplando con deleite a la mujer. Era joven, pero ya adulta, de porte erguido y cuerpo esbelto, redondeado y firme. Tenía una larga y espesa mata de cabello color bronce. Sus ojos no eran oscuros; a Yonah le pareció que tampoco eran azules, pero no estaba lo bastante cerca como para distinguir su color exacto. Su rostro, concentrado en la tarea, estaba bronceado por el sol, pero, cuando la mujer midió la seda utilizando la distancia entre el codo y los nudillos de la mano cerrada en puño, la manga del vestido le subió un poco por el brazo y Yonah observó que allí donde había estado protegida del sol, la piel era más pálida que la seda.

La mujer levantó los ojos y lo sorprendió contemplándola. Por un breve instante, sus miradas se cruzaron en un involuntario contacto, pero ella la apartó de inmediato y entonces Yonah contempló con incredulidad el seductor oscurecimiento de su hermoso cuello.

Entre cacareos y cloqueos, entre el hedor de excrementos y el revuelo de plumas, Yonah se enteró a través de un vendedor de aves de corral que el mercader de seda se llamaba Isaac Saadi.

Permaneció un buen rato en las inmediaciones del tenderete del comerciante de sedas antes de que se fueran los clientes. Sólo unos cuantos compraron, pero a la gente le gustaba contemplar la seda y acariciarla. Al final, todos los posibles clientes se retiraron y Yonah se acercó al hombre. ¿Cómo se dirigiría a él? Yonah decidió combinar elementos de ambas culturas.

—La paz sea con vos, señor Saadi.

El hombre contestó amablemente a su respetuoso saludo:

—Y con vos también, señor.

Detrás del hombre —que seguramente era su padre—, la joven no los miró, pues estaba ocupada con los rollos de tejido. Yonah comprendió instintivamente que no era el momento de ocultar su identidad.

—Soy Yonah Toledano. Quería preguntaros si sabéis de alguien que pueda ofrecerme trabajo.

El señor Saadi frunció el ceño. Miró recelosamente a Yonah y reparó en su mísera ropa, su nariz rota, su poblado cabello y la barba sin recortar.

—No conozco a nadie que necesite a un obrero. ¿Cómo habéis averiguado mi nombre?

—Se lo pregunté al vendedor de aves de corral. Siento un gran respeto por los comerciantes de sedas —explicó Yonah, quien esbozó una sonrisa como para disculpar la necedad de su comentario—. En Toledo, el mercader de sedas Zadoq de Paternina era un íntimo amigo de mi padre Helkias Toledano, que en paz descanse. ¿Conocéis a Zadoq de Paternina?

—No, pero conozco su fama. ¿Cómo está?

Yonah se encogió de hombros.

—Fue de los que abandonaron España.

—¿Acaso vuestro padre se dedicaba al comercio?

—Mi padre era un hábil platero. Por desgracia, lo mataron en el transcurso de una... desagradable situación.

—Ah, ya. Que Dios lo tenga en su gloria —dijo Saadi, lanzando un suspiro.

Uno de los principios más férreos del mundo en el que ambos habían crecido era el de que, cuando se conocía a un forastero judío, se le tenía que ofrecer hospitalidad. Pero Yonah sabía que aquel hombre pensaba que él también era converso y, en los tiempos que corrían, invitar a un forastero podía significar invitar a un confidente de la Inquisición.

—Os deseo buena suerte. Id con Dios —dijo Saadi un tanto inseguro.

—Lo mismo os deseo a vos.

Yonah dio media vuelta, pero, antes de que hubiera dado dos pasos, el anciano fue tras él.

—¿Tenéis cobijo?

—Sí, tengo un lugar donde dormir.

Isaac asintió con la cabeza.

—Me gustaría invitaros a comer a mi casa. —Yonah oyó las tácitas palabras: Al fin y al cabo, es alguien que conoce a Zadoq de Paternina—. El viernes, mucho antes de que se ponga el sol.

Ahora la muchacha levantó la vista de la seda y Yonah vio que estaba sonriendo.

Se remendó la ropa, fue a lavarla a un arroyo y después se lavó el cuerpo, el rostro y la barba con el mismo rigor. Mana le cortó el cabello y la barba mientras Mingo, que ya estaba viviendo de nuevo entre los esplendores de la Alhambra, contemplaba los preparativos con expresión divertida.

—Y todo eso para cenar con un mercader de trapos —se burló el enano—. ¡Yo no armo tanto revuelo cuando ceno con los reyes!

En otra vida, Yonah hubiera llevado una ofrenda de vino *kosher*, elaborado según los preceptos judíos. El viernes por la tarde fue al mercado. La estación estaba demasiado avanzada como para encontrar uva, pero compró unos soberbios dátiles, endulzados con su propio jugo.

Pensó que tal vez la muchacha no estaría presente. A lo mejor era una moza del taller, y no la hija del comerciante, meditó Yonah mientras se dirigía a la casa, siguiendo las indicaciones que le había facilitado el señor Saadi. Resultó que era una casita del Albaicín, el antiguo barrio árabe abandonado por los que habían huido tras la derrota de los moros a manos de los soberanos católicos. Yonah fue amablemente acogido por el señor Saadi, el cual le agradeció el regalo de los dátiles.

La muchacha estaba presente. Era la hija y se llamaba Inés. Su madre, Zulaika Denia, era una delgada y taciturna mujer de ojos tímidos. La hermana mayor, bastante gruesa y dotada de un exuberante busto, se llamaba Felipa y tenía una preciosa hijita de seis años de nombre Adriana. Saadi explicó que Joaquín Chacón, el esposo de Felipa, se había ido a comprar seda a los puertos del sur.

Los cuatro adultos lo miraron con inquietud; sólo la niña sonreía.

Zulaika les sirvió a los hombres los dátiles y después se fue a preparar la comida junto con las demás mujeres.

—Vuestro padre, que en paz descanse... ¿Dijisteis que era platero? —preguntó Isaac Saadi, escupiendo los huesos de los dátiles en la palma de su mano.

—Sí, señor.

—¿Dijisteis que en Toledo?

—Sí.

—Estáis buscando trabajo. ¿No quisisteis seguir con el taller de vuestro padre cuando él murió?

—No —contestó Yonah sin dar más explicaciones, pero Saadi no era tímido e insistió.

—¿Acaso no era un buen negocio?

—Mi padre era un platero extraordinario y muy apreciado. Su nombre es famoso en el gremio.

—Ah.

Zulaika Denia sopló sobre unos carbones que había en un recipiente de metal y prendió fuego con ellos a una astilla de leña que utilizó para encender tres lámparas de aceite antes de que cayera la oscuridad. ¿Velas del *Sabbath* tal vez? Cualquiera sabía, Zulaika Denia se encontraba de espaldas a Yonah y éste no oyó ninguna oración. Al principio, no supo decir si la mujer estaba renovando la alianza o mejorando la iluminación de la estancia, pero, de pronto, vio un balanceo casi imperceptible.

¡La mujer estaba rezando sobre las velitas del *Sabbath*!

Saadi sorprendió a Yonah observando a su mujer. Su enjuto y anguloso rostro estaba en tensión. Ambos permanecieron sentados, conversando a la defensiva. Mientras los efluvios de las verduras cocidas al horno y del pollo aderezado con especias y cocido a fuego lento llenaban la casita, las habitaciones se fueron quedando a oscuras y las lámparas y las velas tomaron el relevo. Isaac Saadi acompañó a Yonah a la mesa mientras Inés servía pan y vino.

Cuando se sentaron a la mesa, Yonah comprendió que su anfitrión aún estaba inquieto.

—Que nuestro invitado y nuevo amigo ofrezca la invocación —dijo astutamente Saadi, pasándole la responsabilidad a Yonah.

Yonah sabía que, si Saadi hubiera sido un cristiano sincero, hubiera podido dirigir una acción de gracias a Jesucristo por los alimentos que estaban a punto de tomar. La conducta más segura, que Yonah tenía intención de observar, era la de limitarse a agradecerle a Dios los alimentos. En su lugar, cuando abrió la boca, siguió casi involuntariamente otro camino y respondió a la mujer que no había conseguido disimular debidamente sus plegarias. Levantando el vaso de vino, empezó a entonar con ronca voz un canto hebreo, celebrando el *Sabbath*, el rey de los días, y dando gracias a Dios por el fruto de la viña.

Mientras los tres adultos restantes de la mesa lo miraban en silencio, tomó un sorbo de vino y le pasó la hogaza a Saadi. El hombre vaciló, pero después partió el pan y empezó a entonar su acción de gracias por el fruto de la tierra.

Las palabras y las melodías desataron los recuerdos de Yonah y le hicieron experimentar una mezcla de placer y dolor. No era a Dios a quien invocaba en su *berachot*, sino a sus padres, a sus hermanos, a sus tíos... a todos los que se habían ido.

Cuando terminaron las bendiciones, sólo Felipa puso cara de hastío, molesta por algo que su hijita le había preguntado en voz baja. El receloso rostro de Isaac Saadi estaba triste pero más sereno y a Zulaika se le habían humedecido los ojos mientras Yonah observaba que Inés lo miraba con interés y curiosidad.

Saadi acababa de tomar una decisión. Colocó una lámpara de aceite delante de la ventana mientras las tres mujeres servían los platos con los que Yonah estaba soñando: el tierno pollo estofado con verduras, un budín de arroz con pasas y azafrán, y unos granos de granada remojados en vino. Antes de que terminara la cena se presentó la primera persona convocada por la luz de la ventana. Era un hombre muy alto y bien parecido, con un antojo de color rojizo que parecía una fresa aplastada justo en la línea de la mandíbula.

—Es nuestro buen vecino Micah Benzaquen —le dijo Saadi a Yonah—. Este joven es Yonah ben Helkias Toledano, un amigo de Toledo.

Benzaquen le dio la bienvenida a Yonah.

Después aparecieron un hombre y una mujer que Saadi presentó a Yonah como Fineas ben Sagan y su mujer Sancha Portal, a los que siguieron Abram Montelbán y su mujer Leona Patras y otros dos hombres llamados Nachman Redondo y Pedro Serrano. La puerta fue abriéndose más a menudo hasta que otros nueve hombres y seis mujeres entraron en la casita. Yonah observó que todos vestían prendas oscuras para no llamar la atención, cosa que hubiera ocurrido si se hubieran vestido más de ceremonia para la celebración del *Sabbath*.

Saadi presentó a Yonah a todo el mundo como un amigo que estaba de visita.

Uno de los chicos de los vecinos montó guardia en el exterior de la casa cual si fuera un centinela, mientras en el interior la gente empezaba a rezar las plegarias judías.

No tenían ninguna Torá. Micah Benzaquen dirigió las oraciones de memoria y los demás se unieron a ellas con temerosa emoción. Las oraciones se rezaban prácticamente en voz baja para que los sonidos de la liturgia no salieran de la casa y los delataran.

Recitaron las dieciocho bendiciones de la *shema*. Después, en una orgía de cánticos, entonaron himnos, oraciones y el tradicional canto sin palabras conocido como *niggun*.

El compañerismo y la experiencia de la oración en común, antaño tan habituales para Yonah y ahora tan proscritos y preciados, ejerció un profundo efecto en él. Todo terminó con demasiada rapidez. Los presentes se abrazaron y se desearon en voz baja un feliz *Sabbath*. En sus deseos incluyeron al forastero del que Isaac Saadi había sido fiador.

—La semana que viene en mi casa —le murmuró Micah Benzaquen a Yonah, y éste asintió encantado.

Isaac Saadi estropeó el momento. Miró con una sonrisa a Yonah mientras los presentes abandonaban la casa de dos en dos.

—El domingo por la mañana —le dijo—, ¿querréis acompañarnos a la iglesia?

—No, no puedo.

—Pues entonces el otro domingo. —Saadi miró a Yonah—. Es importante. Hay personas que nos observan muy de cerca, ¿sabéis?

En los días sucesivos Yonah sometió el tenderete del comerciante de seda a una estrecha vigilancia. Transcurrió una eternidad antes de que Isaac Saadi dejara a su hija sola en el puesto.

Yonah se acercó a ella como por casualidad.

—Buenos días, señora.

—Buenos días, señor. Mi padre no está...

—Ya, eso veo. No importa. Pasaba simplemente para agradecerle una vez más la hospitalidad de vuestra familia. ¿Tendréis la bondad de transmitirle mi gratitud?

—Sí, señor —contestó la joven—. Nosotros... Fue un placer recibiros en nuestra casa.

La muchacha se ruborizó intensamente, pues él no había dejado de mirarla desde el momento en que se había acercado al tenderete. Tenía los ojos muy grandes, la nariz recta y unos labios que, a pesar de no ser muy carnosos, expresaban todas sus emociones gracias a la extremada sensibilidad de las comisuras. Yonah no se había atrevido a observarla demasiado en casa de su padre por temor a que su familia se molestara. A la luz de las lámparas de la casa le había parecido que tenía los ojos grises. Viéndola ahora en pleno día, le pareció que eran azules, pero tal vez fuera un efecto de las sombras de la tienda.

—Gracias, señora.

—No hay de qué, señor Toledano.

Al otro viernes, Yonah volvió a participar en las ceremonias del *Sabbath* del pequeño grupo de conversos, esta vez en casa de Micah Benzaquen. Y allí se pasó el rato mirando furtivamente a Inés Denia, que se encontraba entre las mujeres. Su porte era admirable, incluso estando sentada. Y su rostro poseía un encanto singular.

Yonah se pasó toda la semana yendo al mercado para contemplarla de lejos, pero sabía que su furtivo comportamiento tendría que terminar, pues algunos mercaderes lo miraban con malos ojos, temiendo tal vez que estuviera planeando un robo.

Un día decidió ir al mercado a última hora de la tarde en lugar de por la mañana y, para su gran fortuna, llegó justo en el momento en que Felipa sustituía a su hermana en la tienda de sedas. Inés dio una vuelta por el mercado con su sobrinita Adriana para comprar comida, y Yonah se las ingenió para cruzarse en su camino.

—¡Buenas tardes os dé Dios, señora!

—Que Él os las dé a vos, señor.

Los sensibles labios esbozaron una dulce sonrisa. Intercambiaron unas palabras y Yonah se apartó mientras ella compraba lentejas, arroz, pasas, dátiles y una granada.

A continuación, la acompañó al tenderete de un verdulero, donde ella adquirió dos repollos.

Para entonces, la cesta ya pesaba lo suyo.

—Permitidme, os lo ruego.

—No, no...

—Sí, faltaría más —insistió Yonah jovialmente.

Así pues, la acompañó a casa para llevar la pesada cesta. Por el camino, ambos conversaron animadamente, pero más tarde él no pudo recordar de qué habían hablado.

Sólo deseaba estar con ella.

Como ya sabía a qué hora del día tenía que ir al mercado, le resultaba más fácil ingeniárselas para verla. Dos días más tarde volvió a tropezarse con ella y la niña en el mercado.

—Buenas tardes os dé Dios —le decía con la cara muy seria cada vez que la veía, y ella le contestaba con la misma seriedad:

—Qué Él os las dé a vos, señor.

A pesar de las pocas veces que lo había visto, la pequeña Adriana enseguida se familiarizó con él, lo llamaba por su nombre y corría a su encuentro.

Yonah creía que Inés sentía interés por él. La inteligencia que denotaba su rostro lo asombraba, su tímido encanto lo emocionaba y los pensamientos sobre su joven cuerpo bajo el modesto vestido lo atormentaban. Una tarde llegaron a la plaza Mayor, donde un gaitero estaba tocando con la espalda apoyada contra un muro de piedra iluminado por el sol.

Yonah empezó a moverse al compás de la música tal como había visto hacer a los romanís y descubrió de repente que podía expresar sentimientos con los hombros, las caderas y los pies de la misma manera que lo hacían los gitanos. Unos sentimientos que jamás había expresado anteriormente. Sorprendida, ella le miró con una media sonrisa en los labios, pero, cuando él le tendió la mano, no la tomó. Aun así, Yonah pensó que, si la sobrinita no hubiera estado presente, si ambos hubieran estado a solas en privado en lugar de estar en una plaza pública... Si...

Tomó a la niña en brazos y Adriana lanzó gritos de alegría mientras él giraba una y otra vez con ella.

Más tarde, ambos se sentaron cerca del gaitero y hablaron un rato mientras Adriana jugaba con un guijarro rojo. Inés dijo que había nacido en Madrid, donde su familia se había convertido al cristianismo cinco años atrás.

Jamás había estado en Toledo. Cuando él le contó que todos sus seres queridos habían muerto o se habían ido de España, los ojos de la muchacha se llenaron de lágrimas y la compasión la indujo a rozarle el brazo. Fue la única vez que lo hizo. Yonah permaneció sentado sin moverse, pero ella apartó rápidamente la mano.

A la tarde siguiente, Yonah acudió al mercado como de costumbre y se puso a pasear entre los puestos, a la espera de que Felipa sustituyera a Inés en la tienda de sedas. Pero, al pasar por delante del vendedor de aves de corral, vio a Zulaika Denia conversando con el hombre. Éste miró a Yonah y le dijo algo a Zulaika. La madre de Inés se volvió y miró severamente a Yonah como si no lo conociera. Le hizo una pregunta al vendedor de aves y, tras haber escuchado su respuesta, se volvió de nuevo y se encaminó directamente a la tienda de sedas de su esposo Isaac Saadi.

Salió casi de inmediato, esta vez acompañada de su hija. Entonces Yonah comprendió la verdad que se había negado a reconocer, concentrado tan sólo en el orgulloso porte de Inés, en el misterio de sus grandes ojos y en el encanto de sus sensibles labios. La joven era extremadamente hermosa.

Yonah las vio alejarse presurosas, la madre sujetando el brazo de su hija cual si fuera un alguacil que acompañara a un prisionero a su celda.

Dudaba que Inés hubiera comentado sus encuentros con él a su familia. Cada vez que Yonah la acompañaba, la muchacha le pedía la cesta antes de llegar a la vista de la casa, y allí se despedían. Puede que alguien del mercado hubiera sido indiscreto.

O puede que algún inocente comentario de la pequeña Adriana los hubiera delatado.

Pero él no le había hecho nada deshonroso a Inés. No era tan terrible que su madre se hubiera enterado de que ambos paseaban juntos, pensó.

Sin embargo, cuando regresó al mercado dos días seguidos, la joven ya no estaba en la tienda de sedas. Felipa ocupaba el lugar de su hermana.

Aquella noche no pudo dormir y se encendió de deseo al imaginar lo que sentiría si se pudiera acostar con una mujer amada, si Inés fuera su esposa y los cuerpos de ambos se unieran para cumplir el precepto de crecer y multiplicarse. ¡Qué extraño, qué hermoso sería!

Trató de hacer acopio de valor para hablar con su padre.

Sin embargo, cuando fue al mercado para hablar con Isaac, Micah Benzaquen, el vecino de la familia de Isaac Saadi, lo estaba esperando.

A instancias de Micah, ambos se dirigieron a la plaza Mayor.

—Yonah Toledano, mi amigo Isaac Saadi cree que has puesto los ojos en su hija menor —le dijo delicadamente Benzaquen.

—Inés. Sí, es cierto.

—En efecto, Inés. Una joya de valor incalculable, ¿verdad?

Yonah asintió con la cabeza y esperó.

—Agraciada y muy hacendosa en la tienda y en la casa. Su padre se siente honrado de que el hijo de Helkias, el platero de Toledo que en paz descanse, lo haya honrado con su amistad. Pero Isaac Saadi te tiene que hacer unas preguntas. ¿Te parece bien?

—Por supuesto que sí.

—Por ejemplo. ¿Familia?

—Desciendo de rabinos y estudiosos, tanto por parte de madre como de padre. Mi abuelo materno...

—Claro, claro. Antepasados distinguidos. Pero ¿qué me dices de los parientes vivos, quizá con algún negocio en el que tú pudieras entrar?

—Tengo un tío. Se fue cuando se produjo la expulsión. No sé dónde...

—Qué lástima.

Pero Yonah le había comentado al señor Saadi, dijo Benzaquen, un oficio que le había enseñado su padre el platero.

—¿Eres maestro platero?

—Cuando murió mi padre, estaba a punto de terminar mi aprendizaje.

—Oh... un simple aprendiz. Qué lástima, qué lástima...

—Soy buen alumno. Podría aprender el negocio de la seda.

—No me cabe la menor duda. Pero es que Isaac Saadi ya tiene un yerno en su negocio de la seda —puntualizó Benzaquen con un hilillo de voz.

Yonah sabía que unos cuantos años atrás hubiera sido un buen partido para una hija de la familia Saadi. Todo el mundo lo hubiera aprobado, e Isaac Saadi más que nadie, pero la realidad era que en esas circunstancias no era un pretendiente apropiado. Y eso que ellos no sabían que era un fugitivo y no estaba bautizado.

Benzaquen estudió su nariz rota.

—¿Por qué no vas a la iglesia? —preguntó como si le hubiera leído el pensamiento.

—He estado... muy ocupado.

Benzaquen se encogió de hombros. Echando un vistazo a las raídas prendas del joven, ni siquiera se tomó la molestia de preguntarle con qué recursos contaba.

—De ahora en adelante, cuando pasees y converses con una joven núbil, tienes que dejarla llevar su cesta del mercado —le dijo severamente—. De otro modo, otros pretendientes más... idóneos... podrían creer que la joven es demasiado débil para cumplir los arduos deberes de una esposa.

Dicho lo cual, Benzaquen le dio los buenos días y se fue.

20

Lo que Mingo averiguó

Mingo cada vez pasaba más tiempo en la Alhambra y sólo regresaba a las cuevas del Sacromonte dos noches a la semana. Una noche le comunicó a Yonah una noticia preocupante.

—Puesto que los Reyes no tardarán en ocupar la Alhambra, la Inquisición tiene el propósito de vigilar muy de cerca a todos los marranos y moriscos de las inmediaciones de la fortaleza para evitar que alguna señal de cristianos descarriados ofenda los regios ojos.

Yonah escuchó en silencio.

—Buscarán herejes por todas partes hasta que consigan reunir a unos cuantos. Y no cabe duda de que celebrarán un auto de fe, y puede que más de uno, para demostrar su celo y diligencia, en presencia de los cortesanos y quizá de los Reyes.

»Lo que estoy intentando decirte, mi buen amigo Yonah —prosiguió delicadamente Mingo—, es que sería prudente que te fueras cuanto antes a otro lugar, donde la necesidad de examinar todos los padrenuestros de tu vida no fuera tan apremiante.

Por simple honradez, Yonah no podía por menos que tratar de avisar a aquellos con quienes recientemente había rezado. Puede que, en el fondo, abrigara la esperanza de que la familia de Isaac Saadi lo considerara un salvador y lo mirara con ojos más favorables.

Sin embargo, cuando llegó a la casita del Albaicín, la encontró vacía.

También lo estaba la casa de la familia Benzaquen y la de los restantes cristianos nuevos.

Las familias conversas se habían enterado de la inminente llegada de Fernando e Isabel y habían comprendido el peligro que suponía para ellos, por lo que todos habían huido.

Solo, delante de las casas abandonadas, Yonah se sentó a la sombra de un plátano. Trazó distraídamente cuatro puntos en la tierra: uno representaba a los cristianos viejos de España, otro a los moros y el tercero a los cristianos nuevos.

El cuarto punto representaba a Yonah ben Helkias Toledano. Sabía que no era un judío como su padre ni como las generaciones que lo habían precedido. En lo más hondo de su corazón hubiera deseado ser como ellos, pero ya se había convertido en otra cosa. Ahora su verdadera religión era la de ser un judío de simple supervivencia. Se había dedicado a vivir en solitario y se había mantenido siempre al margen de todo.

A pocos codos de la casa abandonada encontró el guijarro con el que siempre jugaba Adriana. Lo tomó y se lo guardó en la bolsa como recuerdo de la tía de la niña que sin duda lo obsesionaría en sus sueños.

Mingo regresó a toda prisa a las cuevas desde la Alhambra para comunicar a Yonah otra noticia.

—Están a punto de emprender una acción contra los cristianos nuevos. Hoy mismo tienes que abandonar este lugar, Yonah.

—¿Y vuestros romanís? —le preguntó Yonah—. ¿Estarán a salvo del peligro?

—Los representantes de mi pueblo son criados y jardineros. No tenemos entre nosotros a nadie tan encumbrado como los arquitectos y constructores moros, o como los banqueros y médicos judíos. Los *gadje* no se molestan en envidiarnos. En realidad, la mayoría de ellos apenas nos ve. Cuando la Inquisición nos examina, sólo ve a unos peones que son buenos cristianos.

Mingo le hizo a Yonah otra sugerencia que le causó un gran pesar.

—Tienes que dejar tu asno aquí. A este animal le queda muy poca vida; si se cansara por el camino, no tardaría en enfermar y morir.

Yonah sabía en su fuero interno que era cierto.

—Os regalo el asno a vos —dijo finalmente.

Mingo asintió con la cabeza.

Yonah se fue con una manzana a la dehesa, se la dio a *Moisés* y le acarició suavemente la testuz. Tuvo que hacer un gran esfuerzo para apartarse de él.

El enano le prestó un último servicio, disponiendo que cabalgara con dos romanís, los hermanos Ramón y Macot Manigo, que tenían que entregar unos caballos a unos tratantes de Baena, Jaén y Andújar.

—Macot Manigo tiene que enviar un fardo a Tánger por medio de una nave en la que embarcará en Andújar. El barco es propiedad de unos contrabandistas moros, con quienes nosotros los romanís llevamos muchos años comerciando. Macot intentará colocarte en este barco para que bajes con él por el río Guadalquivir.

Apenas había tiempo para los adioses. Mana le ofreció pan y queso envueltos en un lienzo. Mingo le entregó dos soberbios regalos de despedida: una afilada daga de acero moruno labrado y la guitarra que Yonah tocaba y tanto admiraba.

—Mingo —le dijo Yonah al enano—, os suplico que tengáis mucho cuidado y no hagáis enfadar demasiado a los monarcas católicos.

—Y yo te suplico que no te preocupes por mí. Que tengas una vida dichosa, amigo mío.

Yonah cayó de hinojos y abrazó al jefe de los romanís.

Los tratantes de caballos eran unos hombres muy amables de piel aceitunada y tan expertos en el manejo de los animales que el hecho de conducir y entregar veinte caballos no les suponía el menor esfuerzo.

Yonah se había familiarizado con ellos en el Sacromonte y en el trayecto descubrió que eran para él unos compañeros de viaje extremadamente agradables.

Macot era un cocinero excelente y, además, llevaban una buena provisión de vino.

Ramón tenía un laúd y todas las noches él y Yonah tocaban juntos y se solazaban con la música para librarse del cansancio de la silla de montar.

Durante las largas horas de viaje a caballo bajo el ardiente sol, Yonah comparaba mentalmente a los dos hombres a quienes la naturaleza había otorgado una forma tan extraña. Se sorprendía de que el alto y jorobado fraile Bonestruca fuera tan perverso y de que el gitano enano Mingo encerrara tanta bondad en su menudo cuerpo. Su propio cuerpo, a pesar de lo vigoroso que era, le dolía de tanto permanecer sentado en la silla y el alma le dolía de soledad. Tras haber saboreado la cálida acogida de unos hombres buenos, se le partía el alma por tener que regresar a la desolación de la vida errante.

Pensó en Inés Saadi Denia y se vio obligado a aceptar que el camino que ella seguiría en la vida sería muy distinto del suyo, por lo que prefirió concentrarse en otra pérdida. La bestia de carga había sido su único y constante compañero durante más de tres años, siempre dispuesto a cumplir su voluntad sin jamás exigirle nada. Tardaría mucho tiempo en dejar de lamentar amargamente la ausencia de su asno *Moisés*.

QUINTA PARTE

EL ARMERO DE GIBRALTAR

Andalucía

12 de abril de 1496

21

Un marinero corriente

Los tratantes de ganado permanecieron demasiado tiempo en Baena, donde le entregaron cinco caballos a un tratante gitano que ofreció un festín en su honor, y también en Jaén, donde dejaron otra media docena de animales. Para cuando entregaron los últimos nueve caballos a un ganadero de Andújar, ya llevaban casi un día entero de retraso. Yonah y los hermanos se dirigieron a la orilla del río, totalmente convencidos de que el barco africano ya habría llegado y se habría ido, pero el barco aún estaba amarrado en el embarcadero.

Macot fue efusivamente recibido por el capitán, un bereber de poblada barba cana. El capitán tomó el fardo de Macot y explicó que su barco también iba con retraso; había transportado un cargamento de cáñamo desde Tánger que había vendido río arriba y regresaría a Tánger tras haber cargado mercancías en Córdoba, Sevilla, los pequeños puertos del golfo de Cádiz y Gibraltar.

Macot habló seriamente con el marino señalándole a Yonah, y el capitán aceptó sin demasiado entusiasmo, tras haberle escuchado.

—Ya está todo arreglado —anunció Macot a Yonah. Los hermanos lo abrazaron—. Ve con Dios —dijo Macot.

—Qué Él os acompañe —contestó Yonah.

Yonah los contempló con nostalgia mientras se alejaban

conduciendo por la brida el caballo que él había montado y deseó poder regresar a Granada con ellos.

El capitán le dio inmediatamente a entender con toda claridad que viajaría como tripulante y no como pasajero, por lo que lo puso a trabajar con la tripulación, cargando el aceite de oliva que el barco transportaría a África.

Aquella noche, mientras el capitán moro dejaba que la fuerte corriente empujara la embarcación de poco calado río abajo por el estrecho canal del alto Guadalquivir y él veía pasar las borrosas orillas del río, Yonah se sentó con la espalda apoyada en una gran tinaja de aceite y se puso a tocar la guitarra, procurando olvidar que no tenía la menor idea de adónde se dirigía su vida.

En el barco africano era el inferior de los inferiores, pues tenía que aprenderlo todo acerca de la vida a bordo, desde desplegar y recoger la única vela triangular, hasta la manera más segura de almacenar el cargamento en la cubierta de la embarcación para evitar que una canasta o un tonel resbalara durante una tormenta y provocara daños en la embarcación o incluso su hundimiento.

El capitán, que se llamaba Mahmuda, era un bruto que soltaba puñetazos cuando se enfadaba. La tripulación —dos negros, Jesús y Cristóbal, y dos árabes que se encargaban de cocinar, Yephet y Darb— dormía bajo las estrellas o la lluvia, siempre que podía encontrar algún hueco. Los cuatro tripulantes, naturales de Tánger, eran muy musculosos y Yonah se llevaba bien con ellos porque eran jóvenes y rebosaban de entusiasmo. A veces, por la noche, cuando él tocaba la guitarra, los que no estaban de guardia cantaban hasta que Mahmuda les gritaba que cerraran la boca y se fueran a dormir.

El trabajo no era excesivamente gravoso hasta que arribaban a un puerto. En las oscuras y primeras horas del séptimo día que Yonah llevaba a bordo, la embarcación amarró en Córdoba para recoger más carga. Yonah formó pareja con

Cristóbal para acarrear las grandes y pesadas tinajas. Trabajaban a la luz de unas antorchas de brea que emitían un olor muy desagradable. Al otro lado del embarcadero, un grupo de abatidos prisioneros encadenados estaba subiendo a una embarcación.

Cristóbal miró sonriendo a uno de los guardias armados.

—Tenéis muchos criminales —comentó.

El guardia soltó un escupitajo.

—Conversos.

Yonah los observó mientras trabajaba. Parecían aturdidos. Algunos presentaban unas heridas que los obligaban a moverse muy despacio, arrastrando las cadenas como si fueran unos ancianos a los que les dolieran las articulaciones cuando se movían.

Casi todo el cargamento del barco eran cuerdas y cabos, cuchillos, dagas y aceite de oliva, cuyas existencias así como las de vino español, escaseaban. En los ocho días que tardaron en llegar a la larga y ancha desembocadura del Guadalquivir, el capitán había tratado por todos los medios de conseguir todo el aceite que los mercaderes de Tánger estaban aguardando con ansia. Pero, en Jerez de la Frontera, donde esperaba encontrar una abundante provisión de aceite, sólo encontró a un comerciante que se deshizo en disculpas.

—¿Que no hay aceite? ¡Maldita sea!

—Dentro de tres días. Creedme que lo siento, pero debo rogaros que esperéis. Dentro de tres días habrá todo el que queráis comprar.

—¡Maldición!

Mahmuda encargó a la tripulación pequeñas tareas a bordo mientras esperaban. Estaba tan furioso que apaleó a Cristóbal porque no se movía con la suficiente rapidez.

Jerez de la Frontera era el lugar adonde habían sido conducidos los prisioneros que Yonah había visto en Córdoba con el fin de incorporarlos a un grupo de antiguos judíos y antiguos musulmanes que, en media docena de ciudades fluviales, habían sido declarados culpables de abandonar su fidelidad a Jesucristo. En la ciudad había un gran destacamento de soldados. Ya se había desplegado la bandera roja que anunciaba la inminencia del cumplimiento de las penas de muerte y la gente se estaba congregando en Jerez de la Frontera para asistir al gran auto de fe.

El barco ya llevaba dos días amarrado cuando el malhumorado Mahmuda se puso hecho una furia al ver que Yephet volcaba una tinaja de aceite mientras afianzaba el cargamento para dejar sitio a las esperadas provisiones. No se había derramado el aceite y la tinaja fue rápidamente enderezada, pero Mahmuda enloqueció de rabia.

—¡Desdichado! —gritó—. ¡Insensato! ¡Escoria de la tierra!

Golpeó a Yephet, lo derribó al suelo a puñetazos y, tomando un trozo de cuerda, empezó a azotarlo.

Yonah se sintió invadido por un súbito y amargo ataque de cólera. Se adelantó hacia ellos, pero Cristóbal lo sujetó y le impidió que se moviera hasta que terminaron los azotes.

Aquella tarde el capitán abandonó el barco para buscar en la orilla del río algún burdel que ofreciera una botella de vino y una mujer.

Los tripulantes frotaron el maltrecho cuerpo de Yephet con un poco de aceite de oliva.

—Creo que no debes temer a Mahmuda —le dijo Cristóbal a Yonah—. Sabe que estás bajo la protección de los romanís.

Pero Yonah pensaba que, cuando lo cegaba la rabia, Mahmuda era incapaz de razonar y no estaba muy seguro de poder presenciar sus palizas con los brazos cruzados. En cuanto cayó la noche, recogió sus escasas pertenencias, saltó sin hacer ruido al embarcadero, y se alejó del barco en medio de la oscuridad.

Se pasó cinco días caminando sin prisa, pues no tenía adónde ir. El camino bordeaba la costa y le permitía disfrutar de la contemplación del mar. En algunos tramos el camino se apartaba un poco de la costa, pero más adelante Yonah siempre podía volver a contemplar las azules aguas. En muchas aldeas había embarcaciones de pesca. Algunas de ellas estaban más cuarteadas por el sol y la sal que otras, pero todas se encontraban en muy buen estado gracias a los hombres que se ganaban la vida con ellas. Yonah vio a los hombres ocupados en sencillas tareas como el remiendo de las redes o el calafateo y el embreado de los fondos de las embarcaciones. A veces trataba de entablar conversación, pero ellos apenas tenían nada que decirle cuando les preguntaba si había algún trabajo para él. Los miembros de las tripulaciones de los barcos de pesca debían de estar unidos por lazos de sangre o por años de íntima amistad. No había trabajo para un forastero.

En la ciudad de Cádiz su fortuna cambió. Se encontraba en el puerto cuando uno de los hombres que estaba descargando un barco tuvo un descuido. Incapaz de ver nada a causa del gran tamaño del rollo de tejido que llevaba, dio un traspié, perdió el equilibrio y cayó de la pasarela. El rollo de tela cayó sobre la blanda arena mientras el hombre se golpeaba fuertemente la cabeza contra un amarre de hierro.

Yonah esperó a que se llevaran al herido a un médico y a que se dispersaran los mirones antes de acercarse al segundo de a bordo del barco, un marino de mediana edad y cabello entrecano con un rudo rostro lleno de cicatrices y un pañuelo anudado alrededor de la cabeza.

—Me llamo Ramón Callicó y puedo ayudaros a descargar —se ofreció.

El segundo de a bordo contempló su joven y musculoso cuerpo y asintió con la cabeza, ordenándole que subiera a bordo, donde los otros le indicaron lo que tenía que levantar y dónde lo tenía que depositar. Bajó el cargamento a la bodega, donde, a causa del calor, dos tripulantes llamados Joan y César trabajaban semidesnudos. Mientras estibaba el cargamento, Yonah podía entender casi todas sus órdenes, pero algunas veces se veía obligado a pedirles que le repitieran unas palabras que le sonaban castellanas, pero no lo eran.

—¿Acaso estás sordo? —le preguntó César en tono irritado.

—¿En qué lengua habláis? —preguntó Yonah.

Joan le miró sonriendo.

—Es catalán. Aquí en este barco todos somos catalanes.

Sin embargo, a partir de aquel momento le hablaron en castellano, lo cual fue un alivio para él.

Antes de que finalizara la carga, se presentó un mozo del médico para decir que el marinero accidentado estaba gravemente herido y tendría que quedarse en Cádiz hasta que se curara. El capitán había subido a la cubierta. Era más joven que el segundo de a bordo, mantenía la espalda muy erguida y en su cabello y barba aún no se apreciaba ninguna hebra gris. El segundo de a bordo se acercó a él y Yonah, que estaba trabajando a escasa distancia, oyó su conversación.

—Josep se tiene que quedar aquí hasta que esté curado —dijo el segundo oficial.

—Mmmm. —El capitán frunció el ceño—. No me gusta reducir la tripulación.

—Lo comprendo. Este que ha ocupado su lugar en la carga... Parece un buen trabajador.

Yonah vio que el capitán lo estaba evaluando.

—Muy bien. Puedes hablar con él.

El segundo de a bordo se acercó a Yonah.

—¿Eres un experto marino, Ramón Callicó?

Yonah no quería mentir, pero se le estaba acabando el dinero y necesitaba comida y alojamiento.

—Tengo experiencia con barcos fluviales —contestó, diciendo una media verdad que también era una mentira, pues no añadió que había trabajado muy poco tiempo en el barco.

A pesar de todo, acabaron contratándolo, y él se unió a los demás en la tarea de tirar de unos cabos que izaron tres pequeñas velas triangulares. Cuando el barco se hubo apartado lo suficiente de la orilla, los marineros izaron la vela mayor, la cual emitió un fuerte chasquido cuando la desplegaron y después se hinchó con el viento y los condujo a alta mar.

Al cabo de unos días, Yonah aprendió a distinguir a sus seis compañeros de tripulación: Jaume, el carpintero; Carles, un experto en cabos que se pasaba el rato trabajando con ellos; Antoni, el cocinero al que le faltaba el dedo meñique de la mano izquierda. Y Marià, César, Joan y Yonah, que hacía todo lo que le mandaban. El sobrecargo era un hombrecillo que conseguía conservar la palidez del rostro mientras todos los que le rodeaban estaban bronceados por el sol. Yonah siempre oía que lo llamaban señor Mezquida y nunca averiguó cuál era su nombre de pila. El capitán se llamaba Pau Roure y apenas se le veía el pelo, pues se pasaba los días en su camarote. Cuando subía a cubierta, jamás hablaba con la tripulación y prefería dar las órdenes a través del segundo de a bordo, llamado Gaspar Gatuelles. A veces Gatuelles daba las órdenes a gritos, pero nadie sufría latigazos a bordo.

El barco se llamaba *La Lleona*, la leona. Tenía dos mástiles y seis velas que Yonah aprendió muy pronto a identificar: una gran vela mayor cuadrada, una mesana algo más pequeña, dos gavias triangulares por encima de estas dos, y dos pequeños foques tensados sobre el bauprés, que era un rubio cuerpo de león con un rostro de mujer de alabastro. El palo mayor era más alto que el de mesana, tan alto que, en cuanto el barco empezó a surcar el agua impulsado por una fuerte brisa, Yonah temió que le ordenaran subir.

En su primera noche a bordo, cuando le correspondió el turno de dormir cuatro horas, en lugar de hacerlo, Yonah se dirigió a la escala de cuerda y subió por ella hasta llegar a medio camino del palo mayor. Abajo, la cubierta estaba a oscuras, exceptuando el débil resplandor de las luces de navegación. Alrededor del barco se extendía el ilimitado mar, tan oscuro como el vino tinto. No se atrevió a subir hasta más arriba y regresó a cubierta precipitadamente.

Le dijeron que el barco era pequeño para ser un bajel de agua salada, pero a él le parecía enorme comparado con el barco fluvial. Tenía una húmeda bodega con un pequeño camarote de seis literas destinadas a pasajeros y un camarote todavía más pequeño que compartían los tres oficiales. La tripulación dormía en la cubierta siempre que podía. Yonah encontró un sitio detrás del vástago del timón. Cuando se tendía allí, podía oír el silbido del agua pasando sobre el curvado casco y, cada vez que se modificaba el rumbo, percibía las vibraciones del timón de abajo.

El océano abierto no se parecía en nada al río. Yonah disfrutaba del frescor del aire y de su húmedo sabor salobre, pero, por regla general, el movimiento le provocaba una sensación de mareo. Algunas veces experimentaba náuseas y vomitaba para gran regocijo de los que lo veían. Todos los hombres del barco le llevaban más de diez años y hablaban catalán entre sí. Cuando se acordaban, cosa que no ocurría muy a menudo, se dirigían a Yonah en castellano. Desde el principio Yonah comprendió que iba a sentirse muy solo en el barco.

Tanto los oficiales como la tripulación se percataron enseguida de su falta de experiencia, y el segundo de a bordo pasó a encargarle las tareas más serviles. En su cuarto día a bordo, se desencadenó una tormenta que azotó violentamente el barco. Cuando Yonah se acercó tambaleándose a la banda de sotavento para vomitar, el segundo de a bordo le ordenó que subiera al mástil. Mientras se encaramaba por la escala de cuerda, el miedo le hizo olvidar las náuseas. Subió más arriba que la otra vez, por encima del extremo superior de la vela mayor. Los cabos que sujetaban la gavia se habían soltado en la cubierta, pero unas manos humanas tenían que tirar de la vela hacia abajo y sujetarla a su palo. Para poder hacerlo, los hombres tenían que abandonar la escala de cuerda y apoyar los pies en un angosto fragmento de cabo y sujetarse al palo. Un marino ya había empezado a avanzar por el cabo cuando Yonah alcanzó el palo. Al ver que titubeaba, los dos hombres que se encontraban situados por debajo de él en la escala de cuerda soltaron una maldición y entonces él pisó el oscilante cabo y se agarró al palo mientras deslizaba los pies por el frágil soporte. Los cuatro se sujetaron al palo con una mano y tiraron de la pesada vela con la otra mientras los mástiles se estremecían y balanceaban. El barco se escoraba hacia babor y estribor y cada vez que alcanzaba el vertiginoso final de un prolongado cabeceo, desde arriba los hombres distinguían la blanca espuma del mar embravecido.

Cuando al final consiguieron sujetar la vela, Yonah se agarró a la escala y bajó temblando para alcanzar la cubierta. No podía creer lo que había hecho. Nadie reparó en él durante un buen rato. Después el segundo de a bordo lo envió a la bodega para que comprobara el estado de las cuerdas que sujetaban la carga.

A veces, unos brillantes y oscuros delfines nadaban junto al costado del barco y en una ocasión avistaron un pez tan grande que Yonah se llenó de temor. Sabía nadar, de chico se había criado a la orilla de un río, pero sus aptitudes tenían un límite. No se veía tierra por ninguna parte, sólo agua en todas direcciones. Y, aunque hubiera podido alcanzar la tierra a nado, pensaba que su cuerpo sería una tentación para los monstruos marinos. Recordando la historia de su tocayo bíblico, se imaginó al Leviatán subiendo poco a poco desde el abismo sin fondo, atraído a la superficie por los movimientos de sus brazos y sus piernas iluminados por la luz de las estrellas, tal como el cebo vivo de un anzuelo atrae a una trucha. La cubierta que oscilaba bajo sus pies se le antojaba frágil e inestable.

Le ordenaron subir otras cuatro veces, pero no consiguió que la experiencia le gustara ni logró convertirse plenamente en marinero, por lo que aprendió a vivir con distintos grados de náusea mientras el barco subía bordeando la costa y hacía escalas para descargar mercancías y recoger cargamentos y pasajeros en Málaga, Cartagena, Alicante, Denia, Valencia y Tarragona. Dieciséis días después de haber zarpado de Cádiz, llegaron a Barcelona, desde donde emprendieron de nuevo el viaje rumbo al sudeste, hacia la isla de Menorca.

Menorca allá lejos en el mar tenía una costa muy escarpada y era una isla de pescadores y campesinos. A Yonah le gustó la idea de vivir en un lugar de territorio tan accidentado. Se le ocurrió que la lejanía de la isla le permitiría escapar de las miradas vigilantes. Pero en el puerto menorquino de Ciudadela el barco recogió a tres frailes dominicos vestidos con sus hábitos negros. Uno de ellos se fue a sentar sobre un tonel de gran tamaño y se puso a leer el breviario mientras los otros dos permanecían un rato conversando junto a la barandilla. De pronto, uno de los frailes miró a Yonah y le hizo señas de que se acercara, curvando el dedo índice.

Yonah tuvo que hacer un esfuerzo para obedecer.

—¿Señor? —dijo.

Su propia voz le sonó como un graznido.

—¿Adónde irá este barco cuando abandone estas islas?

El fraile tenía unos ojillos castaños. No se parecían en nada a los ojos grises de Bonestruca, pero el hábito dominico que el fraile vestía bastó para aterrorizar a Yonah.

—No lo sé, señor.

Los otros frailes soltaron un bufido y lo miraron severamente.

—Éste es un ignorante. Va adonde lo lleva el barco. Tenéis que preguntar a un oficial.

Yonah señaló a Gaspar Gatuelles, que estaba en la proa, hablando con el carpintero.

—Él es el segundo de a bordo, señor.

Los dos frailes se encaminaron hacia la proa para hablar con Gatuelles.

La Lleona llevó a los dos frailes a la isla de Mallorca, más grande que Menorca. El tercer fraile dejó de leer el breviario justo a tiempo para desembarcar en la pequeña isla de Ibiza, situada más al sur.

Yonah comprendió que, para sobrevivir, tendría que seguir engañando, pues la Inquisición estaba en todas partes.

22

El aprendiz

Cuando el barco regresó a Cádiz y ellos empezaron a descargarlo, se presentó el marinero herido cuyo puesto había ocupado Yonah. Ya se había curado y sólo le quedaba como recuerdo del percance una lívida cicatriz en la frente. El maestre y la tripulación lo saludaron a gritos:

—¡Josep! ¡Josep!

Yonah comprendió entonces que sus días de marinero a bordo de *La Lleona* habían tocado a su fin. Pero, a decir verdad, no lo lamentó. Gaspar Gatuelles le dio las gracias y le pagó lo que le debía, y él se alejó del barco, satisfecho de encontrarse de nuevo en tierra firme.

Se dirigió hacia el sudeste por el camino del litoral; el tiempo era caluroso de día y templado de noche.

Cada anochecer antes de que oscureciera, trataba de buscar un henil donde dormir o, en su defecto, la suave arena de una playa, pero si no encontraba ninguna de las dos cosas, se conformaba con lo que tenía a mano. Cada mañana se bañaba en el espléndido mar bajo el cálido sol, pero jamás se adentraba demasiado en el agua por temor a que, en cualquier momento, pudiera percibir los afilados dientes o los tentáculos de un monstruo. Cuando llegaba a un arroyo o a un abrevadero de caballos, se lavaba la sal marina que se le había secado en la piel. Una vez un granjero le permitió viajar un buen trecho en un carro de heno tirado por unos bueyes. Por el camino, el hombre detuvo a sus animales.

—¿Sabes dónde estás? —le preguntó.

Yonah sacudió la cabeza, perplejo. Era un lugar desierto, al borde de un desierto camino.

—Aquí termina España. Es el punto más meridional de la península —dijo el hombre con semblante satisfecho, como si semejante cosa fuera un logro personal.

Yonah no pudo conseguir que lo llevara un carro mas que en otra ocasión. Fue en un carro que transportaba abadejo seco, a cuyo propietario ayudó a descargar la mercancía cuando llegaron a la aldea de Gibraltar, al pie del gran peñón.

El hecho de manejar el abadejo sin catarlo le despertó un hambre canina.

Entró en una taberna de la aldea de techo muy bajo que olía a muchos años de vino derramado, fuegos de leña y sudor de parroquianos. Vio a media docena de hombres bebiendo en torno a dos alargadas mesas. Algunos de ellos también estaban comiendo raciones de un estofado de pescado que borbotaba en el hogar. Yonah pidió una jarra de vino que resultó ser agrio y un cuenco del estofado que halló excelente, con mucho pescado, cebollas y hierbas aromáticas. El pescado tenía muchas y muy aguzadas espinas, pero él tuvo cuidado y comió con fruición y, al terminar, pidió otro cuenco.

Mientras esperaba, entró un anciano y se sentó a su lado en el banco.

—Servidme un cuenco de vino, señor Bernaldo —le dijo el anciano al propietario.

Éste sonrió mientras llenaba el cuenco de Yonah.

—No, a menos que encontréis a un protector entre estos buenos señores de aquí —contestó mientras los ocupantes de las mesas se reían como si acabara de decir algo muy gracioso.

El anciano tenía los hombros redondeados y un aspecto

apacible; su ralo cabello blanco y la vulnerable apariencia de su semblante le hicieron recordar a Yonah a Jerónimo Pico, el viejo pastor cuyo rebaño él había cuidado durante varios años.

—Servidle un trago —le dijo Yonah al tabernero. Después, consciente de sus menguados fondos, añadió—: Una jarra, no un cuenco.

—¡Ay, Vicente, has tropezado con un derrochador! —exclamó un hombre de la otra mesa. Las sarcásticas palabras pronunciadas sin el menor tono de burla provocaron las risas de los presentes. El hombre era bajito y delgado, tenía el cabello oscuro y lucía un pequeño bigote—. Eres una vieja rata miserable, Vicente, nunca tienes suficiente vino en la tripa —añadió.

—Vamos, Luis, calla la boca —dijo otro de los bebedores en tono cansado.

—¿Me la quieres cerrar tú, José Gripo?

A Yonah le hizo gracia la pregunta, pues José Gripo, a pesar de no ser joven, era alto y corpulento y mucho más joven y fuerte que el otro. Pensó que Luis no hubiera tenido ninguna posibilidad de alzarse con el triunfo en una pelea. Sin embargo, nadie se rió. Yonah vio levantarse al hombre que estaba sentado al lado de Luis. Parecía más joven que éste y era de estatura media, pero muy delgado y musculoso. Se le veía muy sano, tenía unos rasgos como tallados a cincel y hasta su nariz formaba un pronunciado ángulo. El hombre miró a José Gripo con interés y se adelantó un paso.

—Siéntate o vete de aquí, Ángel —dijo Bernaldo el tabernero—. Tu amo me dijo que, si tenía más dificultades contigo o con Luis, se lo comunicara de inmediato.

El hombre se detuvo y miró al tabernero. Después se encogió de hombros y sonrió. Tomó la jarra, apuró el vino de un trago y la volvió a posar ruidosamente sobre la mesa.

—Pues entonces, vámonos, Luis; no me apetece seguir enriqueciendo a nuestro amigo Bernaldo esta noche.

El tabernero les vio abandonar la taberna y le sirvió a Yonah su estofado. Poco después le sirvió el vino al viejo.

—Aquí tienes, Vicente. Invita la casa. Son mala gente, esos dos.

—Menuda pareja —terció José Gripo—. Ya lo he visto otras veces: Luis provoca deliberadamente a alguien y entonces Ángel Costa interviene y pelea por él.

—Ángel Costa pelea muy bien —comentó un hombre de la otra mesa—. Y no me extraña, pues es el oficial de orden de Manuel Fierro.

—Sí, es un soldado veterano y sabe pelear, pero también es un malnacido y un grosero —dijo Gripo.

—Ya, como Luis —asintió Vicente—. Bien lo sé yo para mi desgracia, pues los dos vivimos bajo el mismo techo. Aunque reconozco que trabaja muy bien el metal.

El comentario despertó el interés de Yonah.

—Yo soy experto con el metal y busco trabajo. ¿Qué clase de trabajo se hace aquí con el metal?

—Hay una armería calle abajo —contestó Gripo—. ¿Tienes experiencia con las armas?

—Sé utilizar una daga.

Gripo sacudió la cabeza.

—Me refería a la manufactura de armas.

—De eso no sé nada, pero he hecho un largo aprendizaje en el trabajo de la plata y tengo un poco de experiencia con el hierro y el acero.

Vicente apuró su jarra de vino y lanzó un suspiro.

—En tal caso, tienes que ir a ver al maestro Fierro, el armero de Gibraltar —dijo.

Aquella noche Yonah le pagó unos sueldos a Bernaldo y éste le permitió dormir junto al hogar de la taberna. En el precio se incluía un cuenco de gachas para desayunar por la mañana, por lo que, cuando abandonó la taberna y bajó por la calle siguiendo las indicaciones de Bernaldo, Yonah ya estaba descansado y alimentado. El recorrido fue muy corto. La singular montaña rocosa de Gibraltar se elevaba por encima de los bajos y alargados edificios y los terrenos de la armería de Manuel Fierro y del mar que se extendía más allá de éstos.

El armero resultó ser un hombre bajito y de anchas espaldas, rudas facciones y una mata de áspero cabello blanco. Por nacimiento o por accidente, tenía la nariz ligeramente desviada hacia la izquierda, lo cual estropeaba la simetría de sus rasgos, pero hacía que la expresión de su rostro fuera en cierto modo bondadosa y comprensiva. Yonah le contó una historia casi verdadera: se llamaba Ramón Callicó; había sido aprendiz de Helkias Toledano, maestro platero de Toledo, hasta que la expulsión de los judíos había obligado a Toledano a abandonar el país y él se había quedado sin trabajo; había trabajado durante varios meses los metales en el taller de los romanís de Córdoba.

—¿Los... romanís?

—Unos gitanos.

—¡Unos gitanos! —exclamó Fierro con más regocijo que desprecio—. Te haré unas pruebas.

El maestro estaba trabajando en aquellos momentos en un par de espuelas de plata, pero las dejó y tomó una pequeña plancha de acero.

—Lábrala como si el trozo de acero fuera la espuela de plata.

—Preferiría trabajar en la espuela —señaló Yonah, pero el maestro sacudió la cabeza.

Fierro esperó sin hacer ningún comentario y sin abrigar demasiadas esperanzas en cuanto al resultado.

Sin embargo, su interés aumentó cuando Yonah terminó de labrar el trozo de acero sin ninguna dificultad y cuando, en la segunda prueba, juntó impecablemente dos partes de un codal de acero.

—¿Tienes otros conocimientos?

—Sé leer y escribo con caligrafía muy clara.

—¿De veras? —Fierro se inclinó hacia delante y lo estudió con interés—. No son conocimientos propios de un aprendiz. ¿Cómo los adquiriste?

—Mi padre me enseñó. Era un hombre muy docto.

—Te ofrezco un aprendizaje. Dos años.

—Acepto.

—En mi oficio es costumbre que el aprendiz pague a cambio de su instrucción. ¿Estás en condiciones de hacerlo?

—Por desgracia, no.

—En tal caso, al término de los dos años, deberás trabajar un año con ingresos reducidos. Tras este período, Ramón Callicó, podremos estudiar tu posible paso a oficial armero.

—Estoy de acuerdo —aceptó Yonah.

El taller era de su agrado. Disfrutaba trabajando de nuevo con los metales, a pesar de la diferencia, pues en la construcción de las armaduras y las armas se utilizaban unas técnicas que él desconocía por entero. Esto le permitió adquirir nuevos conocimientos mientras utilizaba los que ya dominaba desde hacía tiempo. Le gustaba el lugar en el que constantemente resonaban los golpes de los martillos sobre el metal, los silbidos y los tintineos, a veces rítmicos y a veces no, que a menudo surgían de distintos cobertizos simultáneamente en una especie de música metálica. Fierro era un maestro excelente.

—España tiene que estar muy orgullosa del desarrollo del hierro —dijo el maestro en una de sus lecciones—. Durante miles de años el mineral se colocó en un profundo horno de carbón que no alcanzaba temperatura suficiente para fundir el hierro resultante, pero sí para ablandarlo de manera que se pudiera batir o forjar.

Los repetidos calentamientos y forjas eliminaban las impurezas y daban lugar al hierro forjado, dijo.

—Después, nuestros maestros fundidores aprendieron a aumentar la temperatura, soplando aire a través de un tubo y, más tarde, utilizando fuelles. En el siglo VIII, los herreros hispánicos construyeron un horno más eficaz, llamado más adelante forja catalana. El mineral y el carbón se mezclan en el horno y se sopla aire hacia la parte inferior del fuego mediante energía hidráulica. Eso permite producir hierro forjado de mejor calidad y en mucho menos tiempo. El acero se obtiene eliminando las impurezas y buena parte del carbón del hierro. Por muy hábil que sea el artífice de la armadura, ésta sólo será buena en la medida en que lo sea el acero que se utilice en su confección.

Fierro había aprendido a trabajar el acero en el taller de un espadero moro, donde había trabajado como aprendiz.

—Los moros hacen el mejor acero y las mejores espadas —explicó, mirando con una sonrisa a Yonah—. Yo fui aprendiz de un moro y tú fuiste aprendiz de un judío —añadió.

Yonah convino en que la cosa tenía mucha gracia e inmediatamente su puso a limpiar el taller para poner término a la conversación.

Al decimoquinto día del aprendizaje de Yonah, Ángel Costa fue a verle al cobertizo de la cocina donde él, sentado en un banco, estaba dando cuenta de sus gachas matinales.

Costa se dirigía a cazar con arco y flechas. De pie delante de Yonah, Ángel se lo quedó mirando en enfurecido silencio. Yonah no tuvo inconveniente en que lo hiciera y se terminó tranquilamente la comida.

Al terminar, posó el cuenco sobre la mesa y se levantó. Hizo ademán de marcharse, pero Costa se interpuso en su camino.

—¿Qué ocurre? —preguntó apaciblemente Yonah.

—¿Eres hábil en el manejo de la espada, aprendiz?

—Jamás he utilizado una espada.

La sonrisa de Costa fue tan siniestra como su mirada. Asintiendo con la cabeza, éste se retiró.

El cocinero, a quien llamaban «el otro Manuel» para distinguirlo del maestro cuyo nombre de pila compartía, levantó la vista del cacharro que estaba frotando con arena y siguió con los ojos al oficial de orden. Soltando un escupitajo, le dijo a Yonah:

—A éste no lo aprecia nadie. Dice que es el representante de Dios en la Casa del Humo, donde nos obliga a rezar mañana y noche de rodillas.

—Y vosotros, ¿por qué se lo permitís?

El otro Manuel se compadeció de la ignorancia de Yonah.

—Le tenemos miedo —contestó.

La ventaja de ser aprendiz consistía en que Yonah era el chico de los recados y, como tal, lo enviaban a los talleres y almacenes de toda la ciudad de Gibraltar, lo cual le permitía conocer mejor su nuevo refugio. La comunidad se congregaba al pie del gran peñón y se derramaba por toda la parte inferior de su ladera. Fierro mantenía tratos comerciales con muchos proveedores y algunos de ellos, orgullosos de su localidad, contestaban con agrado a las preguntas de Yonah.

El criado de un tonelero le dijo que la exótica ciudad tenía aire moruno porque los árabes habían vivido en ella durante setecientos cincuenta años hasta que España la recuperó en 1462, «el día de la festividad de san Bernardo». El propietario del taller de efectos navales resultó ser José Gripo, a quien Yonah ya conocía de la taberna. Gripo estaba muy ocupado, pero, mientras medía y enroscaba un cabo, le explicó que el nombre de Gibraltar era una corrupción de «Jebel Tariq», la Roca de Tariq en árabe. El criado del proveedor de efectos navales, un anciano de rasgos agradables, Tadeo Deza, añadió:

—Tariq era el caudillo bereber que construyó el primer fuerte al pie de la roca.

Yonah apenas averiguó nada acerca de Gibraltar a través de sus compañeros de trabajo de la armería de Fierro. Había seis peones cuya principal obligación era cuidar del recinto y trasladar el pesado metal desde los almacenes a los talleres y de nuevo a los almacenes. Estos obreros vivían con Ángel Costa y el otro Manuel en un edificio semejante a un establo, llamado La Casa del Humo. Los dos principales artesanos, Luis Planas y Paco Parmiento, unos hombres de edad madura, eran los reyes del taller. Parmiento, que se había quedado viudo, era el maestro espadero, mientras que Planas, que jamás se había casado, era el maestro armero. A Yonah lo destinaron a la cabaña de los obreros junto con Vicente, el viejo al que había invitado a un trago en la taberna. Vicente nunca recordaba el nombre del nuevo aprendiz.

—¿Cómo dijiste que te llamabas, joven extranjero? —le preguntó, apoyado en la escoba con la que había estado barriendo el sucio suelo.

—Me llamo Ramón Callicó, abuelo.

—Yo me llamo Vicente Deza y no soy tu abuelo, pues, en tal caso, tu padre sería un hijo de puta.

El viejo se rió de su propia broma y Yonah no tuvo más remedio que sonreír.

—Pues entonces, ¿estáis emparentado con Tadeo Deza, el del taller de efectos navales?

—Pues sí, soy primo de Tadeo, pero él nunca lo dice, pues a veces lo avergüenzo pidiendo que me inviten a un trago, tal como tú ya sabes. —El anciano volvió a soltar una trémula carcajada y lo estudió con curiosidad—. O sea que ahora viviremos aquí todos juntitos con Luis y Paco. Tienes suerte, pues este edificio lo construyeron unos judíos con mucho esmero y es a prueba de la intemperie.

—¿Y cómo es posible que lo construyeran los judíos, Vicente? —preguntó Yonah con fingida indiferencia.

—Antes había muchos por aquí. Hace unos veinte años o puede que algo más, los buenos católicos se levantaron contra los que se hacían llamar cristianos nuevos. Pero no eran verdaderos cristianos sino judíos. Centenares de ellos procedentes de Córdoba y Sevilla pensaron que Gibraltar, recién arrebatado a los moros y con una población muy escasa, podría ser para ellos un refugio tranquilo y seguro, por lo que llegaron a un trato con el duque de Medina-Sidonia, el señor de estas tierras.

»Le entregaron dinero al duque y acordaron pagarle los gastos del estacionamiento de unas fuerzas de caballería en este lugar. Vinieron centenares de pobladores y empezaron a levantar edificios destinados a viviendas y negocios. Sin embargo, la necesidad de costear los gastos de los militares estacionados aquí y las expediciones contra los portugueses no tardó en arruinarlos. Cuando el duque se enteró de que se les había acabado el dinero, vino con unos soldados y los echó.

»Ellos construyeron este edificio y la Casa del Humo para ahumar el pescado que posteriormente se enviaba por barco a las ciudades portuarias. En los días húmedos, aún se percibe el olor del humo. Nuestro maestro le alquiló al duque la propiedad abandonada y construyó el establo de los animales y los talleres tal y como están ahora. —El viejo guiñó el ojo izquierdo—. Tienes que venir a verme cuando quieras saber algo, pues Vicente Deza sabe muchas cosas.

Más tarde Yonah fue a llevar material al taller dirigido por otro de sus compañeros de vivienda, el espadero Paco Parmiento. Yonah tuvo la corazonada de que se llevaría muy bien con él; era un hombre calvo y tirando a grueso que llevaba el rostro rasurado y tenía una blanquecina cicatriz en la mejilla izquierda; a veces, su mirada se perdía en la lejanía, pues siempre estaba tratando de encontrar mejores maneras de diseñar y construir espadas y solía permanecer ajeno al mundo que lo rodeaba. Le dijo a Yonah en un susurro que todos ellos estaban obligados a mantener los talleres limpios y ordenados.

—Pero tenemos suerte, pues el viejo Vicente Deza se encarga de estos menesteres.

—¿Vicente Deza construye armaduras, o es espadero como vos? —preguntó Yonah.

—Ése jamás en su vida ha trabajado el metal. Vive con nosotros gracias a la caridad del maestro. No te creas nada de lo que diga Vicente —le advirtió el espadero—, tiene la inteligencia deteriorada y la mente de un niño retrasado. A veces ve cosas inexistentes.

Como todos los lugares rocosos que Yonah había visto en España, Gibraltar tenía unas cuevas, la mayor de las cuales se encontraba en la misma cumbre del peñón y era enormemente espaciosa. Fierro les compraba casi todo el acero a los moros de Córdoba, pero contaba con unas existencias de mineral de hierro que se extraía en una pequeña parte de aquella inmensa cueva, a la que se accedía a través de un angosto camino que subía por la cara de la roca.

Tres veces el maestro llevó a Yonah consigo conduciendo por la brida un par de asnos por el empinado sendero. En las tres ocasiones Yonah deseó que su animal fuera *Moisés*, pues el sendero era terriblemente empinado —estaba mucho más arriba que la cofa de vigía de cualquier velero— y el más mínimo percance hubiera significado una caída vertiginosa y fatal. No obstante, los asnos estaban acostumbrados al sendero y ni siquiera se atemorizaron cuando se interpuso en su camino un grupo de monos de color canela.

Fierro sonrió al ver el sobresalto de Yonah ante la repentina aparición de los animales. Había seis, eran muy grandes y carecían de rabo. Una de las hembras estaba amamantando una cría.

—Viven más arriba —explicó Fierro.

Extrajo de un zurrón un poco de pan enmohecido y fruta excesivamente madura y lo arrojó hacia arriba y a un lado del camino, e inmediatamente las bestias se apartaron del sendero para recoger la comida.

—Jamás imaginé ver semejantes animales en España.

—Cuenta la leyenda que vinieron de África a través de una galería natural que discurría por debajo del estrecho y desembocaba en una de las cuevas de Gibraltar —explicó Fierro—. Yo me inclino más bien a pensar que se escaparon de un barco que hizo escala en nuestro peñón.

Desde lo alto del sendero, el mito parecía una posibilidad, pues la costa de África daba la engañosa impresión de estar muy cerca en medio de la diáfana atmósfera.

—¿A qué distancia se encuentra África, señor Fierro?

—A media jornada de navegación con viento favorable. Nos encontramos en una de las famosas Columnas de Hércules —dijo el maestro.

Señaló la otra columna, una montaña del norte de África, al otro lado del estrecho. El agua que separaba las Columnas era de un intenso color azul y centelleaba bajo los dorados rayos del sol.

Cinco días después de su primera conversación, Ángel Costa volvió a acercarse a Yonah.

—¿Has pasado mucho tiempo a caballo, Callicó?

—Muy poco, en realidad. Antes tenía un asno.

—Un asno es lo que más te cuadra.

—¿Por qué me preguntáis estas cosas? ¿Acaso buscáis hombres para una expedición militar?

—No exactamente —contestó Costa, alejándose.

Tras pasarse varios días haciendo recados, recogiendo paletadas de mineral de hierro y acarreando acero, Yonah fue autorizado finalmente a trabajar el metal, por más que su tarea fuera extremadamente modesta. Le preocupaba mucho trabajar con Luis Planas, de cuyo mal carácter ya había sido testigo. Para su alivio, Luis le hablaba en tono desabrido, pero era un hombre muy serio en su trabajo. Yonah recibió el encargo de bruñir varias partes de una armadura.

—Tienes que buscar todas las imperfecciones que haya en la superficie del acero y los más mínimos arañazos y pulirlos con esmero hasta que desaparezcan —le explicó Luis.

Así pues, Yonah se puso a pulir el metal y, cuando al cabo de una semana de duro esfuerzo, consiguió conferir a las piezas un brillo deslumbrador, el joven se enteró de que había estado trabajando en las piezas de una coraza, las dos piezas gemelas de un peto.

—Todas las piezas tienen que estar impecables —le dijo severamente Luis—, pues forman parte de una soberbia armadura que Fierro lleva más de tres años construyendo.

—¿Para quién se construye la armadura? —preguntó Yonah.

—Para un noble de Tembleque. El conde Fernán Vasca.

Yonah sintió que el corazón le daba un vuelco en el pecho, casi tan fuerte como los golpes del martillo de Luis Planas.

¡Por muy lejos que huyera, Toledo lo perseguía!

Recordaba muy bien la suma que el conde Vasca de Tembleque le debía a su padre: sesenta y nueve reales y dieciséis maravedíes por varios objetos de plata y oro, entre ellos una extraordinaria y singular rosa de oro con tallo de plata, varios espejos y peines de plata, un servicio de doce copas...

La cuantiosa deuda hubiera permitido que la vida de Yonah ben Helkias fuera considerablemente más fácil en caso de que éste la hubiera podido cobrar.

Pero él sabía muy bien que eso quedaba más allá de sus posibilidades.

23

Santos y gladiadores

Cuando comprendió que su nuevo aprendiz era un mozo de fiar en todos los sentidos, Fierro encomendó a Yonah la tarea de labrar un adorno en la coraza de la armadura del conde Vasca. Para ello, el joven tuvo que hacer unas minúsculas hendiduras en el acero por medio de un martillo y un punzón, siguiendo las pautas apenas visibles que Fierro o Luis Planas habían ido marcando en la superficie. La plata es mucho más fácil de labrar que el acero, pero la mayor dureza de éste constituía una protección contra ciertos errores que hubieran sido un desastre en la plata. Al principio, Yonah dio un ligero golpe para asegurarse de que el punzón estuviera debidamente colocado y después golpeó con más fuerza para completar la hendidura; pero, a medida que trabajaba, iba cobrando seguridad. Los rápidos y fuertes golpes de su martillo no tardaron en demostrar la confianza que sentía en sí mismo.

—Manuel Fierro suele someter a prueba sus armaduras —le dijo Paco Parmiento a Yonah una mañana—. Por consiguiente, de vez en cuando participamos en unos juegos. El maestro quiere que sus trabajadores simulen ser caballeros para ver qué modificaciones tiene que introducir en sus diseños. Desea que tú también participes.

Por primera vez empezó a entender a qué venían las preguntas de Ángel Costa y ello le inquietó.

—Naturalmente, señor —asintió Yonah.

Así pues, al día siguiente el joven se vio de pronto en un gran foso redondo, vestido con una prenda interior de tejido acolchado, observando con inquietud cómo Paco Parmiento le ajustaba al cuerpo las distintas piezas de una armadura metálica ligeramente oxidada y maltrecha. Al otro lado del foso, Luis vestía a su amigo Ángel Costa, mientras que los demás trabajadores se habían congregado alrededor del foso cual si fueran los espectadores de una riña de gallos.

—¡Vicente, acércate a la casa y prepara el jergón del mozo, que muy pronto lo va a necesitar! —gritó Luis entre las risas y las burlas de los presentes.

—No le hagas caso —murmuró Paco, cuya calva estaba cubierta por unas gruesas gotas de sudor.

A Yonah le colocaron una coraza que le cubría el pecho y la espalda.

Después le protegieron los brazos y las piernas con cota de malla. Le colocaron unas espalderas en los hombros, codales, guardabrazos, musleras y rodilleras y, finalmente, unas grebas en las pantorrillas. A continuación, se calzó unos escarpes de acero. Finalmente, Paco le colocó el yelmo y le bajó la visera.

—No veo nada, ni siquiera puedo respirar —farfulló Yonah, tratando de hablar en tono reposado.

—Los agujeros te permiten respirar —le dijo Parmiento.

—No es cierto.

Paco le levantó la visera con impaciencia.

—Déjala levantada —dijo—. Todo el mundo lo hace.

Yonah comprendió el porqué.

Le dieron unos guanteletes de cuero con protecciones de acero en los dedos y un escudo redondo. Todo lo que le habían puesto encima pesaba tanto que apenas podía moverse.

—El filo y la punta de la espada se han redondeado y desafilado para tu seguridad durante el juego y, más que una espada, es un garrote —le dijo Parmiento, entregándosela.

Al tomar la espada Yonah tuvo una sensación extraña, pues su mano apenas tenía flexibilidad en el interior del rígido guantelete.

Ángel Costa llevaba una armadura muy similar. Llegó el momento en que ambos se acercaron muy despacio el uno al otro, arrastrando pesadamente los pies. Yonah aún estaba pensando en cuál sería la mejor manera de descargar el golpe cuando vio la espada de Costa bajando sobre el yelmo que le cubría la cabeza y apenas tuvo tiempo de levantar el escudo que sujetaba en el brazo.

El brazo le pesó enseguida como el plomo mientras Costa lo golpeaba repetidamente y con tal fuerza que él no pudo reaccionar cuando la espada descendió de repente y Costa le asestó un mandoble tan violento en las costillas que le hubiera partido el cuerpo por la mitad si la hoja hubiera estado afilada y su armadura hubiera sido más frágil. Pero, a pesar de que estaba protegido por la prenda interior acolchada y por el excelente acero de la armadura, Yonah percibió el golpe de la espada en los huesos. Éste fue el precursor de una terrible serie de mandobles que Costa le asestó a lo largo de muchos otros ataques.

Yonah consiguió golpear a Costa sólo un par de veces antes de que el maestro detuviera la contienda interponiendo una vara entre ellos; sin embargo, todos los presentes tuvieron muy claro que, si se hubiera tratado de un enfrentamiento real, Ángel hubiera matado a Yonah de inmediato. En cualquier momento, Costa le hubiera asestado el golpe definitivo.

Yonah se sentó en un banco, dolorido y sin resuello, mientras Paco le quitaba la pesada armadura.

El maestro se acercó a él y le hizo muchas preguntas. ¿La armadura le había impedido moverse? ¿Tenía alguna articulación descoyuntada? ¿Podía hacer alguna sugerencia para que la armadura protegiera mejor el cuerpo y no impidiera los movimientos? Yonah contestó con toda sinceridad que la experiencia le era tan desconocida que apenas había pensado en ninguna de aquellas cuestiones.

Al maestro le bastó con ver el rostro de Yonah para comprender su humillación.

—No puedes esperar vencer a Ángel Costa en estas actividades —le tranquilizó el armero—. Aquí nadie lo puede hacer. Costa se pasó dieciocho años saboreando sangre como sargento en constantes y amargos combates contra el moro y ahora, en estos juegos en los que probamos el acero, nuestro oficial de orden disfruta imaginando que participa en un combate a muerte.

Yonah tenía una enorme magulladura en el costado izquierdo y el dolor era tan intenso que no pudo por menos que preguntarse si sus costillas habrían sufrido unos daños permanentes. Se pasó varias noches durmiendo sólo boca arriba y en una ocasión en que el dolor no le permitió conciliar el sueño, oyó unos lamentos desde el otro lado de la cabaña.

Se levantó reprimiendo un gemido y descubrió que los quejidos procedían de Vicente Deza. Se acercó y se arrodilló junto al jergón del anciano en medio de la oscuridad.

—¿Vicente?

—Peregrino... San Peregrino...

Vicente lloraba con desconsuelo.

—¡El Compasivo! ¡San Peregrino el Compasivo!

San Peregrino el Compasivo.

¿Qué significaba aquello?

—Vicente —repitió Yonah, pero el viejo se había lanzado a un torrente de plegarias, invocando a Dios y al santo peregrino. Yonah alargó la mano y lanzó un suspiro al notar que el rostro del anciano estaba ardiendo.

Cuando se levantó, golpeó sin querer la jarra de agua de Vicente, la cual cayó ruidosamente.

—Pero ¿qué diablos ocurre? —preguntó Luis Planas, despertando a su vez a Paco Parmiento.

—¿Qué sucede? —preguntó Paco.

—Es Vicente. Tiene fiebre.

—Hazlo callar o sácalo para que se muera fuera —rezongó Luis.

Al principio, Yonah no supo qué hacer, pero después recordó lo que solía hacer *abba* cuando él o Meir tenían fiebre. Salió de la cabaña y se dirigió tropezando en plena noche a la fragua donde la lengua de dragón de un fuego tapado proyectaba un rojo resplandor sobre las mesas y las herramientas. Encendió una fina vela con los rescoldos, la utilizó para encender una lámpara de aceite y, bajo su luz, encontró un cuenco y lo llenó con el agua de una jarra. Después tomó unos trapos que se utilizaban para frotar y pulir el metal.

Una vez en la cabaña, depositó la lámpara en el suelo.

—Vicente —lo llamó.

El viejo se había acostado vestido y Yonah empezó a desnudarlo. Tal vez hizo demasiado ruido o quizás el parpadeo de la lámpara volvió a despertar a Luis Planas.

—¡Maldita sea tu estampa! —gritó Luis, incorporándose—. ¿No te he dicho que lo sacaras de aquí?

Malnacido despiadado. Yonah sintió que algo se disparaba en su interior.

—Mira... —dijo Luis.

Yonah se volvió y se acercó a él.

—Seguid durmiendo.

No quería faltarle al respeto, pero la cólera hizo que su voz trasluciera cierta aspereza.

Luis permaneció incorporado un buen rato, mirando enfurecido al aprendiz que estaba en el otro extremo de la estancia y que se había atrevido a hablarle con tanto descaro. Al final, se tendió y se volvió de cara a la pared.

Paco también se había despertado. Oyó el intercambio de palabras entre Luis y Yonah y se rió por lo bajo en su jergón.

El cuerpo de Vicente parecía estar compuesto de mugrienta piel y huesos, y sus pies estaban cubiertos de suciedad reseca, pero Yonah se tomó la molestia de lavarlo con esmero, cambiando dos veces el agua y secándole cuidadosamente el cuerpo con los trapos para que no se enfriara.

Por la mañana, a Vicente le había bajado la fiebre. Yonah se dirigió a la cocina y le pidió al otro Manuel que aclarara las gachas del desayuno con agua caliente, se llevó un cuenco a la cabaña y le dio las gachas al viejo a cucharadas, aunque esto significó que él se quedara sin desayunar. Mientras corría al cobertizo del taller de Luis para iniciar su jornada, el maestro le cerró el paso. Yonah sabía que Luis debía de haberse quejado ante Fierro de su impertinencia y se preparó para lo peor, pero el maestro le habló con gran amabilidad.

—¿Cómo está Vicente?

—Creo que se repondrá. Ya le ha bajado la fiebre.

—Muy bien. Ya sé que a veces es difícil ser aprendiz. Recuerdo cuando yo era aprendiz de Abu Adal Khira en Vélez Málaga. Era uno de los más destacados armeros musulmanes. Ahora ya ha muerto y su armería ha desaparecido.

»Luis fue aprendiz conmigo y, cuando vine a Gibraltar y abrí mi armería, lo llevé conmigo. Es un hombre de carácter muy difícil, pero también es un extraordinario constructor de armaduras. ¿Entiendes lo que te estoy diciendo?

—Sí, maestro.

Fierro asintió con la cabeza.

—Cometí un error colocando a Vicente en la misma cabaña que Luis Planas. ¿Conoces el pequeño cobertizo que hay más allá de la fragua?

Yonah asintió con la cabeza.

—Está muy bien construido. Aparta las herramientas; tú y Vicente viviréis en aquella cabaña. Vicente tiene suerte de que tú hayas estado dispuesto a ayudarle anoche, Ramón Callicó. Has hecho bien. Pero a un aprendiz le conviene recordar que en esta armería no se volverá a tolerar una segunda impertinencia a un maestro artesano. ¿Está claro?

—Sí, señor —contestó Yonah.

Molesto por el hecho de que Fierro no hubiera apaleado al aprendiz, Luis le ordenó que se fuera y durante varios días se mostró muy duro y severo con él, por lo que Yonah procuró no darle ningún motivo de queja mientras pulía incesantemente la armadura. La construcción del traje de acero para el conde de Tembleque ya se encontraba en las últimas fases y Yonah trabajó en las distintas piezas hasta conseguir que brillaran con un resplandor tan suave que hasta Luis tuvo que reconocer que nadie hubiera podido mejorar el resultado.

Yonah lanzó un suspiro de alivio cuando lo enviaron a buscar suministros a las tiendas y talleres de la localidad.

En el taller de suministros navales, mientras Tadeo Deza despachaba el pedido de Fierro, Yonah le comentó al anciano que su primo Vicente había sufrido unas fiebres muy graves.

Tadeo interrumpió su tarea.

—¿Se está acercando a su fin?

—No. La fiebre le bajó y le volvió a subir varias veces, pero ahora parece que ya se está recuperando.

Tadeo Deza soltó un bufido de desprecio.

—Éste es demasiado estúpido para morir —dijo.

Cuando ya se estaba marchando con las compras, Yonah recordó de pronto una cosa y se volvió.

—Tadeo, ¿sabéis algo de san Peregrino el Compasivo?

—Sí, es un santo local.

—Qué nombre tan extraño.

—Vivió en esta región hace varios cientos de años. Dicen que era un forastero, puede que de Francia o Alemania. En cualquier caso, había visitado Santiago de Compostela para venerar las santas reliquias. ¿Acaso tú también has hecho la peregrinación a Santiago de Compostela?

—No.

—Pues algún día tienes que ir. Santiago fue el tercer apóstol elegido por Nuestro Señor. Estuvo presente en la Transfiguración y por eso el emperador Carlomagno decretó que todos sus súbditos ofrecieran agua, cobijo y fuego a todos los peregrinos que viajaran para venerar las reliquias del santo.

»En cualquier caso, el peregrino extranjero de quien estamos hablando se transformó tras pasarse varios días rezando ante las reliquias del apóstol. En lugar de regresar a la vida que había llevado antes de la peregrinación, viajó hacia el sur y vino a parar a esta región. Y aquí pasó el resto de sus días, atendiendo las necesidades de los enfermos.

—¿Cómo se llamaba?

Tadeo se encogió de hombros.

—No se sabe. Por eso lo llaman san Peregrino el Compasivo. Tampoco sabemos dónde está enterrado. Un día, cuando ya era muy anciano, se alejó tal como había venido. Otros dicen que se fue a vivir solo y que murió cerca de aquí y, en todas las generaciones, los hombres han tratado infructuosamente de localizar su sepulcro. ¿Cómo supiste de la existencia de nuestro santo local? —preguntó Tadeo.

Yonah no quiso mencionar a Vicente para no dar ocasión a que su primo siguiera despotricando contra él.

—Oí que alguien hablaba de él y sentí curiosidad.

Tadeo esbozó una sonrisa.

—Alguien de la taberna, sin duda, pues el vino suele agudizar en los hombres la conciencia del pecado y despertar en ellos el deseo de la gracia salvadora de los ángeles.

Yonah se alegró mucho de que Fierro le encomendara la tarea de trabajar como ayudante en el cobertizo de Paco Parmiento, el espadero. Paco lo puso inmediatamente a trabajar, afilando y puliendo los cortos sables de caballería y las largas y preciosas espadas de doble filo que se ahusaban desde la empuñadura hasta la punta y que eran propias de los nobles y los caballeros. Tres veces Paco devolvió la primera espada que Yonah había afilado.

—El brazo del espadachín hace el trabajo, pero la espada lo tiene que ayudar. Cada filo tiene que estar todo lo pulido que permita el acero.

A pesar de lo exigente que era Paco, Yonah lo apreciaba. Si Luis le recordaba a una raposa, Paco más bien le parecía un oso bonachón. Lejos de su banco de trabajo, era un hombre torpe y olvidadizo, pero, en cuanto se sentaba a trabajar, sus movimientos eran seguros y precisos. El maestro le había dicho a Yonah que las hojas de Parmiento tenían mucha demanda.

En el cobertizo de Luis, Yonah trabajaba prácticamente en silencio mientras que en el de Paco, éste contestaba de buen grado a sus preguntas.

—¿Fuisteis aprendiz con el maestro y Luis? —le preguntó Yonah.

Paco sacudió la cabeza.

—Soy más viejo que ellos. Cuando ellos eran aprendices, yo ya era un oficial adelantado en Palma. El maestro se puso en contacto conmigo y me trajo aquí.

—¿Qué hace Ángel en este taller?

Paco se encogió de hombros.

—El maestro lo encontró cuando había abandonado el ejercicio de las armas y lo hizo venir aquí como oficial de orden, pues es un auténtico soldado y un experto en toda suerte de armas. Durante un tiempo tratamos de enseñarle a moldear el acero, pero, como no tiene capacidad para el trabajo, el señor Fierro le encomendó el mantenimiento del orden entre los peones.

En el cobertizo ambos trabajaban muy a gusto. Cuando el maestro estaba presente, procuraban hablar menos. En una cercana mesa del cobertizo del espadero, Manuel Fierro trabajaba a menudo en un proyecto en el que tenía mucho empeño. Su hermano, Nuño Fierro, que trabajaba como médico en Zaragoza, le había enviado a través de unos mercaderes toda una serie de dibujos de instrumentos quirúrgicos.

El maestro utilizaba un acero muy duro procedente del mineral especial que él y Yonah habían sacado de la cueva de Gibraltar y moldeaba con sus propias manos los distintos instrumentos: escalpelos, lancetas, sierras, raspadores, sondas y pinzas.

Cuando el maestro no estaba, Paco le mostraba a Yonah los instrumentos como ejemplo de excelencia en el trabajo del metal.

—Trabaja cada uno de los pequeños instrumentos con el

mismo esmero que aplicaría a una espada o una lanza. Es una tarea muy grata. —Añadió con orgullo que él había ayudado a Fierro a forjar una espada de acero especial que éste se había hecho para su propio uso—. Tenía que ser una hoja singular, pues Manuel Fierro domina la espada mejor que nadie que yo jamás haya conocido.

Yonah se detuvo un instante en su tarea.

—¿Es mejor que Ángel Costa?

—La guerra ha enseñado a Ángel a matar de una forma insuperable. En el uso de todas las demás armas no tiene parangón. Pero en el manejo de la espada, el maestro lo supera.

Sus magulladas costillas apenas habían tenido tiempo de recuperarse, cuando Yonah recibió una vez más la orden de participar en un enfrentamiento contra Ángel Costa. Esta vez, nuevamente protegido con una armadura completa, tuvo que montar en un caballo árabe de batalla y, blandiendo una lanza con la punta envuelta en una bola de lana, galopar hacia Ángel, quien blandía una lanza similar y estaba galopando hacia él a lomos de un lustroso caballo de batalla alazán.

Yonah no estaba acostumbrado a montar un caballo tan fogoso, por lo que centró todos sus esfuerzos en mantenerse en la silla. La bola de lana del extremo de su descontrolada lanza se movía hacia todos lados mientras él resbalaba y brincaba a lomos de su montura.

Los caballos estaban protegidos por un muro de madera tendido entre los contendientes, pero no así los jinetes.

No hubo tiempo para prepararse, sólo un breve retumbo de cascos antes de que ambos se enfrentaran. Yonah vio que la bola de la lanza de Costa aumentaba de tamaño hasta asumir el de una luna llena y, finalmente, el de una vida entera antes de estrellarse contra él, desarzonarlo y derribarlo al suelo en una estremecedora e ignominiosa derrota.

Costa no gozaba de muchas simpatías. Casi nadie lo vitoreó, pero Luis disfrutó enormemente. Mientras Paco y otros hombres liberaban al trastornado Yonah de su armadura, éste vio que Luis lo señalaba con el dedo y se reía hasta que las mejillas le quedaron humedecidas con las lágrimas de regocijo que se escapaban de sus ojos.

Aquella tarde, Yonah trató de disimular la ligera cojera que sufría. Se dirigió a la Casa del Humo y encontró a Ángel Costa, que estaba afilando las puntas de unas flechas en una rueda de piedra.

—Buenas tardes os dé Dios —le dijo, pero Costa siguió trabajando sin devolverle el saludo.

»No sé combatir.

Costa soltó una carcajada que parecía un ladrido.

—No —convino.

—Me gustaría aprender el manejo de las armas. ¿Estaríais vos dispuesto a adiestrarme, tal vez?

Costa le miró con los ojos entornados.

—Yo no adiestro a nadie. —Examinó cuidadosamente con el dedo la punta de una flecha—. Te diré lo que tienes que hacer para adquirir mis conocimientos. Tienes que convertirte en soldado y pasarte veinte años combatiendo contra el moro. Tienes que matar sin descanso, utilizando todo tipo de armas y a veces incluso las manos desnudas y, siempre que sea posible, deberás cortar la verga del muerto. Cuando te hayas cobrado de esta guisa más de cien vergas circuncidadas, podrás regresar y desafiarme, apostando tu colección de vergas contra la mía. Y entonces yo te mataré en un santiamén.

Cuando se tropezó con el maestro delante del establo, Fierro se mostró más amable con él.

—Menudo desastre, ¿verdad, Ramón? —le dijo jovialmente Fierro—. ¿Estás herido?

—Sólo en mi amor propio, maestro.

—Te daré un pequeño consejo. En cuanto empieces a cabalgar, tienes que sujetar la lanza con más firmeza y con ambas manos, apretarla fuertemente entre el codo y el cuerpo. Tienes que clavar inmediatamente los ojos en tu contrincante y no apartarlos de él en ningún momento, siguiéndolo con la punta de la lanza para que ésta se junte con su cuerpo como si el encuentro estuviera preordinado.

—Sí, señor —dijo Yonah, pero en un tono tan resignado que Fierro no tuvo más remedio que sonreír.

—Tu caso no es desesperado, lo que ocurre es que cabalgas sin confianza. Tú y tu caballo tenéis que convertiros en un solo ser para que puedas soltar las riendas y centrar toda tu atención en la lanza. En los días en que no te necesiten demasiado en el taller, saca el caballo tordo de los establos y ejercítate con él, después almoházalo y dale de comer y beber. Creo que eso será beneficioso tanto para ti como para el animal.

Yonah estaba cansado y dolorido cuando regresó a la cabaña y se desplomó en el jergón.

Vicente le miró desde su jergón.

—Por lo menos, has sobrevivido. Ángel tiene un alma miserable.

Vicente hablaba con normalidad y aparente racionalidad.

—¿No os ha vuelto la fiebre?

—Parece ser que no.

—Muy bien, Vicente, me alegro.

—Te agradezco que me hayas cuidado en mi enfermedad, Ramón Callicó. —Vicente tosió y carraspeó—. Tuve unos sueños terribles bajo el efecto de la fiebre. ¿Dije algún disparate?

Yonah le miró, sonriendo.

—Sólo alguna vez. A veces, le rezabais a san Peregrino.

—¿De veras le recé a san Peregrino?

Ambos guardaron silencio un instante. Después, Vicente trató de incorporarse.

—Hay algo que quisiera decirte, Ramón. Algo que desearía compartir contigo por haber sido el único que ha cuidado de mí.

Yonah le miró con inquietud, deduciendo por su nerviosismo y su agudo tono de voz que le había vuelto a subir la fiebre.

—¿Qué es, Vicente?

—Lo he descubierto.

—¿A quién...?

—A san Peregrino el Compasivo. He descubierto al santo de las peregrinaciones —dijo Vicente Deza.

—¿Qué estáis diciendo, Vicente? —preguntó Yonah, mirando tristemente al anciano.

Hacía sólo tres días que había sufrido el delirio nocturno.

—Crees que chocheo y no me extraña.

Vicente tenía razón. Yonah pensaba que el anciano era un loco inofensivo.

Las manos de Vicente rebuscaron bajo el jergón. Después, sosteniendo algo en su puño cerrado, se acercó a Yonah gateando como un bebé.

—Tómalo —le dijo.

Yonah se encontró de repente un objeto en la mano. Era pequeño y delgado. Lo sostuvo en alto, tratando de verlo en medio de la semipenumbra.

—¿Qué es?

—Es un hueso del dedo del santo. —Vicente asió el brazo de Yonah—. Tienes que acompañarme, Ramón, y verlo con tus propios ojos. Vamos el domingo por la mañana.

Maldición. Los domingos por la mañana los obreros disfrutaban de medio día libre para asistir a las funciones religiosas. Yonah lamentaba tener que malgastar aquellas pocas horas de asueto. Quería seguir el consejo del maestro y sacar al tordo árabe, pero mucho se temía que no podría disfrutar de un solo momento de paz si no cedía a los requerimientos de Vicente.

—Iremos el domingo si, para entonces, los dos estamos en condiciones de caminar —respondió, devolviéndole el hueso a Vicente.

Estaba muy preocupado por Vicente, que le seguía hablando en febriles susurros. En todos los demás sentidos, Vicente daba la impresión de haberse restablecido de su enfermedad. Se mostraba activo y vigoroso, y había recuperado prodigiosamente el apetito.

El domingo por la mañana, ambos recorrieron la estrecha lengua de tierra que unía Gibraltar con la península. Una vez allí, echaron a andar en dirección este y, al cabo de media hora, Vicente levantó la mano.

—Hemos llegado.

Yonah sólo veía un lugar arenoso y desierto, interrumpido por numerosas formaciones de granito. A pesar de que nada de todo aquello le parecía insólito, siguió a Vicente, quien ya había empezado a trepar por las rocas como si no hubiera estado ni un solo día enfermo.

Al poco rato, muy cerca del sendero, Vicente encontró las rocas que estaba buscando y Yonah observó que en el centro de la formación había una ancha grieta. Una rocosa rampa natural bajaba hacia la abertura, pero sólo resultaba visible si uno se situaba directamente por encima de ella.

Vicente llevaba un poco de carbón encendido en una cajita metálica y Yonah dedicó unos instantes a soplar sobre el carbón y encender un par de gruesas velas.

El agua de lluvia debía de penetrar a través de la abertura, bajando por la rampa rocosa que terminaba en el arenoso suelo de la cueva del interior, la cual estaba seca, tenía aproximadamente el mismo tamaño que el de la cueva de Mingo en el Sacromonte y terminaba en una estrecha grieta que debía de comunicar con la superficie, pues Yonah percibió un soplo de aire.

—Fíjate en eso —dijo Vicente.

Bajo la trémula luz, Yonah vio un esqueleto. Los huesos de la parte superior del cuerpo parecían intactos, pero tanto los de las piernas como los de los pies habían sido apartados a un lado y, cuando Yonah se inclinó sobre ellos con la vela en la mano, vio que habían sido mordisqueados por un animal. De las prendas que cubrían el cuerpo sólo quedaban algunos restos dispersos de tejido. Yonah pensó que los animales, atraídos por la sal del sudor, se las habrían comido mucho tiempo atrás.

—¡Y mira aquí!

Era un tosco altar, formado por tres ramas. Delante de él había tres cuencos de barro.

El contenido habría sido devorado tal vez por la misma criatura que había mordisqueado los huesos.

—Ofrendas —dijo Yonah—. Tal vez a un dios pagano.

—No —dijo Vicente.

Iluminó con la vela la pared del otro lado, contra la cual se apoyaba una cruz de gran tamaño.

Después iluminó la pared que había al lado de la cruz para que Yonah viera grabada en la roca el distintivo de los primitivos cristianos, el signo del pez.

—¿Cuándo lo descubristeis? —preguntó Yonah mientras ambos regresaban a la armería.

—Puede que un mes después de tu llegada. Ocurrió el día en que me encontré en posesión de una botella de vino.

—¿La encontrasteis en vuestra posesión?

—La robé en la taberna, aprovechando una distracción de Bernáldez. Pero lo debí de hacer por una inspiración de los ángeles, pues me llevé la botella para que nadie me molestara mientras bebía. Mis pies se dirigieron a aquel lugar.

—¿Qué pretendéis hacer con lo que habéis averiguado?

—Hay personas que pagarían un elevado precio a cambio de las sagradas reliquias. Quisiera que tú te encargaras de su venta y trataras de conseguir el mejor precio.

—No, Vicente.

—Te pagaré bien, naturalmente.

—No, Vicente.

Un destello de astucia se encendió en los ojos del anciano.

—Es por eso, por lo que te conviene negociar un buen precio. Te daré la mitad de todo.

—No quiero ningún trato con vos. Los hombres que compran y venden reliquias son unas víboras. Yo que vos iría a la iglesia de la aldea de Gibraltar y acompañaría al padre... ¿cómo se llama?

—El padre Vázquez.

—Sí. Acompañaría al padre Vázquez aquí para que fuera él quien estableciera si los restos pertenecen a un santo.

—¡No! —A Vicente se le arrebolaron las mejillas como si le hubiera vuelto a subir la fiebre, pero era la furia—. Dios ha dirigido mis pasos hacia un santo. Dios habrá pensado: «Aparte su afición a la bebida, Vicente no es mal hombre. Le daré suerte para que termine sus días con un poco de comodidad.»

—La decisión es vuestra, Vicente. Pero yo no quiero tener la menor parte en ello.

—En tal caso, deberás mantener la boca cerrada acerca de lo que has visto esta mañana.

—Tendré sumo gusto en olvidarlo.

—Como se te ocurra vender las reliquias por tu cuenta y sin la participación de Vicente, me encargaré de que recibas tu merecido.

Yonah le miró, sorprendiéndose de que el anciano hubiera olvidado tan pronto quién le había cuidado durante su enfermedad.

—Haced lo que queráis con las reliquias y allá vos —replicó secamente.

Después ambos siguieron su camino hacia Gibraltar en un tenso silencio.

24

Los elegidos

A la mañana del otro domingo Yonah sacó al caballo árabe tordo de los establos con las primeras luces del alba y salió del recinto de la armería antes de que se despertaran los demás trabajadores. Al principio, trató simplemente de acostumbrarse a la sensación de estar montado en la grupa del animal. Tardó más de tres semanas en armarse del valor necesario para soltar las riendas. El maestro le había dicho que no bastaba con mantenerse sentado en la silla de montar; tenía que aprender a dar instrucciones al caballo sin usar las riendas ni el bocado. Cuando quería que el caballo se lanzara al galope, un golpe con los talones. Y, para que el caballo se detuviera, una simple presión con ambas rodillas. Para que el caballo retrocediera, una serie de rápidas presiones con las rodillas. Para su gran deleite, Yonah descubrió que el caballo había sido adiestrado para que obedeciera aquellas instrucciones. El joven practicó una y otra vez, aprendió a seguir las subidas y bajadas del galope, a anticiparse a una rápida frenada y a cabalgar al paso. Se sentía un escudero a punto de convertirse en un caballero.

Yonah trabajó como aprendiz a lo largo de la última parte del verano y de todo el otoño y el invierno. En aquella región tan meridional, la primavera llegaba muy pronto. Un día en que lucía el sol y el aire era templado, Manuel Fierro examinó todas las piezas de la armadura del conde Vasca y le ordenó a Luis Planas que la ensamblara.

La armadura resplandecía bajo los rayos del sol, junto a una espléndida espada forjada por Paco Parmiento. El maestro dijo que pensaba enviar una partida de hombres para la entrega de la armadura al noble de Tembleque, pero tal cosa no se podría hacer hasta que se terminaran otros encargos urgentes.

Así pues, en la armería resonaban los golpes y los tintineos metálicos provocados por la renovada energía de los trabajadores. El cumplimiento de los proyectos y la llegada de la primavera infundieron nuevos bríos a Fierro, quien anunció que, antes de la partida del grupo encargado de la entrega, se celebraría otro torneo.

En las mañanas de los dos domingos siguientes, Yonah cabalgó hasta un campo desierto y practicó el mantenimiento de la lanza en posición de ataque con la punta embolada dirigida hacia adelante mientras el caballo árabe galopaba hacia el arbusto que le servía de blanco.

Varias noches Vicente regresó muy tarde a la cabaña, donde se dejó caer en el jergón y empezó a roncar de inmediato, sumido en un sopor embriagado. En el taller de efectos navales, Tadeo Deza hablaba en tono despectivo de su primo Vicente.

—Se emborracha enseguida y de una manera muy desagradable, y recompensa a los que lo llenan de vino peleón con toda suerte de historias descabelladas.

—¿Qué clase de historias descabelladas? —preguntó Yonah.

—Asegura que es uno de los elegidos de Dios, que ha encontrado los huesos de un santo, que muy pronto hará una generosa donación a la Santa Madre Iglesia; pero nunca tiene dinero suficiente para pagarse el vino siquiera.

—Ah, bueno —dijo Yonah con cierta inquietud—. Con eso no hace daño a nadie más que a sí mismo tal vez.

—Yo creo que, al final, mi primo Vicente se matará con la bebida —suspiró Tadeo.

Manuel Fierro le preguntó a Yonah si quería participar en el nuevo juego, una vez más a caballo contra Ángel Costa. Mientras asentía con la cabeza, Yonah pensó que, a lo mejor, el maestro quería comprobar si había sabido sacar provecho de las prácticas con el caballo árabe.

Así pues, dos días más tarde, en medio de la frialdad de la mañana, Paco Parmiento lo ayudó a colocarse de nuevo la maltrecha armadura de prueba y, en el otro extremo del palenque Luis, en su papel de escudero y mozo, se reía mientras ayudaba a Costa a prepararse.

—¡Oye, Luis! —gritó Costa, señalando a Yonah con fingido temor—. ¿Has visto? Es un gigante. ¡Ay de mí!, ¿qué voy a hacer? —añadió, estallando en una sonora carcajada al ver que Luis Planas juntaba las manos y las elevaba al cielo como si rezara pidiendo misericordia.

El rostro habitualmente sereno de Parmiento se encendió de rabia.

—Son una escoria —dijo.

Cada uno de los contendientes fue ayudado a montar en su cabalgadura. Costa lo había hecho muchas veces y, en pocos momentos, estuvo sentado en la silla. Yonah fue más torpe y tuvo dificultades para levantar la pierna por encima de la grupa del caballo árabe y tomó mentalmente nota de aquel hecho para comentárselo al maestro, aunque quizá no fuera necesario, pues Fierro lo estaba observando todo desde el lugar que ocupaba entre los trabajadores y, por regla general, no se le escapaba ningún detalle.

Una vez montados, los dos contendientes hicieron girar sus caballos para situarlos el uno de cara al otro. Yonah cuidó de aparentar nerviosismo, asiendo las riendas con la mano izquierda mientras con la derecha sujetaba flojamente la lanza, con la punta embolada oscilando junto a su costado.

Sin embargo, cuando el maestro dejó caer el pañuelo para señalar el comienzo del juego, Yonah soltó las riendas y sujetó con firmeza la lanza mientras el caballo árabe se lanzaba a la carrera. Se había acostumbrado a cabalgar contra un blanco y le molestó que el blanco se abalanzara contra él, pero consiguió apuntar con la lanza al jinete que se acercaba. La punta embolada se estrelló exactamente en el centro del peto de Ángel. La lanza de Costa le rozó inofensivamente el hombro y, por un breve instante, Yonah creyó haber ganado la contienda, pero entonces su lanza se dobló y se partió y Costa consiguió mantenerse en la silla mientras ambos pasaban de largo al galope.

Al llegar al final, los contendientes dieron la vuelta con sus monturas. El maestro no dio la menor indicación de querer dar por finalizado el torneo, por lo que Yonah arrojó la lanza rota y cabalgó desarmado al encuentro de Ángel.

La punta de la lanza de Costa era cada vez más grande, pero, cuando éste se encontraba a dos pasos de su cabalgadura, Yonah comprimió los flancos del tordo árabe con las rodillas y el caballo se detuvo en seco.

La lanza no alcanzó a Yonah por un palmo, distancia suficiente para que éste la agarrara y tirara de ella con fuerza mientras sus rodillas comprimían los flancos de su dócil montura para que retrocediera. Faltó poco para que Ángel Costa cayera de la silla y sólo consiguió mantenerse en ella porque soltó la lanza y dejó que su montura siguiera adelante. Yonah sujetó con fuerza el arma que acababa de arrebatar mientras se alejaba. Ahora, cuando ambos se volvieron el uno de cara al otro, el que estaba armado era él mientras que Ángel se había quedado indefenso.

Los vítores de los trabajadores sonaron como música a los oídos de Yonah, pero su júbilo duró muy poco, pues el maestro señaló el término del torneo.

—Lo has hecho muy bien. ¡Casi perfecto! —le dijo Paco mientras lo ayudaba a quitarse la armadura—. Creo que el maestro ha puesto fin a la contienda para evitarle una humillación a su paladín.

Yonah miró hacia el otro lado del palenque, donde Luis estaba ayudando a Ángel a quitarse la armadura. Costa ya no se reía. Luis fue a protestar ante el maestro, quien le miró con absoluta frialdad.

—Es un mal día para nuestro oficial de orden —comentó Paco en un susurro.

—¿Por qué? No ha sido desarzonado. El juego ha terminado sin vencedor.

—Precisamente por eso está tan enojado, Ramón Callicó. Para un salvaje malnacido como Ángel Costa, no ganar es perder. No te tendrá el menor aprecio por lo que ha ocurrido hoy —le advirtió el espadero.

No había nadie en la cabaña de Yonah cuando éste regresó. El joven sufrió una decepción, pues no había visto a Vicente entre los espectadores del torneo y estaba deseando comentar todos los detalles de las incidencias con alguien. El peso de la armadura y la tensión del combate lo habían dejado exhausto, por lo que el cansancio hizo que se quedara dormido en cuanto se tendió en su jergón. No despertó hasta la mañana del día siguiente. Aún estaba solo y tuvo la impresión de que Vicente no había dormido allí.

Paco y Manuel Fierro ya estaban trabajando cuando él entró en el cobertizo del espadero.

—Ayer lo hiciste muy bien —dijo el maestro, mirándole con una sonrisa.

—Gracias, señor —contestó Yonah, complacido.

Le encomendaron la tarea de afilar dagas.

—¿Habéis visto a Vicente? —preguntó.

Ambos hombres sacudieron la cabeza.

—Anoche no durmió en nuestra cabaña.

—Es un bebedor y seguramente estará durmiendo la borrachera detrás de algún árbol o arbusto —dijo Paco.

Pero inmediatamente se calló, al recordar que Fierro le tenía aprecio al viejo.

—Espero que no haya vuelto a caer enfermo y le haya ocurrido algún percance —dijo Fierro.

Yonah asintió con la cabeza, presa de una profunda desazón.

—En cuanto lo veáis, debéis comunicármelo —dijo el maestro.

Yonah y Paco le aseguraron que así lo harían.

Si Fierro no se hubiera quedado sin polvos de tinta mientras trabajaba en las cuentas de la armería, Yonah no hubiera estado en el pueblo cuando encontraron a Vicente. Se estaba acercando al taller de efectos navales cuando oyó un tumulto y un enorme griterío procedente del muelle situado bajo la calle principal.

—¡Un hombre ahogado! ¡Un hombre ahogado!

Yonah se unió a los que corrían en dirección al muelle y llegó en el momento en que sacaban a Vicente del agua.

El ralo cabello pegado al cráneo permitía ver el cuero cabelludo y una herida en la parte lateral de la cabeza. Sus ojos miraban sin ver, vidriosos.

—Tiene el rostro totalmente magullado —dijo Yonah.

—Las olas lo habrán golpeado contra las rocas y el muelle —apuntó José Gripo.

Tadeo Deza salió del taller para ver qué alboroto era aquél. Cayó de rodillas junto al cuerpo y acunó la mojada cabeza de Vicente contra su pecho.

—Mi primo... mi primo...

—¿Adónde lo llevaremos? —preguntó Yonah.

—El maestro Fierro lo apreciaba —observó Gripo—. A lo mejor permitirá que den sepultura a Vicente en las tierras que hay detrás de la armería.

Yonah echó a andar con Gripo y Tadeo detrás de los que portaban el cuerpo de Vicente. Tadeo estaba trastornado.

—Fuimos compañeros de juegos en nuestra infancia. Éramos amigos inseparables... Como hombre, tenía sus defectos, pero su corazón era bueno.

El primo de Vicente, que tan mal solía hablar de él en vida, rompió en sollozos.

Gripo había acertado al suponer que, en atención al afecto que Fierro profesaba a Vicente, el maestro accedería a hacer por él una última obra de caridad. Vicente fue enterrado en un herboso trozo de tierra detrás del cobertizo del espadero. Los trabajadores fueron autorizados a interrumpir sus tareas para congregarse bajo el ardiente sol, asistir al entierro del cuerpo y oír las bendiciones fúnebres del padre Vázquez. Después, todo el mundo regresó al trabajo.

La muerte lo cubrió todo con su manto. En ausencia de Vicente, la cabaña donde dormía Yonah estaba vacía y silenciosa. Yonah se pasó varias noches desvelado, despertándose en la oscuridad mientras los ratones correteaban por el suelo.

En la armería todo el mundo trabajaba sin descanso, en un intento de terminar todos los encargos antes de la partida del grupo que iba a llevar la espada y la armadura nuevas al conde Vasca de Tembleque. Por eso Manuel Fierro frunció el ceño cuando se presentó un mozo con un mensaje, según el cual un pariente de Ramón Callicó había llegado a Gibraltar y deseaba que el señor Callicó acudiera a la taberna del pueblo.

—Tienes que ir, naturalmente —le dijo Fierro a Yonah, que en aquel momento estaba ocupado en la tarea de afilar unas espadas—. Pero regresa en cuanto lo hayas visto.

Yonah le dio las gracias aturdido y se fue. Se dirigió al pueblo muy despacio, pues estaba confuso. El hombre que lo esperaba no era su tío Arón, eso estaba claro. Ramón Callicó era un nombre que Yonah se había inventado para salir del apuro. ¿Sería posible que hubiera por allí cerca un Ramón Callicó y que él, Yonah Toledano, estuviera a punto de reunirse con el pariente de aquel hombre?

Dos desconocidos esperaban delante de la taberna en compañía del mozo que había transmitido el mensaje. Yonah vio que el muchacho lo señalaba a los hombres, aceptaba una moneda y se alejaba corriendo.

Cuando estuvo un poco más cerca, observó que uno de ellos iba vestido como un caballero, con cota de malla y prendas de calidad. Lucía una barbita muy bien cuidada. El otro llevaba una alborotada barba y prendas más toscas, pero también iba armado con espada. Dos espléndidos caballos permanecían atados al postigo de la entrada.

—¿Señor Callicó? —dijo el hombre de la barbita.

—Sí.

—Vamos a pasear conversando, pues estamos muy cansados de la silla de montar.

—¿Cómo os llamáis, caballeros? ¿Y cuál de vosotros es mi pariente?

El hombre esbozó una sonrisa.

—Todos los hijos de Dios son parientes, ¿no os parece?

Yonah los estudió.

—Me llamo Anselmo Lavera.

Yonah recordó el nombre. Mingo le había dicho que Lavera era el hombre que controlaba la venta de reliquias robadas en el sur de España. Lavera no presentó al otro hombre, quien permaneció en silencio.

—El señor Vicente Deza nos dijo que viniéramos a veros.

—Vicente Deza ha muerto.

—Qué lástima. ¿Un accidente acaso?

—Se ahogó y lo acaban de enterrar.

—Una lástima. Nos dijo que vos conocéis la ubicación de cierta cueva.

Yonah tuvo la absoluta certeza de que ellos habían matado a Vicente.

—¿Buscáis una de las cuevas del peñón de Gibraltar?

—No está en el peñón. De eso estamos seguros, porque Deza nos dijo que se encuentra en un lugar un poco apartado de Gibraltar.

—Yo no conozco esa cueva, señor.

—Ah, ya entiendo; a veces es difícil recordar, pero nosotros os refrescaremos la memoria. Y os recompensaremos muy bien el recuerdo.

—... Si Vicente os dio mi nombre, ¿por qué no os comunicó también las señas que buscáis?

—Tal como ya he dicho, su muerte fue muy lamentable. Le estábamos refrescando la memoria, pero lo hicimos con torpeza y con excesivo entusiasmo.

Yonah se estremeció ante el hecho de que Lavera pudiera hacer semejante confesión con tanta frialdad.

—Yo no estaba allí, ¿comprendéis? Yo lo hubiera hecho

mejor. Cuando Vicente ya estaba dispuesto a dar las indicaciones necesarias, no pudo hacerlo. Sin embargo, cuando le invitaron a decir qué otra persona nos podría ayudar, pronunció inmediatamente vuestro nombre.

—Preguntaré si alguien sabe algo acerca de una cueva que Vicente conocía —dijo Yonah.

El hombre de la barbita asintió con un gesto.

—¿Tuvisteis ocasión de ver a Vicente antes de que lo enterraran?

—Sí.

—El pobre se ahogó. ¿Se encontraba en muy malas condiciones?

—Sí.

—Terrible. El mar no tiene piedad. —Anselmo Lavera miró fijamente a Yonah—. Tenemos que trasladarnos urgentemente a otro lugar, pero volveremos a pasar por aquí dentro de diez días. Pensad en la recompensa y en lo que el pobre Vicente hubiera deseado que vos hicierais.

Yonah comprendió que tendría que estar muy lejos de Gibraltar cuando ellos regresaran. Sabía que, si no revelaba la situación de la cueva del santo, aquellos hombres lo matarían y, si la revelaba, lo harían igualmente para que no pudiera declarar contra ellos.

Lo sintió mucho porque, por primera vez desde que dejara Toledo, le gustaba su trabajo y el lugar en el que se encontraba. Fierro era un hombre amable y bondadoso, un amo muy poco frecuente.

—Queremos que lo penséis bien para que podáis recordar lo que nosotros tenemos que averiguar. ¿De acuerdo, amigo mío?

Lavera le había hablado en todo momento en un tono extremadamente cordial, pero Yonah recordó la herida de la cabeza de Vicente y el terrible estado de su rostro y su cuerpo.

—Haré todo lo posible por recordarlo, señor —contestó cortésmente.

—¿Te has reunido con tu pariente? —le preguntó Fierro a la vuelta.

—Sí, maestro. Era un pariente lejano por parte de madre.

—La familia es muy importante. Es una suerte que haya venido en este momento, pues dentro de unos días tú tendrás que irte de aquí. —Fierro añadió que había decidido enviarle a entregar la armadura del conde Vasca en compañía de Paco Parmiento, Luis Planas y Ángel Costa—. Paco y Luis se encargarán de hacer los retoques necesarios una vez entregada la armadura. Ángel será el jefe de vuestra pequeña caravana. —El maestro quería que él se encargara de hacer la presentación de la armadura al conde—. Porque tú hablas un castellano más puro que el de ellos, y además sabes leer y escribir. Quiero una confirmación por escrito de la recepción de la armadura por parte del conde de Tembleque. ¿Entendido?

Yonah tardó un momento en contestar porque estaba recitando una plegaria de acción de gracias.

—Sí, señor, entendido —asintió.

A pesar del alivio que sentía tras haberse enterado de que estaría lejos de Gibraltar cuando regresara Anselmo Lavera, a Yonah le preocupaba su vuelta a la zona de Toledo, pero pensaba que había abandonado la ciudad siendo un mozo mientras que ahora era un hombre corpulento con los rasgos alterados por la madurez y la nariz rota, la poblada barba y el largo cabello y su nueva y ya consolidada identidad. Fierro reunió a los cuatro miembros de la expedición para darles instrucciones.

—Es peligroso viajar a lugares desconocidos, por lo que os ordeno que actuéis de común acuerdo y sin oposición. Ángel es el jefe de la expedición, estará a cargo de la defensa y será responsable ante mí de la seguridad de cada uno de vosotros. Luis y Paco son los responsables del estado de la armadura y la espada. Ramón Callicó entregará la pieza al conde Vasca, se cerciorará de que el conde quede satisfecho antes de que os vayáis de allí y será el depositario y el responsable de devolverme un recibo por escrito de la entrega.

Después, Fierro les preguntó uno por uno si habían comprendido sus instrucciones y todos contestaron que sí.

El maestro supervisó todos los cuidadosos preparativos del viaje. Para comer, sólo se llevarían unos cuantos sacos de guisantes secos y galletas.

—Ángel deberá cazar por el camino para proporcionaros carne fresca —explicó.

A cada uno de los cuatro hombres de la expedición se le asignó un caballo. La armadura del conde Vasca sería transportada por cuatro acémilas. Para no avergonzar a su amo con su aspecto, los cuatro trabajadores recibieron ropa nueva, con la severa orden de no ponérsela hasta que estuvieran cerca de Tembleque. A los cuatro se les facilitaron espadas, y a Costa y Ramón les entregaron unas cotas de malla. Costa ajustó unas grandes y oxidadas espuelas a sus botas y cargó en su equipaje un arco y varios haces de flechas.

Paco esbozó una sonrisa.

—Ángel pone el permanente ceño que le distingue como jefe —le dijo en un susurro a Yonah, quien se alegraba de que éste le acompañara en el viaje junto con los otros dos.

Cuando todo estuvo a punto, los cuatro viajeros subieron con sus monturas por la plancha del primer barco costero que arribaba a Gibraltar y que, para gran sorpresa de Yonah, resultó ser *La Lleona*. El capitán del barco saludó a cada uno de los pasajeros con unas cordiales palabras.

—¡Vaya! Sois vos —le dijo el capitán a Yonah. A pesar de que jamás le había dirigido la palabra cuando éste formaba parte de la tripulación, ahora se inclinó ante él con una sonrisa en los labios—. Bienvenido a *La Lleona*, señor.

Paco, Ángel y Luis contemplaron con asombro cómo los tripulantes saludaban a Yonah.

Los animales fueron atados a la barandilla de la cubierta de popa. En su calidad de aprendiz, a Yonah se le encomendó la tarea de subirles cada día heno de la bodega para alimentarlos.

A los dos días de haber zarpado de Gibraltar, el mar se agitó y Luis empezó a marearse y a vomitar. Los movimientos del barco no les causaron a Ángel y Paco la menor molestia y, para su sorpresa y deleite, a Yonah tampoco. Cuando el capitán dio la orden de plegar la vela, Yonah corrió impulsivamente a la escala de cuerda del palo mayor y se encaramó para ayudar a los marineros a recoger y asegurar la vela. Cuando bajó de nuevo a cubierta, el tripulante Josep cuya enfermedad había dado a Yonah la oportunidad de incorporarse a la tripulación, le miró con una sonrisa y le dio una palmada en la espalda. Pero, cuando más tarde lo pensó, Yonah comprendió que, si hubiera caído al mar, la cota de malla lo hubiera arrastrado al fondo, por lo que, durante el resto de la travesía, recordó que era un simple pasajero.

Para los cuatro viajeros, los días de navegación constituyeron un período muy aburrido. A primera hora de la mañana del quinto día, Ángel sacó su arco y un haz de flechas para disparar contra las aves.

Los demás se dispusieron a contemplar el espectáculo.

—Ángel es tan hábil con el arco como un inglés —le dijo Paco a Yonah—. Es natural de una pequeña aldea de Andalucía famosa por sus arqueros y combatió por primera vez como arquero en el ejército.

Sin embargo, Gaspar Gatuelles se acercó corriendo a Costa.

—¿Qué vais a hacer, señor?

—Voy a matar unas cuantas aves marinas —contestó tranquilamente Ángel, colocando una flecha en la correspondiente muesca del arco.

El maestro lo miró, consternado.

—No, señor. No, no vais a matar ninguna ave marina en *La Lleona*, pues, si lo hicierais, atraeríais con toda certeza la desgracia sobre el barco y sobre nosotros.

Costa miró enfurecido a Gatuelles, pero Paco corrió a calmarlo.

—Pronto estaremos en tierra, Ángel, y entonces podrás cazar cuanto se te antoje. Necesitaremos tus dotes de cazador para conseguir carne.

Para alivio de todo el mundo, Costa destensó el arco y lo guardó.

Los pasajeros se sentaron a observar el cielo y el mar.

—Cuéntanos cosas de la guerra, Ángel —dijo Luis.

Costa aún estaba enfurruñado, pero Luis siguió insistiendo hasta que lo convenció. Al principio, los otros tres escucharon con atención sus recuerdos de soldado, pues ninguno de ellos había participado jamás en ninguna batalla. Sin embargo, muy pronto se cansaron de los relatos de derramamientos de sangre y matanzas, aldeas incendiadas, ganado sacrificado y mujeres violadas. Se cansaron mucho antes de que Ángel hubiera terminado de hablar.

Los cuatro pasajeros permanecieron nueve días a bordo de *La Lleona*. La monotonía de las jornadas influía en su estado de ánimo y, a veces, perdían los estribos y discutían. Obedeciendo a un acuerdo tácito, cada uno de los hombres procuró mantenerse apartado de los demás a lo largo de varias horas seguidas. Yonah le daba incesantes vueltas a un problema. Si regresaba a Gibraltar, no cabía la menor duda de que Anselmo Lavera lo mataría. Sin embargo, el enfrentamiento de Costa con Gaspar Gatuelles le había permitido ver su problema de otra manera. La autoridad de Ángel había sido vencida por la autoridad superior que ejercía el capitán a bordo del barco. Una fuerza había sido refrenada por una fuerza superior.

Yonah pensó que tendría que encontrar una fuerza superior a la de Anselmo Lavera, una fuerza capaz de librarle de la amenaza del ladrón de reliquias. Al principio, le pareció absurdo, pero, mientras permanecía sentado hora tras hora contemplando el mar, su mente empezó a forjar un plan.

Cada vez que el barco tocaba puerto y era amarrado al muelle, los cuatro hombres bajaban a tierra con sus animales para que éstos hicieran ejercicio, por lo que, cuando *La Lleona* arribó finalmente al puerto de Valencia, tanto los caballos como las acémilas gozaban de un excelente estado de salud.

Yonah había oído contar terribles historias sobre el puerto de Valencia durante los días de la expulsión. Le habían dicho que el puerto estaba lleno de barcos, algunos de ellos en muy mal estado y con unas velas que les habían colocado con el exclusivo propósito de aprovechar el lucrativo negocio de los pasajes de los judíos desplazados. Que los hombres, las mujeres y los niños se hacinaban en las bodegas. Y que, en cuanto perdían de vista tierra firme, algunas tripulaciones mataban a los pasajeros y arrojaban sus cuerpos al mar.

Pero el día en que Ángel encabezó el cortejo que desembarcó de *La Lleona*, el sol brillaba en el cielo y el puerto de Valencia estaba muy tranquilo y sosegado.

Yonah sabía que sus tíos y su hermano menor se habrían dirigido a alguna aldea costera cercana en busca de pasaje. Tal vez hubieran logrado zarpar y en aquellos momentos se encontraban ya en tierra extranjera. Sabía en lo más hondo de su corazón que jamás volvería a verlos, pero cada vez que pasaba junto a un muchacho de una edad apropiada, lo miraba, buscando en su rostro los conocidos rasgos de Eleazar. Su hermano tendría trece años en aquellos momentos. En caso de que estuviera vivo y siguiera siendo judío, ya podría formar parte de los hombres del *minyan*.

Pero sólo veía rostros extraños.

Los viajeros emprendieron su camino hacia el oeste y dejaron Valencia a sus espaldas. Ninguno de los caballos se podía comparar con el semental árabe que Yonah utilizaba en los torneos. Su montura era una yegua parda de gran tamaño, orejas aplanadas y una delgada cola caída entre sus enormes nalgas equinas. La yegua no le permitía lucirse como jinete, pero se mostraba dócil e incansable, virtudes que Yonah le agradecía. Ángel cabalgaba en cabeza, seguido por Paco con dos de las acémilas y Luis con las otras dos. Yonah cerraba la comitiva, encantado de que así fuera. Cada uno de ellos tenía su propia manera de viajar. De vez en cuando, Ángel se ponía a cantar y lo mismo podía entonar un himno religioso que una canción obscena. Paco se unía a los himnos con su sonora voz de bajo. Luis dormitaba en la silla y Yonah se pasaba el rato pensando en infinidad de cosas. A veces rumiaba lo que tendría que hacer para llevar a efecto su plan contra Anselmo Lavera. Cerca de Toledo había unos hombres que traficaban con reliquias sagradas y le hacían la competencia a Lavera en aquella actividad ilícita. Pensaba que, si lograba convencerles de que eliminaran a Lavera, él estaría a salvo.

A menudo se pasaba largas horas tratando de recordar pasajes hebreos que había olvidado, el bello idioma que se había alejado de su mente, las palabras y las melodías que lo habían abandonado al cabo de tan pocos años.

Recordaba algunos fragmentos y los repetía en imperfecto silencio una y otra vez. Recordaba con singular precisión un breve pasaje del capítulo 22 del Génesis, pues era él el que había cantado cuando le habían permitido leer por primera vez la Torá como hombre adulto. *Llegados al lugar que le dijo Dios, levantó Abraham el altar, ató a Isaac su hijo y lo colocó en el altar, encima de la leña. Y Abraham levantó el brazo y sacó el cuchillo para matar a su hijo.* Aquel pasaje lo atemorizó entonces y seguía atemorizándolo ahora. ¿Cómo había podido Abraham ordenarle a su hijo que cortara leña para ofrecer un sacrificio y prepararse después para matar a Isaac y quemar su cuerpo? ¿Por qué Abraham no le había preguntado nada a Dios y ni siquiera había discutido con él? *Abba* no hubiera sacrificado a un hijo suyo; *abba* se había sacrificado él para que su hijo pudiera seguir vivo.

Pero a Yonah lo angustiaba otra idea. Si Dios era un Dios justo, ¿por qué estaba sacrificando a los judíos de España?

Sabía lo que su padre y el rabino Ortega hubieran contestado a aquella pregunta. Le hubieran dicho que el hombre no podía discutir los motivos de Dios porque el hombre no podía ver el más vasto designio divino. Pero, si en el designio figuraban unos seres humanos utilizados como ofrendas quemadas, él discutía a Dios. No era por aquel Dios por quien él había interpretado el peligroso papel de Ramón Callicó día tras día. Era por *abba* y los demás, por las cosas buenas que había aprendido en la Torá, por las visiones de un Dios misericordioso y consolador, un Dios que había obligado a su pueblo a vagar en su exilio, pero al que había entregado finalmente la Tierra Prometida. Si cerraba los ojos, podía imaginarse formando parte de la caravana del desierto; un judío entre muchos, en una multitud de judíos. Viéndolos detenerse cada noche en el desierto para levantar las tiendas, oyéndolos rezar juntos delante del tabernáculo del arca de la Alianza y del sagrado juramento...

Las ensoñaciones de Yonah quedaron interrumpidas cuando las alargadas sombras le dijeron a Ángel que ya había llegado el momento de detenerse. Ataron los ocho animales bajo unos árboles y los cuatro aprovecharon para hacer sus necesidades, soltar ventosidades y pasear para librarse del anquilosamiento de la silla de montar. Después buscaron leña para encender una hoguera y, mientras las gachas de la cena empezaban a borbotar, Ángel cayó de rodillas y ordenó a los demás hacer lo propio para rezar el padrenuestro y el avemaría.

Yonah fue el último en hacerlo. Bajo la fiera mirada del oficial de orden, el joven se arrodilló sobre el polvo y añadió sus murmullos a las cansadas palabras murmuradas por Paco y Luis y las sonoras y bruscas plegarias de Ángel Costa.

Con las primeras luces del alba, Costa se levantó y tomó el arco. Cuando los demás ya habían cargado las acémilas, él regresó con cuatro palomas y dos perdices que desplumaron mientras cabalgaban muy despacio, dejando en pos de sí un rastro de plumas antes de detenerse para destripar las aves y asarlas sobre una hoguera de ramas verdes.

Costa cazaba todas las mañanas por el camino y a veces llevaba un par de liebres, aparte de aves de distintas especies, por cuyo motivo jamás les faltó comida. Viajaban sin descanso y, cuando se detenían, procuraban no discutir, acatando la orden que les había dado Fierro.

Ya llevaban once días cabalgando cuando una noche, mientras se disponían a acampar, vislumbraron a lo lejos la borrosa imagen de las murallas de Tembleque en medio de la oscuridad.

A la mañana siguiente, antes del alba, Yonah se apartó de la hoguera y se bañó en un pequeño arroyo antes de ponerse las prendas nuevas que les había proporcionado Fierro, pensando sombríamente que jamás doncella alguna había protegido de la vista sus partes pudendas con más cuidado que él. Cuando los demás se despertaron, le echaron en cara su ansia por engalanarse.

Yonah recordó su viaje a aquel castillo en compañía de su padre. En ese momento, cuando se acercaron a la puerta, Ángel contestó a la desafiante voz del centinela con la misma seguridad y confianza de que había hecho gala su padre.

—Somos unos artesanos de la armería de Gibraltar de Manuel Fierro y venimos con la espada y la armadura nuevas del conde Fernán Vasca.

Cuando les franquearon la entrada, Yonah vio que el mayordomo no era el mismo de años atrás, pero la respuesta que éste dio le resultó familiar.

—El conde Vasca se ha ido a cazar a los bosques del norte.

—¿Cuándo regresará?

—El conde regresará cuando regrese —contestó el hombre con aspereza. Al ver la mirada de Ángel, levantó rápidamente la vista hacia la tranquilizadora presencia de los soldados armados de la muralla—. No creo que tarde muchos días —añadió a regañadientes.

Costa se retiró para conferenciar con los hombres de Gibraltar.

—Ahora saben que nuestras acémilas transportan unos objetos muy valiosos. Si nos vamos, puede que estos malnacidos u otros como ellos nos asalten y nos maten y se queden con la espada y la armadura.

Los demás se mostraron de acuerdo y Yonah regresó al lugar donde estaba el mayordomo.

—Hemos recibido la orden de que, en caso de que el conde Vasca estuviera ausente, dejáramos la espada y la armadura en su tesoro y nos entregaran un recibo por escrito en el que se hiciera constar la entrega —dijo.

El mayordomo frunció el ceño, pues le molestaba recibir órdenes de unos desconocidos.

—Estoy seguro de que el conde habrá estado esperando con impaciencia la armadura que le ha hecho el maestro Fierro —añadió Yonah.

No fue necesario que añadiera: «Si se perdieran por vuestra culpa...»

El mayordomo los acompañó a una fortaleza, abrió la pesada puerta cuyos goznes chirriaron por falta de aceite y les indicó dónde colocar la armadura y dónde la espada. Yonah escribió el recibo, pero el mayordomo era casi analfabeto y Yonah tardó un buen rato en ayudarle a leer la nota. Paco y Luis le miraron impresionados mientras Ángel desviaba la mirada.

—Vamos, date prisa —musitó, envidiando los conocimientos de Yonah.

Al final, el mayordomo garabateó su marca.

Los hombres de Gibraltar encontraron posada y se alegraron de que su responsabilidad hubiera pasado al castillo de Tembleque.

—Gracias a Dios, hemos conseguido entregarlo todo sin problemas —dijo Paco, expresando el sentir de todos ellos.

—Ahora quiero dormir cómodamente —dijo Luis.

—¡Pues yo quiero beber! —anunció Costa, golpeando con la mano la mesa en torno a la cual se habían sentado a beber un amargo y áspero vino servido por una gruesa mujer de baja estatura y ojos cansados. Mientras ésta les llenaba las copas, Ángel rozó con el dorso de la mano el delantal manchado que le cubría los generosos muslos y las nalgas y, al ver que la mujer no protestaba, se envalentonó.

—Qué hermosa eres —masculló mientras ella sonreía.

La mujer estaba acostumbrada a los hombres que llegaban a la posada tras largas semanas de viaje sin mujeres. Al poco rato, ella y Ángel se apartaron de los demás, se pusieron a deliberar y, a continuación, se produjo un febril regateo, seguido de un asentimiento de la cabeza.

Antes de retirarse con ella, Ángel regresó junto a sus tres compañeros.

—Nos reuniremos dentro de tres días en esta posada para averiguar si el conde ya ha regresado —les dijo, antes de volver a toda prisa junto a la mujer.

25

La ciudad de Toledo

Paco y Luis se alegraron de poder tenderse en los camastros de la posada para intentar dormir y descansar del largo viaje. Así pues, Yonah ben Helkias Toledano, también conocido como Ramón Callicó, se encontró de repente cabalgando solo como en un sueño bajo el sol de última hora de la mañana.

Por el camino que unía Tembleque con Toledo. Recordando y cantando tal como solía cantar su padre.

El lobo habitará con la oveja,
y el leopardo se acostará con el niño,
y la vaca y el oso comerán juntos
mientras el león come paja como el buey...

A medida que se iba acercando a Toledo, cada nueva y fugaz visión era para él motivo de tristeza y de dolor. En aquel lugar se había alejado a veces de la ciudad con otros muchachos para hablar de cuestiones propias de los adultos... de las lecciones del Talmud, de la verdadera naturaleza y variedad del acto sexual, de lo que harían cuando fueran mayores, de las razones de que hubiera distintas formas de pechos femeninos.

Allí estaba la roca en la que, apenas dos días antes de ser asesinado, su hermano Meir, que su alma descansara en paz, se había sentado con él y ambos se habían turnado tocando la guitarra moruna.

Allí estaba también el camino que conducía a la casa en la que antaño viviera Bernardo Espina, antiguo médico de Toledo, que Dios concediera también el eterno descanso a su católica alma.

Y allí estaba el camino que conducía al lugar donde había sido asesinado Meir.

Allí cuidó él algunas veces del rebaño de su tío Arón, el quesero. Y la granja donde vivieron Arón y Juana, en cuya puerta jugaban ahora unos niños desconocidos.

Yonah vadeó el río Tajo mientras el brillo del sol en el agua le hería los ojos y los cascos de la yegua estallaban en las cristalinas aguas, salpicándole las piernas.

Después empezó a subir por el sendero que conducía a lo alto del peñasco, el sendero por el que su asno *Moisés* solía bajar con tanta seguridad en plena noche y por el que en ese momento la pobre yegua estaba subiendo nerviosamente a pesar de la luz del día.

Arriba nada había cambiado.

Dios mío, pensó, nos has dispersado y destruido, pero has dejado este lugar exactamente tal y como estaba antes.

Bajó lentamente por el angosto camino que discurría cerca del peñasco. Las casas coincidían con el recuerdo que él guardaba de ellas. Su viejo vecino Marcelo Troca aún vivía, y allí estaba, arrancando las malas hierbas de su jardín mientras muy cerca de él otro asno se comía con indiferencia la basura.

La casa de los Toledano aún se mantenía en pie. Flotaba un hedor en el aire; cuanto más se acercaba Yonah, más intenso era el mal olor. La casa había sido restaurada. Pero... si uno sabía dónde mirar y buscaba con cuidado, aún se distinguían las huellas del antiguo incendio.

Yonah refrenó su montura y desmontó.

La casa estaba ocupada. Un hombre de mediana edad salió a la puerta y se sobresaltó al verle allí, sujetando las riendas de su yegua.

—Buenos días os dé Dios, señor. ¿Deseáis algo de mí?

—No, señor, es que el sol me ha aturdido. ¿Tendréis la bondad de permitirme descansar un momento en la sombra de la parte de atrás de la casa?

El hombre lo estudió con inquietud y contempló la yegua, la cota de malla, el cuchillo de Mingo y la espada que colgaba en el lado izquierdo mientras tomaba nota del duro tono de voz de aquel barbudo forastero.

—Podéis descansar en nuestra sombra —accedió a regañadientes—. Tengo agua fresca. Os serviré de beber.

En la parte de atrás de la casa, las cosas eran las mismas y, sin embargo, muy distintas. Yonah se dirigió de inmediato al lugar secreto, buscando la piedra suelta, detrás de la cual había dejado el mensaje para su hermano Eleazar. La piedra suelta ya no estaba. Todo se había vuelto a enlucir.

El olor procedía de la parte posterior de lo que antaño fuera el taller de su padre. Había cueros y pellejos de animales, algunos de ellos en remojo en unas cubas para que se pudieran rascar y otros secándose al aire. Trató de identificar el lugar exacto en el que estaba enterrado su padre y vio que en él crecía un roble.

El dueño de la casa regresó con una copa de madera y Yonah apuró el agua, a pesar de que, cada vez que tomaba un sorbo, era como si con ella se tragara el fuerte olor que lo rodeaba.

—Veo que sois curtidor.

—Encuaderno libros y preparo yo mismo los cueros —asintió el hombre, observándolo con detenimiento.

—¿Me permitís descansar un poco más?

—Como gustéis, señor.

Pero el hombre lo siguió estudiando... ¿por temor tal vez a que Yonah le birlara un pellejo mojado y maloliente? Lo más probable era que temiera por los valiosos libros de su taller, o tal vez tuviera oro allí. Yonah cerró los ojos y recitó el *kaddish*. Comprendió con desesperación que jamás podría sacar el cuerpo de su padre de aquel maloliente lugar en el que no había ninguna señal de identificación.

«Nunca dejaré de ser judío. Te lo juro, *abba*.»

Cuando abrió los ojos, el encuadernador de libros aún estaba allí. Yonah había observado que, al entrar en la casa, el hombre se había colocado una herramienta en el cinto, un siniestro cuchillo curvo de los que sin duda utilizaba para pulir el cuero. No tenía nada en contra de aquel hombre. Se levantó, le dio las gracias por su amabilidad, regresó junto a su montura y se alejó de la casa donde antaño viviera.

La sinagoga conservaba aproximadamente el mismo aspecto, pero ahora era una iglesia, en lo alto de cuyo tejado se levantaba una alta cruz de madera.

El cementerio judío había desaparecido. Todas las lápidas de piedra habían sido retiradas. En distintos lugares de España había visto lápidas con inscripciones hebreas utilizadas para construir muros y caminos. El cementerio se había convertido en un pastizal. No habiendo ninguna indicación, sólo podía identificar de manera aproximada el lugar que ocupaban las tumbas de su familia, y allá se fue, consciente de lo extraña que resultaba su figura, de pie entre las ovejas y las cabras, rezando una oración por los difuntos.

Mientras cabalgaba hacia el centro de la ciudad, pasó por los hornos comunes, donde un grupo de mujeres estaba regañando al panadero por haberles quemado el pan. Yonah conocía muy bien los hornos. Antiguamente eran *kosher*. De chico, cada viernes llevaba allí el pan de la familia para que se lo cocieran. Por aquel entonces los hornos estaban a cargo de un judío llamado Vidal, pero ahora el tahonero era un desventurado gordinflón sin medios para defenderse.

—Eres un sucio holgazán y un necio —dijo una de las mujeres. Era joven y agraciada, aunque un poco entrada en carnes. Mientras Yonah la miraba, sacó uno de los panes quemados que llevaba en el cesto y lo agitó bajo la nariz del panadero mientras lo insultaba de mala manera—. ¿Crees acaso que vengo aquí para que tú conviertas mi buen pan en mierda de perro? ¡Te lo tendrían que hacer comer, buey estúpido!

Cuando la mujer se volvió, Yonah vio que era Lucía Martín, a la que él había amado de muchacho.

La mirada de la mujer le resbaló por encima, pasó de largo y volvió a posarse en él. Pero la mujer no se entretuvo antes de irse y se alejó con su cesto de pan quemado.

Yonah bajó muy despacio por la angosta callejuela para no darle alcance. Pero, cuando acababa de dejar atrás las casas y las miradas indiscretas, ella salió de detrás de un árbol, donde se había ocultado para esperarle.

—¿De veras eres tú? —le preguntó.

Lucía se acercó a su montura y levantó los ojos hacia él.

Yonah sabía que debía negar que la conociera, sonreír por el error de identificación, despedirse cortésmente de ella y seguir adelante. Pero, en lugar de eso, desmontó.

—¿Qué ha sido de ti, Lucía?

Ella tomó su mano y abrió triunfalmente los ojos.

—Oh, Yonah. Me parece increíble que seas tú. ¿Adónde te fuiste y por qué, pudiendo haber sido el hijo de mi padre? Y mi hermano.

Lucía era la primera mujer que él había visto desnuda. Recordó que era una muchacha muy dulce y el recuerdo le provocó un estremecimiento de emoción.

—No quería ser tu hermano.

Sosteniendo fuertemente su mano en la suya, Lucía le contó rápidamente que llevaba tres años casada.

—Con Tomás Cabrerizo, cuya familia posee unos viñedos al otro lado del río. ¿No te acuerdas de Tomás Cabrerizo?

Yonah recordaba vagamente a un hosco muchacho que solía lanzar piedras a los judíos y burlarse de ellos.

—Tengo dos hijitas y vuelvo a estar preñada. Le pido a la Santísima Virgen que sea un varón —dijo Lucía. Le miró con asombro, estudiando su montura, su ropa y las armas que llevaba—. Yonah. ¡Yonah! Yonah, ¿adónde te fuiste? ¿Cómo vives?

—Mejor que no me lo preguntes —dijo cortésmente Yonah, cambiando de tema—. ¿Cómo está tu padre?

—Murió hace dos años. Rebosaba de salud, pero una mañana murió de repente.

—Ah, que descanse en paz —dijo Yonah, sinceramente apenado. Benito Martín siempre había sido bueno con él.

—Que su alma descanse con el Salvador. —Lucía se santiguó.

Su hermano Enrique había ingresado en la orden de los dominicos, le dijo a Yonah con visible orgullo.

—¿Y tu madre?

—Mi madre vive. No vayas a verla, Yonah. Te denunciaría.

Su vehemencia inquietó a Yonah.

—Y tú, ¿no vas a denunciarme?

—¡Jamás, ni entonces ni ahora!

Lucía le miró con furia, a pesar de que las lágrimas habían asomado a sus ojos. Yonah sucumbió a la necesidad de huir.

—Ve con Dios, Lucía.

—Que él te acompañe, amigo de mi infancia.

Yonah le soltó la mano, pero no pudo resistir la tentación de volverse para hacerle una última pregunta.

—Mi hermano Eleazar. ¿Lo has vuelto a ver por aquí?

—No.

—¿Nunca supiste nada de su paradero o su destino?

Lucía sacudió la cabeza.

—No he sabido ni una sola palabra de Eleazar. Ni una sola palabra de ninguno de ellos. Tú eres el único judío que ha regresado aquí, Yonah Toledano.

Yonah sabía lo que tenía que hacer y a quién tenía que buscar para salvarse de Lavera.

Cabalgó muy despacio por el centro de la ciudad. La muralla que rodeaba la Judería aún se mantenía en pie, pero las puertas estaban abiertas de par en par y en todas las casas vivían cristianos. La imponente mole de la catedral de Toledo lo dominaba todo.

Cuánta gente por todas partes.

Allí, en la plaza Mayor, detrás de la catedral, podía haber alguien que lo reconociera tal como lo había reconocido Lucía. Pensando en ella, se dio cuenta de que su amiga ya había tenido tiempo de haberlo traicionado. En aquellos momentos, cabía la posibilidad de que el cruel brazo de la Inquisición se estuviera alargando hacia él, tal como se alarga la mano de un hombre para atrapar una mosca. En la plaza había soldados y miembros de la guardia. Yonah tuvo que hacer un esfuerzo para cabalgar despacio por delante de ellos, pero nadie le dirigió más que una fugaz mirada.

Le prometió una moneda a un chico desdentado a cambio de que le vigilara la yegua.

Eligió para entrar en la catedral la llamada Puerta del Gozo. De niño se había preguntado si la puerta cumplía la promesa que encerraba su nombre, pero en ese momento no experimentaba la menor sensación de arrobamiento. Delante de él, un hombre envuelto en andrajos mojó los dedos en una pila de agua bendita e hizo una genuflexión. Yonah esperó a que no hubiera nadie a la vista y entró subrepticiamente en la catedral. El interior era inmenso, con un alto techo abovedado sostenido por unas columnas de piedra que dividían el espacio en cinco naves. La catedral parecía desierta porque era muy grande, pero había mucha gente repartida por todas partes y también muchos clérigos envueltos en ropajes negros. Sus plegarias se elevaban hacia las alturas y el murmullo resonaba por todo el templo. Yonah se preguntó si la combinación de todas las voces que se elevaban a Dios en las catedrales e iglesias de España estaría ahogando su propia voz cuando hablaba con Dios.

Tardó un buen rato en abrirse camino por el centro de la catedral, pero no vio a la persona que estaba buscando.

Cuando salió bajo la cegadora luz del sol, le entregó al muchacho la moneda prometida y le preguntó si conocía a un fraile jorobado.

La sonrisa del muchacho se esfumó.

—Sí. Es el que llaman Bonestruca.

—¿Dónde podría encontrarle?

El muchacho se encogió de hombros.

—Hay muchos en la casa de los dominicos.

Unos mugrientos dedos se doblaron sobre la moneda y el muchacho huyó como alma que lleva el diablo.

En una mísera taberna —tres tablones de madera colocados sobre unos toneles—, Yonah se sentó a beber vino amargo mientras contemplaba el convento de la orden dominica, situado al otro lado de la calle. Al final, salió un fraile y, al cabo de mucho rato, dos sacerdotes discutiendo acaloradamente entre sí.

Cuando apareció fray Lorenzo de Bonestruca, éste se estaba acercando al convento, no saliendo de él. Yonah lo vio acercarse desde el final de la calle y, sin embargo, lo reconoció enseguida por su estatura, su enjuto cuerpo y la parte superior de su tronco ligeramente desviada con respecto a la inferior. Su esfuerzo por mantenerse erguido hacía que la enorme joroba tirara de la cabeza y los hombros hacia atrás.

Bonestruca entró en el convento y permaneció dentro el tiempo suficiente como para que Yonah le pidiera al tabernero que le volviera a llenar una copa que dejó medio llena de buen grado cuando el fraile volvió a salir del edificio y echó a andar calle abajo. Yonah le siguió muy despacio a caballo, procurando mantenerse a una distancia prudente sin perderlo de vista.

Al final, Bonestruca entró en una pequeña taberna frecuentada por jornaleros. Para cuando Yonah hubo atado a la yegua y hubo entrado en el pequeño y oscuro local, el fraile ya se había sentado en la parte de atrás y estaba discutiendo con el tabernero.

—¿No podríais pagarme una pequeña parte de la deuda?

—¿Cómo os atrevéis? ¡Sois un miserable malnacido!

Yonah vio que el tabernero estaba muy asustado. Su terror le impedía mirar al inquisidor.

—Os suplico que no os ofendáis, padre —dijo, profundamente angustiado—, enseguida os sirvo el vino, faltaría más. No quería faltaros al respeto con mi impertinencia.

—Sois un gusano inmundo.

Por encima de su largo y retorcido cuerpo, los rasgos de Bonestruca seguían siendo tan hermosos como Yonah recordaba: la frente aristocrática, los pronunciados pómulos, la larga y fina nariz y la ancha boca de carnosos labios sobre su firme y bien cincelada mandíbula. El rostro era traicionado por unos grandes ojos grises, llenos de gélido desprecio por el mundo.

El tabernero se había retirado presuroso, pero ahora ya había regresado con una copa que depositó delante de Bonestruca antes de dedicar su atención a Yonah.

—Una copa de vino para mí. Y otra para el buen fraile.

—Sí, señor.

Los pétreos ojos de Bonestruca se clavaron en Yonah.

—Jesús os bendiga —murmuró, al tiempo que pagaba la bebida con una bendición.

—Gracias. ¿Me dais permiso para sentarme a vuestra mesa? —preguntó Yonah.

Bonestruca asintió con indiferencia.

Yonah se sentó a la mesa del hombre que había sido el causante de las muertes de su padre, de su hermano y de Bernardo Espina, y sin duda de muchas más.

—Me llamo Ramón Callicó.

—Yo soy fray Lorenzo de Bonestruca.

Era evidente que el fraile tenía mucha sed. Apuró rápidamente su copa de vino y la que Yonah le había ofrecido y asintió con la cabeza cuando Yonah pidió otras dos.

—¡Esta vez en unos cuencos, señor!

—He tenido el placer de rezar en la catedral, de la cual la ciudad de Toledo tiene que sentirse justamente orgullosa —comentó Yonah.

Bonestruca asintió con la adustez propia de quien no soporta que unas palabras inoportunas interrumpan su intimidad.

El tabernero sirvió los cuencos.

—¿Qué clase de obras están haciendo en la estructura de la catedral?

Bonestruca se encogió de hombros con gesto cansado.

—Sé que están haciendo algo en las puertas.

—¿Cumplís la obra de Dios en el recinto de la catedral, mi buen fraile?

—No, la obra de Dios la cumplo en otro lugar —contestó el clérigo, tomando un trago tan grande que Yonah no pudo por menos que preguntarse si las monedas que llevaba en la bolsa serían suficiente para apagar la sed de aquel hombre. Pero sería un dinero bien gastado, pues, mientras él lo miraba, el fraile se volvió más locuaz, sus ojos adquirieron nueva vida y su retorcido cuerpo se relajó como una flor que se abriera después de la lluvia.

—¿Lleváis mucho tiempo al servicio de Dios, padre?

—Desde que era muchacho.

Cuando se le calentó la cabeza y soltó la lengua, el fraile se puso a hablar de la gracias hereditarias.

Le dijo a Yonah con displicencia que era el segundón de una noble familia de Madrid.

—Bonestruca es un apellido catalán. Hace muchas generaciones, mi familia se trasladó a Madrid desde Barcelona. Mi linaje es muy antiguo. En nosotros no hay sangre de cerdo, ¿comprendéis? Nuestra limpieza de sangre es absoluta. —Lo habían enviado a los dominicos a la edad de doce años—. Menos mal que no me enviaron a los frugales franciscanos, a los que no puedo soportar. Mi santa madre tenía un hermano en Barcelona, pero mi padre tenía entre sus parientes a varios frailes dominicos.

Los penetrantes ojos grises que tan bien recordaba Yonah se clavaron en el rostro del muchacho que por un momento tuvo la certeza de que Bonestruca podría leer sus secretos y sus transgresiones.

—¿Y vos? ¿De dónde venís?

—Vengo del sur. Soy aprendiz de Manuel Fierro, el armero de Gibraltar.

—¡Gibraltar! Por la pasión de Cristo que venís de muy lejos, armero. —El fraile se inclinó hacia delante—. ¿Acaso sois portador de la armadura que con tanta ansia lleva esperando un noble caballero de estos parajes desde hace cuatro años? ¿Queréis que adivine su nombre?

Yonah no confirmó las suposiciones del fraile, pero se abstuvo de negarlas y optó por tomar un sorbo de vino con una sonrisa en los labios.

—He venido aquí con una partida de hombres —dijo muy cortésmente.

Bonestruca se encogió de hombros y se tocó la nariz con un dedo, burlándose de la reticencia de Yonah.

Había llegado el momento, pensó Yonah, de arrojar una flecha al aire y ver dónde caía.

—Busco a un hombre de iglesia dispuesto a darme un consejo.

El fraile le miró con expresión de hastío y permaneció en impasible silencio, confundiendo aquella insinuación con el preludio de una de las muchas confesiones cotidianas, que para algunos clérigos son objeto de ávido interés mientras que para otros constituyen un engorro.

—Si una persona descubriera... digamos, algo de gran valor sagrado... ¿Adónde debería llevar semejante objeto para asegurarse de que éste fuera tratado con el debido respeto y colocado en el lugar que le corresponde?

Los ojos grises se abrieron con súbito interés y le miraron directamente a la cara.

—¿Una reliquia, tal vez?

—Bueno, sí. Una reliquia —contestó cautelosamente Yonah.

—Supongo que no será un fragmento de la verdadera Cruz, ¿verdad? —preguntó el fraile en tono de chanza.

—No.

—Pues entonces, ¿a quién le puede interesar? —replicó Bonestruca, gastando una pequeña broma y esbozando por primera vez una gélida sonrisa.

Yonah le devolvió la sonrisa y apartó la mirada.

—Señor —llamó al tabernero para pedirle otras dos escudillas de vino.

—Permitidme suponer que es el hueso de alguien a quien vos consideráis santo —dijo el fraile—. Permitidme deciros que, si es el hueso de una mano, será casi con toda certeza el hueso de la mano de algún pobre desgraciado asesinado, de un pecador que tal vez fuera un cochero o un porquero. Y, si es el hueso de un pie, lo más probable es que sea el hueso del pie de algún bribón difunto o un alcahuete que no fue precisamente un mártir cristiano.

—Es posible, mi buen fraile —asintió humildemente Yonah.

Bonestruca soltó un bufido.

—Más que posible, probable.

Llegaron los nuevos cuencos de vino y Bonestruca siguió bebiendo. Era la clase de bebedor más peligrosa que existe, pues se mantenía sereno como si el vino no le hiciera el menor efecto. Pero éste no podía por menos que haberle embotado las reacciones, pensó Yonah; ahora resultaría más fácil acabar con aquel fraile asesino. Pero Yonah no perdía la calma y sabía que Bonestruca tenía que vivir para que él pudiera regresar a Gibraltar sin que lo mataran a la vuelta.

Le pidió la cuenta al tabernero. Tras haber cobrado, el tabernero los invitó a un plato de pan y aceitunas en aceite, y Yonah le comentó el detalle al fraile.

Bonestruca seguía enojado con el tabernero.

—Es un cristiano descarriado que gustará el sabor de la justicia —murmuró—. Es un monstruoso y marrano judío.

Yonah llevó el terrible peso de aquellas palabras mientras conducía a la yegua por la brida a través de las calles silenciosas.

26

Las bombardas

El conde Vasca hizo esperar cuatro días más a los hombres de Gibraltar.

Yonah aprovechó el tiempo para buscar a la viuda de Bernardo Espina, en la esperanza de poder entregar el breviario a su hijo, tal como le había prometido al médico antes del auto de fe que le había arrebatado la vida.

Pero la búsqueda resultó infructuosa.

—Estrella de Aranda regresó aquí con sus hijos —informó a Yonah una de las mujeres del barrio de la antigua casa de Espina, donde Yonah inició sus pesquisas—. Cuando su esposo fue quemado en la hoguera por hereje, ninguno de sus parientes la quiso acoger. Nosotros le ofrecimos cobijo durante algún tiempo. Más tarde ingresó como monja en el convento de la Santa Cruz y poco después supimos que había muerto. La Madre Iglesia también devoró a sus hijos; Marta y Domitila se hicieron monjas y Francisco entró en un monasterio. No sé adónde se han ido —dijo la mujer.

Yonah temía que Bonestruca hubiera bebido demasiado y no recordara lo que él le había contado acerca de la valiosa reliquia. Estaba seguro de que el fraile formaba parte de un grupo que compraba y robaba objetos sagrados para obtener beneficios con su venta en el extranjero. Bonestruca sabía que él estaba esperando para entregarle la armadura al conde de Tembleque y, en caso de que el fraile hubiera picado el anzuelo, Yonah estaba seguro de que alguien se acercaría a él para averiguar más detalles.

Sin embargo, transcurrieron varios días y nadie se acercó al castillo preguntando por él.

Cuando el conde regresó finalmente de su cacería, se pudo comprobar que su fornido cuerpo llenaba perfectamente la armadura. Su barba, su bigote y su cabello eran de color jengibre, tenía la coronilla calva, y sus fríos y autoritarios ojos eran los propios de alguien que ha nacido y se ha criado sabiendo que todos los hombres de su mundo eran seres inferiores creados únicamente para servirle.

Los hombres de Gibraltar lo ayudaron a ponerse la armadura y lo estudiaron mientras paseaba por el patio, sosteniendo la espada. Cuando le volvieron a quitar el vestido de acero, el conde se mostró muy complacido, pero se quejó de falta de espacio en el hombro derecho. Inmediatamente se levantó una fragua en el patio y Luis y Paco se pusieron a trabajar con un yunque y dos martillos.

Tras el retoque en la hombrera, el conde Fernán Vasca envió a su mayordomo para que llamara a Ramón Callicó a su presencia.

—¿Ha puesto su marca en el recibo? —le preguntó Yonah al mayordomo.

—El recibo os espera —contestó el mayordomo.

Yonah lo siguió hasta los aposentos del conde, atravesando toda una serie de estancias. Mientras caminaba, Yonah trató de vislumbrar alguno de los objetos de plata que su padre había realizado para el conde, pero no vio ninguno. El castillo de Tembleque era muy grande.

Se preguntó por qué razón habría sido llamado. No tenía que cobrar ningún dinero; el pago de la espada y la armadura se haría a través de unos mercaderes de Valencia que comerciaban en Gibraltar. Yonah esperaba que Fierro tuviera más suerte en el cobro de sus servicios al conde de la que había tenido su padre.

El mayordomo se detuvo delante de una puerta de madera de roble y llamó con los nudillos.

—Mi señor, ya está aquí Callicó.

—Que pase.

Era una estancia alargada y oscura. A pesar de que no hacía frío, la chimenea estaba encendida y tres lebreles permanecían tendidos sobre los juncos que cubrían el suelo. Dos de los perros miraron al recién llegado con sus gélidos ojos mientras que el tercero se levantó de un salto, se acercó a Yonah con un gruñido y se retiró sólo en el último momento, obedeciendo a la orden de su amo.

—Mi señor —saludó Yonah.

Vasca asintió con la cabeza y le entregó el recibo con su marca.

—Me complace mucho la armadura. Así se lo podéis decir a vuestro maestro Fierro.

—Mi maestro se alegrará mucho cuando lo sepa, señor.

—No me cabe la menor duda. Es agradable recibir buenas noticias. Me han dicho, por ejemplo, que vos habéis descubierto una sagrada reliquia.

Vaya. Conque aquí ha caído la flecha que yo arrojé a fray Bonestruca, pensó Yonah estremeciéndose.

—Es cierto —asintió con cierta cautela.

—¿Cuál es la naturaleza de la reliquia?

Yonah miró al conde.

—Vamos, vamos —dijo Vasca, impacientándose—. ¿Se trata de un hueso?

—Son muchos huesos. Un esqueleto entero.

—¿De quién?

—De un santo. Un santo muy famoso. Un santo local de la región de Gibraltar.

—¿Creéis que es el esqueleto de san Peregrino el Compasivo?

Yonah miró al conde con renovado respeto.

—Sí. ¿Conocéis la leyenda?

—Conozco todas las leyendas relacionadas con las reliquias —contestó Vasca—. ¿Por qué creéis que es san Peregrino?

Entonces Yonah le habló de Vicente y de la vez que éste lo había llevado a la cueva del peñón. El conde le escuchó con atención mientras él describía todo lo que había visto en la cueva.

—¿Por qué os dirigisteis a fray Bonestruca?

—Pensé que, a lo mejor, él conocería a alguien que... pudiera estar interesado.

—¿Y por qué lo pensasteis?

—Estuvimos bebiendo juntos. Me pareció más sensato preguntárselo a un fraile aficionado al vino que plantear la cuestión a un clérigo que no aprobara semejante comercio.

—Eso quiere decir que estabais buscando a un traficante de reliquias y cosas parecidas, y no simplemente a un hombre de Iglesia.

—Sí.

—¿Acaso porque pedís un elevado precio a cambio de la información?

—Tengo un precio. Para mí es alto, pero puede que para otros no lo sea.

El conde Vasca se inclinó hacia delante.

—Pero ¿por qué habéis recorrido este largo camino desde Gibraltar para buscar a un traficante de reliquias? ¿Acaso no hay ninguno en el sur de España?

—Está Anselmo Lavera.

Tal como vos bien sabéis, pensó Yonah.

Después le habló al conde del asesinato de Vicente y de la visita que le había hecho Lavera.

—Sé que, si no acompaño a Lavera y a sus hombres a la cueva, me matarán. Y, sin embargo, si los acompaño, también me arrebatarán la vida. Mi impulso es huir, pero deseo con toda mi alma regresar a Gibraltar y trabajar al servicio del maestro Fierro.

—Pues, ¿qué precio pedís a cambio de la información?

—Mi vida.

Vasca asintió con la cabeza. Si la respuesta le hizo gracia, lo supo disimular muy bien.

—Es un precio aceptable —convino.

Le dio a Yonah pluma, tinta y papel.

—Trazad un mapa en el que se muestre cómo encontrar la cueva del santo.

Yonah trazó el mapa con todo el cuidado y la exactitud de que fue capaz, incluyendo todas las señales características que pudo recordar.

—La cueva se encuentra en un yermo arenoso y rocoso, totalmente invisible desde el sendero. Allí no hay más que formaciones rocosas, arbustos achaparrados y árboles escuálidos.

Vasca asintió con la cabeza.

—Haced una copia de este mapa y lleváosla a Gibraltar. Cuando vuelva Anselmo Lavera, decidle que no podéis acompañarlo a la cueva, pero entregadle el mapa. Repito: no vayáis a la cueva con él. ¿Entendido?

—Sí. Lo he entendido —contesto Yonah.

No volvió a ver al noble. El desabrido mayordomo entregó diez maravedíes a cada uno de los armeros en nombre del conde Vasca.

Siguiendo las instrucciones de Fierro, Ángel Costa vendió los asnos en Toledo y los cuatro hombres regresaron a la costa sin el engorro de las acémilas.

En Valencia, mientras esperaban para embarcar, los hombres se gastaron en bebida parte del dinero recibido como regalo. Yonah hubiera deseado unirse a ellos, pero aún estaba nervioso a causa de las amenazas del pasado y, aunque tomó parte en la jarana, bebió con mesura.

Acababan de entrar en la taberna cuando Luis recibió un involuntario empujón de un gordinflón que estaba saliendo y optó por ofenderse.

—¡Sois tan torpe como una vaca! —exclamó Luis.

El hombre le miró con asombro.

—¿Qué os ocurre, señor? —preguntó, hablando con acento francés.

La risueña mirada de sus ojos adquirió una cautelosa

expresión cuando vio acercarse a Ángel con la mano apoyada en la espada.

El francés iba desarmado.

—Os pido perdón por mi torpeza —dijo fríamente, apresurándose a abandonar la taberna.

Yonah no podía soportar el orgullo del rostro de Luis y la satisfacción del de Ángel.

—¿Y si vuelve armado y con amigos?

—En tal caso, lucharemos. ¿Acaso tienes miedo de luchar, Callicó? —preguntó Ángel.

—Jamás heriré o mataré a nadie por el simple hecho de que vos y Luis queráis divertiros un poco.

—Lo que pasa es que tienes miedo. Creo que puedes aguantar un torneo, pero no una auténtica pelea entre hombres de verdad.

Paco se levantó y se interpuso entre los dos.

—Hemos conseguido cumplir el encargo del maestro sin contratiempos —dijo—. No tengo la menor intención de explicarle a Fierro la causa de una herida o una muerte.

Hizo una seña al tabernero para que les sirviera vino.

Estuvieron bebiendo hasta altas horas de la noche y a la mañana siguiente embarcaron en un bajel que zarpó con la primera marea.

Durante la travesía y a instancias de Ángel, los cuatro hombres se reunieron a rezar cada mañana y al anochecer. En otros momentos, Luis y Ángel se mantenían apartados, por lo que, cuando Yonah deseaba conversar con alguien, iba en busca de Paco. Casi se alegró de desembarcar en Gibraltar. El hecho de regresar a un lugar donde se esperaba su regreso le producía una sensación extrañamente agradable.

Tras su regreso a Gibraltar, los viajeros no pudieron descansar mucho tiempo. En su ausencia, varios miembros de la corte habían hecho encargos de armaduras y espadas. Yonah recibió la orden de trabajar en el cobertizo de Paco, ayudando a pulir un peto destinado al duque de Carmona.

En toda la armería resonaba el clamor de los martillos sobre el acero caliente.

A pesar de los nuevos encargos que se habían recibido, Fierro siguió trabajando en los instrumentos médicos que le estaba confeccionando a su hermano Nuño, médico en Zaragoza. Los instrumentos eran preciosos y cada uno de ellos estaba tan pulido como una joya y tan afilado como una espada.

Cuando terminaba su trabajo al término de la jornada, Yonah utilizaba los rescoldos de las llamas y la débil luz del ocaso para trabajar en un proyecto propio. Había tomado la hoja de acero de su primera arma, la azada rota, y la había calentado y moldeado. Sin un plan ni una verdadera intención y casi sin querer, los golpes de su martillo habían creado un pequeño cáliz.

Estaba trabajando con acero en lugar de hacerlo con plata y oro y, a pesar de que la pequeña copa no constituía un dechado de perfección, era una réplica del relicario que su padre había realizado para el priorato de la Asunción. La extraña y pequeña copa estaba toscamente labrada sólo con las principales figuras que adornaban el relicario. Pero le serviría como recordatorio y como copa del *kiddush* para celebrar el día de descanso judío, cuando agradecía al Creador los frutos de la viña. Trató de consolarse, pensando que, en caso de que registraran sus pertenencias, la cruz de la copa podría añadirse al breviario de Bernardo Espina como prueba de su condición de cristiano.

Menos de dos semanas después del regreso de Yonah, volvió a presentarse un mozo de la aldea con un mensaje, según el cual un pariente de Ramón Callicó lo estaba esperando cerca de la taberna.

Esta vez, Fierro frunció el ceño.

—Estamos muy ocupados —le dijo a Yonah—. Dile a tu pariente que venga aquí si quiere verte un momento.

Yonah así se lo dijo al muchacho y después esperó y vigiló mientras trabajaba. Cuando vio entrar en el recinto a dos jinetes, abandonó el cobertizo y les salió presuroso al encuentro.

Eran Anselmo Lavera y su acompañante. Lavera bajó del caballo y le arrojó las riendas a su compañero, que no desmontó.

—Dios os guarde. Regresamos para veros, pero nos dijeron que no estabais.

—Sí. Fui a entregar una armadura.

—Muy bien, eso os habrá dado tiempo para reflexionar. ¿Ya habéis recordado dónde están los huesos del santo?

—Sí —contestó Yonah, mirándole—. ¿Hay una recompensa a cambio de la información, señor?

—¿Una recompensa? Por supuesto que la hay. Acompañadnos ahora al lugar donde se encuentra el santo e inmediatamente recibiréis la recompensa.

—No puedo salir. Hay mucho trabajo que hacer. Ni siquiera me han permitido ir a la aldea.

—¿Y a quién le importa el trabajo? Si vais a ser rico, ¿por qué tenéis que trabajar? Venid conmigo, no perdamos más el tiempo.

Yonah se volvió hacia el cobertizo y vio que Fierro había interrumpido su trabajo y los estaba mirando.

—No —dijo—, si os acompañara, sería peor para vos. Los hombres de aquí me perseguirían y vos no podríais recoger los huesos. —Se sacó del sayo la copia del mapa que había trazado en Tembleque—. Aquí tenéis. La cueva donde se conservan los huesos está claramente indicada. Se encuentra en tierra firme, inmediatamente después de la salida de Gibraltar.

Lavera estudió el mapa.

—¿Se encuentra al este o al oeste del camino de tierra firme?

—Al este, a muy corta distancia.

Yonah le explicó cómo la podrían localizar.

Lavera se encaminó hacia su montura.

—Ya veremos. Regresaremos después para entregaros vuestra recompensa.

El día transcurrió muy despacio para Yonah, quien se entregó en cuerpo y alma a su trabajo.

Los hombres no regresaron.

Aquella noche Yonah permaneció solo y desvelado en la cabaña, prestando atención por si oyera un caballo o unas pisadas acercándose en la noche.

No apareció nadie.

Transcurrió un día y otro más. Y otro aún.

Los días se convirtieron en una semana. Poco a poco Yonah comprendió que los hombres no regresarían y que el conde de Tembleque había pagado el precio estipulado.

En la armería ya estaban a punto de terminar todos los trabajos que les habían encargado. Las jornadas eran más tranquilas y Fierro decidió reanudar las justas.

Volvió a colocar a Yonah en el palenque con Ángel, una vez con armadura completa y espadas de punta roma, y otra sin armadura y floretes provistos de botón.

Costa salió vencedor en ambas ocasiones. La segunda vez, mientras ambos forcejeaban, Ángel musitó en tono despectivo:

—Lucha, cobarde miserable. Lucha, picha floja, pedazo de mierda.

Todos los presentes fueron testigos de su desprecio.

—¿Te molesta combatir contra Costa? —le preguntó a Yonah el maestro—. Tú eres el único lo bastante joven como para poder hacerlo. Y lo bastante fuerte y fornido. ¿Te molesta participar tan a menudo en los combates?

—No, no me molesta —contestó Yonah. Pero tenía que ser sincero con Fierro—. Creo que podría ganar alguna vez si volviéramos a los torneos a caballo —dijo.

Fierro sacudió la cabeza.

—Tú no eres un escudero que está aprendiendo a ser un caballero; por consiguiente, ¿de qué te serviría perfeccionar tu destreza con la lanza? Quiero que luches a espada contra Ángel para que adquieras más soltura, pues ser un buen espadachín es útil para cualquier hombre. En cada combate, estás obligando a Ángel a darte una lección.

Yonah siempre se esforzaba al máximo y la constante práctica e imitación le permitían mejorar. Pensaba que, con un poco más de práctica, podría aprender a parar y golpear y a saber cuándo retirarse y cuándo acometer y abalanzarse. Pero Costa, que tenía más años, era más rápido y fuerte, un maestro en el uso de las armas, por lo que, por más que se esforzara, Yonah jamás podía vencerle.

A veces, Ángel hacía demostraciones con la ballesta, un arma que no era muy de su agrado.

—Un hombre inexperto puede aprender rápidamente a lanzar con la ballesta un cuadrillo tras otro contra las filas cerradas de un ejército enemigo —decía—, pero es un arma muy pesada y la lluvia estropea fácilmente su mecanismo. Y no tiene el impresionante alcance del arco.

De vez en cuando, Ángel ofrecía a los trabajadores de la armería una fugaz visión de la guerra, una vaharada de olor de sangre.

—Cuando un caballero es desarzonado en una batalla, tiene que despojarse de inmediato de una parte de su armadura, so pena de que lo dejen rezagado los espadachines, lanceros, piqueros y arqueros, que están menos protegidos que los jinetes, pero mucho más libres de impedimentos. La armadura no puede abarcarlo todo y no está hecha para combatir sin caballo.

Rellenaron un viejo sayo con paja, señalando los puntos que no estarían protegidos por la armadura. Casi siempre, el arco de Ángel arrojaba desde lejos una flecha y alcanzaba al enemigo en una de las angostas y desprotegidas grietas en las que las piezas de la imaginaria armadura no se juntaban.

Cada vez que efectuaba un disparo especialmente difícil, Fierro lo recompensaba con una moneda.

Una tarde el maestro los reunió a todos en el palenque y dirigió la colocación de un enorme y pesado instrumento.

—¿Qué es eso? —preguntó Luis

—Una bombarda francesa —contestó Fierro.

—¿Y para qué sirve? —preguntó Paco.

—Ya lo verás.

Era un tubo de hierro repujado, con unas grandes plataformas y unas cadenas. Cargaron en el tubo una pesada bala de piedra revestida de hierro y le aplicaron pólvora que, según Fierro, contenía salitre, carbón de leña y azufre. Fierro se pasó un rato manoseando un gozne que elevaba el ángulo de la bombarda. Indicó que los trabajadores se situaran a una distancia prudencial y después acercó el extremo encendido de un palo al fogón situado en la parte inferior de la bombarda.

Cuando el salitre empezó a arder sin llama, el maestro soltó el palo y corrió a reunirse con los demás.

Hubo un momento de pausa mientras la pólvora ardía y, de pronto, se produjo un terrible estruendo, como si Dios hubiera dado unas palmadas.

La bala de piedra voló por el aire emitiendo un sordo silbido y cayó mucho más allá del blanco, yendo a dar contra un roble de considerable tamaño cuyo tronco partió.

Hubo risas y vítores.

—¿De qué sirve un arma bélica que ni siquiera se acerca al blanco? —preguntó Yonah.

Fierro no se ofendió, pues comprendió que se trataba de una pregunta sincera.

—No ha alcanzado el blanco porque yo no soy experto en su uso. Pero me han dicho que no es difícil adquirir práctica.

»La precisión no tiene demasiada importancia. En la batalla, en lugar de balas de piedra, estas bombardas pueden arrojar botes de metralla, que son unas balas hechas con fragmentos de piedra y hierro unidos con una cola especial que se disgrega en el momento de la explosión. ¡Imaginad lo que podrán hacer varias bombardas contra una fila de infantes o jinetes! Los que no huyan caerán como la hierba ante la guadaña.

Paco apoyó la mano en el cañón y la retiró de inmediato.

—Está caliente.

—Sí. Me han dicho que, cuando se utiliza demasiado, a veces el hierro se parte. Algunos creen que quizá sería mejor utilizar cañones de bronce fundido.

—Es realmente impresionante —dijo Costa—. ¿Eso quiere decir que vamos a construir bombardas, maestro?

Fierro contempló el árbol quebrado y sacudió la cabeza.

—No creo —contestó en voz baja.

27

Los ojos vigilantes

Varias semanas después de que enviara a Lavera y a su acompañante a la cueva, una clara mañana dominical, Yonah montó en su caballo árabe para dirigirse al yermo rocoso y, una vez allí, ató el animal a un arbusto. Cualquier huella que hubiera habido en el pedregoso suelo había sido borrada por los fuertes vientos y la poca lluvia que había caído desde entonces.

El interior de la cueva estaba vacío.

Los huesos del santo habían desaparecido, al igual que la tosca cruz y las vasijas de barro. En su afán de llevarse todas las reliquias sagradas, los saqueadores habían roto el altar. Las ramas secas diseminadas por el suelo y el dibujo del pez en la pared de roca eran la única prueba de que el anterior aspecto de la cueva no era simplemente un sueño de Yonah.

En la pared, por debajo del pez, se veía una mancha que parecía de oscura herrumbre; cuando él se arrodilló con la vela, vio otros restos de herrumbre que no eran sino unos grandes charcos de sangre reseca en el suelo de piedra.

Los que habían tendido la emboscada y habían estado esperando y vigilando en aquel lugar no sólo se habían apoderado de un valioso trofeo sino que, además, habían eliminado a sus competidores en el sur de España.

Yonah sabía que, al entregar el mapa a Anselmo Lavera y su compañero, los había ejecutado con tanta certeza como si él mismo hubiera empuñado el arma. Regresó a Gibraltar sumido en una mezcla de aturdido alivio y hondo remordimiento, consciente de que era un asesino.

Desde que regresara de Tembleque, Ángel Costa se había ido convirtiendo poco a poco en un piadoso defensor de la Iglesia de Gibraltar.

—¿Por qué sales a cabalgar los domingos por la mañana? —le preguntó a Yonah.

—El maestro Fierro me ha dado permiso.

—Pero Dios no te lo ha dado. Los domingos por la mañana son para adorar a la Santísima Trinidad.

—Me paso casi todo el rato rezando —aseguró Yonah, simulando una devoción que no debió de impresionar a Costa, pues éste soltó un bufido.

—Entre los armeros, sólo tú y el maestro no adoráis respetuosamente a Dios. Tienes que ir a misa. ¡Procura enmendarte, señor mío!

Paco lo había visto y oído todo. Cuando Costa se fue, le dijo a Yonah:

—Ángel es un asesino y un pecador que arderá sin duda en el fuego del infierno; sin embargo, se preocupa por el alma inmortal de otros hombres mejores que él.

Costa también había hablado con Fierro.

—Mi amigo José Gripo me ha advertido de que mi ausencia de misa ha llamado peligrosamente la atención sobre mi persona —le dijo el maestro a Yonah—. Por consiguiente, tú y yo tendremos que cambiar de costumbres. Tú ya no saldrás a cabalgar los domingos por la mañana. Este rato lo dedicarás a la plegaria. Sería aconsejable que esta semana asistieras a los actos religiosos.

Así pues, la mañana del domingo siguiente Yonah se fue a la ciudad, se dirigió a la iglesia muy temprano y ocupó un lugar en la parte de atrás. Sintió que los ojos del oficial de orden se clavaban en él cuando éste entró en la iglesia. Al otro lado del templo, el maestro Fierro estaba conversando tranquilamente con unos conocidos.

Yonah se sentó y se relajó, contemplando a Jesús clavado en la cruz por encima del altar.

El padre Vázquez tenía una sonora voz semejante al zumbido de las abejas. A Yonah no le resultó difícil levantarse cuando los demás lo hacían, arrodillarse cuando se arrodillaban los demás y mover los labios como si rezara. Le gustó el sonoro latín de la misa, tal como siempre le había gustado el sonido del hebreo.

Una vez terminadas las oraciones, se formaron colas delante del confesionario y del sacerdote que estaba administrando las obleas de la Eucaristía. Yonah se llenó de angustia al ver las obleas, pues se había criado entre aterradoras historias de judíos acusados de robar y profanar hostias consagradas.

Abandonó subrepticiamente el templo, confiando en que nadie se diera cuenta.

Mientras se alejaba de la iglesia, vio muy por delante de él en la angosta callejuela la distante figura de Manuel Fierro.

Yonah fue a la iglesia cuatro domingos seguidos.

El maestro Fierro estuvo presente en cada ocasión. Una vez ambos regresaron a la armería juntos, conversando animadamente, como si fueran niños que volvieran a casa de la escuela.

—Háblame del judío que te enseñó a trabajar la plata —dijo Fierro.

Entonces él le habló de *abba*, pero como si hubiera sido su aprendiz y no su hijo. Sin embargo, no trató de disimular el orgullo y el afecto de su voz.

—Helkias Toledano era un hombre extraordinario y un artesano de los metales dotado de gran talento. Tuve suerte de ser aprendiz bajo sus órdenes.

Sabía que también tenía suerte de ser aprendiz bajo las de Fierro, pero la timidez le impidió expresar lo que pensaba.

—¿Tenía hijos?

—Dos —contestó Yonah—. Uno murió. El otro era un niño. Se llevó al pequeño cuando se fue de España.

Fierro asintió con la cabeza y pasó al tema de la pesca, pues los barcos que zarpaban de Gibraltar estaban teniendo una buena temporada.

A partir de aquel día, Fierro empezó a observar a Yonah con más detenimiento. Al principio, Yonah pensó que eran figuraciones suyas, pues el maestro siempre había sido un hombre muy amable, dispuesto a dirigir una palabra de aliento a todo el mundo. Sin embargo, se dio cuenta de que Fierro conversaba con él más a menudo que antes, y durante mucho rato. Era como si estuviera sopesando las posibilidades de un candidato a un trabajo especial y quisiera comprobar si el joven aprendiz era digno de confianza para asumir semejante responsabilidad.

Pero ¿digno para qué?, se preguntaba Yonah.

Ángel Costa también estudiaba detenidamente a Yonah. Éste sentía a menudo sus ojos clavados en él y, cuando Costa no estaba, le parecía que otros lo vigilaban. En una ocasión, estuvo seguro de que Luis lo siguió a la ciudad. Más de una vez, al regresar a la cabaña, observaba que alguien había rebuscado entre sus escasas pertenencias. Sin embargo, no le robaban nada. Trató de examinar sus efectos personales con ojos hostiles, pero no vio nada que pudiera inculparle en sus escasas prendas de vestir, su guitarra, la copa de acero que había realizado y el breviario del difunto Bernardo Espina, que en paz descansara.

Manuel Fierro llevaba varias décadas siendo uno de los hombres más prósperos e influyentes de Gibraltar. Tenía un amplio círculo de amigos y conocidos y, en las insólitas noches en que entraba en la taberna del pueblo, casi nunca bebía solo. El maestro no se extrañó de que José Gripo se sentara a su mesa a beber un vaso de vino sin apenas decir nada, pues conocía a Gripo desde su llegada a Gibraltar y el propietario del taller de efectos navales nunca había sido un hombre muy locuaz.

Cuando Gripo le dijo en un susurro que se reuniera de inmediato con él en el muelle y después se terminó el vino y se despidió de todo el mundo con un sonoro buenas noches, Fierro apuró el contenido de su vaso y, rechazando el ofrecimiento de otro, dio las buenas noches a la concurrencia.

Mientras se encaminaba hacia el muelle, el armero se preguntó por qué razón Gripo no habría querido que saliera de la taberna con él.

El artesano de efectos navales lo estaba esperando hacia el centro del oscuro muelle, detrás de un cobertizo de almacenamiento, y no perdió el tiempo en cumplidos.

—Estás perdido, Manuel. Hubieras hecho bien en despedir hace tiempo a este ingrato malnacido y enviarlo lejos de aquí con su arco y sus flechas.

—¿Ha sido Costa?

—¿Quién, si no? Es un hombre celoso y envidia las propiedades ajenas, aunque éstas hayan sido bien adquiridas —dijo amargamente Gripo.

En los autos de fe se formulaban acusaciones anónimas, pero Fierro no preguntó cómo conocía Gripo a su acusador. Gripo tenía entre sus parientes más próximos media docena de clérigos muy bien situados.

—¿Por qué razones estoy perdido?

—Costa les dijo a los inquisidores que fuiste aprendiz de un mago musulmán. Dijo que te ha visto lanzar una maldición de sangre contra todas las piezas de armadura que vendes a los buenos cristianos. Tal como ya te dije, alguien ha observado que no vas a misa.

—Últimamente he ido.

—Últimamente es demasiado tarde. Te han denunciado como siervo de Satanás y enemigo de la Santa Madre Iglesia —añadió Gripo, en cuya voz Fierro intuyó una profunda tristeza.

—Gracias, José —musitó Fierro.

Esperó en la oscuridad hasta que Gripo hubo abandonado el muelle y después regresó a la armería.

Al día siguiente, le contó a Yonah lo ocurrido mientras, en la clara y soñolienta tarde, ambos sacaban brillo a los instrumentos quirúrgicos que él había realizado para su hermano.

Habló en voz baja y sin la menor emoción, como si ambos estuvieran comentando la marcha del trabajo. No identificó a Gripo por su nombre y se limitó a decir que alguien le había advertido de que Ángel Costa lo había denunciado.

—Si ha advertido a los inquisidores contra mí, estoy seguro de que tú también serás denunciado y detenido —manifestó Fierro—. Por consiguiente, ambos tenemos que abandonar este lugar cuanto antes.

Yonah percibió su propia palidez.

—Sí, señor.

—¿Tienes algún refugio?

—No.

—¿Y qué me dices de tus parientes? Los dos hombres que te visitaron aquí.

—No eran parientes míos. Eran unos hombres malos. Ya se han marchado.

Fierro asintió con la cabeza.

—Pues entonces, te voy a pedir un favor, Ramón Callicó. Yo me iré junto a mi hermano Nuño Fierro, que es médico en Zaragoza. ¿Querrás acompañarme hasta que lleguemos a su casa?

Yonah trató de pensar y, al final, contestó:

—Siempre habéis sido bueno conmigo. Iré con vos y os serviré.

Fierro asintió en señal de gratitud.

—Tenemos que prepararnos de inmediato para abandonar Gibraltar —dijo.

En mitad de la noche y mientras los demás dormían, Yonah se dirigió a la casa del maestro siguiendo sus instrucciones y ambos reunieron lo preciso para el viaje: comida y otros elementos necesarios para el camino, unas recias botas, espuelas y cota de malla para cada uno. Una espada para Yonah, y para Fierro una espada que le cortó a Yonah la respiración. No llevaba incrustaciones de piedras preciosas ni adornos como las que se hacían para los nobles, pero estaba tan bien forjada y tenía un equilibrio tan extraordinario que su aspecto resultaba impresionante.

Fierro envolvió en lienzos cada uno de los instrumentos quirúrgicos que tan cuidadosamente le había hecho a su hermano y los guardó en un cofre pequeño.

Él y Yonah entraron en los establos y condujeron a un resistente mulo a uno de los cobertizos de suministros que había al fondo del recinto de la armería. Estaba cerrado, como todos los cobertizos de suministros, pero Fierro abrió la puerta con una llave. Dentro, la mitad del cobertizo estaba ocupada por piezas de acero, viejas y oxidadas armaduras, y otras escorias metálicas. En la otra mitad se almacenaba la leña que usaban como combustible en la fragua. El maestro le dijo a Yonah que apartara los zoquetes y él mismo lo ayudó en la tarea. Cuando ya habían retirado una considerable parte de la pila, apareció un cofrecito de cuero.

No era mayor que la cajita donde el armero había guardado los instrumentos quirúrgicos, pero, cuando fue a tomarlo, Yonah se llevó una sorpresa, pues pesaba mucho. Entonces comprendió la necesidad del mulo.

Cargaron el cofre en la grupa del animal y cerraron el cobertizo.

—No quisiera que un relincho despertara a todo el mundo —dijo Fierro, por lo que, mientras Yonah conducía de nuevo a la bestia a la casa, el maestro dio unas palmadas al mulo y le habló con dulzura.

Una vez depositado el cofre en el suelo, el maestro le dijo a Yonah que devolviera el mulo al establo y que él regresara a la cabaña, y Yonah así lo hizo.

El joven se acostó de inmediato en su jergón, pero aunque estaba muy cansado, permaneció tendido en la oscuridad sin poder conciliar el sueño, turbado por sus pensamientos.

Pese a todas las precauciones, a la mañana siguiente Costa comprendió que algo ocurría. Cuando se levantó al romper el alba para salir de caza, observó excremento reciente en el patio de los establos a pesar de que todos los animales estaban en su correspondiente cuadra.

—¿Quién ha utilizado un caballo o una acémila esta noche? —preguntó como sin darle importancia a cada uno, sin que nadie le diera una respuesta.

Paco se encogió de hombros.

—Un jinete se habrá extraviado esta noche y, al ver que esto es un callejón sin salida que termina en el estrecho, habrá desandado el camino —contestó, bostezando.

Costa asintió a regañadientes.

A Yonah le parecía que, cada vez que levantaba la vista, veía los ojos de Ángel clavados en él.

Estaba deseando marcharse, pero Fierro no quería irse hasta haber resuelto un último asunto. El maestro le dejó un bulto a un viejo amigo suyo que era el magistrado real del pueblo para que lo abriera pasadas dos semanas. Contenía una cantidad de dinero que debería repartirse entre los hombres que habían trabajado para él según el tiempo que llevaran a su servicio, y una carta, otorgándoles a todos la propiedad colectiva del taller y de la fundición, junto con su deseo de que, echando mano de los considerables conocimientos adquiridos, se ganaran la vida construyendo armaduras y otros objetos.

—Ya ha llegado la hora —dijo aquella noche Fierro, y Yonah lanzó un profundo suspiro de alivio. Esperaron a que transcurriera casi toda la noche, para que ya fuera de día cuando se encontraran en territorio desconocido. En los establos, Fierro sacó de su cuadra su montura de costumbre, una yegua negra que, según decían, era la mejor cabalgadura de allí.

—Toma el tordo árabe para ti —le dijo a Yonah y éste lo hizo con sumo agrado. Ensillaron los caballos, los volvieron a colocar en sus cuadras y volvieron a conducir por última vez el mulo a la casa de Fierro.

Se vistieron para el camino, se armaron y cargaron el mulo con todas las cosas que habían reunido. Después regresaron a los establos, recogieron las monturas y condujeron los tres animales a través del recinto de la fundición en medio de la grisácea luz de una nueva mañana.

No pronunciaron palabra.

Yonah lamentaba no haberse podido despedir de Paco.

Sabía lo que era abandonar el propio hogar y por esta razón podía imaginar lo que debía de sentir Fierro. Al oír un suave gemido, lo tomó por una pequeña manifestación de pesar, pero, cuando se volvió hacia el maestro, vio que una emplumada asta había florecido en la garganta de su amo justo por encima de la cota de malla. Una sangre intensamente roja bajó desde la garganta de Manuel Fierro y goteó desde la cota de malla al caballo.

Ángel Costa se encontraba a unos cuarenta pasos de distancia y el disparo que había efectuado bajo la escasa luz del amanecer le hubiera valido una moneda de oro por parte del maestro si lo hubiera realizado durante unas prácticas.

Yonah sabía que Ángel había atacado primero a Fierro porque temía la espada del maestro. En cambio, la pericia de Yonah no le inspiraba ningún temor, por lo que arrojó el arco al suelo y desenvainó la espada mientras corría hacia él.

El primer pensamiento de Yonah, tan aterrorizado que borró cualquier otra idea que tuviera en la mente, fue saltar a la grupa de su montura y alejarse al galope. Pero quizás aún podía hacer algo por Fierro...

No tuvo tiempo para pensar, sólo para desenvainar la espada y adelantarse. Costa se le echó encima y las armas se cruzaron y resonaron en el aire.

Yonah no abrigaba apenas esperanza alguna. Costa lo había vencido una y otra vez. La expresión del rostro de Ángel, absorta y despectiva, era la misma que él conocía tan bien. Costa estaba estudiando qué serie de golpes podrían acabar rápidamente con él, de entre la docena de movimientos que en otras ocasiones había utilizado con éxito contra el neófito.

Con una fuerza nacida de la desesperación, Yonah inmovilizó la espada de Costa, empuñadura contra empuñadura, mientras ambos forcejeaban. Fue como si oyera mentalmente la voz de Mingo, diciéndole exactamente lo que tenía que hacer.

Su mano izquierda se deslizó hacia la pequeña funda que llevaba colgada del cinto y desenvainó la daga. La clavó. Desgarró la carne, imprimiendo al arma un movimiento ascendente. Ambos se miraron con la misma estupefacción, conscientes de que la contienda no hubiera tenido que terminar de aquella manera. Mientras, Costa se desplomó al suelo.

Fierro ya había muerto cuando Yonah regresó junto a él. Yonah trató de extraer la flecha, pero ésta se había clavado profundamente y la punta ofrecía resistencia, por lo que quebró el asta lo más cerca que pudo de la pobre garganta ensangrentada.

No podía permitir que encontraran el cadáver de Fierro, sabiendo que éste sería declarado culpable y, como indignidad final, sería quemado junto con los condenados vivos en el siguiente auto de fe que se celebrara.

Tomó el cuerpo del maestro, lo apartó a una considerable distancia del camino y utilizó la espada para cavar una tumba superficial en el suelo arenoso, sacando la tierra con las manos desnudas.

El terreno estaba lleno de piedras y la utilización de la espada como pala estropeó la hoja, hasta el punto que quedó convertida en un arma inservible. La cambió por la espléndida espada de Fierro. Dejó las espuelas de plata en las botas del maestro, pero tomó su bolsa y le quitó el cordel que llevaba alrededor del cuello, con las llaves de los cofres.

Tardó mucho rato y tuvo que hacer un gran esfuerzo para cubrir el cuerpo de Fierro con unas pesadas rocas para protegerlo de los animales; después tapó las rocas con un palmo de tierra y extendió por la superficie de la sepultura multitud de piedrecitas, ramas y una piedra de gran tamaño para que, desde el camino, la tierra no se viera removida.

Unas cuantas moscas ya estaban volando alrededor del cuerpo de Costa y no tardaría en haber todo un enjambre, pero, tras comprobar que estaba muerto, Yonah dejó a Ángel en el suelo.

Al final, se alejó de aquel lugar, lanzando al tordo árabe a un trote rápido mientras sujetaba las riendas de la acémila y de la yegua negra de Fierro. No aflojó las riendas de los animales tras haber cruzado el estrecho istmo que unía Gibraltar con la tierra firme mientras cabalgaba por delante del saqueado hogar del santo peregrino sin verlo tan siquiera.

Cuando el sol ya se había elevado en el cielo, él se encontraba una vez más en la solitaria seguridad de las altas montañas, donde se pasó un buen rato llorando como un niño por Fierro, lleno de tristeza y de algo más. Había enviado a la muerte a dos hombres y ahora se había cobrado una vida humana con sus propias manos. La carga de todo lo que con ello había perdido le pesaba más que lo que llevaba la acémila sobre su grupa.

Cuando tuvo la certeza de que no lo perseguían, aflojó las riendas de los animales y a lo largo de cinco días los condujo hacia el este por senderos de montaña muy poco transitados. Después se desvió hacia el nordeste, sin apartarse de las colinas, hasta que ya estuvo muy cerca de Murcia.

Abrió el cofre de cuero sólo una vez. Por su peso, el cofre sólo podía contener una cosa, por lo que la contemplación de las monedas de oro fue una simple confirmación de que el contenido del cofre eran las ganancias del maestro a lo largo de dos décadas dedicadas a la construcción de unas armaduras extremadamente apreciadas por los ricos y poderosos. Eran unos recursos que a Yonah no le parecían verdaderos, por lo que no tocó las monedas antes de volver a cerrar el cofre y guardarlo de nuevo en la bolsa de tela. Fierro le había encomendado su custodia.

El cabello y la barba le crecieron rápidamente y se le enredaron una vez más, y tanto las espuelas como la cota de malla quedaron cubiertas por una fina capa de herrumbre a causa de la hierba mojada por el rocío, sobre la cual solía dormir. Se detuvo un par de veces para comprar provisiones en remotas aldeas que le parecieron seguras, pero, por lo demás, evitaba cualquier contacto humano. En realidad, casi todas las situaciones eran seguras, pues su temible aspecto era la viva imagen de un caballero bribón y asesino, cuya espléndida espada y cuyos caballos de guerrero no invitaban ni al ataque ni al trato social.

Después de Murcia, viró al norte, atravesando Valencia para entrar en Aragón.

Había dejado Gibraltar a finales de verano. Los días eran más frescos y las noches muy frías. Le compró a un pastor una manta de piel de oveja y durmió envuelto en ella. Hacía demasiado frío como para lavarse, y la mal curtida piel de oveja contribuía a intensificar el mal olor de su cuerpo.

La mañana en que llegó a Zaragoza estaba muerto de cansancio.

—¿Conocéis al médico de este lugar? ¿Un tal Fierro? —le preguntó a un hombre que estaba cargando leña en un carretón tirado por un asno en la plaza Mayor.

—Sí, claro —contestó el hombre, mirándole con cierto recelo.

Después le dijo a Yonah que volviera sobre sus pasos y saliera de la ciudad y, una vez allí, se dirigiera a una pequeña y apartada hacienda, por delante de cuyo camino de entrada él había pasado sin darse cuenta. Junto a la casa había un establo, pero no se veía ningún animal, aparte de un caballo que estaba rozando la parda y mísera hierba invernal.

Respondiendo a su llamada, una mujer abrió la puerta, de la cual se escapaba el aroma del pan recién hecho. La mujer entornó la hoja apenas un resquicio, por lo que lo único que pudo ver Yonah de ella fue la mitad de un dulce rostro de campesina, la redondez de un hombro y el nacimiento de un seno.

—¿Queréis ver al médico?

—Sí.

Nuño Fierro resultó ser un hombre medio calvo de prominente barriga y apacibles ojos ensimismados. A pesar de que el día estaba nublado, entrecerró los ojos como si le deslumbrara el sol. Era mayor que el maestro, tenía una nariz recta y no se parecía casi en nada a su hermano, el cual rebosaba de vitalidad y era mucho más vigoroso que él. Pero, al cabo de un momento, cuando el hombre salió de la casa, Yonah vio un parecido en su forma de mantener la cabeza, su manera de andar y las distintas expresiones de su rostro.

El hombre encorvó los hombros y permaneció en silencio cuando Yonah le comunicó la noticia de la muerte de su hermano.

—¿Muerte natural? —preguntó finalmente.

—No. Lo abatieron.

—¿Queréis decir que lo mataron?

—Sí, lo mataron... y le robaron todo lo que tenía —contestó repentinamente Yonah.

La decisión de no entregarle a aquel hombre el dinero de su hermano no fue premeditada, sino el fruto del súbito impulso de no hacerlo. Yonah regresó junto a la acémila y desató el bulto que contenía el cofre del instrumental médico.

Nuño Fierro abrió la caja y acarició los escalpelos, las sondas y las pinzas.

—Los hizo uno por uno con sus propias manos. Me permitió pulir algunos, pero los hizo todos él.

El médico acarició suavemente los objetos realizados por su hermano, sumido en un terrible momento de angustia. Después miró a Yonah y, al ver en él las huellas del viaje y probablemente, pensó Yonah, al aspirar su olor, le dijo:

—Os ruego que entréis.

—No.

—Pero tendríais que...

—No, os lo agradezco. Os deseo mucha suerte —dijo

Yonah en tono casi desabrido. Regresó junto a su tordo árabe y montó de inmediato en él.

Tuvo que hacer un esfuerzo para huir muy despacio de aquel lugar, con los animales caminando al paso mientras Nuño Fierro se quedaba allí en medio de la polvareda, mirándole perplejo.

Yonah decidió subir un poco más al norte, pero sin apenas saber adónde.

Pensó que el médico era un anciano visiblemente próspero que no necesitaba para nada la fortuna de su hermano.

Sin ser consciente de la tentación, ahora se daba cuenta de que llevaba mucho tiempo pensando en el dinero y comprendía lo que supondría para él disponer de unos recursos económicos ilimitados.

¿Por qué no? Estaba claro que Dios se los había enviado. El Inefable le había comunicado un mensaje celestial de esperanza.

Al cabo de un rato, sentado en la silla de montar que ya se había convertido en otra capa de piel de su trasero, experimentó una sensación de mareo de sólo pensar en la cantidad de oportunidades que se le ofrecerían gracias al oro y en los lugares a los que podría dirigirse para iniciar una nueva vida. Había llegado a unas estribaciones montañosas y se alegraba de poder viajar hacia el consolador refugio de las montañas, pero aquella noche no pudo conciliar el sueño. Brillaba en el cielo una delgada raja de luna y las mismas estrellas que iluminaban el firmamento cuando era un pastor. Encendió una hoguera en un claro de una boscosa cuesta y, mientras permanecía sentado contemplando las llamas, pensó en las muchas cosas que podría hacer.

El dinero era poder.

El dinero le permitiría disfrutar de una cierta seguridad. De un mínimo de seguridad.

Pero en la frialdad de las primeras luces del alba, se levantó y soltó por lo bajo una maldición de jornalero mientras cubría de tierra con las botas los rescoldos de la hoguera.

Regresó lentamente a Zaragoza.

Nuño Fierro abrió la puerta de la casa en el momento en que Yonah estaba sacando de la bolsa el cofre de las monedas. Yonah depositó el cofre delante de él, se quitó la espada del talabarte y la colocó encima del cofre.

—Esto también pertenecía a vuestro hermano, al igual que los animales.

Los inteligentes ojos de Fierro se clavaron en él, pues de inmediato comprendió lo ocurrido.

—¿Lo matasteis vos?

—¡No, no!

El médico se dio cuenta de que su horror era sincero.

—Yo lo quería. Era...¡el maestro! Era un hombre bueno y justo. Muchos lo apreciaban.

El médico de Zaragoza abrió las puertas de su casa de par en par.

—Entrad —le invitó.

28

Los libros

A pesar del esfuerzo que ello le exigió, antes de descansar o de lavarse, Yonah le contó a Nuño Fierro con todo detalle los acontecimientos de la mañana en que Manuel Fierro había muerto a causa de la flecha que Ángel Costa le disparó a la garganta, la misma en que él había matado a Ángel. Nuño Fierro le escuchó con los ojos cerrados. Fue una historia muy dolorosa de escuchar y, cuando Yonah terminó, Nuño inclinó la cabeza y se retiró para estar solo.

El ama de llaves de Nuño Fierro era una mujer fornida, reposada y recelosa de unos cuarenta años, más madura de lo que Yonah había imaginado al entrever fugazmente su figura a través del resquicio de la puerta. Se llamaba Reyna Fadique. Guisaba muy bien y le calentó el agua del baño sin una protesta. Yonah se pasó un día y medio durmiendo y sólo despertó para hacer sus necesidades, comer algo y volver a dormirse.

Cuando se levantó de su jergón a la tarde del segundo día, se encontró toda la ropa lavada y planchada. Se vistió y se aventuró a salir. Poco después Nuño Fierro lo encontró arrodillado a la orilla del arroyo, contemplando las cabriolas de una pequeña trucha en el agua.

Yonah le agradeció su hospitalidad.

—Ya estoy descansado y listo para regresar al camino —anunció, esperando con cierta turbación.

No tenía dinero suficiente para hacer una oferta por el

caballo tordo, pero pensaba que quizá podría comprar la acémila. Aborrecía la idea de ir a pie.

—He abierto el cofre de cuero —declaró el médico.

Yonah percibió en su voz algo que lo indujo a levantar bruscamente los ojos.

—¿Acaso parece que falta algo?

—Muy al contrario. Había algo que yo no esperaba encontrar. —Nuño Fierro sostenía en la mano un trozo de papel arrancado irregularmente de una hoja más grande. En él, en una tinta que todavía conservaba adheridos algunos granos de la arena secante, figuraba escrita una frase: «Creo que el portador es un cristiano nuevo.»

Yonah se quedó de una pieza. ¡O sea que había habido por lo menos un hombre que no se había dejado engañar por su falsa identidad y sus modales corteses! El maestro le creía un converso, naturalmente, pero sabía que era judío. La nota demostraba que confiaba en que Yonah le entregara sus riquezas a su hermano en caso de que él falleciera. Un homenaje desde la tumba a su honradez, que él casi no se merecía.

Pese a todo, sufrió una decepción por el hecho de que Manuel Fierro hubiera considerado necesario advertir a su hermano de que tenía en casa a un judío.

Nuño Fierro reparó en la desconcertada expresión de su rostro.

—Os ruego que me acompañéis.

Una vez en la casa y en su estudio, Nuño apartó de la pared una colgadura que cubría una hornacina del muro de piedra. En el interior de la hornacina había dos objetos envueltos en unos lienzos cuidadosamente atados con tiras de tela. Una vez desenvueltos, los objetos resultaron ser dos libros.

—Aprendí mi oficio con Juan de Gabriel Montesa, uno de los más afamados médicos de España, y más tarde tuve el honor de ejercer la medicina con él. Era judío. La Inquisición se llevó a su hermano. Por la misericordia de Dios, él pudo morir por causas naturales en su lecho cuando ya era muy anciano, dos meses antes de que se promulgara el edicto de expulsión.

»En el momento de la expulsión, sus dos hijos y su hermana no disponían de medios para viajar con seguridad. Yo les compré esta casa y las tierras, y también los libros.

»Me dicen que uno de ellos es el *Comentario a los aforismos médicos de Hipócrates*, de Moisés ben Maimon, a quien vuestro pueblo llama Maimónides, y que el otro es el *Canon de la medicina* de Avicena, a quien los moros conocen como Ibn Sina. Le había comunicado por escrito a mi hermano Manuel que yo estaba en posesión de estos libros y ansiaba descubrir sus secretos. Y ahora él me ha enviado a un cristiano nuevo.

Yonah tomó uno de los libros y sus ojos se posaron en las letras que tanto tiempo llevaba sin ver. Se le antojaron extrañas y desconocidas y, en su nerviosa alegría, parecieron convertirse en unas retorcidas serpientes.

—¿Tenéis otros libros de Maimónides? —preguntó con la voz ronca a causa de la emoción.

Qué no hubiera dado por un ejemplar de la Mishneh Torah, pensó; *abba* tenía aquel libro en el que Maimónides comentaba toda la práctica judía y describía con detalle lo que él había perdido.

Por desgracia, Nuño Fierro sacudió la cabeza.

—No. Había otros libros, pero los hijos de Gabriel Montesa se los llevaron al marcharse. —Miró con inquietud a Yonah—. ¿Podríais vos traducir estos dos?

Yonah contempló la página. Las serpientes ya volvían a ser simplemente unas letras muy queridas, pero...

—No lo sé —contestó en tono dubitativo—. Antes dominaba sin esfuerzo el idioma hebreo, pero llevo mucho tiempo sin practicar.

Nueve largos años.

—¿Estaríais dispuesto a quedaros aquí conmigo e intentarlo?

Yonah se sorprendió de que lo hubieran vuelto a reunir con la lengua de su padre.

—Me quedaré durante algún tiempo —contestó.

De haber podido elegir, hubiera intentado traducir primero el libro de Maimónides, pues el ejemplar era muy antiguo y las secas páginas se estaban desintegrando, pero Nuño Fierro estaba deseando leer a Avicena, por lo que Yonah empezó por la obra de éste.

No estaba seguro de saber traducir. Avanzaba muy despacio, de una palabra en una y de un pensamiento en uno, hasta que las letras que antaño le fueran tan familiares lo volvieron a ser.

—¿Y bien? ¿Qué os parece? —le preguntó el médico al término del primer día.

Yonah se encogió de hombros.

Las letras hebreas despertaban en él los recuerdos de su padre, enseñándole, discutiendo el significado de las palabras y su aplicación a las relaciones del hombre con los demás hombres y a sus relaciones con Dios y con el mundo.

Recordó el sonido de las cascadas y viejas voces, y de las fuertes y jóvenes voces cantando juntas, el gozo de los cantos y la tristeza del *kaddish*. Algunos fragmentos de rezos y versos que creía perdidos para siempre empezaron a aflorar vertiginosamente desde las profundidades de su memoria como capullos azotados por el viento. Las palabras hebreas que traducía hablaban de tétanos y pleuresía, temblores febriles y pócimas para aliviar el dolor, pero a él le evocaban los cantos, las poesías y el fervor que había perdido en medio de la crueldad que había rodeado su llegada a la mayoría de edad.

Algunas palabras no las conocía y no tenía más remedio que conservar la palabra original judía en la frase castellana. Pero en otros tiempos, él conocía muy bien el idioma y, poco a poco, lo fue recordando.

Nuño Fierro rondaba ansiosamente por la habitación donde trabajaba.

—¿Qué tal va? —le preguntaba al término de cada jornada.

—Estoy empezando a hacer algunos progresos —pudo contestarle finalmente Yonah.

Nuño Fierro era un hombre honrado y no tardó en advertir a Yonah de que en el pasado Zaragoza había sido un lugar muy peligroso para los judíos.

—La Inquisición vino aquí muy pronto y su azote fue muy severo —dijo.

Torquemada nombró dos inquisidores para Zaragoza en mayo de 1484. Tan ansiosos estaban aquellos clérigos de acabar con los recalcitrantes judíos, que celebraron su primer auto de fe sin tomarse la molestia de promulgar primero el Edicto de Gracia, el cual permitía a los cristianos nuevos descarriados confesar voluntariamente su error y pedir clemencia. El 3 de junio ejecutaron a los dos primeros conversos y el cadáver de una mujer fue exhumado y quemado en la hoguera.

—Había en Zaragoza varios hombres buenos, miembros de la Diputación de Aragón y del Consejo de los Estados, que se escandalizaron e indignaron. Se presentaron ante el Rey para señalarle que los nombramientos y las ejecuciones de Torquemada eran ilegales y que sus confiscaciones de propiedades violaban los fueros del Reino de Aragón. No se oponían a los juicios por herejía —dijo Nuño Fierro—, pero pedían que la Inquisición se dedicara a la tarea de devolver a los pecadores al seno de la Santa Madre Iglesia mediante la instrucción y la admonición, e impusiera castigos más leves. Decían que no se tenían que lanzar calumnias contra hombres buenos y piadosos y añadieron que en Aragón no había herejes notorios.

Fernando despidió bruscamente a los consejeros.

—Les dijo que, si había efectivamente tan pocos herejes en Aragón, ¿por que le molestaban con su temor de la Inquisición?

La noche del 16 de septiembre de 1485, Pedro Arbués, uno de los inquisidores, fue asesinado mientras rezaba en la catedral. No hubo testigos del crimen, pero las autoridades dieron inmediatamente por sentado que los asesinos eran unos cristianos nuevos. Tal como se había hecho en el caso de otras imaginarias insurrecciones de conversos, detuvieron de inmediato al jefe de la población de cristianos nuevos, un distinguido y anciano jurista llamado Jaime Montesa, representante de la justicia mayor del reino.

Con él fueron detenidos varios amigos suyos, hombres profundamente cristianos, padres y hermanos de monjes cuyos antepasados habían sido conversos. Entre ellos figuraban hombres que ocupaban elevadas posiciones en el gobierno y el comercio, muchos de los cuales habían sido nombrados caballeros por su valor. Uno a uno fueron declarados «judío mamas», judíos auténticos. Las terribles torturas dieron lugar a confesiones de una conjura. En diciembre de 1485, otros dos conversos fueron quemados en la hoguera y, a principios de enero de 1486, cada mes se celebraron autos de fe en Zaragoza.

—Por consiguiente, conviene que tengáis cuidado. Mucho cuidado —le advirtió Fierro a Yonah—. ¿Ramón Callicó es vuestro verdadero nombre?

—No, no. Me buscan como judío bajo mi verdadero nombre.

Nuño Fierro hizo una mueca.

—No me lo reveléis —se apresuró a decir—. Si nos preguntan, diremos simplemente que sois Ramón Callicó, un cristiano viejo de Gibraltar, sobrino de la esposa de mi difunto hermano.

No fue difícil. Yonah no vio a ningún soldado ni clérigo. No se apartaba demasiado de la hacienda que el médico judío Juan de Gabriel Montesa, haciendo gala de una gran inteligencia, había mandado levantar lo bastante cerca de la ciudad y lo bastante apartada del camino como para que sólo los que precisaran de atención médica se tomaran la molestia de ir.

La propiedad de Fierro cubría tres lados de la larga e inclinada pendiente de una colina y conservaba vestigios de su antiguo esplendor, pero estaba claro que Nuño Fierro no era un buen agricultor. La hacienda tenía un olivar y un pequeño vergel, ambos en buenas condiciones, pero desesperadamente necesitados de una buena poda. Recordando sus tiempos de peón, Yonah encontró una pequeña sierra en el granero y podó varios árboles, tras lo cual amontonó las ramas cortadas y las quemó tal como había visto hacer en las fincas donde antaño había trabajado. Detrás del granero había un montón de estiércol de caballo y paja de las cuadras, a lo que añadió la ceniza de las hogueras, extendiendo la mezcla bajo media docena de árboles.

En lo alto de la colina y en su lado norte había un abandonado campo que Reyna llamaba el lugar de los perdidos. Era un cementerio sin ninguna indicación, reservado a los desventurados que se quitaban la vida, pues según la doctrina de la Iglesia, los suicidas estaban condenados y no podían ser sepultados en tierra consagrada.

Justo por encima de la casa se levantaba la ladera sur de la colina, la mejor parte de la propiedad, con una tierra muy fértil, plenamente expuesta al sol. Reyna tenía un pequeño huerto para el propio consumo, pero buena parte de él estaba invadido por los hierbajos y los arbustos. Yonah comprendió que, si alguien hubiera querido trabajar en serio aquella tierra, las posibilidades hubieran sido muchas.

No estaba seguro del tiempo que se iba a quedar allí, pero se sentía atrapado por el redescubrimiento de la lengua hebrea y, a medida que iban transcurriendo las semanas, el hecho de vivir allí le parecía cada vez más normal. Era una casa llena de aromas de guisos y asados y del calor de una gran chimenea. Yonah mantenía la leñera bien abastecida, cosa que Reyna le agradecía, pues ésa solía ser una de sus obligaciones. La planta baja estaba formada por una sola estancia muy espaciosa que se utilizaba pata guisar y comer, y en la que había dos cómodos sillones junto al fuego. Arriba, el jergón de Yonah ocupaba un pequeño cuarto de almacenamiento situado entre el gran dormitorio principal y el cuarto más pequeño de Reyna, cada uno de ellos con una cama.

Las paredes eran muy delgadas. Yonah jamás había oído rezar al ama de llaves, pero todos sabían que los demás lo podían oír a uno cuando se levantaban para hacer sus necesidades en el orinal. Una vez Yonah oyó el leve gemido que emitió Reyna mientras bostezaba y se la imaginó desperezándose y disfrutando del lujo de unas pocas horas de descanso. Durante el día la miraba a hurtadillas procurando que no se dieran cuenta, pues desde un principio supo que Reyna tenía dueño.

Varias veces, acostado en su cama en medio de la oscuridad de la noche, la oía abrir la puerta de su habitación, entrar en la de Nuño y cerrar la puerta a su espalda. Y a veces oía los sonidos amortiguados del amor.

¡Bien por ti, médico!, pensaba, atrapado en la prisión de sus ansias reprimidas. Observó que en su comportamiento diurno Nuño y Reyna eran amo y criada, amables el uno con el otro, pero sin la menor manifestación de intimidad.

Sus encuentros amorosos no eran tan frecuentes como Yonah hubiera esperado. Al parecer, las necesidades de Nuño Fierro ya no eran muy urgentes. Yonah era un hombre muy perspicaz y había observado ya desde un principio que algunas veces, después de cenar, Nuño le decía a Reyna que al día siguiente quería que le preparara un pollo hervido condimentado con especias y entonces ella inclinaba la cabeza. Y, por la noche, ella siempre acudía al dormitorio de Nuño. Cada vez que los veía utilizar su código privado, Yonah no podía dormir hasta que oía entrar a Reyna en la habitación del otro hombre.

Yonah se dio cuenta por vez primera de que Nuño estaba indispuesto una tarde en que se levantó de la mesita en la que hacía sus traducciones y vio al médico sentado en silencio en los peldaños inferiores de la escalera. Fierro estaba pálido y respiraba con dificultad.

—¿Os puedo ayudar, señor? —le preguntó, acercándose presuroso a él, pero Nuño Fierro sacudió la cabeza y levantó la mano.

—Dejadme en paz.

Yonah asintió con la cabeza y regresó a su escritorio. Poco después oyó que Fierro se levantaba y subía a su habitación.

Varias noches más tarde hubo unos fuertes vientos y una persistente lluvia que acabó con una prolongada sequía. En la oscuridad que precede al amanecer, los tres fueron despertados por unos golpes en la puerta y una sonora voz de hombre, llamando al señor Fierro.

Reyna bajó corriendo y contestó a gritos a través de la puerta cerrada.

—Sí, sí. ¿Qué ocurre?

—Soy Ricardo Cabrera. Por favor, necesitamos al médico. Mi padre ha sufrido una grave caída.

—Ya voy —gritó Nuño desde lo alto de la escalera.

Reyna abrió sólo un resquicio, pues iba en camisa de dormir.

—¿Dónde está vuestra alquería?

—A dos pasos del camino de Tauste.

—¡Pero eso está en la otra orilla del Ebro!

—Yo lo he cruzado sin ninguna dificultad —adujo el hombre en tono de súplica.

En ese momento Yonah oyó por vez primera la voz de la criada discutiendo con Nuño como si fuera su mujer.

—¡No pongáis los instrumentos y las medicinas en la bolsa! Está demasiado lejos y hay que cruzar el río. No podéis salir en una noche como ésta.

Inmediatamente después se produjo otra llamada, esta vez a la puerta de Yonah. Reyna entró y se acercó a él en la oscuridad.

—No es un hombre fuerte. Acompañadle y ayudadle. Cuidad de que regrese sano y salvo.

Nuño tenía menos confianza de la que aparentaba y lanzó un suspiro de alivio cuando Yonah se vistió y bajó.

—¿Por qué no tomáis uno de los caballos de vuestro hermano? —le preguntó Yonah, pero el médico sacudió la cabeza.

—Ya tengo mis propios caballos, que han cruzado el Ebro muchas veces.

Así pues, Yonah ensilló el caballo alazán de Nuño y el tordo árabe y ambos siguieron a la peluda jaca del hijo del campesino bajo una lluvia torrencial. El arroyo se había convertido en una caudalosa corriente y los jinetes se vieron rodeados de agua por todas partes mientras avanzaban entre el barro del camino. Yonah llevaba la bolsa de Nuño para que éste pudiera sujetar las riendas con ambas manos.

Ya estaban completamente empapados cuando llegaron a la orilla del río. Bajo aquel aguacero no había ningún vado somero y tranquilo. La corriente bajaba impetuosa y les llegaba a la altura de los estribos cuando atravesaron el caudaloso río, pero hasta la pequeña y resistente jaca consiguió cruzar la corriente sin sufrir ningún percance. Llegaron a la alquería chorreando agua y muertos de frío, pero no tuvieron tiempo de buscar un poco de comodidad.

Pascual Cabrera yacía en el suelo del establo mientras cerca de allí su mujer echaba heno con la horca a los animales. El hombre emitió un quejido cuando Nuño se inclinó sobre él.

—Me he caído de las rocas del campo —musitó.

Respiraba afanosamente, por lo que su mujer prosiguió el relato.

—Hay un lobo merodeando por estos parajes y hace un par de semanas se llevó a un cordero recién parido. Ricardo ha puesto trampas y matará a la bestia, pero, hasta que lo haga, recogemos a nuestras ovejas y cabras en el establo. Mi esposo las recogió a todas menos a esta maldita —dijo, señalando una cabra negra que estaba pastando allí cerca—. Se subió a unas rocas muy altas que hay en lo más alejado de nuestro campo. A las cabras les gusta trepar allí arriba y ésta no quiso bajar.

El esposo murmuró algo y Nuño le pidió que lo repitiera.

—Ésta... es la que nos da más leche.

—Es verdad —dijo la mujer—. Subió a las rocas para recogerla, pero la cabra bajó y regresó ella sola al establo. Las rocas están muy resbaladizas a causa de la lluvia y él resbaló y cayó hasta el fondo. Permaneció un buen rato allí hasta que consiguió levantarse y volver al establo. Yo le quité la ropa y lo cubrí con una manta, pero él estaba tan dolorido que no dejó que lo secara.

Yonah vio a un Nuño muy distinto del que solía ver en casa. El médico actuó con rapidez y seguridad. Apartó la manta y le pidió a Yonah que acercara una de las dos linternas. Sus manos se movieron con delicadeza por el cuerpo del hombre para establecer la gravedad de los daños bajo la mirada de un par de bueyes que estaban en sus correspondientes establos.

—Os habéis roto varias costillas. Y puede que tengáis un hueso astillado en el brazo —declaró Nuño finalmente.

Acto seguido, vendó fuertemente el tronco del hombre con unos lienzos e inmediatamente el señor Cabrera lanzó un suspiro y sintió alivio en su dolor.

—Ah, así me encuentro mejor —susurró el hombre.

—Tenemos que arreglaros también el brazo —advirtió Nuño y, mientras vendaba la extremidad, les dijo a Yonah y Ricardo que ataran la manta entre dos largas y delgadas estacas que había en un rincón del establo.

En cuanto éstos lo hubieron hecho, colocaron a Cabrera en las parihuelas y lo trasladaron a su cama.

Se fueron no sin que antes Nuño le hubiera entregado a la mujer unos polvos con los que ésta debería preparar unas infusiones que ayudarían a su esposo a dormir. Aún estaba lloviznando cuando emprendieron el camino de regreso, pero la tormenta ya había cesado y el río estaba más tranquilo. Dejó de llover antes de que ellos llegaran a casa mientras un soleado amanecer iluminaba el cielo. En la casa, Reyna ya había encendido la chimenea y los esperaba con vino caliente. Inmediatamente calentó agua para el baño del médico.

En la oscuridad de su pequeño cuarto, Yonah se estremeció mientras se frotaba el frío cuerpo con un áspero trozo de arpillera. Prestó atención y oyó los preocupados reproches de la mujer, tan dulces y apremiantes como los arrullos de una paloma.

Yonah accedió de buena gana a los requerimientos de Nuño cuando varios días más tarde éste le pidió que volviera a acompañarlo. A la semana siguiente hicieron varias visitas a enfermos y heridos, y muy pronto el médico adquirió la costumbre de hacerse acompañar por Yonah cada vez que tenía que salir.

Mientras visitaban a una mujer aquejada de altas fiebres y temblores paroxísticos, Yonah tuvo ocasión de averiguar qué les había ocurrido a los judíos españoles que habían huido a Portugal. Mientras Nuño atendía a la mujer enferma de fiebres palúdicas, su esposo, un mercader de tejidos que solía viajar a Lisboa, se sentó a charlar con Yonah, cantando las excelencias de la comida y el vino portugueses.

—Como sucede en todas partes, Portugal también tiene dificultades con sus malditos judíos —dijo.

—Tengo entendido que los han convertido en esclavos.

—Eran esclavos hasta que Manuel ascendió al trono y los declaró libres. Pero, cuando intentó casarse con la joven Isabel, hija de nuestros reyes Fernando e Isabel, los monarcas españoles le reprocharon su exceso de compasión y entonces él decidió actuar con más firmeza. Su problema era que quería acabar con la presencia judía en su reino, pero no podía permitirse el lujo de perder a los judíos cuyas dotes mercantiles son lamentablemente extraordinarias.

—Eso dicen —asintió Yonah—. Entonces, ¿es cierto?

—Vaya si lo es. Yo lo sé en mi propio negocio, el comercio de tejidos, al igual que en otros muchos. Sea como fuere, por orden de Manuel, todos los niños judíos con edades comprendidas entre los cuatro y los catorce años, fueron bautizados en masa. En una fallida experiencia, unos setecientos de los recién bautizados fueron enviados a vivir como cristianos a la isla de Santo Tomé, frente a la costa de África, donde casi todos ellos murieron rápidamente a causa de unas fiebres. Sin embargo, casi todos los niños fueron autorizados a vivir con sus familias y a los judíos adultos se les dio a elegir entre convertirse al cristianismo o abandonar el país. Tal como ocurrió en España, algunos se convirtieron, aunque, a juzgar por nuestra experiencia, cabe dudar de que un hombre que haya sido judío mama pueda llegar a ser un buen cristiano, ¿no os parece?

—¿Adónde se fueron los demás? —preguntó Yonah.

—Ni lo sé ni me importa, con tal de que jamás regresen a nuestro país —contestó el mercader.

Los refunfuños de su mujer lo obligaron a apartarse de Yonah y regresar junto a ella.

Un día, un par de sepultureros subieron por el camino de Nuño llevando por la brida un asno cargado con una forma reclinada. Cuando se detuvieron en la casa para pedir agua, Reyna les preguntó si necesitaban las servicios del médico y ellos le contestaron entre risas que ya era demasiado tarde. El cuerpo echado sobre la grupa del asno era el de un desconocido de piel negra, un vagabundo que, en pleno día, se había cortado la garganta en la plaza Mayor.

Aquella noche Nuño despertó a Yonah de su profundo sueño.

—Necesito tu ayuda.

—Ya la tenéis, señor Fierro. ¿Qué puedo hacer?

—Debéis saber que se trata de una práctica que la Iglesia considera de brujería y pecado mortal. Si me ayudáis y nos descubren, arderéis en la hoguera lo mismo que yo.

Yonah ya había llegado desde hacía tiempo a la conclusión de que Nuño Fierro era un hombre digno de su confianza.

—Ya me buscan para quemarme, mi señor médico. No me pueden quemar más de una vez.

—Pues entonces, ve por una azada y embrida un asno.

La noche era despejada, pero Yonah percibió su frialdad. Juntos condujeron el asno al cementerio de los suicidas.

Nuño había subido allí antes del anochecer para localizar la sepultura y ahora mostró el camino hasta ella bajo la clara luz de la luna.

Inmediatamente puso a Yonah a cavar.

—La sepultura es superficial porque los enterradores son unos holgazanes y ya estaban medio borrachos cuando Reyna habló con ellos.

Yonah no tuvo que hacer apenas ningún esfuerzo para sacar del hoyo el cuerpo envuelto en un sudario. Con la ayuda del asno trasladaron el cadáver desde lo alto de la colina al establo, donde le quitaron el sudario y depositaron el cuerpo desnudo sobre una mesa rodeada de lámparas de aceite.

La figura y el rostro correspondían a un hombre de mediana edad con unos apretados rizos de cabello negro, las extremidades muy delgadas, las espinillas cubiertas de magulladuras, varias cicatrices de antiguas heridas y la terrible herida del cuello que le había provocado la muerte.

—El color de su piel no es tema de conjeturas —explicó Nuño Fierro—. En los climas muy calurosos como el de África, los hombres han ido adquiriendo a lo largo de los siglos una piel oscura que los protege de los ardientes rayos del sol. En lugares septentrionales como el país de los eslavos, el clima frío ha dado lugar a unas pieles de una blancura absoluta. —Tomó uno de los finos escalpelos que su hermano le había hecho—. Esto es algo que se viene haciendo desde que existen las artes curativas —dijo, al tiempo que practicaba una incisión recta e ininterrumpida que abrió el cuerpo desde el esternón hasta el pubis—. Tanto en el caso de las pieles oscuras como en el de las claras, el organismo contiene distintas clases de glándulas que son como los gestores de las funciones corporales.

Yonah respiró hondo y apartó el rostro para no aspirar el hedor de la corrupción.

—Ya sé lo que sientes —dijo Nuño—, porque es lo mismo que yo sentí la primera vez que vi hacer lo mismo a Montesa. —Sus manos trabajaban con destreza—. Soy un simple médico, no un sacerdote o un demonio. No sé qué ocurre con el alma. Pero sé con toda certeza que no se queda encerrada en esta casa de carne, esta casa que, después de la muerte, trata inmediatamente de convertirse en tierra.

Explicó lo que sabía acerca de los órganos que extrajo e indicó a Yonah que anotara las dimensiones y el peso en un libro con tapas de cuero.

—Esto es el hígado. La nutrición del cuerpo depende de él. Creo que aquí es donde nace la sangre.

»Esto es el bazo... esto, la vesícula biliar, regula el temperamento.

El corazón... ¡cuando el médico lo extrajo, Yonah lo sostuvo en las palmas de sus manos!

—El corazón atrae la sangre hacia sí y la vuelve a enviar a otros lugares. La naturaleza de la sangre es muy desconcertante, pero está claro que el corazón da vida. Sin él, el hombre sería una planta. —Nuño le mostró que el corazón era como una casa con cuatro estancias—. Es posible que en una de estas estancias esté mi propio destino. Creo que Dios se equivocó aquí cuando me hizo. Pero, a lo mejor, el mal lo tengo en el fuelle de los pulmones.

—Entonces, ¿os causa molestias? —Yonah no pudo por menos que preguntar.

—A veces, sí. Tengo dificultades para respirar, es algo que va y viene.

Nuño le mostró de qué manera los huesos, las membranas y los ligamentos sostenían y protegían el cuerpo. Cortó con la sierra la parte superior de la cabeza del escuálido difunto y le mostró a Yonah el cerebro y su conexión con la médula espinal y otros nervios.

Ya había oscurecido cuando lo guardaron todo y el médico cosió las incisiones con la precisión de una costurera. Después volvieron a cubrir el cadáver con el sudario y subieron de nuevo con el asno a la cumbre de la colina.

Yonah enterró al hombre, esta vez más profundamente, y ambos le rindieron el tributo de una oración cristiana y una oración hebrea. Cuando la luz del día se elevó por encima de la colina, ya estaban cada uno en su cama.

Durante la siguiente semana, Yonah se sintió dominado por un extraño desasosiego. Tradujo las palabras de Avicena: «La medicina es la conservación de la salud y la curación de la enfermedad que surge de causas concretas que existen en el interior del cuerpo.» Y, cuando iba a ver a los pacientes con Nuño, los miraba de una manera distinta, pues imaginaba en cada uno de ellos el esqueleto y los órganos que había visto en el cuerpo del negro.

Tardó una semana en armarse de valor para hacerle al médico una propuesta.

—Quisiera unirme a vos como aprendiz de médico.

Nuño le miró serenamente.

—¿Es un deseo repentino que puede disiparse como la niebla empujada por el viento?

—No, lo he estado pensando mucho. Creo que estáis haciendo una obra de Dios.

—¿Una obra de Dios? Permíteme que te diga una cosa, Ramón. A menudo creo en Dios. Pero hay ocasiones en que pierdo la fe.

Yonah guardó silencio, sin saber qué contestar.

—¿Tienes algún otro motivo para haberme hecho esta petición?

—Un médico ayuda a los demás a lo largo de toda su vida.

—En efecto. ¿Crees que beneficiarías a la humanidad?

Yonah se percató de que Nuño lo estaba aguijoneando y se molestó.

—Sí, lo creo.

—¿Sabes cuánto puede durar el aprendizaje?

—No.

—Cuatro años. Sería tu tercer aprendizaje, y yo no podría darte la seguridad de que pudieras terminarlo. No sé si Dios me concederá otros cuatro años más de vida para cumplir su obra.

La sinceridad indujo a Yonah a hacer otra confesión.

—Necesito formar parte de algo. Formar parte de algo que sea bueno.

Nuño le miró, frunciendo los labios.

—Os prometo que me esforzaré mucho.

—Ya te estás esforzando mucho para mí —le dijo cariñosamente Nuño. Pero, tras una pausa, añadió—: Bueno. Lo intentaremos.

SEXTA PARTE

EL MÉDICO DE ZARAGOZA

Aragón

10 de febrero de 1501

29

El aprendiz de médico

Cuando Yonah cabalgaba con Nuño para ir a atender a un paciente ya no esperaba mano sobre mano a que el médico terminara su tarea. En su lugar, permanecía de pie junto al lecho del enfermo mientras Nuño hacía comentarios en voz baja acerca del examen y del tratamiento.

—¿Ves la humedad de las sábanas? ¿Percibes la acidez de su aliento?

Yonah prestaba atención mientras Nuño le explicaba a la esposa del enfermo que su marido padecía unas fiebres y un cólico y le recetaba una ligera dieta sin especias y unas infusiones que el paciente debía tomar durante siete días.

Cuando iban de casa en casa, cabalgaban a medio galope, pero, durante el lento recorrido de vuelta, Yonah solía hacer preguntas acerca de lo que había aprendido en el transcurso de la jornada.

—¿Varían mucho los síntomas del cólico?

—Algunas veces, el cólico se acompaña de fiebres y sudores, pero otras, no. Ello puede deberse a un fuerte estreñimiento que se cura con higos hervidos en aceite de oliva hasta formar una pasta espesa. O bien a la diarrea, que se puede combatir con arroz tostado hasta adquirir un tono marrón y después hervido y comido muy despacio.

Por su parte, Nuño también le hacía preguntas.

—¿Qué relación se puede establecer entre lo que hoy

hemos visto y lo que dice Avicena a propósito de la identificación de una enfermedad?

—Según Avicena, la enfermedad se identifica a veces mediante lo que el cuerpo produce y expulsa, como, por ejemplo, esputos, heces, sudor y orina.

Yonah seguía trabajando en la traducción del libro de Avicena, el cual confirmaba las lecciones de Nuño:

Los síntomas se establecen mediante el examen físico del cuerpo. Algunos de ellos son visibles, como la ictericia y el edema; otros son perceptibles a través del oído, como los gorgoteos del vientre en la hidropesía; el mal olor se percibe a través del olfato, por ejemplo, el de las úlceras purulentas; otros son accesibles a través del gusto como, por ejemplo, la acidez de la boca; el tacto también permite identificar algunos; la firmeza de...

Cuando tropezaba con alguna palabra que no comprendía, tenía que recurrir a Nuño.

—Aquí dice «la firmeza de...»; la palabra hebrea es *sartán*. Lo siento, no sé qué significa.

Nuño leyó la página transcrita con una sonrisa en los labios.

—Estoy casi completamente seguro de que significa cáncer. El tacto identifica la firmeza del cáncer.

El solo proceso de traducción de semejante libro resultaba educativo de por sí, pero Yonah no podía dedicar mucho tiempo a Avicena, pues Nuño Fierro era un maestro muy exigente que le impuso inmediatamente la tarea de leer otros libros. El médico poseía varios clásicos de la medicina en romance y Yonah tuvo que enfrentarse con los conocimientos de Teodorico Borgognoni sobre cirugía, las obras de Isaac acerca de las fiebres y las de Galeno acerca del pulso.

—No te limites a leerlos —le advirtió Nuño—. Apréndetelos. Apréndetelos tan a fondo que en el futuro ya no tengas que consultarlos. Un libro se puede quemar o perder, pero, cuando uno se lo aprende, el libro ya forma parte de su persona y los conocimientos duran tanto como él.

Las oportunidades para nuevas disecciones en el establo eran poco frecuentes, pero ambos pudieron estudiar el cadáver de una mujer de la ciudad que se había arrojado al Ebro y había muerto ahogada. Cuando le abrieron el vientre, Nuño extrajo un feto no enteramente formado, tan pequeño como esos pececillos que los pescadores suelen arrojar de nuevo al agua.

—La vida la engendra el esperma que sale del pene —le explicó Nuño—. No se sabe qué ocurre en el cuerpo de la mujer para que se produzca semejante transformación. Algunos creen que las semillas del líquido expulsado por el hombre se desarrollan gracias al calor natural del canal femenino. Otros apuntan la posibilidad de que se deba al calor adicional de la fricción durante las repetidas embestidas del miembro viril.

Después disectaron un pecho y Nuño señaló que, a veces, en el esponjoso tejido interior se desarrollaban tumores.

—Aparte de su función en la lactancia de los niños, los pezones son unas áreas sexualmente sensibles. En realidad, se puede preparar a una mujer para el acto sexual con el estímulo de distintas zonas, ya sea con las manos o la boca del varón, pero muchos anatomistas ignoran el secreto de que la sede de la excitación de la mujer se encuentra aquí —dijo Nuño, mostrándole a Yonah un minúsculo órgano del tamaño de un guisante, oculto entre unos pliegues idénticos de piel cual si fuera una joya envuelta en la parte superior de la vagina. Ello le hizo recordar al médico otra lección que deseaba impartir—. En la ciudad hay un considerable número de mujeres, más que suficiente para satisfacer discretamente las necesidades de un hombre. Pero mantente apartado de las prostitutas, pues muchas de ellas están aquejadas de sífilis, una enfermedad que conviene evitar por sus terribles consecuencias.

Una semana más tarde, Nuño tuvo la oportunidad de grabar profundamente aquella lección en la mente de Yonah, obligándolo a acompañarlo a la casa de Lucía Porta, en el centro de la ciudad.

—Señora, soy el médico que viene a ver al pequeño José y a Fernando —dijo.

Inmediatamente se oyeron los pasos de la mujer que se estaba acercando a la puerta.

—Dios os guarde, señora —dijo Nuño.

Ella les miró sin responder al saludo, pero les franqueó el paso.

Un chiquillo de ojos empañados permanecía apoyado contra la pared.

—Dios te guarde, Fernando —dijo Nuño—. Fernando tiene ocho años —le explicó a Yonah mientras éste experimentada una oleada de compasión, pues el pequeño a duras penas aparentaba cuatro o cinco.

El niño tenía las piernas muy flacas y terriblemente arqueadas y, cuando bostezó con indiferencia, dejó al descubierto una extraña dentadura malformada.

—Y éste es José.

Yonah y Nuño se inclinaron sobre un camastro.

—Dios te guarde, José —musitó Nuño. El niño tenía la boca y la zona que rodeaba la nariz llenas de llagas y ampollas—. Fernando ya tiene en el escroto y en el ano varias erupciones oscuras en forma de pequeños racimos. El más pequeño no tardará en tenerlas.

»¿Os queda suficiente ungüento, señora?

—No, ya lo he gastado todo.

Nuño asintió con la cabeza.

—En tal caso, tenéis que ir a la botica de fray Medina. Le diré que os espere y os dé un poco más.

Yonah lanzó un suspiro de alivio cuando salieron a la soleada calle y se alejaron de aquel lugar.

—El ungüento les servirá de muy poco. Prácticamente no se puede hacer nada —suspiró Nuño—. Las llagas se curarán, pero los dientes se quedarán separados y puede que se produzcan otras complicaciones más graves. He sabido que varios de mis pacientes que han perdido la razón, dos hombres y una mujer, habían padecido la sífilis cuando eran más jóvenes. —Se encogió de hombros—. No puedo demostrar la relación entre ambas enfermedades, pero es curioso que se produzca semejante coincidencia —añadió.

Después el médico se pasó mucho tiempo sin enseñarle a Yonah nada más acerca de la sífilis.

Nuño decretó que su aprendiz tenía que ir a misa con regularidad, a pesar de que, al principio, Yonah se rebeló contra dicha norma. Una cosa era haber simulado ser un cristiano devoto en Gibraltar, donde se hallaba sometido a una severa vigilancia, y otra muy distinta tener que cumplir hipócritamente los preceptos del catolicismo en casa de Nuño Fierro, donde el corazón le decía que un incrédulo no corría ningún peligro.

Pero Nuño se mostró inflexible.

—Cuando hayas terminado tu aprendizaje, tendrás que presentarte ante las autoridades de la ciudad para que te concedan la licencia de médico. Yo deberé acompañarte. A menos que tengan la certeza de que eres un cristiano practicante, no te concederán la licencia. —Después, adujo un argumento decisivo—: Si te descubren y te destruyen, Reyna y yo seremos destruidos contigo.

—Sólo he ido a la iglesia algunas veces, obligado por la necesidad. Imité lo que hacían las personas que tenía a mi lado, me arrodillé cuando los demás se arrodillaban y permanecí sentado cuando los otros lo hacían. Pero ir a la iglesia es muy peligroso para mí, pues desconozco las sutilezas del comportamiento que allí se tiene que observar.

—Eso es muy fácil de aprender —replicó tranquilamente Nuño.

Durante algún tiempo, junto con las lecciones de medicina, el médico le facilitó a Yonah instrucción acerca de cuándo levantarse y arrodillarse, de qué forma recitar las plegarias en latín como si éstas le fueran tan familiares como la *shema*, e incluso cómo hacer la genuflexión al entrar en la iglesia como si lo hubiera hecho todos los domingos y fiestas de guardar de su vida.

La primavera llegó a Zaragoza más tarde que en Gibraltar, pero, al final, los días se hicieron más largos y más cálidos. Los árboles que Yonah había podado y abonado en el vergel florecieron prodigiosamente y éste contempló cómo caían los perfumados pétalos de color de rosa y eran sustituidos en cuestión de pocas semanas por los primeros y minúsculos frutos, duros y verdes, de los manzanos y los melocotoneros.

Un día en que caía una fina llovizna, una viuda llamada Loretta Cavaller acudió al consultorio, señalando que, desde hacía dos años, su flujo mensual había desaparecido casi por entero, siendo sustituido por unos fuertes calambres. La mujer, de baja estatura, piel clara y cabello de color pardo desvaído, describió sus problemas con voz entrecortada debido a la timidez y los ojos clavados en la pared, sin mirar ni una sola vez a Yonah o a Nuño. Había acudido a dos comadronas, dijo, y éstas le habían dado unos ungüentos y una panacea, pero todo había sido inútil.

—¿Hacéis de cuerpo con regularidad? —le preguntó Nuño.

—Casi nunca.

Cuando los intestinos estaban obstruidos, Nuño recetaba una bebida de semillas de lino en agua fría. Fuera del consultorio esperaban el carro y el caballo de la viuda, pero Nuño le dijo a ésta que durante algún tiempo debería dejar el carro en casa y salir a hacer sus recados montada en su caballo. Para aumentar el volumen del flujo, le dijo que hirviera en agua corteza de cerezo, verdolaga y hojas de frambuesa, y que se tomara la infusión resultante cuatro veces al día y prosiguiera el tratamiento hasta treinta días después de la normalización del flujo.

—No sé dónde voy a encontrar los ingredientes —dijo la mujer.

Nuño le contestó que los hallaría en la botica de Zaragoza.

Pero a la tarde del día siguiente, Yonah arrancó unas tiras de corteza de cerezo silvestre, recogió un poco de verdolaga y de hojas nuevas de frambueso y aquella misma noche lo llevó todo, junto con una botella de vino, a la casita de la mujer a orillas del Ebro. La mujer iba descalza cuando le abrió la puerta, pero, aun así, lo invitó a pasar y le agradeció la corteza y las hojas. Después le ofreció una jarra del vino de su casa, llenó otra para ella, y ambos se sentaron al amor de la lumbre en dos sillas bellamente labradas. Cuando Yonah alabó la belleza de los muebles, la mujer le explicó que los había hecho su difunto esposo, Fernando Reverte, que era maestro carpintero.

—¿Cuánto tiempo hace que murió vuestro esposo? —le preguntó Yonah.

La mujer contestó que hacía dos años y dos meses que las aftas se habían llevado a Fernando y que ella rezaba a diario por su alma inmortal.

Ambos mantuvieron una tímida charla, interrumpida por prolongados silencios. Yonah sabía muy bien lo que hubiera deseado que ocurriera, pero ignoraba qué clase de conversación hubiera podido favorecer sus planes. Al final, se levantó y la mujer hizo lo propio; sabía que, a no ser que emprendiera una acción decisiva, no tendría más remedio que irse, por lo que, de repente, la rodeó con sus brazos y se inclinó para rozarle la boca con sus labios.

Loretta Cavaller permaneció totalmente inmóvil entre sus brazos antes de apartarse, tomar la lámpara de aceite y acompañarlo al otro lado de la estancia, donde él siguió sus pies descalzos, subiendo por una angosta y empinada escalera. Una vez en la cámara, Yonah sólo tuvo un breve instante para observar que el lecho de madera de roble que había labrado Fernando, con toda una profusión de racimos, higos y granadas entrelazados, era mucho más hermoso que las sillas de abajo, pues ella se apresuró a sacar la lámpara de la cámara y la dejó en el suelo del pasillo. Cuando la mujer volvió a entrar, sólo se oyó el rápido crujido de las prendas contra la carne mientras ambos se desnudaban y arrojaban la ropa al suelo.

Cayeron el uno en brazos del otro como dos viajeros sedientos que, en un árido desierto, esperaran encontrar la dulzura del agua, pero la unión sólo le deparó a Yonah un momentáneo alivio, no el placer que él tanto ansiaba experimentar. Más tarde, tendido en la estancia a oscuras en medio de los efluvios del acto que habían llevado a cabo, Yonah exploró con las manos los fláccidos pechos, las afiladas caderas y las huesudas rodillas.

La mujer se puso la camisa antes de ir por la lámpara del pasillo, por lo que no tuvo ocasión de verla desnuda. Aunque el aprendiz de médico regresó a la casa para yacer con ella en otras tres ocasiones, la unión entre ambos carecía de pasión y Yonah se sintió como si estuviera cometiendo un acto de onanismo con el cuerpo prestado de la viuda. No tenían prácticamente nada que decirse; la embarazosa conversación era seguida por un desahogo en el hermoso lecho y, finalmente, por unas breves y torpes palabras cuando él se despedía. La cuarta vez que Yonah acudió a la casa, ella no lo invitó a entrar y Yonah pudo ver a su espalda a Roque Arrellano, el carnicero de Zaragoza, sentado descalzo junto a la mesa, bebiéndose el vino que él le había regalado a la viuda.

Varios domingos más tarde, estando Yonah en la iglesia, el sacerdote leyó las amonestaciones de Loretta Cavaller y Roque Arrellano. Una vez casada, Loretta Cavaller se puso a trabajar en la próspera carnicería de su esposo. Nuño criaba gallinas, pero no así cerdos o vacas, por lo que muchas veces Reyna le pedía a Yonah que fuera a la carnicería a comprar la carne o el pescado que Arrellano vendía algunas veces. Loretta había aprendido el oficio y Yonah admiraba el cuidado y la rapidez con que ésta cortaba la carne.

Los precios de Arrellano eran muy altos, pero Loretta siempre saludaba afablemente a Yonah, lo miraba con una radiante expresión de felicidad y algunas veces le regalaba huesos con tuétano que Reyna utilizaba para hacer sopas o hervir aves de corral.

Tanto Nuño como Reyna habían entrado a vivir en la hacienda cuando el amo de la casa era todavía el médico judío Juan de Gabriel Montesa, el cual tenía por costumbre bañarse antes de la puesta de sol del viernes con vistas al día de descanso. Nuño y Reyna habían adquirido la costumbre de bañarse cada semana, Nuño los lunes y Reyna los miércoles, por lo que sólo se tenía que calentar el agua una vez en el transcurso de una noche. El baño lo hacían en una tina de cobre colocada delante de la chimenea, donde entre tanto ponían a calentar otra olla de agua.

Para Yonah era un lujo bañarse todos los viernes tal como hacía Montesa, a pesar de que tenía que encoger el cuerpo en el interior de la tina. A veces, los miércoles por la noche salía a dar un paseo mientras Reyna se bañaba, pero casi siempre se quedaba en su habitación, tocando la guitarra o trabajando en la traducción del libro de Avicena a la luz de la lámpara. Le costaba aprenderse de memoria los nombres de los medicamentos que tenían un efecto astringente en las llagas, o de los que calentaban el cuerpo y no purgaban mientras trataba de imaginarse el aspecto de Reyna.

Cuando el agua se enfriaba, oía que Nuño se acercaba a ella, retiraba la olla del fuego y añadía agua caliente a la tina tal como ella hacía por él los lunes.

Nuño le prestaba aquel mismo servicio a su aprendiz los viernes, moviéndose muy despacio y con gran esfuerzo mientras levantaba la olla, indicaba a Yonah que apartara las piernas a un lado para no quemarlo y vertía el agua caliente, resollando ruidosamente.

—Se esfuerza demasiado y ya no es joven —le dijo Reyna a Yonah una mañana en que Nuño estaba ocupado en el establo.

—Yo procuro aliviarle la carga —dijo Yonah con cierto remordimiento.

—Lo sé. Le pregunté por qué gastaba tanta energía en enseñaros —le confesó Reyna con toda sinceridad—. Me contestó: «Lo hago porque se lo merece» —añadió encogiéndose de hombros con un suspiro.

Yonah no pudo consolarla. Nuño se empeñaba en ir a visitar a sus pacientes incluso cuando los casos eran tan sencillos que el resto del tratamiento lo hubiera podido llevar a cabo su aprendiz. Nuño no se conformaba con que Yonah hubiera leído a Rhazes, el cual señalaba que los residuos y los venenos se eliminaban del cuerpo cada vez que el sujeto orinaba; el maestro tenía que mostrarle a Yonah junto al lecho el color amarillento del blanco del ojo del enfermo de fiebres, el color rosado de la orina al comienzo de unas fiebres palúdicas que se repetían cada setenta y dos horas, la blanca y espumosa orina que a veces acompañaba los forúnculos llenos de pus. También le enseñaba a identificar los distintos olores de las enfermedades a través de la orina.

Nuño era además un experto en el arte y la ciencia de la botica. Sabía secar y pulverizar hierbas, aparte de preparar ungüentos e infusiones, pero no se hacía él mismo las medicinas. En su lugar, solía requerir los servicios de un anciano franciscano, fray Luis Guerra Medina, un hábil boticario que ya preparaba las medicinas para Juan de Gabriel Montesa.

—Siempre hay sospecha de envenenamiento, sobre todo cuando muere algún personaje de la realeza. En ocasiones las sospechas tienen fundamento, pero las más de las veces, no —le dijo Nuño a Yonah—. Durante mucho tiempo, la Iglesia prohibió a los cristianos tomar medicamentos preparados por judíos por temor a que éstos los envenenaran.

»A pesar de todo, algunos médicos judíos siguieron preparando sus propios remedios, pero muchos médicos, tanto cristianos viejos como judíos, fueron acusados de intento de envenenamiento por parte de pacientes que no querían pagar sus deudas médicas. Juan de Gabriel Montesa se sentía más seguro utilizando los servicios de un fraile boticario y por eso yo también recurro a fray Guerra. He descubierto que conoce perfectamente la diferencia entre el eupatorio y el sen.

Yonah comprendió el peligro que había corrido facilitándole hierbas medicinales a Loretta Cavaller y decidió no volverlo a hacer nunca más. De esta manera aprendía las lecciones de su maestro y prestaba atención mientras Nuño Fierro trataba de prepararle para su vida de médico, tanto por medio de los conocimientos profesionales como de las cuestiones más sencillas que constituían la base de una práctica satisfactoria.

Un día, cuando ya llevaba algo más de un año como aprendiz, Yonah se percató de que, durante aquel período, habían muerto once de sus pacientes.

Había aprendido lo suficiente como para comprender que Nuño Fierro era un médico excepcional y sabía que su destino estaba en manos de un maestro extraordinario, pero le dolía entrar en una profesión en la que quien la ejercía tropezaba tantas veces con el fracaso.

Nuño Fierro observaba a su alumno tal como un buen adiestrador de caballos estudia un animal prometedor. Vio que Yonah luchaba amargamente contra la creciente oscuridad cuando un paciente yacía moribundo y observaba la tristeza de los ojos de su pupilo cada vez que alguien moría.

Esperó hasta una noche en que se sentó a descansar junto al fuego con su alumno, con una jarra de vino en la mano tras una dura jornada de trabajo.

—Tú mataste al hombre que asesinó a mi hermano. ¿Has quitado alguna otra vida, Ramón?

—Sí.

Nuño tomó un sorbo de vino y estudió a su aprendiz mientras éste le contaba de qué forma había organizado la muerte de los dos traficantes de reliquias.

—Si estas circunstancias volvieran a repetirse, ¿te comportarías de otra manera? —preguntó Nuño.

—No, porque aquellos tres hombres me hubieran matado. Pero la idea de haber arrebatado vidas humanas es una dura carga.

—¿Y deseas ejercer la medicina para expiar el pecado de haber quitado unas vidas por medio de la salvación de otras?

—No fue éste el motivo de haberos pedido que me enseñéis a ser médico. Pero puede que últimamente lo haya pensado un poco —admitió Yonah.

—En tal caso, conviene que comprendas con más claridad el poder del arte de la medicina. Un médico sólo puede aliviar el sufrimiento de un reducido número de personas. Combatimos sus enfermedades, vendamos sus heridas, reducimos las fracturas de sus huesos y ayudamos a nacer a sus hijos. Pero cada criatura viviente tiene que acabar muriendo. Por consiguiente, a pesar de nuestros conocimientos, habilidad y entusiasmo, algunos de los pacientes se nos mueren; no tenemos que afligirnos en exceso ni sentirnos culpables por el hecho de no ser dioses y no poder regalar la eternidad. En su lugar, si los pacientes han aprovechado bien el tiempo, debemos alegrarnos de que hayan gozado de la bendición de la vida.

Yonah asintió con la cabeza.

—Lo comprendo.

—Así lo espero —dijo Nuño—. Porque, si te faltara esta comprensión, serías verdaderamente un mal médico y acabarías perdiendo la razón.

30

La prueba de Ramón Callicó

Al término de su segundo año de aprendizaje, Yonah empezó a ver claro el camino de su vida y cada día le seguía deparando nuevas emociones a medida que iba asimilando las enseñanzas de Nuño. Ambos ejercían su profesión en toda la campiña que rodeaba Zaragoza, estaban muy ocupados en el consultorio y acudían a visitar en sus casas a los pacientes que no podían desplazarse. Casi todos los enfermos de Nuño pertenecían al pueblo llano de la ciudad y las alquerías de los alrededores. Algunas veces lo mandaba llamar algún noble que precisaba de los servicios de un médico y él siempre acudía a la llamada, pero le advertía a Yonah de que los nobles eran muy autoritarios y muchas veces se mostraban reacios a pagar los servicios de los médicos, por lo que él prefería no mantener tratos con ellos. Sin embargo, el 20 de noviembre del año 1504, recibió una llamada que no pudo desatender.

A finales de aquel verano, tanto el rey Fernando como la reina Isabel habían contraído una enfermedad debilitante. El Rey, un hombre muy fuerte cuya constitución se había forjado en la caza y la guerra, se había recuperado muy pronto, pero su esposa estaba cada vez más débil. El estado de Isabel había ido empeorando durante su visita a la ciudad de Medina del Campo y Fernando había mandado llamar de inmediato a media docena de médicos, entre ellos, Nuño Fierro, el médico de Zaragoza.

—Pero vos no podréis ir —protestó Yonah—. El viaje a Medina del Campo dura diez días. Ocho días como mínimo, si uno se mata cabalgando.

Se lo decía en serio, pues sabía que Nuño estaba delicado de salud y no se encontraba en condiciones de emprender aquel viaje.

Sin embargo, el médico se mostró inflexible.

—Ella es mi reina. Una soberana en apuros tiene que ser atendida con la misma solicitud que un hombre o una mujer comunes.

—Permitidme, por lo menos, que os acompañe —le rogó Yonah.

Pero Nuño se negó.

—Tenéis que permanecer aquí para seguir atendiendo a nuestros pacientes —objetó.

Cuando Yonah y Reyna le suplicaron que buscara por lo menos a alguien que lo acompañara en el viaje, Nuño se dio por vencido y contrató a Andrés de Ávila, un hombre de la ciudad. Ambos emprendieron el camino a primera hora de la mañana siguiente.

Regresaron demasiado temprano y con mal tiempo. Yonah tuvo que ayudar a Nuño a desmontar de su cabalgadura. Mientras Reyna se encargaba de preparar un baño caliente para el médico, De Ávila le contó a Yonah lo que había ocurrido.

El viaje había sido todo lo que Yonah había temido al principio. De Ávila explicó que habían viajado cuatro días y medio. Al llegar a una posada de las afueras de Atienza, el hombre temió que Nuño estuviera demasiado fatigado como para seguir adelante.

—Le convencí de que nos detuviéramos para comer y descansar, pues de esta manera nos sería más fácil proseguir el viaje.

Pero en la posada vieron a unos hombres bebiendo a la memoria de Isabel.

Nuño preguntó con la voz ronca a causa de la emoción si los bebedores sabían con certeza que la Reina había muerto, y otros viajeros procedentes del oeste le aseguraron que el cuerpo de la soberana estaba siendo trasladado al sur para su entierro en el sepulcro real de Granada.

Nuño y De Ávila se pasaron toda la noche en vela por culpa de las picaduras de los piojos y, a la mañana siguiente, iniciaron el camino de vuelta al este para regresar a Zaragoza.

—Esta vez fuimos más despacio —prosiguió De Ávila—, pero ha sido un viaje malhadado en todos los sentidos y el último día tuvimos que soportar mucho frío y un fuerte aguacero.

A pesar del baño, Yonah se alarmó al ver el cansancio y la palidez de Nuño. Acompañó inmediatamente a su maestro a la cama, donde Reyna le dio bebidas calientes y alimentos nutritivos. Al cabo de una semana de descanso en la cama, Nuño se recuperó hasta cierto punto, pero su inútil viaje para visitar a la reina de España lo había debilitado mucho y había agotado sus fuerzas.

Llegó un momento en que a Nuño le empezaron a temblar las manos y no pudo seguir utilizando los instrumentos quirúrgicos que le había hecho su hermano. En su lugar, los utilizó Yonah siguiendo las instrucciones y las explicaciones que él le iba dando al tiempo que le hacía preguntas para poner a prueba sus conocimientos y mejorarlos.

Antes de la amputación de un dedo meñique aplastado, Nuño le pidió a Yonah que se tocara su propio dedo con las yemas de los dedos de la otra mano.

—¿Notas un lugar... una leve hendedura en el punto en el que el hueso se junta con el hueso? Es aquí donde se tiene que cortar el dedo aplastado, pero hay que dejar la piel sin cortar muy por encima de la amputación. ¿Sabes por qué?

—Porque tenemos que construir un colgajo —contestó Yonah, mientras su maestro asentía satisfecho con la cabeza.

Yonah lamentaba con toda el alma la desgracia de Nuño, pero sabía que ésta era beneficiosa para su aprendizaje, pues, en el transcurso de aquel año, llevó a cabo más intervenciones quirúrgicas de las que hubiera hecho en circunstancias normales.

Se sentía culpable porque veía que Fierro concentraba todos sus esfuerzos en enseñarle, pero, cuando se lo comentó a Reyna, ésta sacudió la cabeza.

—Creo que la necesidad de enseñaros lo mantiene con vida —dijo ella.

En efecto, cuando finalizó su cuarto año de aprendizaje, un destello de triunfo se encendió en los ojos de Nuño. Éste dispuso que Yonah compareciera de inmediato ante los examinadores médicos. Cada año, tres días antes de Navidad, las autoridades municipales elegían a dos médicos del distrito para que examinaran a los candidatos a la licencia para el ejercicio de la medicina. Nuño había sido examinador y conocía muy bien el proceso.

—Hubiera preferido que esperaras a presentarte hasta que se fuera uno de los examinadores actuales, Pedro de Calca —le dijo a Yonah. Durante muchos años, Calca había envidiado al médico de Zaragoza, pero su intuición indujo a Nuño a no aplazar el examen de Yonah—. No puedo esperar otro año —le dijo a éste—. Además, creo que ya estás preparado.

Al día siguiente, se dirigió al ayuntamiento de Zaragoza y concertó la cita para el examen de Yonah.

La mañana de la prueba, maestro y alumno abandonaron la hacienda a primera hora, cabalgando muy despacio en medio del calor del claro día. Estaban tan nerviosos que apenas hablaron. Ya era demasiado tarde para intentar ampliar los conocimientos de Yonah; habían tenido cuatro largos años para eso.

El ayuntamiento olía a polvo y a muchos siglos de tráfico humano, pero aquella mañana sólo Yonah, Nuño y los dos examinadores estaban allí.

—Señores, tengo el honor de presentaros al señor Ramón Callicó para vuestro examen —dijo serenamente Nuño.

Uno de los examinadores era Miguel de Montenegro, un menudo y severo sujeto de cabello, barba y bigote plateados. Nuño lo conocía desde hacía muchos años y le había asegurado a Yonah que sería muy severo y escrupuloso en sus responsabilidades de examinador, sin dejar por ello de ser justo.

Calca, el otro examinador, los miró con una cordial sonrisa en los labios. Era pelirrojo y lucía una perilla puntiaguda. Vestía una túnica llena de manchas y coágulos de sangre reseca, pus y moco. Nuño ya le había descrito desdeñosamente aquella túnica a Yonah, señalando que era «el jactancioso anuncio de su oficio» y había advertido a su pupilo de que Calca había leído a Galeno y poco más, por lo que casi todas sus preguntas versarían en torno a las enseñanzas de Galeno.

Los cuatro tomaron asiento alrededor de la mesa. Yonah pensó que dos décadas y media antes Nuño Fierro se había sentado en aquella estancia para ser examinado, y muchas más décadas antes Juan de Gabriel Montesa había hecho lo mismo en una época en la que un médico aún podía proclamar su condición de judío.

Cada examinador le haría dos tandas de preguntas. Montenegro fue el primero por su mayor antigüedad.

—Con vuestro permiso, señor Callicó. Quisiera que nos hablarais de las ventajas y los inconvenientes de recetar la triaca como antídoto contra las fiebres.

—Empezaré por los inconvenientes —contestó Yonah—, pues son muy pocos y se pueden solventar rápidamente. El medicamento es muy complicado de preparar, pues contiene hasta setenta ingredientes de herboristería, de ahí también que resulte muy caro. Su ventaja principal es la de ser un remedio de comprobada eficacia contra las fiebres, las dolencias intestinales e incluso ciertas formas de envenenamiento...

Yonah notó que se iba relajando mientras pasaba sin dificultad de un punto a otro, tratando de hacer una exposición completa, pero no excesivamente prolija. Montenegro le miraba con aparente satisfacción.

—Mi segunda pregunta se refiere a las diferencias entre las fiebres cuartanas y tercianas.

—Las fiebres tercianas se presentan al tercer día, contando el día de su aparición como el primero. Y las fiebres cuartanas se presentan al cuarto día. Son fiebres que se producen en climas cálidos y húmedos, y suelen ir acompañadas de escalofríos, sudores y una gran debilidad.

—Habéis contestado con rapidez y brevedad. Para curar las almorranas, ¿las eliminaríais con un cuchillo?

—Sólo si no hubiera más remedio. Por regla general, el dolor y las molestias se pueden controlar mediante una dieta sana en la que no se incluyan alimentos picantes, salados o muy dulces. En caso de que se produjeran hemorragias abundantes, se puede aplicar una medicina astringente. Si se hinchan, pero no sangran, se pueden abrir con lanceta o vaciar con sanguijuelas.

Montenegro asintió con la cabeza y se reclinó en su asiento para indicar que ahora le tocaba el turno a Pedro de Calca.

Calca se acarició la barba pelirroja.

—Tened la bondad de hablarnos del sistema galénico de patología humoral —dijo, repantigándose en su asiento.

Yonah respiró hondo. Estaba preparado.

—Su origen fueron ciertas ideas de la escuela hipocrática modificadas por otros primitivos filósofos médicos, especialmente Aristóteles. Galeno forjó con sus ideas una teoría, según la cual todas las cosas se componen de cuatro elementos: fuego, tierra, aire y agua, que a su vez dan lugar a cuatro cualidades: calor, frío, sequedad y humedad. Cuando los alimentos y la bebida penetran en el cuerpo, el calor natural de éste los cuece y los transforma en cuatro humores: sangre, flema, bilis amarilla y bilis negra. El aire corresponde a la sangre, que es húmeda y cálida; el agua a la flema, que es húmeda y fría; el fuego a la bilis amarilla, que es seca y cálida; y la tierra a la bilis negra, que es seca y fría.

»Galeno escribió que una parte de estas sustancias es transportada por la sangre para alimentar los distintos órganos del cuerpo, mientras que el resto se excreta como residuo. Decía que las proporciones en las que se combinan las cualidades en el cuerpo son muy importantes. Una mezcla ideal de las cualidades da lugar a una persona sana. Una cantidad excesiva o escasa de un humor altera el equilibrio y provoca la enfermedad.

Calca volvió a juguetear con su perilla, acariciándola repetidamente.

—Habladnos del calor innato y del pneuma.

—Hipócrates y Aristóteles y posteriormente Galeno escribieron que el calor del interior del cuerpo es la esencia de la vida. El calor interior está alimentado por el pneuma, un espíritu que se forma en la sangre purísima del hígado y es transportado por las venas. Pero es invisible. Su...

—¿Cómo sabéis que es invisible?

«Porque, hasta ahora, hemos diseccionado las venas y los órganos de tres cadáveres y Nuño sólo me ha mostrado tejidos y sangre, diciendo que no podíamos ver nada que pudiera llamarse el pneuma.» Era un necio; Calca se daría cuenta de que la única persona que podía saberlo era alguien que hubiera abierto un cuerpo y hubiera sido testigo de ello. Por un instante, el terror se apoderó de sus cuerdas vocales.

—Es... algo que he leído.

—¿Dónde lo habéis leído, señor Callicó? Si no me equivoco, jamás he oído decir si es posible ver el pneuma.

Yonah hizo una pausa.

—No lo he leído en Avicena ni en Galeno —contestó, como si estuviera tratando de hacer memoria—. Creo que lo leí en Teodorico Borgognoni.

Calca le miró fijamente.

—Muy cierto —dijo Miguel de Montenegro—. Así es. Recuerdo haberlo leído en Teodorico Borgognoni —añadió mientras Nuño Fierro asentía con la cabeza.

Calca también asintió con un gesto.

—Borgognoni, naturalmente.

En su segunda tanda de preguntas, Montenegro le pidió a Yonah que comparara el tratamiento de un hueso fracturado con el de una dislocación. Los examinadores escucharon su respuesta sin hacer ningún comentario y después Montenegro le pidió que enumerara los factores necesarios para disfrutar de buena salud.

—Aire puro, comida y bebida, sueño para reparar las fuerzas corporales y vigilia para ejercitar los sentidos, moderado ejercicio físico para expulsar los residuos y las impurezas, eliminación de los desechos y alegría suficiente para que el cuerpo pueda prosperar.

—Decidnos cómo se propaga la enfermedad durante una epidemia —dijo Calca.

—Los cuerpos en descomposición o las fétidas aguas de los pantanos forman unas miasmas venenosas. El calor y el aire húmedo preñado de corrupción despiden unos olores nocivos que, cuando son respirados por las personas sanas, pueden infectar y provocar la enfermedad en sus cuerpos. Durante las epidemias, hay que exhortar a los sanos a que se alejen lo bastante como para que el viento no arrastre las miasmas hasta ellos.

A continuación, Calca se acarició repetidamente la barbita pelirroja y le hizo una rápida serie de preguntas acerca de la orina:

—¿Qué significa el color amarillento de la orina?

—Que contiene cierta cantidad de bilis.

—¿Y cuando la orina es del color del fuego?

—Contiene mucha bilis.

—¿Y si es de color rojo oscuro?

—En alguien que no ha comido azafrán, significa que contiene sangre.

—¿Y si la orina presenta sedimento?

—Es un indicio de la debilidad interna del paciente. Si el sedimento parece salvado y huele mal, significa que los conductos están ulcerados. Si el sedimento contiene sangre descompuesta, significa que existe un tumor flemático.

—¿Y cuando se observa arena en la orina? —preguntó Calca.

—Significa que hay un cálculo o una piedra.

—Me doy por satisfecho —anunció Calca tras una pausa.

—Yo también. Un excelente candidato que es un fiel reflejo de su maestro —observó Montenegro, al tiempo que sacaba de un estante el gran volumen municipal encuadernado en cuero. Anotó en él los nombres de los examinadores y del proponente, y escribió que el señor Ramón Callicó de Zaragoza había sido examinado y debidamente aceptado y autorizado a ejercer como médico el día 17 de octubre del *anno domini* de 1506.

Durante el camino de vuelta, maestro y alumno cabalgaron sentados con indolencia en sus sillas de montar, riéndose alegremente como niños o como borrachos.

—¡Creo que lo leí en Teodorico Borgognoni! ¡Creo que lo leí en Teodorico Borgognoni! —dijo Nuño en tono de chanza.

—Pero ¿por qué me respaldó el señor Montenegro?

—Miguel de Montenegro y yo hicimos juntos varias disecciones cuando éramos más jóvenes. Estoy seguro de que comprendió de inmediato por qué razón hablabas con tanta seguridad del aspecto del interior del cuerpo.

—Se lo agradezco; creo que he tenido suerte.

—Sí, has tenido suerte, pero tu actuación te honra.

—He sido muy afortunado con mi preceptor, maestro —sonrió Yonah.

—Ya no tienes que llamarme maestro, pues ahora somos colegas —dijo Nuño, pero Yonah sacudió la cabeza.

—Hay dos hombres con los que siempre estaré en deuda —declaró—. Ambos se llaman Fierro y siempre serán mis maestros.

31

Una dura jornada de trabajo

Pocas semanas después del examen, Nuño le traspasó a Yonah varios de sus pacientes. Día a día, Yonah se iba sintiendo cada vez más seguro.

A finales de febrero, Nuño le dijo que estaba a punto de celebrarse en Zaragoza la reunión anual de los médicos de Aragón.

—Conviene que asistas a la reunión; tienes que conocer a tus colegas —le dijo a Yonah.

Ambos organizaron sus actividades de tal forma que pudieran asistir a la reunión.

Cuando llegaron a la posada, encontraron a siete médicos bebiendo vino y comiendo pato asado aderezado con ajo. Pedro de Calca y Miguel de Montenegro los saludaron cordialmente, y Nuño se alegró de poder presentar a Yonah a los otros cinco médicos de la zona. Cuando terminaron de comer, Calca disertó acerca del papel del pulso en la enfermedad. A Yonah le pareció que la disertación no estaba muy bien preparada y le preocupó que uno de los hombres que lo había examinado pronunciara una conferencia tan deficiente.

Pero, cuando Calca terminó, los demás médicos patearon el suelo aparentemente complacidos y, al preguntar éste si alguien tenía alguna pregunta, nadie se atrevió a levantarse.

Yonah se había quedado de una pieza al oír que Calca decía que había tres clases de pulso: el fuerte, el débil y el irregular. ¿Y si lo contradigo?, se preguntó, dolorosamente consciente de su falta de experiencia. Aun así, no pudo resistir la tentación y levantó la mano.

—¿Sí, señor Callicó? —dijo Calca con expresión burlona.

—Quisiera añadir, mejor dicho, señalar... que, según Avicena, existen nueve clases de pulso. El primero de ellos, es un pulso pausado y regular, que es señal de un saludable equilibrio. Otro pulso regular todavía más fuerte que es señal de un corazón pujante. Un pulso débil que es justo lo contrario y denota falta de fuerza. Y distintas variedades de debilidad, uno largo y otro corto, uno angosto y otro ancho, uno superficial y otro profundo.

Al terminar, observó consternado que Calca lo estaba mirando con rabia. Después advirtió que Nuño, sentado a su lado, trataba de levantarse con gran esfuerzo.

—Cuánto me alegro de que, en nuestra reunión, tengamos a un nuevo médico recién salido del estudio de los libros y a un curtido profesional que sabe muy bien que, en el tratamiento cotidiano de los pacientes, la experiencia y la sabiduría duramente adquirida simplifican las reglas de nuestro arte.

Se oyeron unas risas y unos renovados pateos mientras Calca, ablandado por las palabras de Nuño, esbozaba una sonrisa. Yonah sintió que la sangre le encendía las mejillas mientras volvía a sentarse.

Al llegar a casa, protestó sin poder contenerse.

—¿Cómo habéis podido hablar así, sabiendo que Calca estaba equivocado y yo tenía razón?

—Porque Calca es justo la suerte de hombre capaz de acudir a la Inquisición y acusar a un compañero de herejía en caso de que éste le provoque en demasía, cosa que todos los médicos presentes en la reunión han comprendido de inmediato —contestó Nuño—. Rezo para que llegue el día en que en nuestra España un médico pueda discutir y discrepar públicamente de otro con impunidad y seguridad, pero este día aún no ha llegado y no ha de llegar mañana.

Yonah comprendió que había sido un necio y se disculpó en voz baja con su maestro, dándole las gracias. Nuño no se había tomado el incidente a la ligera.

—Viniste a mí sabiendo los peligros que corrías por causa de tu religión. Tienes que andarte con cuidado con ciertos aspectos de nuestro oficio que podrían provocar un desastre. —De repente, el anciano médico miró con una sonrisa a Yonah—. Además, no fuiste enteramente preciso en tus observaciones. En las páginas traducidas del *Canon* que me has dado, Avicena dice que hay diez clases de pulso distintas... ¡pero después sólo enumera nueve! También escribe que las sutiles diferencias entre los pulsos sólo son útiles para los médicos expertos. Muy pronto descubrirás que esta descripción sólo se puede aplicar a muy pocos de los hombres con quienes hoy hemos compartido el pan.

Tres semanas más tarde, Nuño sufrió un grave ataque. Estaba subiendo a su habitación cuando un intenso y repentino dolor en el pecho lo dejó debilitado y jadeando, de tal forma que tuvo que sentarse para no sufrir una peligrosa caída. Yonah había salido a visitar a unos pacientes y se encontraba en el establo, desensillando el tordo árabe, cuando una alterada Reyna abrió la puerta.

—Está muy grave —le dijo Reyna, y Yonah corrió a la casa con ella.

Entre los dos consiguieron acostar a Nuño en la cama, donde éste, empapado en sudor, empezó a enumerar los síntomas con la voz entrecortada por el esfuerzo, como si estuviera examinando a un paciente y le estuviera dando una lección a Yonah.

—El dolor es... sordo, no... agudo. Pero intenso. Muy intenso...

Cuando Yonah le tomó el pulso, lo percibió tan irregular que se asustó. Las pulsaciones parecían producirse como a borbotones y sin un ritmo determinado. Le dio a Nuño un poco de alcanfor con licor de manzana para mitigar el dolor, pero éste tardó casi cuatro horas en desaparecer. Por la noche acabó desapareciendo y dejó a Nuño muy debilitado.

Pero estaba tranquilo y podía hablar. Le dijo a Reyna que matara una gallina y le preparara un caldo para la cena, y después se sumió en un profundo sueño. Yonah se pasó un buen rato observándolo y lamentó las limitaciones de su profesión, pues hubiera deseado hacer todo lo posible con tal de curar a Nuño, pero no tenía ni la más remota idea de lo que hubiera podido hacer.

Al cabo de tres días Nuño pudo bajar lentamente los peldaños de la escalera con la ayuda de Yonah para sentarse en su silla durante el día. Yonah abrigó esperanzas durante diez días, pero, al finalizar la segunda semana, comprendió que la situación era grave. Nuño tenía el pecho congestionado y las piernas hinchadas. Al principio, Yonah trató de levantarle la cabeza y el tórax durante la noche, colocándole varias almohadas en la espalda. Pero muy pronto la hinchazón de las piernas y las dificultades respiratorias se intensificaron y Nuño no quiso moverse de su silla junto al fuego. Por la noche, Yonah se tendía en el suelo junto a él, prestando atención a su afanosa respiración.

Al llegar la tercera semana, los síntomas de la enfermedad terminal ya eran inequívocos. El líquido que borbotaba en sus pulmones parecía haberse extendido a todos los tejidos del cuerpo hasta conferirle la apariencia de un hombre obeso, con unas piernas que parecían postes y un vientre colgante que se doblaba bajo su propio peso. Nuño procuraba no hablar, pues el simple hecho de respirar le suponía un esfuerzo, pero, al final, le dio unas instrucciones a Yonah con la voz quebrada por los jadeos.

Deseaba que lo enterraran en la cumbre de la colina de su hacienda. Y no quería que se colocara ninguna lápida.

Yonah se limitó a asentir con la cabeza.

—Mi testamento. Quiero que... lo escribas.

Yonah fue por tinta, pluma y papel y Nuño le fue dictando las cláusulas.

A Reyna Fadique le dejaba los ahorros de su carrera de médico.

A Ramón Callicó le dejaba sus tierras y hacienda, sus libros de medicina, sus instrumentos quirúrgicos y el cofre de cuero con las pertenencias de su difunto hermano Manuel Fierro.

Yonah fue incapaz de oírlo sin protestar.

—Eso es demasiado. Yo no necesito...

Nuño cerró los ojos.

—No tengo parientes... —dijo y, con un gesto de su débil mano, dio por zanjado el asunto. Tomó la pluma que Yonah le ofrecía y firmó con un garabato.

—Otra cosa. Tienes... que examinarme.

Yonah sabía lo que Nuño quería decir, pero no se creía capaz de hacerlo. Una cosa era cortar la carne de unos desconocidos mientras su maestro lo iniciaba en los secretos de la anatomía, y otra muy distinta profanar el cuerpo de Nuño.

Un destello se encendió en los ojos de Nuño.

—¿Quieres ser como Calca... o más bien como yo?

Lo que él quería era poder cumplir la voluntad de aquel moribundo.

—Como vos. Os amo y os doy las gracias. Os lo prometo.

Nuño murió sentado en su silla entre la lluviosa oscuridad del 17 de enero de 1507 y el grisáceo amanecer del 18.

Sentado en su catre, Yonah se pasó un buen rato contemplándolo. Después se levantó, besó la todavía cálida frente de su maestro y le cerró los ojos.

A pesar de su fuerza y su estatura, Yonah se tambaleó bajo el peso que llevaba cuando trasladó el cuerpo al establo, donde cumplió los deseos del difunto como si estuviera oyendo su voz.

Primero tomó la pluma y el papel para anotar todo lo que había observado antes del fallecimiento. Describió la tos y los esputos sanguinolentos; las venas del cuello, hinchadas y palpitantes; la piel, que a veces adquiría un tinte violáceo; el corazón, que latía con tanta irregularidad y rapidez como un ratón cuando corre; la rápida, ruidosa y afanosa respiración, y la blanda hinchazón de la piel.

Tras haber terminado de escribir, tomó uno de los escalpelos que había hecho Manuel Fierro y, por un breve instante, estudió el rostro de Nuño, tendido sobre la mesa.

Cuando le abrió el pecho, observó que el aspecto del corazón era distinto del de los restantes corazones que él y Nuño habían examinado. Presentaba una zona ennegrecida en la superficie exterior, como si el tejido estuviera quemado. Cuando lo cortó, observó el extraño aspecto de las cuatro cámaras. En el lado izquierdo, una parte de una de las cámaras estaba ennegrecida y corroída, justamente la parte de la zona dañada que se extendía hasta el exterior. Para poder estudiarla, tuvo que eliminar la sangre con unos lienzos. Dedujo que el corazón no podía bombear debidamente la sangre porque, al parecer, ésta se había quedado atascada en las dos cámaras de la izquierda y en algunas venas adyacentes. Sabía por el *Canon* de Avicena que, para mantener la vida, el corazón necesitaba bombear la sangre de tal forma que ésta llegara a todo el cuerpo a través de unas grandes arterias y de toda una red de venas que se hacían cada vez más finas hasta que finalmente se convertían en unos delgadísimos canales llamados «capilares». El maltrecho corazón de Nuño había destruido aquel sistema de distribución de la sangre y ello le había costado la vida.

Cuando cortó el hinchado tejido del vientre, descubrió que estaba húmedo, al igual que los pulmones. Nuño se había ahogado en sus propios líquidos. Pero ¿de dónde habían salido todos aquellos líquidos?

Yonah no tenía la menor idea.

Siguió todo el procedimiento que había aprendido a hacer: pesó los órganos y anotó los datos antes de volver a colocarlo todo en su sitio y coser a Nuño. Después lo limpió con jabón y con el agua del cubo que tenía al lado de la mesa, tal como su maestro le había enseñado a hacer, y añadió otras observaciones a su escrito. Sólo cuando hubo terminado del todo, volvió a entrar en la casa.

Reyna estaba preparando tranquilamente unas gachas, pero había comprendido que Nuño había muerto cuando vio la silla vacía.

—¿Dónde está?

—En el establo.

—¿Creéis que es mejor que vaya a verle?

—No —contestó Yonah.

Entonces ella lanzó un profundo suspiro y se santiguó, pero no protestó. Nuño le había dicho a Yonah que sus tres décadas de servicio a los médicos en aquella hacienda habían convertido a Reyna en una persona de absoluta confianza que sabía muy bien lo que ocurría allí dentro. Pero Yonah no la conocía demasiado y temía que lo denunciara.

—Os serviré unas gachas.

—No. No tengo apetito.

—Hoy vais a tener muchas cosas que hacer —advirtió Reyna con serenidad, al tiempo que llenaba dos cuencos.

Ambos se sentaron juntos y comieron en silencio. Cuando terminó, Yonah le preguntó a Reyna si había alguna otra persona cuya presencia Nuño hubiera deseado en su entierro y ella sacudió la cabeza.

—Sólo nosotros dos —contestó.

Yonah salió fuera y se puso a trabajar.

En una de las cuadras había unas tablas de madera aserradas bastante antiguas, pero todavía en buen estado. Yonah midió el cuerpo de Nuño con un trozo de cuerda y cortó la madera a la medida. Tardó casi toda la mañana en hacer el ataúd. Le preguntó a Reyna si había clavos en algún sitio y ella fue a buscarlos.

Después tomó una pala y una azada, subió a la cumbre de la colina y cavó un hoyo. El invierno ya había llegado a Zaragoza, pero la tierra no estaba helada y la tumba fue adquiriendo forma gracias a su esfuerzo. Habían transcurrido muchos años desde sus tiempos de peón y sabía que al día siguiente su cuerpo se lo recordaría. Trabajó despacio y con cuidado, alisó los lados y cavó tan hondo que tuvo que hacer un esfuerzo para salir, arrojando al interior del hoyo una lluvia de tierra y piedrecillas.

En el establo dobló los trapos ensangrentados, los guardó en un lienzo limpio y los colocó en el interior del ataúd, al lado de Nuño. Era la manera más segura de librarse de ellos. Mientras clavaba la tapa del ataúd, comprendió que era exactamente lo que Nuño hubiera querido que hiciera. Pero, a pesar de haber eliminado los trapos, tendría mucho trabajo para borrar todas las huellas de la disección.

El trabajo le llevó todo el día. Al anochecer, enganchó el caballo alazán de Nuño y el tordo árabe a la carreta de la granja. Reyna tuvo que ayudarlo a trasladar la pesada carga desde el establo.

Ambos hicieron un esfuerzo sobrehumano para bajar el ataúd a la fosa. Yonah tendió dos cuerdas a través del hoyo y ató los extremos para formar unos lazos que pasaban por unas recias estacas clavadas en el suelo. Cuando colocaron el ataúd sobre el hoyo, las cuerdas aguantaron, pero ellos tuvieron que soltar los lazos de las estacas y mantener las cuerdas en tensión desde ambos lados de la tumba para poder bajar poco a poco el ataúd. Reyna sujetaba uno de los lazos. Era fuerte y estaba acostumbrada al trabajo duro, pero, cuando el lazo se soltó finalmente de la estaca, perdió ligeramente el control de la otra cuerda y una esquina del ataúd se ladeó y se clavó en la parte lateral del hoyo.

—Tira con fuerza de la cuerda —indicó Yonah, hablando con más serenidad de la que sentía.

Pero ella ya había empezado a hacerlo antes de que él se lo dijera. El ataúd aún no estaba bien nivelado, pero no se produjo ningún desastre.

—Da un paso al frente —dijo Yonah, y ambos lo hicieron.

De esta manera, paso a paso, fueron avanzando para bajar el ataúd hasta que éste alcanzó el fondo.

Yonah consiguió sacar una de las cuerdas, pero la otra quedó enganchada debajo de la caja. Quizás el lazo había quedado prendido en una raíz; tras tirar con fuerza varias veces, arrojó el extremo de la cuerda al interior del hoyo.

Reyna rezó un padrenuestro y un avemaría y lloró muy quedo, como si se avergonzara de su dolor.

—Lleva los caballos al establo —le dijo dulcemente Yonah—. Después, regresa a la casa. Yo terminaré.

Reyna era una mujer del campo que sabía manejar los

caballos, pero Yonah esperó a que el carro se encontrara a media ladera antes de tomar la pala. Recogió la primera tierra con la pala al revés, siguiendo la costumbre judía que simbolizaba el dolor de enterrar a alguien a quien se echará amargamente de menos. Después tomó la pala con la concavidad hacia arriba y la hundió en el montón de tierra, soltando un gruñido. Al principio, la lluvia de tierra producía un sonido hueco sobre la madera, pero muy pronto el sonido se amortiguó cuando la tierra empezó a caer sobre más tierra.

El hoyo aún estaba a medio llenar cuando cayó la noche, pero la blanca luna que brillaba en el cielo le permitió ver lo suficiente como para poder seguir trabajando, con alguna que otra pausa para descansar.

Ya casi había terminado cuando Reyna volvió a subir a la cumbre de la colina. Se detuvo antes de llegar al lugar donde él se encontraba.

—¿Cuánto vais a tardar? —le preguntó.

—Ya falta poco —contestó Yonah.

Sin decir nada, Reyna dio media vuelta y regresó a la casa.

Tras haber cubierto la tumba con un montículo, Yonah se apoyó la mano en la cabeza descubierta y rezó el *kaddish* de los difuntos. Después llevó de nuevo la azada y la pala al establo. Al entrar en la casa, vio que Reyna ya se había retirado a su dormitorio. Había colocado la bañera de cobre delante del fuego de la chimenea. El agua que contenía aún estaba caliente y había otras dos ollas sobre el fuego. En la mesa había dejado vino, pan, queso y aceitunas.

Yonah se desnudó junto al fuego, dejó la ropa, sucia y sudada, amontonada en el suelo y se sentó en cuclillas en la bañera con un trozo de jabón en la mano. Pensaba en Nuño, en su sabiduría y tolerancia, en su amor por la gente a la que atendía y en su entrega a la práctica de la medicina; en su amabilidad para con el maltrecho joven que había entrado en su vida; en el cambio que Nuño Fierro había operado en la vida de Yonah Toledano. Muchos, muchos pensamientos... hasta que se dio cuenta de que el agua se estaba enfriando y entonces empezó a lavarse.

32

El médico solitario

A la mañana siguiente subió a la colina y limpió el sepulcro a la luz del día. Cerca de allí había un roble joven que le recordó el árbol que había crecido sin que nadie lo plantara en el lugar de descanso de su padre. Lo arrancó cuidadosamente y lo trasplantó a la suave tierra de la sepultura de Nuño. El árbol era pequeño y carecía de hojas, pero, cuando hiciera más calor, crecería.

—Tenéis que comunicarlo a los sacerdotes —le dijo Reyna— y dar dinero a la iglesia para que recen una misa por su alma inmortal.

—Primero observaré siete días de luto en el interior de esta casa —contestó Yonah—. Después se lo comunicaré a los sacerdotes e iremos a la iglesia para la misa.

La religiosidad de Reyna era muy superficial y sólo se había despertado ante la solemnidad de la muerte, por lo que ésta se encogió de hombros y le dejó que hiciera lo que quisiera.

Yonah era consciente de no haber llorado debidamente la muerte de su padre. Nuño había sido como un padre para él y quería expresarle su respeto, siguiendo las costumbres que recordaba. Rasgó una de sus prendas, caminaba descalzo por la casa, cubrió el pequeño espejo con un lienzo y recitaba el *kaddish* en memoria de Nuño por la mañana y por la noche, tal como hubiera hecho un hijo por su padre.

Tres veces durante aquella semana acudieron personas a la casa, pidiendo atención médica; en una ocasión Yonah acompañó a un hombre al consultorio del establo y le entablilló una muñeca torcida y dos más acudió a visitar a unos enfermos. También visitó las casas de cuatro pacientes que precisaban de sus cuidados, pero, al regresar a la hacienda, reanudaba su duelo.

Después de la semana de *shiva* y de la celebración de la misa por Nuño, Yonah sintió que su existencia le resultaba ajena y se vio obligado a establecer nuevas normas.

Reyna esperó una semana antes de preguntarle por qué razón seguía durmiendo en el catre del cuarto pequeño, ahora que era el amo de la casa. El dormitorio de Nuño era la mejor estancia de la casa, con dos ventanas, una que daba al sur y otra que daba al este. La cama, de madera de cerezo, era grande y cómoda.

Ambos examinaron juntos las pertenencias del difunto maestro. La ropa de Nuño era de buena calidad, pero había sido más bajo y más grueso que Yonah. Reyna era muy hábil con la aguja y dijo que le arreglaría algunas prendas a su medida.

—Será hermoso que llevéis algo suyo de vez en cuando y que penséis en él.

Lo que Yonah no pudo aprovechar, Reyna lo apartó a un lado, señalando que lo llevaría a su pueblo, donde la ropa sería recibida con gratitud.

Cuando Yonah ocupó finalmente el dormitorio de su difunto maestro, fue la primera vez que pasó la noche en una cama desde que había huido de Toledo. A las dos semanas, empezó a experimentar una sensación de propiedad; la casa y las tierras se habían convertido en parte de sí mismo y él apreciaba el lugar como si hubiera nacido allí.

Varios pacientes le manifestaron su tristeza por la muerte de Nuño.

—Siempre fue un buen médico y nosotros le teníamos mucho aprecio —dijo Pascual Cabrera.

Pero tanto Cabrera como su mujer y, de hecho, casi todos los pacientes que acudían al consultorio se habían acostumbrado a Ramón Callicó durante sus largos años de aprendizaje, estaban muy satisfechos de su trato y él tardó mucho menos en acostumbrarse al solitario ejercicio de la medicina que a la cama. En realidad, no se sentía solo como médico. Cuando atendía a algún paciente difícil, oía varias voces en su mente, entre ellas, la de Avicena, la de Galeno y la de Borgognoni. Pero la voz que dominaba por encima de todas las demás era la de Nuño, diciéndole: «Recuerda lo que escribieron los grandes y las cosas que yo te enseñé. Y después examina al paciente con tus propios ojos, huele al paciente con tu nariz, toca al paciente con tus manos y utiliza el sentido común para decidir lo que hay que hacer.»

Él y Reyna se habían adaptado a una serena y un tanto cohibida rutina. En casa, Yonah se dedicaba a leer las obras de la pequeña biblioteca médica o bien a trabajar en su traducción mientras Reyna se ocupaba de las tareas domésticas, procurando no molestarlo.

Varios meses después de la muerte de Nuño, mientras Yonah permanecía sentado al amor de la lumbre y ella le volvía a llenar el vaso de vino, Reyna preguntó:

—¿Queréis que mañana os prepare algo especial para comer?

Envuelto por los vapores del vino y el calor del fuego, Yonah contempló a la fiel servidora como si ésta no le hubiera conocido desesperado y sin hogar y él siempre hubiera sido el señor de la hacienda.

—Te agradeceré que me prepares un pollo hervido, aderezado con especias.

Ambos se miraron mutuamente, pero Yonah no pudo adivinar lo que la criada estaba pensando. Sin embargo, ella inclinó la cabeza y aquella noche acudió por primera vez a su dormitorio.

Reyna era mayor que él, tal vez unos veinte años. Su negro cabello estaba entremezclado con algunas hebras de plata, pero su cuerpo se conservaba firme como consecuencia de un duro trabajo que le había impedido convertirse en una vieja antes de hora. La servidora se mostró más que dispuesta a compartir su cama. De vez en cuando, la criada hacía un comentario que inducía a Yonah a pensar que, cuando era más joven, también había compartido el lecho de Gabriel Montesa, el médico judío de Nuño. Como si fuera un objeto que formara parte de la propiedad. Yonah comprendió entonces que el hecho de tener el cuerpo de un hombre la hacía sentirse viva y el destino había querido que sirviera ella sola a tres hombres con los que, con el tiempo, se había encariñado.

Sin embargo, durante el día, Reyna se mostraba tan respetuosa y comedida con Yonah como siempre se había mostrado con Nuño.

Yonah no tardó en sentirse profundamente a gusto con el trabajo que tantas satisfacciones le deparaba, los suculentos platos que ella le cocinaba y la soltura con la cual ambos se acostaban regularmente en la espaciosa cama de madera de cerezo.

Cuando recorría sus tierras, Yonah lamentaba que éstas no se aprovecharan debidamente, pero no tenía en proyecto mejorarlas por la misma razón por la que no lo habían hecho sus anteriores propietarios: no convenía que los peones del lugar vieran que el establo anexo a la casa no sólo contenía un consultorio y una mesa quirúrgica, sino que se usaba también de vez en cuando para la práctica de estudios anatómicos que algunos hubieran podido calificar de actos de brujería.

Por consiguiente, cuando llegó la primavera, sólo cultivó la parte de las tierras que podía atender con sus propias manos durante el tiempo de que disponía. Colocó tres colmenas para producir miel, podó unos cuantos olivos y árboles frutales, y los abonó con el estiércol de los caballos. Más tarde, el vergel les dio la primera cosecha de frutos para la cocina y la mesa. Aquella vida permitía que Yonah disfrutara con la alternancia de las estaciones.

No se atrevía a manifestar abiertamente su condición de judío, pero, al llegar la víspera del *Sabbath*, siempre encendía dos velitas en su habitación y rezaba en voz baja la oración: «Bendito eres Tú, nuestro Dios y Señor, Rey del Universo, que nos has santificado con tus mandamientos y nos has ordenado encender las velas del *Sabbath*.»

La medicina llenaba su vida casi como si fuera una religión que podía practicar en público, al tiempo que trataba de conservar su existencia interior como judío. La traducción le había ayudado a recuperar la práctica del idioma hebreo, pero había perdido la capacidad de rezar según la tradición de su padre. Sólo recordaba algunos fragmentos de oración. Había olvidado incluso la estructura de la ceremonia del *Sabbath*. Recordaba, por ejemplo, que la parte de la ceremonia que exigía orar de pie —la *amidah*— estaba integrada por dieciocho Bendiciones. Pero por mucho que lo intentara, presa de la rabia y la exasperación, sólo conseguía recordar diecisiete. Por si fuera poco, una de las plegarias que recordaba le causaba una profunda turbación. La decimosegunda Bendición era una súplica de destrucción de los herejes.

Cuando en su infancia se había aprendido de memoria las oraciones en casa de su padre, no había prestado excesiva atención a su significado. Sin embargo, en sus circunstancias, bajo la siniestra sombra de la Inquisición que trataba de destruir a los herejes, aquella plegaria se le clavaba como una flecha en el corazón.

¿Significaba que, si los judíos estuvieran en el poder en lugar de la Iglesia, ellos también utilizarían a Dios para destruir a los no creyentes? ¿Era inevitable que el poder religioso absoluto llevara aparejada una absoluta crueldad?

«Ha-Rakhaman, Padre Nuestro del Cielo, único Dios de todos, ¿por qué permites que se cometan tantas matanzas en tu Nombre?»

Yonah estaba seguro de que los antiguos que habían compuesto las Bendiciones debían de ser hombres piadosos y eruditos. Sin embargo, el autor de la decimosegunda Bendición no la hubiera escrito de haber sido el último judío de España.

Un día, en un montón de baratijas sin ningún valor, detrás del cual permanecía sentado un mendigo en la plaza Mayor, Yonah vio un objeto que le cortó la respiración.

Era una copa de pequeño tamaño. La clase de copa del *kiddush*, utilizada para la bendición del vino, que su padre había hecho para tantos clientes suyos judíos. Primero hizo el esfuerzo de examinar otras cosas: un bocado de acero tan doblado que no hubiera podido encajar en la boca de un caballo, una bolsa sucia de trapo, un avispero todavía prendido en un trozo de rama.

Cuando dio la vuelta a la copa vio con decepción que no era una de las que había hecho su padre, pues carecía de la marca HT que Helkias Toledano grababa en la base de todas las que salían de su taller. Seguramente era obra de un platero de la región de Zaragoza y sin duda habría sido abandonada o cambiada por otra cosa en la época de la expulsión.

Al parecer, nadie la había limpiado desde entonces, pues estaba ennegrecida por la suciedad y el deslustre de los años, y su superficie aparecía llena de arañazos.

Sin embargo, a pesar de todo, era una copa de *kiddush* y él deseaba tenerla. Sin embargo, un terrible temor le impedía comprarla: era un objeto que sólo podía llamar la atención de un judío. A lo mejor, la habían colocado entre las restantes baratijas del mendigo a modo de anzuelo para que, cuando un judío la viera y la comprara, unos ojos condenatorios tomaran nota de la identidad del comprador.

Saludó con la cabeza al mendigo y se alejó para rodear la plaza lentamente, examinando todos los portales, tejados y ventanas para ver si alguien estaba al acecho.

Al no ver a nadie que pareciera observarle, regresó junto al mendigo y empezó a rebuscar entre las cosas. Eligió media docena de objetos que no le interesaban y no le servirían de nada e incluyó la copa, cuidando de hacer el habitual regateo sobre el precio.

Cuando llegó a casa, limpió con amoroso cuidado la copa de *kiddush*. La superficie presentaba varios profundos arañazos que no pudo eliminar por más que frotó, pero el objeto no tardó en convertirse en una de sus más preciadas posesiones.

El otoño de 1507 fue húmedo y frío. En todos los lugares públicos se oía toser a la gente y Yonah trabajaba largas horas, muchas veces aquejado de la misma molesta tos que atormentaba a sus pacientes.

En octubre lo mandaron llamar a la casa de doña Sancha Berga, una cristiana vieja que vivía en una espaciosa casa lujosamente amueblada de uno de los mejores barrios de Zaragoza. Su hijo adulto, don Berenguer Bartolomé, y su hija Mónica, casada con un noble de Aragón, estaban presentes cuando Yonah la examinó. La mujer tenía otro hijo: Geraldo, un mercader de Zaragoza.

Doña Sancha era viuda de un famoso cartógrafo, un tal Martín Bartolomé. Era una mujer delgada e inteligente de setenta y cuatro años. No daba la impresión de estar gravemente enferma, pero, debido a su edad, Yonah le recetó vino con agua caliente, que debería beber cuatro veces al día con un poco de miel.

—¿Tenéis alguna otra molestia, señora?

—Sólo en los ojos. Mi vista es cada vez más débil —contestó doña Sancha.

Yonah descorrió los cortinajes de la ventana para que entrara la luz en la estancia y acercó el rostro al de la mujer. Primero le levantó los párpados uno tras otro, y observó la ligera opacidad del cristalino.

—Es una enfermedad llamada catarata —le dijo.

—La ceguera en la vejez es hereditaria en mi familia. Mi madre estaba ciega cuando murió —dijo doña Sancha en tono resignado.

—¿Y no se puede hacer nada contra esta catarata? —preguntó el hijo.

—Sí, existe un tratamiento quirúrgico que se llama «batir» y que consiste en empujar el cristalino empañado hacia abajo. En muchos casos se consigue mejorar la visión.

—¿Y vos creéis que eso me lo podrían hacer a mí? —preguntó doña Sancha.

Yonah se inclinó de nuevo hacia ella para volver a examinarle los ojos. Había efectuado aquella operación en tres ocasiones: una vez en un cadáver y dos veces en presencia de Nuño y siguiendo sus instrucciones. Además, se lo había visto hacer dos veces a su maestro.

—¿Veis algo en estos momentos?

—Veo, pero cada vez peor y temo la inminente ceguera —contestó la mujer.

—Creo que es posible realizarla, pero debo advertiros de que la mejora no será mucha. Mientras conservéis la vista, por imperfecta que ésta sea, esperaremos. La catarata es más fácil de eliminar cuando está madura. Tenemos que ser pacientes. Yo os iré examinando y os diré cuándo se tiene que llevar a cabo el procedimiento.

Doña Sancha le dio las gracias y don Berenguer lo invitó a tomar un vaso de vino en su biblioteca. Yonah dudó un poco.

Por regla general, evitaba en la medida de lo posible los peligrosos contactos sociales con los cristianos viejos, por temor a que éstos le pudieran hacer preguntas sobre su familia, las posibles relaciones eclesiales y los amigos comunes. Sin embargo, la invitación de don Berenguer había sido tan amable que le hubiera resultado difícil declinarla, por lo que, casi sin saber cómo, se encontró sentado delante de la chimenea de una preciosa estancia amueblada con una mesa de dibujo y otras cuatro grandes mesas cubiertas de cartas y mapas.

Don Berenguer estaba muy emocionado y esperanzado ante la posibilidad de que la vista de su madre pudiera mejorar.

—¿Podéis recomendarnos a un cirujano competente que pueda llevar a cabo la operación cuando madure la catarata? —preguntó.

—Yo mismo lo puedo hacer —dijo cautelosamente Yonah—. O, si lo preferís, creo que el señor Miguel de Montenegro sería una excelente elección.

—¿Sois cirujano además de médico? —dijo asombrado don Berenguer, mientras escanciaba el vino de una pesada jarra de cristal.

Yonah le miró sonriendo.

—Lo mismo que el señor Montenegro. Es cierto que casi todos los médicos se concentran en la cirugía o en la medicina. Pero hay algunos que destacan en ambas prácticas y las combinan. Mi difunto maestro y tío, el señor Nuño Fierro, creía que muchos cirujanos consideran erróneamente que el único tratamiento eficaz es el cuchillo, mientras que muchos médicos confían exclusivamente en los remedios, incluso en los casos en que está indicada la cirugía.

Don Berenguer asintió con aire pensativo mientras le ofrecía un vaso a Yonah. Era un excelente vino añejo, la clase de cosecha propia de una familia aristocrática. Yonah no tardó en relajarse y sentirse a gusto, pues su anfitrión no le hizo ningún tipo de pregunta indiscreta.

Don Berenguer le explicó que era cartógrafo, tal como habían sido su padre y su abuelo.

—Mi abuelo Blas Bartolomé trazó los primeros mapas científicos de las aguas costeras españolas —explicó—. Por el contrario, mi padre estaba especializado en mapas fluviales, mientras que yo me conformo con hacer incursiones en nuestras cordilleras montañosas para medir las altitudes y señalar los senderos y los pasos.

Mientras su anfitrión le mostraba sus numerosos mapas y los estudiaba con él, Yonah se olvidó de sus temores y le confesó que, durante un breve período de su juventud, había sido marino, y le mostró en los mapas sus travesías marítimas y fluviales, reconfortado por el buen vino y por la compañía de un hombre interesante que intuía podía llegar a convertirse en su amigo.

33

El testigo

En la primera semana de abril se presentó un hombre de la oficina del alguacil de Zaragoza para comunicar a Yonah que se requería su comparecencia como testigo ante el Tribunal Municipal «en un juicio que se celebraría el jueves, dentro de quince días».

La víspera del juicio, Yonah bajó a la planta baja de la casa mientras Reyna se estaba bañando delante de la chimenea. Tomó la olla de agua caliente del fuego y, mientras la echaba en la bañera, le comentó la citación que había recibido.

—Es acerca de los dos muchachos —le dijo.

El caso ya era famoso en la comarca. Una mañana de pleno invierno, dos muchachos de catorce años que se conocían desde su más tierna infancia habían discutido a propósito de un caballito de madera. Los muchachos, Oliverio Pita y Guillermo de Roda, llevaban años jugando con él; unas veces lo guardaba uno de ellos en su casa y otras lo guardaba el otro. El juguete estaba cubierto de arañazos y se encontraba muy maltrecho, pero un día los muchachos discutieron por su posesión.

Cada uno lo consideraba una propiedad que había compartido de buen grado con el otro.

Tal como suele ocurrir en tales casos, de las palabras se pasó a las manos. Si hubieran tenido más años, la disputa se hubiera podido convertir en un desafío y un duelo, pero ellos se limitaron a los puñetazos y los insultos. La situación se agravó cuando los progenitores de cada uno de los muchachos alegaron recordar que el caballito era propiedad de su familia.

Cuando se volvieron a ver, los muchachos se arrojaron mutuamente piedras. Oliverio tenía mucho mejor puntería que su amigo y no sufrió el menor daño, mientras que muchas de las piedras que le arrojó a Guillermo dieron en el blanco y una de ellas le hirió la sien derecha. Cuando éste se presentó en su casa con el rostro ensangrentado, su atemorizada madre mandó llamar al médico sin pérdida de tiempo; Yonah acudió a casa de los Roda y atendió al muchacho. El incidente hubiera podido olvidarse con el tiempo de no haber sido porque, algo más tarde, Guillermo contrajo unas fiebres y murió.

Yonah les explicó a los afligidos padres que Guillermo había muerto de una enfermedad contagiosa y no de la leve herida que había sufrido semanas atrás. En su dolor, Carmen de Roda acudió al alguacil y presentó una denuncia contra Oliverio Pita, afirmando que la dolencia se había declarado poco después de la lesión en la cabeza, por cuyo motivo Oliverio era el causante de la muerte de Guillermo. El alguacil había decretado la celebración de un juicio para averiguar si el muchacho podía ser acusado de homicidio.

—Es una tragedia —dijo Reyna, comprendiendo lo preocupado que debía de estar Yonah— y ahora el médico de Zaragoza se verá envuelto en ella. Pero ¿qué tenéis que temer vos en esta historia de los dos muchachos?

—Me ganaré la inquina de una poderosa familia de Zaragoza. Tal como ambos sabemos, los médicos pueden ser denunciados con carácter anónimo a la Inquisición. Yo no puedo enemistarme con los Roda.

Reyna asintió con la cabeza.

—Pero no os atreveréis a desobedecer la orden del alguacil.

—No. Y, por otra parte, es preciso hacer justicia. Sólo me queda una alternativa.

—¿Cuál? —preguntó Reyna mientras se enjabonaba un brazo.

—Presentarme y decir la verdad —suspiró Yonah.

El juicio se celebró en la pequeña sala de reuniones del piso superior del ayuntamiento, que ya estaba atestada cuando Yonah llegó.

José Pita y su mujer Rosa Menéndez miraron fijamente a Yonah cuando éste entró en la sala. Habían acudido a verlo poco después de que su hijo fuera acusado de la muerte de su amigo, y él les había dicho la verdad, tal y como la veía.

Oliverio Pita permanecía sentado solo, contemplando con sus grandes ojos al severo y temible magistrado que dio comienzo el juicio sin tardanza, golpeando la superficie de la mesa con el gran anillo de su cargo.

Alberto Porreño, el fiscal de la Corona a quien Yonah apenas conocía, era un hombre de baja estatura cuya cabeza parecía más grande de lo que era debido a su abundante mata de cabello negro. Su primer testigo fue Ramiro de Roda.

—Señor Roda, ¿vuestro hijo Guillermo de Roda, de catorce años, expiró el día 14 de febrero del año de Nuestro Señor de 1508?

—Sí, señor.

—¿De qué murió, señor Roda?

—De una piedra que le arrojaron con furia y que fue a darle en la cabeza; la herida le produjo una terrible enfermedad que lo llevó a la muerte. —José de Roda miró hacia el lugar donde estaba sentado Yonah—. El médico no pudo salvar a mi único hijo.

—¿Quién le arrojó la piedra?

—Él. —José de Roda extendió el brazo y señaló con el dedo—. Oliverio Pita.

El muchacho, con el rostro muy pálido, clavó los ojos en la mesa que tenía delante.

—Y vos, ¿cómo lo sabéis?

—Lo vio nuestro común vecino el señor Rodrigo Zurita.

—¿Está presente el señor Zurita? —preguntó el fiscal. Al ver que un hombre delgado de blanca barba levantaba la mano, el fiscal se acercó a él—. ¿Cómo visteis a los dos muchachos arrojándose mutuamente piedras?

—Estaba sentado delante de mi casa, calentándome los huesos al sol. Lo vi todo.

—¿Qué visteis?

—Vi al hijo de José Pita, el mozo de allí, arrojar la piedra que golpeó al pobre Guillermo, con lo bueno que era el pobrecillo.

—¿Visteis dónde lo alcanzó?

—Sí. Le alcanzó en la cabeza —contestó el hombre, tocándose el entrecejo—. Lo vi con toda claridad. Fue un golpe tan fuerte que vi salir sangre y pus de la herida.

—Gracias, señor.

Después el fiscal Porreño se acercó a Yonah.

—Señor Callicó, ¿vos atendisteis al muchacho después del incidente?

—En efecto.

—¿Y qué observasteis?

—No era posible que la piedra lo hubiera alcanzado de lleno —contestó Yonah con visible inquietud—. Más bien le rozó la sien derecha, justo por encima y delante de la oreja derecha.

—¿No... aquí? —le preguntó el fiscal, tocando el entrecejo de Yonah.

—No, señor. Aquí —contestó Yonah, tocándose la sien.

—¿Dedujisteis algo más del aspecto de la herida?

—Era una herida leve, casi un rasguño. Yo limpié la sangre reseca del rostro y del arañazo. Este tipo de heridas superficiales suelen sanar sin dificultad cuando se lavan con vino, por lo que yo empapé un lienzo con vino y le lavé la herida sin añadir ninguna otra cura.

»En aquel momento —añadió Yonah—, no pude por menos que pensar que Guillermo había tenido suerte, pues, si la piedra le hubiera dado un poco más a la izquierda, la lesión hubiera podido ser mucho más grave.

—¿No os parece grave una herida de la que mana sangre y pus?

Yonah lanzó un suspiro en su fuero interno, pero no tuvo más remedio que decir la verdad.

—No había pus —contestó, reparando en la mirada de furia del señor Zurita—. El pus no es algo que hay dentro del cuerpo y que brota cuando se rasga la piel. El pus suele aparecer después de la lesión, y se produce cuando la herida abierta sufre los efectos de los efluvios pútridos del aire procedentes de cosas tales como el estiércol o la carne podrida.

»No había pus en la herida cuando yo la vi, y tampoco vi ningún tipo de secreción cuando examiné a Guillermo tres semanas después. Para entonces, la herida ya tenía costra, estaba fría al tacto y no ofrecía mal aspecto. Le consideré casi curado.

—Sin embargo, dos semanas más tarde, el muchacho murió —dijo el fiscal.

—Sí, pero no a causa de la leve herida de la cabeza.

—¿De qué entonces, señor?

—De una áspera tos y unas mucosidades pulmonares que le provocaron una fiebre mortal.

—¿Y cuál fue la causa de la enfermedad?

—Lo ignoro, señor. Ojalá lo supiera. Un médico suele observar este tipo de enfermedad con lamentable frecuencia y algunos de los pacientes se mueren.

—¿Estáis seguro de que la piedra arrojada por Oliverio Pita no fue la causante de la muerte de Guillermo de Roda?

—Sin la menor duda.

—¿Queréis prestar juramento, señor médico?

—Sí.

Cuando le presentaron la Biblia del municipio, Yonah apoyó la mano en ella y juró que su declaración obedecía a la verdad.

El fiscal asintió con un gesto y pidió al acusado que se levantara. El magistrado advirtió al muchacho de que se enfrentaría con un rápido y severo castigo en caso de que sus acciones lo obligaran a comparecer de nuevo ante la justicia.

Golpeando por última vez la mesa con su pesado anillo, el magistrado decretó la libertad de Oliverio Pita.

—Señor —dijo José Pita, abrazado todavía a su lloroso hijo—. Siempre estaremos en deuda con vos.

—Me he limitado a declarar la verdad —contestó Yonah.

Salió de inmediato y se alejó a lomos de su caballo del centro de la ciudad, tratando de no pensar en la mirada de cólera que había visto en los ojos de Ramiro de Roda. Sabía que la familia Roda y sus amigos morirían creyendo que el joven Guillermo había muerto de una pedrada, pero él era consciente de haber declarado la verdad y se alegraba de haberlo hecho.

Desde el otro extremo de la calle, vio que se aproximaba una figura. Cuando la tuvo más cerca, empezó a distinguir los detalles.

Era un clérigo con hábito negro.

Un fraile muy alto.

Dios bendito, pensó, al reparar en la inconfundible joroba.

No había nadie más en las inmediaciones, nada que pudiera distraer la atención de ambos mientras el jinete y el viandante se acercaban. ¿Y si se limitara a pasar por el lado de fray Lorenzo de Bonestruca como si no lo conociera? No podía correr el riesgo de hacerlo, pues cabía la posibilidad de que Bonestruca lo recordara, pensó. Bonestruca era consciente de su aspecto y sabía que, cuando alguien lo había visto, no lo podía olvidar fácilmente.

—Buenos días os dé Dios —dijo cortésmente Yonah cuando ambos se cruzaron.

Bonestruca inclinó levemente la cabeza.

Antes de que el caballo de Yonah se hubiera alejado doce pasos, se oyó una voz.

—¡Señor!

Yonah dio media vuelta con su tordo árabe y regresó junto al fraile.

—Creo que os conozco, señor.

—Es cierto, fray Bonestruca. Nos conocimos hace unos años en Toledo.

Bonestruca hizo un gesto con la mano.

—Sí, en Toledo. Pero... ¿vuestro nombre...?

—Ramón Callicó. Fui a Toledo para entregar una armadura al conde de Tembleque.

—¡Sí, a fe mía, el aprendiz del armero de Gibraltar! He tenido ocasión de admirar la armadura del conde Vasca, de la cual él tan justamente se enorgullece. ¿Estáis en Zaragoza cumpliendo un encargo parecido?

—No, vivo aquí. Mi tío y maestro, el armero Manuel Fierro, murió. Yo vine a Zaragoza para trabajar como aprendiz de su hermano Nuño, que era médico.

—Por lo visto, tenéis muchos tíos —comentó Bonestruca, asintiendo con interés.

—Es cierto. Por desgracia, Nuño también ha muerto y ahora yo soy el médico de este lugar.

—El médico... Bien, en tal caso nos veremos de vez en cuando, pues yo he venido para quedarme.

—Confío en que os encontréis a gusto en Zaragoza, pues aquí en la ciudad abundan las buenas personas.

—¿De veras? Las buenas personas son un tesoro que no tiene precio. Pero yo he descubierto que, bajo una apariencia de rectitud, a menudo se oculta algo más oscuro y mucho menos halagüeño que la bondad.

—No me cabe la menor duda.

—Es agradable encontrar a un conocido cuando a uno lo arrancan de un lugar y lo envían a otro. Tenemos que volvernos a ver, señor Callicó.

—Por supuesto que sí.

—Por ahora, que Cristo sea con vos.

—Que Él os guarde, fray Bonestruca.

34

La casa del fraile

Fray Lorenzo de Bonestruca no había sido enviado a Zaragoza como recompensa o promoción, sino más bien como reprimenda y castigo. La fuente de sus males habían sido la difunta reina Isabel de España y el arzobispo Francisco Jiménez de Cisneros. Al ser nombrado arzobispo de Toledo en 1495, Cisneros había recabado la ayuda de la Reina para que ésta respaldara su campaña de reforma del clero español, que estaba hundido en el vicio y la corrupción. Los clérigos se habían acostumbrado a una vida de molicie y opulencia; eran dueños de vastas extensiones de tierra, tenían criados y amantes, y vivían rodeados de lujos.

Cisneros e Isabel se repartieron la tarea. Ella visitaba los conventos y utilizaba su rango y su poder para convencer y amenazar a las monjas, hasta que conseguía que regresaran al sencillo estilo de vida de la primitiva Iglesia cristiana. El arzobispo, vestido con un sencillo hábito pardo y montado en una mula, visitaba los monasterios, hacía inventario de sus riquezas, e instaba a los monjes a entregar a los pobres todo lo que no fuera esencial para su existencia cotidiana.

Fray Bonestruca había sido atrapado en la red de las reformas.

Bonestruca sólo había vivido cuatro años de celibato. En cuanto su cuerpo hubo experimentado la dulzura de la fusión con la carne femenina, sucumbió fácilmente y a menudo a la pasión sexual. A lo largo de los últimos diez años, su barragana había sido una mujer llamada María Juana Salazar, que le había dado tres hijos. Ésta era su mujer en todos los sentidos salvo en el nombre, y él no había tratado de mantener en secreto su presencia en su vida, pues se limitaba a imitar lo que hacían otros. Por esta razón, cuando la reforma empezó a dejar sentir su efecto, muchas personas conocían la situación de fray Bonestruca y María Juana Salazar. Primero le enviaron al anciano cura que había sido su confesor durante muchos años para que lo advirtiera de que los días de laxitud habían tocado a su fin y de que sólo podría sobrevivir por medio de la contrición y de un verdadero cambio de vida. Al ver que Bonestruca no prestaba atención a la advertencia, lo mandaron llamar a la Cancillería, donde Cisneros no se anduvo con rodeos.

—Tenéis que libraros de ella de inmediato, de lo contrario os haré sentir el peso de mi cólera.

Entonces Bonestruca decidió recurrir al sigilo y a los subterfugios. Envió a María y a sus hijos a un pueblo situado a medio camino entre Toledo y Tembleque, y no se lo comentó a nadie. Allí visitaba discretamente a su amante y a veces se pasaba varias semanas lejos de ella.

Pero un día la Cancillería lo volvió a llamar. En esta ocasión, cuando se presentó allí, lo recibió un fraile dominico, quien le comunicó que, por su desobediencia, lo iban a trasladar al oficio de la Inquisición de la ciudad de Zaragoza. Le ordenaban que partiera de inmediato hacia su nuevo destino.

—Y solo —le advirtió el clérigo con sorna.

Obedeció, pero, al finalizar su largo viaje, comprendió que lo que otros consideraban un castigo sería, en realidad, un medio para alcanzar la intimidad que necesitaba.

Casi un mes después de haberse tropezado con el inquisidor por la calle, un novicio vestido con un hábito pardo se presentó en casa de Yonah, diciéndole que fray Bonestruca deseaba que acudiera de inmediato a la plaza Mayor.

Al llegar, encontró a fray Bonestruca sentado a la sombra del único árbol que había en la plaza.

El fraile le hizo una seña al tiempo que se levantaba del banco.

—Os voy a conducir a un lugar. No digáis ni una sola palabra de lo que veáis o hagáis, so pena de incurrir en mi cólera. Y os aseguro que mi cólera puede ser terrible. ¿Habéis comprendido?

Yonah trató de tranquilizarse.

—Sí —contestó serenamente.

—Acompañadme.

El fraile iba a pie y Yonah lo seguía a caballo. Bonestruca volvió varias veces la cabeza para cerciorarse de que no los seguían. Al llegar a la orilla del río, el fraile se levantó el negro hábito para no mojarse al cruzar. Una vez vadeada la corriente, acompañó a Yonah a una pequeña finca muy bien cuidada, los marcos de cuyas ventanas demostraban bien a las claras que había sido sometida a recientes reformas. Bonestruca abrió la puerta y entró sin llamar. Yonah vio varias bolsas de tejido y de cuero, y una caja de madera sin abrir. Una mujer sostenía a un niño en brazos y otras dos criaturas se ocultaban a su espalda, sujetando su falda.

—Ésta es María Juana —dijo Bonestruca.

Yonah se quitó el sombrero.

—Señora.

Era una mujer regordeta y morena de cara en forma de corazón, grandes ojos oscuros y carnosos labios rojos. La leche de sus redondos pechos le había mojado la pechera del vestido.

—Es el médico Callicó —le dijo Bonestruca—. Visitará a Filomena.

El objeto de la preocupación del fraile era una niña que padecía fiebre y tenía la boca rodeada de llagas. Hortensia, la mayor, tenía siete años y su hermano de cinco años se llamaba Dionisio.

Yonah se compadeció al verlos. Las piernas de las dos niñas estaban deformadas y los tres hermanos presentaban la característica de los dientes separados que Nuño le había enseñado a Yonah a identificar.

Bonestruca le dijo a Yonah que los tres niños habían llegado hacía apenas dos días y estaban agotados e indispuestos tras el largo viaje con su madre desde Toledo.

—Sé que las llagas de Filomena se curarán. Recuerdo que sus hermanos también las tuvieron.

—¿Vos sois el padre de estos niños, fray Bonestruca?

—Por supuesto que sí.

—Cuando erais un muchacho... ¿padecisteis alguna vez la sífilis, el *malum venereum*?

—¿Acaso muchos jóvenes no contraen la sífilis tarde o temprano? Yo estaba todo cubierto de llagas y escamas. Pero, al cabo de algún tiempo, me curé y jamás he vuelto a tener ningún síntoma.

Yonah asintió discretamente con la cabeza.

—Bien pues... le habéis contagiado la sífilis a vuestra... a María Juana.

—Naturalmente.

—Y ella se la ha transmitido a vuestros hijos en el parto. La sífilis ha torcido las piernas de las niñas.

—Pues entonces... ¿por qué las piernas de mi hijo no lo están?

—La enfermedad afecta a las personas de muy distintas maneras.

—¡O sea que fue la sífilis lo que les torció las piernas! Yo creía que era una herencia de mi monstruoso cuerpo, a pesar de que ninguno de mis hijos ha nacido jorobado.

Yonah tuvo la sensación de que el fraile casi se alegraba de que la culpa de todo la tuviera la enfermedad y no su deforme cuerpo.

—Las llagas se curarán —dijo jovialmente Bonestruca.

Pero las piernas torcidas y los dientes separados no, pensó Yonah. Y quién sabía qué otras desgracias provocaría la sífilis en sus vidas.

Yonah terminó de examinar a los niños y recetó un ungüento para las llagas de la niña.

—Dentro de una semana volveré a visitarla —dijo.

Cuando Bonestruca le preguntó qué le debía, Yonah le

indicó el precio que solía cobrar por las visitas, cuidando de mantener un tono distante. No quería entablar relaciones de amistad con fray Bonestruca.

Al día siguiente, un tal Evaristo Montalvo acudió al consultorio de Yonah en compañía de su anciana esposa Blasa de Gualda.

—Está ciega, señor.

—Permitidme que la examine —dijo Yonah, quien acompañó a la mujer a la luz de la ventana.

Vio una nube en ambos ojos. Las nubes eran más extensas que las que había visto recientemente en los ojos de doña Sancha Berga, la madre de don Berenguer Bartolomé, y su densidad era tal que los cristalinos habían adquirido un color blanco amarillento.

—¿Me podéis ayudar, señor?

—No os lo puedo prometer, señora. Pero sí puedo intentarlo, si eso es lo que queréis. Tendría que recurrir a la cirugía.

—¿Hacerme un corte en los ojos?

—Sí, practicar una incisión. Padecéis lo que se llaman cataratas en ambos ojos. Los cristalinos se han empañado y os impiden la visión, de la misma manera que un postigo impide que la luz penetre a través de una ventana.

—Yo quiero volver a ver, señor.

—No volveréis a ver como cuando erais joven —le advirtió amablemente Yonah—. Aunque tengamos suerte, no podréis ver los objetos distantes, sólo lo que tengáis cerca.

—Pero eso me permitirá cocinar y puede que incluso coser, ¿verdad?

—Es posible... pero, si fallamos, os quedaréis ciega para siempre.

—Ahora ya lo estoy, señor. Por consiguiente, os ruego que probéis a hacerme... esta cirugía.

Yonah les dijo que regresaran a primera hora del día siguiente. Por la tarde preparó la mesa de operaciones y todas las cosas que iba a necesitar y por la noche se sentó junto a la lámpara de aceite y leyó varias veces lo que había escrito Teodorico Borgognoni acerca de la operación de cataratas.

—Voy a necesitar tu ayuda —le dijo a Reyna.

Levantándole los párpados, le explicó cómo quería que mantuviera abiertos los ojos de la paciente para que ésta no parpadeara.

—No sé si tendré valor para ver cómo le cortáis los ojos —musitó la criada.

—Puedes volver la cabeza si quieres, pero procura mantenerle abiertos los párpados. ¿Lo harás?

Reyna asintió con expresión dubitativa, pero declaró que lo intentaría.

A la mañana siguiente, cuando se presentó Evaristo Montalvo con Blasa de Gualda, Yonah le dijo al anciano que saliera a dar un largo paseo y después le administró a Blasa dos copas de un licor muy fuerte en el que habían disuelto unos polvos somníferos.

Él y Reyna ayudaron a la anciana a tenderse en la mesa y después la ataron con unas anchas correas de tejido resistente que le impedirían moverse, pero no se le clavarían en la carne, y le ataron las muñecas, los tobillos y la frente.

Yonah tomó el escalpelo más pequeño de la colección de Fierro y le hizo una seña a Reyna.

—Vamos allá.

Cuando Reyna levantó los párpados de la mujer, Yonah practicó unas minúsculas incisiones alrededor del cristalino del ojo izquierdo.

Blasa se estremeció.

—No tardaré mucho —la tranquilizó Yonah.

Utilizando la pequeña y afilada hoja a modo de punto de apoyo, inclinó el empañado cristalino y lo empujó hacia las regiones internas del globo ocular, donde no molestaría. Después repitió el mismo procedimiento con el ojo derecho.

Al terminar, le dio las gracias a Reyna y le dijo que ya

podía soltar los párpados de la paciente. A continuación, desataron a Blasa y le cubrieron los ojos con apósitos mojados con agua fría.

Al cabo de un rato, Yonah retiró los apósitos y se inclinó sobre la paciente. Sus ojos cerrados estaban llorando, por lo que él le secó suavemente las mejillas.

—Abrid los ojos, señora Gualda.

Los párpados se abrieron. Parpadeando a la luz, la mujer levantó la vista.

—Tenéis un rostro muy hermoso —dijo sonriendo.

Yonah confiaba en que Bonestruca no estuviera en la casa cuando acudió por segunda vez a la finca de la orilla del río, pero supo disimular su contrariedad cuando el fraile le abrió la puerta. Los tres niños, tras haber descansado de los rigores del viaje, ofrecían un aspecto más saludable y parecían más contentos. Yonah discutió la dieta con la madre, la cual comentó con indiferente orgullo que sus hijos estaban acostumbrados a comer carne y huevos en abundancia.

—Y yo estoy muy acostumbrado al buen vino —dijo alegremente Bonestruca— y ahora insisto en compartirlo con vos.

Estaba claro que no toleraría una negativa, por lo que Yonah lo acompañó a un estudio, donde tuvo que hacer un esfuerzo para no perder la compostura, pues el lugar albergaba reliquias de la guerra del fraile contra los judíos: un par de filacterias, un casquete y —algo increíble para Yonah— un rollo de la Torá.

En efecto, el vino era muy bueno. Yonah tomó un sorbo procurando no mirar la Torá. Contempló en su lugar al anfitrión que era su enemigo y se preguntó cuándo podría huir de la casa de aquel hombre.

—¿Sabéis jugar a las damas turcas?

—No. Jamás he oído hablar de las damas turcas.

—Es un juego excelente en el que hay que utilizar la inteligencia. Yo os enseñaré —dijo el fraile y, para gran disgusto de Yonah, se levantó y sacó de un estante un tablero que colocó en la mesita junto con dos bolsas de paño.

El tablero estaba dividido en cuadrados claros y oscuros, sesenta y cuatro, según Bonestruca. Cada bolsa contenía doce suaves piedrecitas; las de una de las bolsas eran de color negro mientras que las de la otra eran gris claro.

Bonestruca le entregó a Yonah las piedrecitas negras y le indicó que las colocara en los cuadrados oscuros de las dos primeras hileras del tablero mientras él hacía lo mismo con las grises en su lado del tablero.

—¡De esta manera hemos formado cuatro hileras de soldados y ahora estamos en guerra, señor!

El fraile le explicó que el juego consistía en mover una piedra hacia delante en sentido diagonal hacia un cuadrado contiguo vacío.

—El negro mueve primero. Si mi soldado se encuentra en un cuadrado contiguo vacío y tiene un espacio más allá, lo tenéis que capturar y eliminar. Los soldados siempre se mueven hacia delante, pero, cuando un héroe alcanza la fila posterior del adversario, se le corona rey, colocando encima de él otra pieza del mismo color. Esta pieza doble puede moverse hacia delante o hacia atrás, porque a un rey nadie le puede prohibir ir adonde quiera.

»Se conquista un ejército cuando se han capturado todos los soldados del adversario o se les ha bloqueado de tal manera que no se pueden mover. —Bonestruca volvió a colocar las piezas en su sitio—. ¡Y ahora, mi señor médico, venid por mí!

Jugaron cinco partidas. Yonah perdió rápidamente las primeras dos batallas, pero aprendió que no convenía mover las piezas al azar. Varias veces Bonestruca lo atrajo con engaño para que hiciera una jugada errónea, sacrificando uno de sus soldados para apoderarse de varios de los suyos. Al final, Yonah identificó las trampas y logró zafarse de ellas.

—¡Qué rápido aprendéis! —dijo el fraile—. Ya veo que pronto seréis un digno adversario.

Lo que Yonah vio fue que el juego exigía estudiar constantemente el tablero para tratar de intuir el propósito de los movimientos del adversario y calibrar las posibilidades que pudieran surgir. Observó que Bonestruca trataba constantemente de tenderle trampas. Al finalizar la quinta partida, ya había aprendido algunas de las defensas que se podían poner en práctica.

—Ah, mi señor, sois tan astuto como una raposa o un general —lo halagó Bonestruca, a pesar de que la agilidad de su mente le había permitido derrotar a Yonah sin dificultad.

—Tengo que irme —dijo Yonah a regañadientes.

—Pero tenemos que volver a jugar. ¿Mañana por la tarde o pasado mañana os parece bien?

—Me temo que todas las tardes las paso con los pacientes.

—Lo comprendo, sois un médico muy ocupado. ¿Y si nos reuniéramos aquí el miércoles por la noche? Venid cuanto antes, yo ya estaré aquí.

¿Por qué no?, pensó Yonah.

—Sí, vendré —aceptó.

Sería interesante analizar la mente de Bonestruca a través de su manera de jugar a las damas.

El miércoles por la noche Yonah regresó a la finca de la orilla del río, donde él y Bonestruca se sentaron en el estudio, cascando almendras y comiendo distintas variedades de carne mientras examinaban el tablero y hacían sus jugadas.

Yonah estudiaba el tablero y el rostro de su adversario, tratando de intuir los pensamientos del fraile, pero los rasgos de Bonestruca no le revelaban nada.

Cada partida que jugaba le permitía aprender un poco más acerca del juego de las damas y de Bonestruca.

Aquella noche jugaron cinco partidas, como en la primera ocasión.

—Ahora las partidas duran más —observó Bonestruca.

Al sugerir que volvieran a reunirse el miércoles de la semana siguiente y ver que Yonah aceptaba de buen grado, el fraile esbozó una sonrisa.

—Vaya, veo que el juego ha seducido vuestra alma.

—Sólo mi mente, fray Bonestruca.

—En tal caso, me centraré en vuestra alma durante las partidas, señor —dijo Bonestruca.

Yonah tardó otras dos veladas de juego en ganar su primera partida, pero después se pasó varias semanas sin volver a ganar. Más adelante, consiguió ganar algunas veces pero las partidas eran cada vez más reñidas y largas a medida que él iba comprendiendo las estrategias de Bonestruca.

Yonah pensó que Bonestruca jugaba a las damas tal como jugaba en la vida: amagando, simulando y jugueteando con su adversario. El fraile solía saludarle con una cautivadora y risueña amabilidad, pero él jamás se relajaba en su presencia, consciente de la oscuridad que lo acechaba.

—Estoy viendo que no tenéis una inteligencia privilegiada, mi señor médico —dijo despectivamente Bonestruca, tras haberle ganado fácilmente una partida.

Sin embargo, cada vez que se reunía para jugar, insistía en que Yonah regresara al cabo de unos días.

Yonah se concentraba en el objetivo de aprender a ganarle. Sospechaba que Bonestruca era un fanfarrón a quien el temor inducía a mostrarse poderoso, pero que probablemente sería vulnerable a alguien que supiera plantarle cara.

—A pesar del poco tiempo que llevo en Zaragoza, ya he conseguido desenmascarar a un judío —le dijo el fraile un miércoles por la noche justo cuando le ganaba un soldado.

—¿De veras? —replicó Yonah con fingida indiferencia, moviendo una de sus piezas para repeler el ataque.

—Sí, un judío descarriado que finge ser un cristiano viejo.

¿Le habría descubierto Bonestruca? ¿Lo llevaría ahora a la ruina? Yonah mantuvo los ojos clavados en el tablero. Movió un soldado hacia el cuadrado en el que le habían capturado el otro y capturó dos piezas de Bonestruca.

—Vuestra alma se alegra de capturar a un judío. Os lo noto en la voz —dijo, sorprendiéndose de la frialdad de su propia voz.

—Pensadlo bien. ¿Acaso no está escrito que quien siembra vientos recoge tempestades?

Que se fuera al infierno, pensó Yonah, levantando los ojos del tablero para mirar fijamente al fraile.

—¿Acaso no está escrito también que bienaventurados serán los misericordiosos, porque ellos alcanzarán misericordia?

Bonestruca sonrió. Se estaba divirtiendo.

—Así lo escribe el evangelista Mateo. Pero... reparad en esto otro. «Yo soy la resurrección y la vida. El que cree en mí, aunque haya muerto, vivirá. Y quienquiera que viva y crea en mí jamás morirá.» ¿No es acaso un acto de misericordia salvar un alma inmortal del fuego del infierno? Porque eso es lo que hacemos cuando reconciliamos las almas judías con Cristo por medio de las llamas. Acabamos con unas vidas de error y les otorgamos la paz y la gloria de la eternidad.

—¿Y si alguien rechaza esta reconciliación?

—Mateo nos advierte: «Si tu ojo te escandaliza, arráncatelo y arrójalo lejos de ti. Pues más te vale que perezca uno de tus miembros que no que todo tu cuerpo sea arrojado al fuego del infierno.»

Bonestruca esbozó una sonrisa y comunicó a Yonah que el judío que fingía ser un cristiano viejo estaba a punto de ser arrestado.

A lo largo de una noche de insomnio y de todo el día siguiente, Yonah se debatió en una agonía de inquietud. Estaba preparado para huir y salvar su vida, pero conocía lo suficiente la mentalidad de Bonestruca como para creer que tal vez el comentario acerca del falso cristiano viejo no era más que una trampa. ¿Y si Bonestruca hubiera arrojado el anzuelo para ver si él picaba y huía? Si el fraile sólo se basaba en sospechas, lo mejor que podía hacer él era seguir con su vida cotidiana.

Aquella mañana atendió como siempre a los pacientes en su consultorio. La tarde la dedicó a visitar a otros pacientes en sus casas. Acababa de regresar a casa y estaba desensillando el caballo cuando un par de soldados del alguacil bajaron con sus monturas por el camino que conducía a la casa.

Yonah esperaba el momento e iba armado. Hubiera sido absurdo rendirse ante los que querían prenderle para llevarlo ante el tribunal de la Inquisición. En caso de que intentaran detenerlo, quizá su espada tendría suerte con los soldados y, si éstos lo mataban, aquella muerte sería mejor que las llamas.

Sin embargo, uno de los jinetes se inclinó en un gesto de respeto.

—Señor Callicó, el alguacil os pide que nos acompañéis de inmediato a la prisión de Zaragoza, donde son necesarios los conocimientos de vuestro oficio.

—¿Y por qué razón son necesarios? —preguntó Yonah, no del todo convencido.

—Un judío ha tratado de cortarse el miembro —contestó el soldado sin andarse con rodeos mientras su compañero se reía por lo bajo.

—¿Cómo se llama el judío?

—Bartolomé.

Fue casi como si le hubieran descargado un mazazo en la cabeza. Recordó la hermosa casa, al noble caballero que le había hablado con tanta inteligencia en el acogedor estudio lleno a rebosar de mapas y cartas.

—¿Don Berenguer Bartolomé? ¿El cartógrafo?

El soldado se encogió de hombros, pero su compañero asintió con la cabeza y soltó un escupitajo.

—El mismo.

En la prisión, un joven cura con hábito negro permanecía sentado detrás de una mesa, encargado probablemente de anotar los nombres de los que pedían ver a los reclusos.

—Venimos con el médico —le dijo el soldado.

El sacerdote asintió con un gesto.

—Don Berenguer Bartolomé rompió la jarra de agua y utilizó un fragmento para circuncidarse —le explicó a Yonah, indicándole por señas al guardia que abriera la puerta exterior.

El guardia acompañó a Yonah por un pasillo hasta una celda, en la que Berenguer yacía en el suelo. El guardia abrió la puerta para que entrara Yonah y la cerró a su espalda.

—Cuando hayáis terminado, llamadme y os abriré —dijo el guardia antes de retirarse.

Los pantalones de Berenguer estaban empapados de sangre. Un caballero descendiente de caballeros, pensó Yonah, un hombre distinguido cuyo abuelo había trazado los mapas costeros de España, yacía en el suelo de la prisión, apestando a sangre y orines.

—Lo siento en el alma, don Berenguer.

Berenguer inclinó la cabeza y soltó un gruñido cuando Yonah le abrió los pantalones y se los bajó.

Yonah llevaba una botella de aguardiente en la bolsa. Berenguer la tomó con ansia y no hizo falta que el médico lo instara a beber, pues lo hizo a grandes tragos.

El miembro estaba destrozado. Yonah observó que Berenguer se había cortado casi todo el prepucio, pero aún quedaban unos restos y los cortes eran muy irregulares. Se sorprendió de que Berenguer hubiera logrado hacerlo él solo, utilizando un trozo de jarra afilado. Sabía que el dolor era muy intenso y lamentaba tener que causarle más sufrimiento, pero, tomando un escalpelo, recortó el tejido irregular y completó la circuncisión. El hombre tendido en el suelo soltó un gemido mientras apuraba el resto de la fuerte bebida como si fuera un chiquillo sediento.

Cuando todo terminó, el hombre siguió jadeando afanosamente mientras Yonah le aplicaba un ungüento calmante y un vendaje.

—No os pongáis los pantalones. Si tenéis frío, cubríos, pero sujetad bien la manta con las manos para que no os roce.

Los dos hombres se miraron.

—¿Por qué lo habéis hecho? ¿Qué ganabais con ello?

—Vos no lo comprenderíais —contestó Berenguer.

Yonah lanzó un suspiro y asintió con la cabeza.

—Regresaré mañana si me lo permiten. ¿Necesitáis algo?

—Si pudierais llevarle a mi madre un poco de fruta...

Yonah se escandalizó.

—¿Doña Sancha Berga está aquí?

Berenguer asintió con un gesto.

—Estamos todos. Mi madre. Mi hermana Mónica y su marido Andrés, y mi hermano Geraldo.

—Haré lo que pueda —musitó Yonah, y enseguida llamó al guardia.

En la entrada, antes de que pudiera preguntar por el estado de los restantes miembros de la familia de Bartolomé, el sacerdote le preguntó si podía examinar a doña Sancha.

—Necesita urgentemente a un médico —le explicó.

Parecía un joven honrado y estaba visiblemente turbado.

Cuando lo acompañaron al lugar donde se encontraba doña Sancha, la hermosa anciana parecía una flor tronchada. Miró a Yonah sin verle y éste observó que las cataratas habían madurado y ya estaban en condiciones de ser operadas, pero él sabía que jamás podría batirlas.

—Soy Callicó, el médico, señora —le dijo dulcemente.

—Me han hecho daño, señor.

—¿Y cómo os lo han hecho, señora?

—Me pusieron en el potro.

Yonah vio que el tormento le había descoyuntado el hombro derecho. Tuvo que llamar al guardia para que lo ayudara a colocárselo de nuevo en su sitio mientras ella trataba de reprimir los gritos de dolor. Después, la anciana rompió a llorar.

—¿No se os ha aliviado el dolor del hombro, señora?

—He condenado a mis hermosos hijos —sollozó ella en voz baja.

—¿Cómo está? —preguntó el sacerdote.

—Es vieja y tiene los huesos muy frágiles. Estoy seguro de que sufre múltiples fracturas. Creo que se está muriendo —contestó Yonah.

Cuando regresó a casa desde la prisión estaba desesperado.

Al regresar al día siguiente con unos racimos de uva, dátiles e higos, descubrió que a don Berenguer aún no se le habían aliviado los dolores.

—¿Cómo se encuentra mi madre?

—Hago todo lo que puedo por ella.

Berenguer asintió con la cabeza.

—Os lo agradezco.

—¿Cómo ocurrió todo?

—Somos cristianos viejos y siempre lo hemos dicho. Mi familia por parte de padre es católica desde muy antiguo. Los padres de mi madre eran judíos conversos y ella fue educada con ciertos rituales inofensivos que también se convirtieron en una costumbre en nuestra familia. Ella nos contaba historias de su infancia y siempre encendía unas velas al anochecer de cada viernes. No sé muy bien por qué razón, quizás en memoria de sus difuntos. Y todas las noches de los viernes reunía a sus hijos para celebrar una espléndida cena, en la que se pronunciaban acciones de gracias por la comida y el vino.

Yonah asintió con la cabeza.

—Alguien la denunció. No tenía enemigos, pero... Hace poco despidió a una criada porque se emborrachaba. Puede que esa moza de la cocina haya sido la causa de todos nuestros males.

»Tuve que oír los gritos de mi madre mientras la torturaban. ¿Os podéis imaginar el horror? Más tarde mis interrogadores me dijeron que, al final, nuestra madre nos había acusado a todos, a mis hermanos e incluso a nuestro difunto padre, de haber participado en una conspiración judaizante.

»Entonces comprendí que estábamos perdidos. Mi familia, que siempre ha sido de cristianos viejos. Sin embargo, una parte de nosotros es judía, de tal manera nunca hemos sido plenamente católicos ni judíos, y siempre hemos ido navegando entre dos orillas. En mi desesperación, pensé que, si me iban a quemar en la hoguera como judío, tenía que presentarme ante mi Hacedor como judío, y entonces rompí la jarra y me corté.

»Sé muy bien que no lo podréis comprender —le dijo Bartolomé a Yonah, repitiendo lo que le había dicho la víspera.

—Os equivocáis, don Berenguer —le contestó Yonah—. Os comprendo muy bien.

Mientras abandonaba la prisión, Yonah oyó a un guardia que hablaba con el joven sacerdote:

—Sí, padre Espina —dijo el guardia.

Yonah volvió sobre sus pasos.

—Padre, ¿el guardia os ha llamado Espina?

—Éste es mi apellido.

—¿Os puedo preguntar vuestro nombre completo?

—Soy Francisco Espina.

—¿Vuestra madre no será, por casualidad, Estrella Duranda?

—Estrella Duranda era mi madre. Ha muerto. Rezo por su alma. —El joven sacerdote lo miró fijamente—. ¿Os conozco, señor médico?

—¿Nacisteis en Toledo?

—Sí —contestó el clérigo a regañadientes.

—Tengo algo que os pertenece —le dijo Yonah.

35

El cumplimiento de una obligación

Cuando Yonah llevó el breviario a la prisión, el joven sacerdote lo acompañó por un pasillo húmedo hasta una pequeña estancia para poder conversar con él sin que nadie los viera. Aceptó el breviario como si fuera un objeto de brujería. Yonah lo vio abrirlo y leer lo que figuraba escrito detrás de la tapa.

A mi hijo Francisco Espina, estas palabras de la oración diaria a Jesucristo, nuestro Salvador celestial, con el amor eterno de su padre en la tierra. Bernardo Espina.

—¡Qué extrañas reflexiones por parte de alguien que fue condenado por hereje!

—Vuestro padre no era un hereje.

—Mi padre era un hereje, señor, y fue quemado en la hoguera por ello. En Ciudad Real. Ocurrió cuando yo era chico, pero me lo contaron. Conozco su historia.

—En tal caso, os la contaron mal y no la conocéis, padre Espina. Yo estaba en Ciudad Real por aquel entonces. Vi a vuestro padre a diario en las jornadas que precedieron a su muerte. Cuando lo conocí, yo era un muchacho y él era un hombre adulto, un amable y excelente médico. Antes de morir y a falta de un amigo, me pidió que le hiciera llegar su breviario a su hijo. Os he estado buscando durante todos estos años.

—¿Estáis seguro de lo que me decís, señor?

—Totalmente seguro. Vuestro padre era inocente de las acusaciones por las que lo mataron.

—¿Lo sabéis a ciencia cierta? —preguntó el sacerdote en un susurro.

—Lo sé con absoluta certeza, padre Espina. Rezó sus oraciones cotidianas con este devocionario casi hasta el momento en que lo mataron. Cuando os lo dedicó a vos, os dejó su fe.

El padre Espina parecía un hombre acostumbrado a dominar sus emociones; sin embargo, la palidez de su rostro lo traicionó.

—He sido educado por la Iglesia. Mi padre ha sido la vergüenza de mi familia. Me han frotado la nariz con su apostasía como se frota el hocico de un cachorro con su orina para que semejante infamia no vuelva a ocurrir.

Francisco no guardaba gran parecido con su padre, pensó Yonah, a excepción de los ojos, que eran idénticos a los de Bernardo Espina.

—Vuestro padre era uno de los cristianos más piadosos que jamás he conocido y uno de los mejores hombres que recuerdo —le aseguró Yonah.

Ambos se pasaron un buen rato conversando en voz baja. El padre Espina explicó que, tras la muerte de su padre en la hoguera, su madre Estrella de Aranda había ingresado en el convento de la Santa Cruz, encomendando a sus tres hijos a tres familias de primos de Escalona. Un año después había muerto de unas fiebres malignas y, cuando él cumplió diez años, sus parientes lo entregaron a los dominicos. Sus hermanas Marta y Domitila habían ingresado en religión. Los tres se habían perdido en el inmenso mundo de la Iglesia.

—Llevo sin ver a mis hermanas desde que dejamos de vivir con nuestros primos de Escalona. Ignoro el paradero de Domitila y ni siquiera sé si está viva o muerta. Hace dos años me enteré de que Marta se encontraba en un convento de Madrid. Sueño con visitarla algún día.

Yonah le contó algunos detalles de su vida. Le dijo que, tras haber trabajado como mozo de la limpieza en la prisión de Ciudad Real, había sido aprendiz, primero con un armero llamado Manuel Fierro y después con el médico Nuño Fierro, siendo éste el motivo de que se hubiera convertido en el médico de Zaragoza.

Si hubo algunos pasajes que no reveló al joven sacerdote, también intuyó que el padre Espina se había abstenido a su vez de contarle ciertos detalles de su vida, pero dedujo que el joven clérigo había sido asignado con carácter provisional al Oficio de la Inquisición y que dichas actividades no eran de su agrado.

Había sido ordenado sacerdote ocho meses atrás.

—Dentro de unos días me iré de aquí. Uno de mis maestros, el padre Enrique Sagasta, ha sido nombrado obispo auxiliar de Toledo y ha conseguido que me asignen el puesto de ayudante suyo. Es un conocido erudito e historiador católico, y me está animando a seguir su camino. Por consiguiente, estoy a punto de iniciar un aprendizaje, tal como hicisteis vos.

—Vuestro padre estaría orgulloso de vos, padre Espina.

—No sabéis cuánto os lo agradezco, señor. Me habéis devuelto a mi padre —dijo el sacerdote.

—¿Puedo regresar mañana a ver a mis pacientes?

El padre Espina se turbó visiblemente. Yonah sabía que no deseaba mostrarse desagradecido, pero tampoco podía mostrarse demasiado tolerante so pena de que ello le acarreara dificultades.

—Podéis regresar mañana. Pero os lo advierto: es posible que sea la última vez que os den la autorización.

Cuando se presentó al día siguiente, se enteró de que doña Sancha Berga había muerto durante la noche.

Don Berenguer recibió la noticia estoicamente.

—Me alegro de que ya esté libre —dijo.

Aquella mañana a cada uno de los miembros de la familia se les notificó que habían sido condenados oficialmente por herejía y serían ejecutados en un auto de fe en un futuro no muy lejano. Yonah sabía que no había ninguna manera delicada de plantear la cuestión que más lo angustiaba.

—Don Berenguer, el fuego es la peor manera de morir que existe.

Ambos se sintieron momentáneamente unidos por el conocimiento del horrible y prolongado dolor de la carne carbonizada y la sangre hirviendo.

—¿Por qué me hacéis este comentario tan cruel? ¿Acaso pensáis que no lo sé?

—Hay un medio de escapar de este final. Tenéis que reconciliaros con la Iglesia.

Berenguer le miró y vio en él a un severo católico en el que hasta entonces no había reparado.

—¿De veras lo creéis, señor médico? —replicó fríamente don Berenguer—. Ya es demasiado tarde. La sentencia ya es firme.

—Demasiado tarde para salvar vuestra vida, pero no demasiado para alcanzar un rápido final por medio del garrote.

—¿Creéis que me corté la carne por un capricho y me uní a la fe de mi madre para renunciar ahora a ella? ¿Acaso no os he manifestado mi intención de morir como judío?

—Podéis morir como judío en vuestro fuero interno. Decidles simplemente que os arrepentís y alcanzaréis la liberación. Vos sois judío para siempre, porque la ley de consagración judía a la fe se transmite de madre a hijo. Puesto que vuestra madre nació judía, vos también lo sois. Eso no lo puede cambiar ninguna declaración. Según la antigua ley de Moisés, sois judío. Sin embargo, proclamando lo que ellos están deseando escuchar, conseguiréis un rápido estrangulamiento y evitaréis la tortura de una muerte lenta y terrible.

Berenguer cerró los ojos.

—Pero eso es un acto de cobardía que me priva del único momento de nobleza, de la única satisfacción que me puede deparar la muerte.

—No es un acto de cobardía. Casi todos los rabinos coinciden en que no es un pecado aceptar la conversión a punta de espada.

—¿Qué sabéis vos de rabinos y de la ley de Moisés? —preguntó Berenguer, mirándolo fijamente.

Yonah vio aparecer un destello de comprensión en los ojos del otro hombre.

—Dios mío —musitó Berenguer.

—¿Podéis poneros en contacto con los otros miembros de vuestra familia?

—A veces nos conducen al patio a la misma hora para que hagamos ejercicio. Podemos intercambiar unas palabras.

—Debéis decirles que busquen a Jesús para alcanzar la misericordia de un final más rápido.

—Mi hermana Mónica y su esposo Andrés son cristianos piadosos. Pediré a Geraldo que haga lo que vos nos aconsejáis.

—No me concederán autorización para volver a veros —dijo Yonah.

Se acercó a Berenguer, lo abrazó y lo besó en ambas mejillas.

—Que podamos reunirnos en un lugar más feliz —deseó don Berenguer—. Id en paz.

—Que la paz os acompañe —respondió Yonah, y acto seguido llamó al guardia.

Aquel miércoles por la noche, interrumpiendo una partida de damas que Yonah estaba ganando, fray Bonestruca empezó a pegar brincos delante de sus hijos. Al principio, fue algo muy gracioso. Bonestruca hacía visajes y emitía suaves murmullos de alegría mientras saltaba de acá para allá. Los niños se reían y lo señalaban con el dedo, y el pequeño Dionisio llegó al extremo de acercarse corriendo a su juguetón progenitor y arrojarle una pelotita de madera.

El fraile seguía brincando. De pronto, su sonrisa se desvaneció y los sonidos que brotaban de su boca dejaron de ser alegres y adquirieron un tono gutural, pero él seguía saltando y haciendo cabriolas. El rostro se le arreboló a causa del esfuerzo, pero después se le ensombreció en una mueca de amargura, pese a lo cual la alta figura aún danzaba y daba vueltas, con el negro hábito revoloteando a su alrededor, la joroba moviéndose arriba y abajo, y el rostro contraído en un rictus de furia.

Los niños enmudecieron y se asustaron. Se apartaron de su padre con los ojos como platos y la pequeña Hortensia abrió la boca en un grito silencioso. Su madre María Juana les habló en susurros y los sacó de la estancia. Yonah también hubiera querido retirarse, pero no podía. Permaneció sentado junto a la mesa, contemplando cómo la terrible danza iba cesando poco a poco. Al final, terminó del todo y Bonestruca cayó de rodillas, agotado por el esfuerzo.

Poco después regresó María Juana. Secó el rostro del fraile con un lienzo húmedo, volvió a retirarse y regresó con una jarra de vino. Bonestruca bebió dos vasos y dejó que ella lo ayudara a sentarse.

El fraile tardó un rato en levantar los ojos.

—A veces, me dan ataques.

—Ya lo veo —dijo Yonah.

—Ah, ¿sí? ¿Y qué es lo que veis?

—Nada, señor. Era una manera de decir.

—Ha ocurrido en presencia de los sacerdotes y los frailes con quienes cumplo mis deberes. Me están vigilando.

¿Serían sólo figuraciones del clérigo?, se preguntó Yonah.

—Me han seguido hasta aquí. Saben lo de María Juana y los niños.

Probablemente era verdad, pensó Yonah.

—¿Y qué van a hacer?

Bonestruca se encogió de hombros.

—Creo que esperan a ver si remiten los ataques. —Bonestruca miró a Yonah frunciendo el ceño—. ¿Cuál creéis vos que es la causa?

Era una forma de locura. Yonah lo pensaba, pero no podía decirlo. Nuño le había dicho una vez, hablando de la locura, que había observado un detalle común en la historias de las personas a las que había tratado. Este detalle era el hecho de haber padecido el *malum venereum* en su juventud y haber enloquecido al cabo de los años. Nuño no había formulado ninguna teoría al respecto, pero la cuestión le había parecido lo bastante curiosa como para comentársela a su alumno y ahora Yonah la había recordado.

—No estoy muy seguro, pero... puede que esté relacionada con la sífilis.

—¡Claro, la sífilis! Estáis equivocado, médico, pues yo sólo la padecí durante muy breve tiempo. Creo que eso es cosa de Satanás, que quiere apoderarse de mi alma. Cuesta mucho luchar contra el demonio, pero yo he conseguido vencerlo en todas las ocasiones.

Yonah se quedó sin habla, pero Bonestruca salvó la situación y se concentró de nuevo en el tablero de las damas.

—¿Os toca a vos descargar un golpe con vuestros soldados, o me toca a mí?

—Os toca a vos, señor —contestó Yonah.

Estaba tan turbado que jugó muy mal durante todo el resto de la noche.

En cambio, Bonestruca se mostró animado y despejado. Éste terminó enseguida la partida y se alegró de su victoria.

A pesar de lo que le había dicho el padre Espina, al día siguiente Yonah regresó a la prisión y pidió visitar a don Berenguer, pero el lugar de Espina lo ocupaba un sacerdote de más edad que se limitó a sacudir la cabeza y a despedirle sin más.

El auto de fe se celebró seis días más tarde. La víspera de las ejecuciones, el médico Callicó abandonó Zaragoza y se fue a visitar a unos pacientes de las zonas más alejadas de la comarca, en un viaje que lo obligó a permanecer varios días ausente de casa.

Temía haberse ido de la lengua y que, bajo tortura, Berenguer revelara la presencia y la identidad de otro cristiano judaizante, pero sus temores fueron infundados. Cuando regresó a Zaragoza, varios de sus pacientes se complacieron en facilitarle los detalles del acto de fe, que había estado tan concurrido como siempre. Cada miembro de la familia judía Bartolomé había muerto en gracia de Dios, besando la cruz que le acercaron a los labios y había sido estrangulado mediante rápidas rotaciones de la tuerca que apretaba el garrote de acero antes de ser arrojado a las llamas.

36

Las partidas de damas

Cuando Yonah acudió a la finca de la orilla del río para pasar la velada jugando a las damas, vio que María Juana tenía una gran magulladura morada que le cubría casi toda la mejilla bajo el hinchado ojo izquierdo, y vio también varias magulladuras en los brazos de la pequeña Hortensia.

Bonestruca lo saludó con un movimiento de la cabeza y apenas dijo nada, concentrándose de tal forma en el juego que ganó la primera partida tras una reñida batalla. En la segunda partida el fraile se mostró enfurruñado, jugó muy mal y no tardó en perder.

Cuando la pequeña Filomena rompió a llorar, Bonestruca se puso en pie de un salto.

—¡Quiero silencio! —gritó.

María Juana tomó a la niña y se retiró con sus hijos a la otra estancia. Los dos hombres jugaron en medio de un silencio sólo quebrado por el sonido de las piedrecitas sobre el tablero de madera.

Cuando ya iban por la tercera partida, entró María Juana para servirles una bandeja de dátiles y llenarles los vasos de vino.

Bonestruca la miró con expresión malhumorada hasta que ella se retiró. Entonces el fraile miró a Yonah.

—¿Dónde vivís?

Yonah se lo dijo y él asintió con la cabeza.

—Pues allí jugaremos a las damas la semana que viene. ¿Os parece bien?

—Sí, por supuesto —contestó Yonah.

A Reyna, en cambio, aquella disposición le pareció muy mal. Identificó al visitante en cuanto le abrió la puerta. En Zaragoza, todo el mundo conocía al fraile jorobado y sabía quién era.

Reyna le franqueó la entrada, le ofreció asiento y anunció su presencia a Yonah.

Cuando les sirvió vino y un refrigerio, Reyna lo hizo sin levantar los ojos y se retiró enseguida.

Estaba claro que la relación de Yonah con Bonestruca no le hacía ninguna gracia. Al día siguiente, Yonah observó su perplejidad, pero ella no le hizo ninguna pregunta.

Tenía muy claro el papel que desempeñaba en la casa; sabía que el amo era Yonah y que ella era la criada en todas las cuestiones menos en la cama. Sin embargo, una semana después Reyna se fue a pasar tres días a su pueblo y, al volver, le dijo a Yonah que se había comprado una casa y que pensaba irse a vivir allí.

—¿Cuándo? —le preguntó Yonah, consternado.

—No lo sé, pero no tardaré mucho.

—Pero ¿por qué?

—Para regresar a casa. El dinero que me dejó Nuño me ha convertido en una mujer muy rica en mi pueblo.

—Te echaré de menos —le dijo Yonah con toda sinceridad.

—Pero no demasiado. Yo soy una comodidad para vos. —Al ver que Yonah protestaba, Reyna levantó la mano—. Yonah, tengo años suficientes como para ser vuestra madre. Es bueno sentir ternura cuando compartimos la cama, pero muchas veces me parecéis más bien un hijo o un sobrino a quien aprecio. —Luego le dijo que no se preocupara—. Os enviaré a una moza muy fuerte en mi lugar, una moza que trabaja muy bien.

Diez días más tarde, un mozo del pueblo de Reyna llegó con un carro tirado por un asno a la casa de Yonah y ayudó a la criada a cargarlo.

Los efectos que ésta había acumulado en el servicio a tres amos distintos eran tan escasos que cupieron sin ninguna dificultad en el pequeño carro.

—Reyna, ¿estás segura de que lo quieres hacer? —le preguntó Yonah y entonces ella hizo el único gesto que rompía el pacto entre amo y criada bajo el cual ambos habían vivido. Tendió la mano y apoyó la cálida palma sobre su mejilla, mirándole con ternura, respeto y una inequívoca expresión de despedida.

Cuando ella se hubo ido, las estancias quedaron en silencio y Yonah tuvo la sensación de que la casa se había quedado vacía.

Había olvidado el amargo sabor de la soledad. Se entregó en cuerpo y alma a su trabajo, cabalgaba cada vez más lejos para atender a los enfermos y permanecía más tiempo del estrictamente necesario en casa de los pacientes para prolongar el contacto humano, hablando del negocio con los tenderos y de las cosechas con los campesinos. En su finca podó otros doce olivos viejos. Dedicó también más tiempo a traducir a Avicena; ya había traducido una considerable parte del *Canon de la medicina* y este hecho lo llenaba de emocionado orgullo y lo animaba a seguir adelante.

Cumpliendo su palabra, Reyna le envió una moza llamada Carla Montesa para que lo sirviera como ama de llaves. Era una muchacha fornida que trabajaba de buen grado y mantenía la casa impecablemente limpia, pero no hablaba jamás y a Yonah no le gustaba cómo cocinaba. Reyna la sustituyó por Petronila Álvarez, una viuda con la cara llena de verrugas; ésta cocinaba bien, pero lo mareaba con sus parloteos, por lo que Yonah sólo la tuvo cuatro días.

Entonces Reyna ya no le envió a nadie más.

Había llegado rápidamente al extremo de esperar con temor sus guerras semanales sobre el tablero de damas con Bonestruca, pues nunca sabía si el fraile se mostraría un brillante adversario o un hombre malhumorado que estaba perdiendo a ojos vista la razón y el equilibrio.

Un miércoles por la noche, María Juana le abrió la puerta y le indicó por señas la estancia del fondo, donde Bonestruca permanecía sentado a la mesa, sobre la cual no había el acostumbrado tablero de damas sino un libro abierto. El clérigo se estaba examinando el rostro en un espejo de mano.

Al principio, no contestó al saludo de Yonah. Después, sin apartar los ojos del espejo, le dijo:

—¿Vos veis la maldad cuando me miráis, médico?

Yonah eligió cuidadosamente las palabras.

—Veo un rostro extremadamente bien parecido.

—¿Diríais que mis rasgos son atractivos?

—Muy hermosos, señor.

—¿Es el rostro de un hombre justo?

—Es un rostro que se ha mantenido asombrosamente inocente e inalterado con el paso del tiempo.

—¿Conocéis el largo poema *La divina comedia*, del florentino Dante Alighieri?

—No, señor.

—Lástima. —Bonestruca tomó una de las páginas del montón de folios sueltos y empezó a leer—: «El rostro era el de un hombre justo, / pues la piel era hermosa por fuera, / pero todo el tronco era de serpiente; / dos ramas peludas le llegaban hasta las axilas, y tanto la espalda como el pecho y los dos costados / los tenía pintados con retorcidos nudos y círculos...» —El fraile miró a Yonah—. Pertenece a la primera parte del poema, llamada *Infierno*. Es el retrato de un monstruo de las profundidades del infierno, un ser deforme y espantoso.

Yonah no contestó.

Le parecía recordar que el poeta florentino ya llevaba mucho tiempo muerto, de lo contrario, se hubiera preguntado si Dante se habría inspirado en aquel fraile.

Bonestruca seguía con los ojos clavados en el espejo.

—¿Queréis que saque el tablero de las damas y coloque las piezas? —preguntó Yonah, acercándose a la mesa.

Fue entonces cuando reparó por vez primera en que el reverso del espejo era de plata muy deslustrada. Vio la marca del platero en proximidad de la parte superior del mango: HT. Entonces comprendió que era uno de los espejos que su padre había confeccionado para el conde de Tembleque.

—Fray Bonestruca —dijo sin poder evitar que la tensión se trasluciera a su voz.

Pero Bonestruca no pareció darse cuenta. Sus ojos estaban clavados en la imagen del espejo, pero tan desenfocados como los de un ciego o los de un hombre que estuviera durmiendo con los párpados abiertos.

Yonah no pudo reprimir el impulso de examinar un objeto realizado por su padre, pero, cuando trató de tomarlo, descubrió que las manos del fraile lo asían con una fuerza férrea. Por un instante, trató de arrebatárselo hasta que se le ocurrió pensar que, a lo mejor, Bonestruca se estaba haciendo el loco, pero se daba cuenta de todo. Entonces se apartó aterrorizado y se encaminó hacia la puerta.

—¿Qué os ocurre, señor? —preguntó María Juana al verlo entrar en la estancia exterior. En su turbación, Yonah pasó por delante de ella sin decir nada y abandonó el lugar.

A la tarde siguiente, cuando regresó a casa tras visitar a unos pacientes, encontró a María Juana esperándole cerca del establo, amamantando a su hijo bajo la sombra que arrojaba el asno atado.

Yonah le ofreció la hospitalidad de su hogar, pero ella declinó el ofrecimiento, señalando que tenía que regresar junto a sus demás hijos.

—¿Qué vamos a hacer con él? —preguntó.

Yonah sacudió la cabeza. Se compadecía profundamente de aquella mujer. Adivinaba lo que había sido: una insensata y hermosa joven. ¿Habría Bonestruca mitigado sus temores y la habría seducido? ¿Acaso la primera vez la había violado? Puede que hubiera sido una mujer licenciosa y temeraria, y que acaso le había hecho mucha gracia acostarse con aquel clérigo tan extraño, ignorante de la clase de existencia que la esperaba.

—Cada vez está más desequilibrado.

—¿Cuándo empezaron los trastornos?

—Hace varios años. Pero cada vez está peor. ¿Cuál es la causa?

—Lo ignoro. Puede que esté relacionada con la sífilis que contrajo hace tiempo.

—Hace muchos años que no la padece.

—Lo sé, pero ésta es la naturaleza de la enfermedad. Puede que ahora se le haya vuelto a manifestar.

—¿Y no se puede hacer nada?

—Si he de seros sincero, señora, se muy poco acerca de la causa del desequilibrio de la mente y no os puedo indicar otro compañero más hábil que yo en su tratamiento. La locura es un misterio para nosotros... ¿Cuánto rato permaneció anoche inmóvil delante del espejo?

—Mucho rato, puede que hasta casi la medianoche. Entonces le di a beber vino caliente, se lo tomó, se desplomó sobre la cama y se quedó dormido.

El propio Yonah apenas había dormido, pues había permanecido en vela hasta muy tarde, leyendo textos acerca de la locura. El año anterior había aumentado la biblioteca médica que Nuño le había legado, gastándose los ingresos de dos meses en un tratado titulado *De parte operativa*. En él, Arnau de Vilanova había escrito que las manías se producían cuando se secaba una sobreabundancia de bilis que calentaba el cerebro y daba lugar a inquietud, gritos y agresividad.

—Cuando el fraile se... altere, tenéis que administrarle una infusión de tamarindo y borrajas en agua fría.

Para situaciones como la de la víspera, en que Bonestruca se había sumido en un estado de estupor —Vilanova decía que los franceses lo llamaban *folie paralitica*—, Avicena aconsejaba dar calor al paciente, por lo que decidió recetarle pimienta molida mezclada con vino caliente.

María Juana estaba desesperada.

—Se porta de una manera muy extraña. Es capaz de cometer... acciones imprudentes. Temo por nuestro futuro.

Era injusto que una mujer y unos niños tuvieran que estar tan unidos a Lorenzo de Bonestruca. Yonah escribió las recetas y le dijo a María Juana que fuera a la botica de fray Medina. Después, mientras desensillaba su montura, la vio alejarse en su asno.

Hubiera deseado esperar antes de regresar a la finca de la orilla del río, pero al final decidió ir al día siguiente, pues temía que la mujer o los niños pudieran sufrir algún daño.

Encontró a Bonestruca sentado en actitud impasible en la parte de atrás de la casa. María Juana le dijo que el clérigo había estado llorando. Bonestruca contestó a su saludo con una inclinación de la cabeza.

—¿Cómo os encontráis hoy, fray Bonestruca?

—... Muy mal. Cuando cago, siento un ardor como de fuego.

—Es el tónico que yo os receté. El ardor desaparecerá.

—¿Quién sois?

—Soy Callicó, el médico. ¿No os acordáis de mí?

—No.

—¿Recordáis a vuestro padre?

Bonestruca se lo quedó mirando.

—¿Y a vuestra madre?... Bueno, no importa, ya los recordaréis en otro momento. ¿Estáis triste, señor?

—Por supuesto que estoy triste. Lo he estado toda mi vida.

—¿Por qué razón?

—Porque a Él lo mataron.

—Es una buena razón para estar triste. ¿Os aflige también la muerte de otros?

El fraile le miró sin contestar.

—¿Recordáis Toledo?

—Toledo, sí...

—¿Recordáis la plaza Mayor? ¿La catedral? ¿Los peñascos sobre el río?

Bonestruca guardó silencio.

—¿Recordáis la vez que cabalgasteis de noche?

Más silencio.

—¿Recordáis la vez que salisteis a cabalgar de noche? —repitió Yonah—. ¿Con quién cabalgasteis?

Bonestruca le miró fijamente.

La estancia estaba en silencio. El tiempo seguía pasando.

—Con Tapia —contestó Bonestruca.

Yonah lo oyó con toda claridad.

—¿Con Tapia? —dijo, pero Bonestruca había vuelto a sumirse en el silencio.

—¿Recordáis al muchacho que llevaba el ciborio al priorato? ¿El muchacho que fue apresado y asesinado en el olivar?

Bonestruca apartó la mirada. Mascullaba algo, pero en voz tan baja que Yonah tuvo que inclinarse hacia adelante para poder oír las palabras.

—Los judíos están en todas partes. Malditos sean —murmuró.

Al día siguiente, María Juana se presentó en casa de Yonah. Iba sola, hablaba casi en términos inconexos y el asno que montaba daba muestras de haber sido golpeado.

—Lo han llevado a la prisión más chica, el sitio donde encierran a los locos y los pobres.

Dijo que había dejado a los niños al cuidado de la hija de una vecina y Yonah le aconsejó que regresara junto a ellos.

—Iré a la prisión y veré si puedo hacer algo —le prometió.

Se encaminó de inmediato al establo para ensillar su caballo.

La prisión de los pobres y los locos tenía fama de dar muy

poco y muy mal de comer, por lo que Yonah compró por el camino unas hogazas de pan y dos quesos de cabra pequeños y redondos. Cuando llegó a la prisión, todos sus sentidos se sintieron atacados. Antes incluso de cruzar el rastrillo de la entrada, un hedor insoportable, mezcla de excrementos y suciedad, hizo que se le revolvieran las tripas mientras una cacofonía de gritos, maldiciones, risas y lamentos, plegarias y balbuceos unían sus murmullos como unos arroyos que desembocaran en las rugientes aguas de un gran río. Era el ruido del manicomio.

La Inquisición no tenía el menor interés por aquel lugar y a Yonah le bastó con dar una moneda al guarda para poder entrar sin dificultad y tratar de ver a uno de los reclusos.

—Quiero ver a fray Bonestruca.

—Bueno, a ver si lo podéis localizar entre toda esta gente —contestó el guarda. Era un hombre de mediana edad, de ojos inexpresivos y pálido rostro picado de viruelas—. Si me dais la comida, me encargaré de que la reciba. Si se la dais a él, la perderá. Los demás se le echarán encima y se la quitarán.

El guarda dirigió a Yonah una mirada indignada cuando éste sacudió la cabeza.

No había celdas, sólo un muro formado con el mismo tipo de reja gruesa que se había utilizado para construir el rastrillo. Al otro lado había un gran espacio abierto, un mundo habitado por los perdidos.

Yonah permaneció de pie junto a la reja, contemplando la inmensa jaula llena de cuerpos. No acertaba a distinguir a los pobres, pues todos los que había dentro parecían dementes.

Finalmente descubrió al fraile, desplomado en el suelo, con la espalda apoyada en la pared del otro lado.

—¡Fray Bonestruca!

Lo llamó varias veces, pero los gritos de los reclusos ahogaban su voz. El fraile no levantó la cabeza, pero las voces de Yonah llamaron la atención de un hombre harapiento que contempló con avidez las hogazas de pan. Yonah partió una de las hogazas y pasó el trozo al otro lado a través de la reja, donde el hombre se lo arrebató de la mano y lo devoró en un abrir y cerrar de ojos.

—Tráeme al fraile —le dijo Yonah, señalando a Bonestruca— y te daré la otra mitad.

El hombre obedeció, obligó a Bonestruca a levantarse y lo arrastró al lugar donde Yonah esperaba. Yonah le entregó la mitad de la hogaza que le había prometido, pero el andrajoso sujeto no se apartó demasiado, pues sus ojos estaban clavados en las restantes provisiones que llevaba Yonah.

Un considerable grupo de reclusos se había congregado a su alrededor.

Fray Bonestruca miró a Yonah con unos ojos no del todo inexpresivos. Había en ellos una cierta inteligencia, como si el fraile fuera consciente del horror que lo rodeaba, pero, aun así, no pareció reconocerle.

—Soy Callicó —dijo Yonah—. ¿No os acordáis de Ramón Callicó, el médico?

»Os traigo unas cosas —añadió. Introdujo los dos quesos a través de la reja y Bonestruca los aceptó sin decir palabra—. Fray Bonestruca, me dijisteis que en Toledo salisteis a cabalgar de noche con un compañero que se llamaba Tapia. ¿Podéis decirme algo más acerca del señor Tapia?

Bonestruca apartó la mirada y entonces Yonah comprendió que era inútil preguntarle.

—No puedo conseguir vuestra libertad a menos que recuperéis la cordura —le dijo.

Viendo aquel lugar, oyendo los gritos y aspirando los hedores, le dolió decírselo, a pesar de que una parte de sí mismo siempre odiaría a Bonestruca por sus terribles delitos contra la familia Toledano y tantas otras personas.

Le dio media hogaza de pan a través de la reja y después le pasó la otra mitad. Para poder tomarlas, Bonestruca se pasó los dos quesos que sostenía en la mano derecha a la izquierda, pero uno se le cayó. El pordiosero lo atrapó mientras un muchacho desnudo le arrebataba a Bonestruca las hogazas. Muchas manos se revolvieron contra el muchacho; hubo empujones y golpes entre los cuerpos y a Yonah le vino a la memoria el voraz frenesí de los peces que competían por el alimento en el mar.

Una anciana calva se arrojó contra la reja y alargó la mano a través de ella para agarrar el brazo de Yonah con una esquelética garra, pidiéndole una comida que él no tenía. Mientras retrocedía para librarse de ella y huir del hedor y la maldición de aquel terrible lugar, Yonah vio que el poderoso puño de Bonestruca se descargaba sobre los que lo rodeaban hasta que, finalmente, el jorobado se quedó solo con la boca abierta mientras de su garganta surgía un grito de feroz desesperación, en parte lamento y en parte rugido, que persiguió a Yonah mientras éste huía a toda prisa de allí.

Yonah se dirigió a la finca del otro lado del río para comunicarle a María Juana que, a su entender, la locura de Bonestruca no haría sino agravarse. Ella lo escuchó sin llorar, pues ya esperaba la noticia, a pesar de lo mucho que la temía.

—Han venido tres hombres de la Iglesia. Vendrán por mí y los niños esta tarde. Me han prometido que nos llevarán a un convento y no al hospicio.

—Lo lamento, señora.

—¿No conoceréis por casualidad alguna casa de por aquí donde necesiten a un ama de llaves? El trabajo no me asusta y los niños comen muy poco.

Yonah sólo conocía su propia casa. Se preguntó qué tal sería vivir con ellos, ver cómo se desarrollaba la convivencia y entregar su vida a aquella pobre mujer y a sus pobres y desventurados hijos. Pero sabía que no era lo bastante bueno, fuerte o compasivo como para hacer aquel gesto.

Apartó la idea de su mente y pensó en la colección de objetos judíos que poseía Bonestruca. Las filacterias. ¡La Torá!

—No sé si vos estaríais dispuesta a venderme algunos de los efectos personales del fraile.

—Cuando vinieron esta mañana, se lo llevaron todo —contestó María Juana, acompañándole a la otra estancia—. ¿Lo veis?

Sólo habían dejado el tosco tablero de damas y las piedrecitas que hacían las veces de piezas. Se habían llevado incluso el libro del poema de Dante, pero con excesiva prisa, pues varias páginas sueltas habían quedado atrapadas bajo el tablero. Las tomó y leyó la primera. Enseguida se dio cuenta de que era una descripción del infierno:

Después oímos a unos que gemían / en el otro abismo mientras olfateaban el aire / y se golpeaban a sí mismos con las palmas de las manos abiertas. / Las orillas estaban envueltas en un vapor/ que se elevaba desde el abismo de abajo / y ofendía tanto la vista como el olfato. / Era un abismo tan negro, que no se podía/ ver su fondo sin ascender a lo más alto / del arco que remataba la roca. / Allí subimos, y cuando miré hacia abajo / vi a una multitud de gente hundida en excrementos / que parecían haberse desbordado de las letrinas humanas. / Y, mientras mis ojos buscaban, / vi a uno con la cabeza tan llena de mierda / que no supe si era laico o clérigo.

Yonah comprendió de repente que ningún castigo que Dios o los hombres pudieran inventar sería peor que la existencia con la que se enfrentaba Lorenzo de Bonestruca. Presa del terror, aceptó el juego de damas que María Juana le estaba ofreciendo. Vació su bolsa de oro y plata y la dejó sobre la mesa. Después suplicó la protección del Señor para la mujer y sus hijos, y finalmente y se alejó a lomos de su caballo.

37

El viaje a Huesca

Las fiebres siempre constituían un problema, pero, hacia el final del invierno, una epidemia de fiebres y tos lo mantuvo especialmente ocupado. Las visitas a los enfermos se habían intensificado.

—Señor Callicó, me duelen los huesos —tos— ...las aftas me molestan mucho, no puedo tragar... el dolor —más tos.

—A veces ardo de calor y otras tirito de frío —tos.

Murieron un anciano, un muchacho, dos ancianas y un niño. Yonah lamentó no poder salvarlos, pero le parecía oír a Nuño, diciéndole que pensara en los que había salvado. Iba de casa en casa, recetando bebidas calientes y miel con vino calentado. Y triaca contra la fiebre.

La epidemia no era de grandes proporciones, ni siquiera podía considerarse grave, pero Yonah tenía que visitar a muchos pacientes. Pensó que, mientras los ciclos febriles de la gente no empezaran y terminaran todos el mismo día, se las podría arreglar. Les prometía a todos que, si seguían sus indicaciones durante diez días, la enfermedad desaparecería como por arte de ensalmo. Y así era en casi todos los casos. A menudo cuando regresaba a casa estaba demasiado cansado como para hacer las tareas domésticas o prepararse una comida caliente. A veces colocaba las piezas sobre el tablero de damas e intentaba jugar una partida contra sí mismo, pero no le resultaba agradable jugar de aquella manera. Experimentaba una difusa sensación de inquietud e insatisfacción, por lo que, cuando finalmente cesaron las fiebres y se aliviaron las toses de sus pacientes, decidió tomarse un día libre e ir a ver a Reyna.

La aldea en la que ésta vivía era un simple agrupamiento de pequeñas alquerías y chozas de leñadores, a media hora de camino de las afueras de Zaragoza. Carecía de nombre y no había nadie que ejerciera autoridad, pero sus habitantes llevaban muchos siglos compartiendo una sensación de comunidad y solían llamarla El Pueblecito.

Al llegar, detuvo su caballo delante de una anciana que estaba sentada al sol, le preguntó por Reyna y la mujer le indicó una casa situada al lado de la del aserrador.

Cerca de allí, dos hombres vestidos con unos taparrabos, uno con una larga melena blanca y otro más joven y musculoso que él, se encontraban en el interior de un hoyo moviendo hacia delante y hacia atrás una larga sierra a través de un tronco de pino, con toda la piel sudorosa y cubierta de serrín.

Dentro de la casa, Yonah encontró a Reyna descalza y de rodillas, fregando las baldosas de piedra del suelo. Su aspecto era tan saludable como de costumbre, pero Yonah la vio un poco envejecida. Al ver quién acababa de entrar, Reyna interrumpió su tarea y esbozó una sonrisa, luego se secó las manos en el vestido al tiempo que se levantaba.

—Te traigo un poco de vino del que a ti te gusta —le dijo Yonah.

Ella tomó la jarra y le dio las gracias.

—Sentaos a la mesa, os lo ruego —dijo, sacando dos vasos y otra jarra que resultó ser de aguardiente.

—Salud.

—Salud.

Era un aguardiente muy bueno, pero tan fuerte que lo hizo parpadear.

—¿Ya habéis encontrado un ama de llaves?

—Todavía no.

—Las dos mujeres que os envié, Carla y Petronila, eran

muy buenas. Me dijeron que vos les habíais dicho que se marcharan.

—Quizá porque estaba acostumbrado a tu manera de llevar la casa.

—Tenéis que aceptar los cambios. La vida es un cambio continuo —señaló Reyna—. ¿Queréis que os envíe a alguien más? En primavera tendrá que hacerse una limpieza general.

—Yo limpiaré la casa.

—¿Vos? Vos tenéis que ser médico. No debéis emplear vuestro tiempo de esta manera —lo amonestó severamente Reyna.

—Te has buscado una casa muy bonita —observó Yonah para cambiar de tema.

—Sí, la convertiré en posada. No hay ninguna por aquí y estamos en el camino de Monzón y Cataluña. Pasan muchos viajeros.

Reyna añadió que aún no había aceptado a ningún huésped, pues la casa necesitaba algunas reformas. Mientras ambos permanecían sentados tomando aguardiente, Yonah puso al día a su antigua criada acerca de las noticias y los chismes que circulaban por Zaragoza mientras ella le describía la vida del pueblo. Se oía el ruido de la sierra del exterior.

—¿Cuánto rato hace que habéis comido?

—Desde primera hora de la mañana no he tomado nada.

—Pues entonces, os voy a preparar algo —dijo Reyna, y se levantó.

—¿Me prepararás un pollo hervido con especias?

—Ya no cocino este plato.

Reyna volvió a sentarse y le miró.

—¿Habéis visto a los dos hombres que están aserrando el tronco?

—Sí.

—Voy a casarme con uno de ellos.

—Ah. ¿Con el joven?

—No, con el otro. Se llama Álvaro. —Reyna sonrió—. Tiene el cabello blanco, pero es muy fuerte —añadió secamente—. Y es un buen trabajador.

—Te deseo toda la suerte que te mereces, Reyna.

—Gracias.

Yonah sabía que ella se había percatado de que había viajado hasta allí para convencerla de que regresara a su casa, pero ambos se limitaron a mirarse con una sonrisa en los labios y, al cabo de un rato, ella volvió a levantarse y puso la comida en la mesa: una hogaza de pan recién horneado, huevos duros, pasta de ajo, medio queso amarillo, cebolla y unas pequeñas y aromáticas aceitunas.

Ambos se tomaron varios vasos del vino que él había llevado y, poco después, Yonah se fue. Fuera, los dos hombres estaban colocando otro tronco sobre el hoyo.

—Buenas tardes —les saludó Yonah.

El más joven no contestó, pero el llamado Álvaro inclinó la cabeza mientras tomaba la sierra.

Yonah sabía que se estaba acercando la Pascua judía, aunque no estaba muy seguro de la fecha. Se entregó en cuerpo y alma a la tarea de la limpieza primaveral: quitó el polvo, lo fregó todo, abrió las ventanas para que penetrara el vigorizante aire frío, sacudió y aireó las alfombras y cortó nuevos juncos para extenderlos sobre el suelo de piedra. Aprovechó su soledad para hornear una razonable versión del pan sin levadura, colocando unas irregulares porciones sobre una plancha metálica suspendida sobre el fuego.

El producto resultante estaba un poco quemado y era un poco más blando que el pan que él recordaba, pero era un *matzos* sin la menor duda y él se lo comió triunfalmente en el transcurso de un *seder* individual, la familiar ceremonia que se celebraba la víspera del primero de los siete días de Pascua y para la cual asó una pierna de cordero pascual y preparó unas hierbas amargas en conmemoración de las duras pruebas sufridas por los hijos de Israel en su huida de Egipto.

—¿Por qué es distinta esta noche de todas las demás noches? —le preguntó a la solitaria casa, pero no hubo respuesta, sólo un silencio todavía más amargo que las hierbas.

Como no estaba muy seguro de las fechas, celebró un *seder* todas las noches de la semana, saboreando la carne de cordero durante tres noches seguidas, hasta que ésta se estropeó y entonces enterró los restos en el cementerio de la cumbre de la colina.

Durante unos cuantos días pareció que el invierno ya se había ido, pero éste volvió más frío y lluvioso que nunca, convirtiendo los caminos en ríos de cieno espeso y frío. Yonah permanecía largas horas sentado delante de la mesa, sumido en sus pensamientos. Era un hombre rico, un médico respetado y vivía en una hermosa hacienda, rodeada de fértiles tierras de su propiedad. Pero a veces, en sus noches de insomnio, parecía oír, más fuerte que el estridente aullido del viento y la lluvia, la bondadosa voz de su padre, diciéndole que sólo estaba parcialmente vivo.

Anhelaba algo que carecía de nombre y que él no podía identificar. Cuando dormía, soñaba con los muertos o con mujeres que extraían la semilla de su cuerpo dormido. A veces tenía la certeza de que acabaría enloqueciendo como el fraile y, cuando llegaron finalmente los días cálidos y soleados, los contempló con recelo sin poder creer que el mal tiempo ya hubiera terminado.

Fue una suerte que no volvieran las fiebres, pues, hablando con el boticario fray Luis Guerra Medina, averiguó que ya no se podía comprar triaca en ningún lugar de la comarca. La triaca era un excelente remedio para las fiebres y todas las dolencias del estómago y los trastornos digestivos, incluso los provocados por venenos. Pero era caro y muy difícil de preparar, pues la mejor triaca estaba compuesta de setenta hierbas distintas que, además, no abundaban demasiado.

—¿Cómo podremos conseguir más? —le preguntó a fray Medina.

—No lo sé —contestó el anciano franciscano en tono preocupado—. La de mejor calidad sólo la prepara la familia

Aurelio, de Huesca. Cada año yo viajo a su casa para comprarles este remedio. Pero es un viaje de cinco días a caballo y yo ya soy demasiado viejo. No puedo ir.

Yonah se encogió de hombros.

—Enviemos a alguien.

—No, si envío a alguien que no esté familiarizado con la triaca, le darán una mezcla sin ningún valor curativo porque ya estará pasada. La tiene que comprar alguien a quien ellos respeten, alguien que conozca el aspecto y las propiedades de la triaca de calidad. Tiene que estar recién preparada y hay que adquirir una cantidad suficiente para un año, no más.

La casa de Yonah se había convertido para éste en una prisión y en ese momento se le ofrecía la oportunidad de tomarse un descanso.

—Muy bien, pues. Yo iré a Huesca —resolvió.

Los médicos de las cercanas comunidades —Miguel de Montenegro y otro médico llamado Pedro Palma, avalado por Montenegro— accedieron a atender a los pacientes de Yonah, sabiendo que tanto ellos como sus propios pacientes se beneficiarían de la triaca que éste llevaría consigo. Yonah tomó el tordo árabe y un solo asno de carga. Como de costumbre, en cuanto salió a la campiña, se animó. El tiempo era bueno y hubiera podido cabalgar más rápido, pero el caballo árabe se estaba haciendo viejo y él no quiso cansarlo, pues no tenía ninguna necesidad de darse prisa. El camino no era difícil. En las estribaciones de las colinas había campos en los que pastaba el ganado y pequeñas alquerías, donde los cerdos hozaban en una tierra en la que muy pronto sembrarían trigo u hortalizas. Las colinas no tardaron en convertirse en montañas, primero medianas y después más grandes.

Una vez en Huesca buscó a la familia Aurelio y la encontró trabajando en un almacén, que antiguamente había sido establo, perfumado con el olor de las hierbas aromáticas.

Tres hombres y una mujer machacaban y mezclaban las hierbas secas. El maestro herbolario Reinaldo Aurelio era un hombre afable de mirada penetrante que llevaba un áspero delantal de cuero cubierto de ahechaduras.

—¿En qué os puedo servir, señor?

—Necesito triaca. Soy Ramón Callicó, médico de Zaragoza. Es para fray Luis Guerra Medina de Zaragoza.

—¡Ah, es para fray Luis! Pero ¿por qué no ha venido él mismo? ¿Cómo se encuentra de salud?

—Su salud es buena, pero se está haciendo mayor y por eso me ha enviado a mí.

—Os puedo proporcionar triaca, señor Callicó —dijo el hombre. Acto seguido se acercó a un estante y abrió un recipiente de madera.

—¿Puedo verla? —preguntó Yonah, desmenuzando una pequeña cantidad entre sus dedos, aspirando su olor y sacudiendo la cabeza—. No —dijo en un susurro—. Si yo le llevara eso a fray Luis, seguro que me castraba, y bien merecido me lo tendría.

El herbolario esbozó una sonrisa.

—Fray Luis es muy especial.

—De lo cual nosotros los médicos nos alegramos. Necesito una buena cantidad de triaca recién preparada para que fray Luis pueda abastecer a los médicos de los distritos que rodean Zaragoza.

El señor Aurelio asintió con la cabeza.

—Eso no es un problema, pero nos llevará un poco de tiempo preparar tanta triaca.

—¿Cuánto tiempo?

—Por lo menos, diez días. Tal vez un poco más.

Yonah no tuvo más remedio que aceptar. En realidad, aquella situación no le molestaba, pues le dejaría tiempo libre para recorrer los Pirineos. Calcularon cuánto costarían las hierbas y pagó por adelantado. Fray Luis le había dicho que la palabra de aquellos boticarios era sagrada y a él no le apetecía llevar el oro encima. Acordó dejar la acémila al cuidado de los Aurelio en su ausencia y prometió no volver a aparecer por la botica hasta pasadas dos semanas por lo menos, para que tuvieran tiempo de hacer su trabajo.

Cabalgó hacia el norte por las estribaciones de las montañas. Había oído decir que entre Huesca y la frontera con Francia las montañas eran tan altas que parecían rozar el cielo. En efecto, no tardó en ver unas altas cumbres, algunas de ellas cubiertas de nieve. En un prado florido, vio un arroyo lleno de pequeñas truchas de llamativos colores. Se sacó de la bolsa un sedal con anzuelo y una cajita de hojalata que contenía gusanos procedentes del montón de estiércol de su hacienda de Zaragoza. Cada trucha sólo bastaba para un bocado, pero él las limpió en un momento, las ensartó en una rama verde y las asó sobre una pequeña hoguera, saboreando con fruición las tiernas espinas y la delicada carne.

Dejó que el caballo paciera hierba y flores, y después siguió el camino que subía a las montañas. Las estribaciones estaban cubiertas de hayas, castaños y robles, y más arriba había pinos y abetos que desaparecerían en los niveles más altos donde hasta las más pequeñas plantas serían escasas. El cálido sol estaba fundiendo la nieve que bajaba hasta las orillas de un fragoroso río con unos impetuosos rabiones. Al caer la tarde vio la primera nieve en un bosque de abetos. Se veían con toda claridad las huellas recientes de un oso. Allí el aire era más cortante y la noche sería más fría; decidió dormir en un lugar más cálido, por lo que dio media vuelta con su caballo y bajó hasta un paraje más apropiado, bajo la protección de un pino de gran tamaño cuyas ramas secas le podrían servir para encender una hoguera. Recordando las huellas del oso, ató el caballo muy cerca, mantuvo la hoguera encendida toda la noche y se despertó de vez en cuando para romper la leña seca del árbol con un sonoro crujido y advertir de este modo de su presencia antes de volver a dormirse, mientras las llamas de la hoguera se elevaban en el aire.

A la mañana de su tercer día fuera de Huesca, tuvo que detenerse al tropezar con una espesa capa de nieve en un paso. Hubiera podido cruzarlo, pero ello hubiera supuesto un esfuerzo excesivo para el caballo y no tenía sentido. Buscó otro camino que rodeara la montaña, pero no halló ninguno. Sólo cuando el tordo árabe trató de dar media vuelta Yonah reparó en lo que el animal había percibido: un camino casi oculto entre los árboles. Cuando lo examinó, la vía se convirtió en un ancho sendero de piedra que bordeaba una corriente cuyas aguas llevaban siglos abriéndose paso a través de la pared rocosa de la montaña.

Descendió cabalgando a niveles cada vez más bajos.

Tras un largo descenso, aspiró el olor del humo de una hoguera de leña y, al salir de los árboles, se encontró en una aldea en el centro de un pequeño valle. Vio una docena de casitas de piedra con inclinados tejados de pizarra y la cruz de una iglesia recortándose en el horizonte. Las vacas y los caballos pastaban en una dehesa y había varios campos de cultivo de fértil tierra negra.

Pasó cabalgando por delante de dos casas sin encontrar a nadie, pero, al llegar a la tercera, vio a una mujer que había ido al río por agua y ahora regresaba con el cubo lleno. Al descubrirlo, la mujer echó a correr hacia la casa derramando parte del agua, pero él le dio alcance a medio camino.

—Buenos días os dé Dios. ¿Qué pueblo es éste, si sois tan amable?

La mujer se detuvo en seco como si se hubiera quedado congelada.

—Es Pradogrande, señor —contestó con una clara y recelosa voz.

Cuando el caballo se acercó un poco más, Yonah experimentó un sobresalto tan grande al ver el rostro de la mujer que hasta pudo oír el susurro de su afanosa respiración.

—Inés. ¿Sois vos?

Desmontó torpemente y ella retrocedió unos pasos, atemorizada.

—No, señor.

—¿Vos no sois Inés Denia, la hija de Isaac Saadi? —preguntó estúpidamente.

La muchacha se lo quedó mirando.

—No, señor. Yo soy Adriana. Adriana Chacón.

Claro, qué necio, pensó Yonah. Aquella muchacha era demasiado joven. La última vez que él había visto a Inés, ésta era algo más joven que aquella muchacha, pero habían transcurrido muchos años desde entonces.

—Inés era mi tía, que en paz descanse.

Ah, Inés había muerto. Experimentó una punzada de dolor al enterarse de que había desaparecido: otra puerta se cerraba.

—Dios la tenga en su gloria —musitó—. Yo os recuerdo —dijo de repente.

Comprendió que aquella mujer era la niña de la que Inés cuidaba, la hija de su hermana mayor, Felipa. Recordó haber paseado con Inés por Granada, cada uno de ellos tomando una mano de aquella niña.

La mujer lo estaba mirando, perpleja.

Yonah se volvió al oír un grito, señal de que otros habían reparado en su presencia. Unos hombres corrían hacia ellos, tres desde una dirección y dos más desde otra, todos ellos provistos con herramientas que pensaban utilizar como armas para matar al invasor.

38

El Prado Grande

Antes de que los braceros del campo pudieran darles alcance, un sujeto enjuto y fornido salió de una casa de las inmediaciones. Había envejecido, pero no hasta el extremo de que Yonah no reconociera en él de inmediato a Micah Benzaquen, el amigo y vecino de los Saadi en Granada. Benzaquen era un hombre de mediana edad cuando Yonah lo había conocido; en ese momento seguía conservando las fuerzas, pero era un anciano. Miró momentáneamente a Yonah y sonrió, por lo que Yonah comprendió que Benzaquen también lo había reconocido a él.

—Los años os han tratado bien, señor —le dijo Benzaquen—. La última vez que os vi, erais un pastor robusto y andrajoso, todo cabello y barba, como si tuvierais la cabeza enmarcada por un arbusto. Pero ¿cuál es vuestro apellido? Es como el nombre de una hermosa ciudad...

Yonah comprendió que, durante su estancia en aquel remoto lugar, le sería imposible empeñarse en decir que se llamaba Ramón Callicó.

—Toledano.

—¡Sí, Toledano, a fe mía!

—Yonah Toledano. Me alegro mucho de volver a veros, señor Benzaquen.

—¿Dónde vivís ahora, señor Toledano?

—En Guadalajara —contestó Yonah, sin atreverse a asociar el apellido Toledano con Zaragoza.

Lamentó que, mientras él y Benzaquen se intercambiaban un saludo, la mujer hubiera tomado el cubo de agua y se hubiera alejado a toda prisa. Los hombres que lo perseguían corriendo habían aminorado la marcha al percatarse de que el forastero no había desenvainado la espada ni la daga. Cuando le dieron alcance, sosteniendo todavía los aperos de labranza con los cuales lo hubieran podido ensartar y despedazar, él y Benzaquen ya estaban conversando afablemente.

Benzaquen le presentó a Pedro Abulafin, David Vidal y Durante Chazán Halevi y después a un segundo grupo formado por Joaquín Chacón, Asher de Segarra, José Díaz y Fineas ben Sagan.

Varios hombres se hicieron cargo de su caballo mientras lo acompañaban a la hospitalidad de la finca de Benzaquen. Leah Chazán, la esposa de Benzaquen, era una afectuosa mujer de cabello canoso, con todas las virtudes propias de una madre española. Le ofreció un cuenco de agua caliente y un lienzo y lo acompañó a la intimidad del establo. Para cuando se hubo lavado y refrescado, la casita estaba empezando a llenarse con los efluvios de un cordero lechal asado. Su anfitrión lo esperaba con una jarra de bebida y dos copas.

—Nuestro pequeño valle apenas recibe visitas, por consiguiente, tenemos que celebrarlo —dijo Benzaquen, escanciando aguardiente.

Ambos brindaron el uno por la salud del otro.

Benzaquen había reparado en el caballo árabe de Yonah y en la excelente calidad de su ropa y de sus armas.

—Ya no sois un andrajoso pastor —dijo sonriendo.

—Soy médico.

—¿Médico? ¡Cuánto me alegro!

Mientras saboreaban la excelente comida que su esposa se apresuró a servirles, Benzaquen explicó a Yonah qué había sido de los conversos cuando éstos y Yonah se habían separado para seguir cada cual su camino.

—Abandonamos Granada en una caravana, treinta y ocho carros todos con destino a Pamplona, la principal ciudad de Navarra, adonde llegamos tras un viaje dolorosamente lento y difícil.

En Pamplona se habían quedado dos años.

—Algunos de los nuestros se casaron allí. Entre ellos, Inés Denia. Se casó con un carpintero llamado Isidoro Sabino —dijo cautelosamente Benzaquen, pues ambos guardaban un desagradable recuerdo de su discusión acerca de la muchacha la última vez que se habían visto.

—Por desgracia para nosotros los de Granada —añadió Benzaquen—, nuestra feliz estancia en Pamplona se vio ensombrecida por la tragedia.

Uno de cada cinco cristianos nuevos de Granada murió en Pamplona a causa de las fiebres y la disentería. Cuatro miembros de la familia Saadi se contaron entre los que murieron cruelmente en aquel desgraciado mes de *nisan*. Más adelante, su hija Felipa enfermó y murió, y lo mismo les ocurrió a Inés Denia y a su esposo Isidoro Sabino, con quien llevaba menos de tres meses casada.

—Los habitantes de Pamplona culparon a los recién llegados de haber llevado la muerte a su ciudad y, cuando terminó la peste, los que habíamos sobrevivido, comprendimos que tendríamos que echarnos de nuevo al camino.

»Tras muchas discusiones, decidimos cruzar la frontera de Francia y tratar de establecernos en Toulouse, a pesar de que sabíamos muy bien que era una decisión arriesgada. Yo, por ejemplo, no estaba de acuerdo ni con el itinerario ni con el destino —dijo Benzaquen—. Señalé que, durante muchos siglos, en Toulouse se habían tolerado tradicionalmente los actos de violencia contra los judíos y que, para pasar a Francia, teníamos que cruzar las elevadas cumbres de los Pirineos con los carros, lo cual me parecía una hazaña imposible.

Pero algunos de sus compañeros conversos se burlaron de sus temores, señalando que llegarían a Francia como católicos y no como judíos. En cuanto a las montañas, sabían que en el pueblo de Jaca, situado más adelante, podrían contratar los servicios de unos guías, también conversos, que los conducirían a través de los pasos. En caso de que los carros no pudieran atravesar las montañas, dijeron, transportarían sus posesiones más preciadas a Francia a lomos de acémilas. Así pues la caravana emprendió la marcha por el camino de Jaca.

—¿Cómo localizasteis el valle? —preguntó Yonah.

Benzaquen esbozó una sonrisa.

—Por pura casualidad.

En las largas y boscosas laderas de las montañas, no había muchos lugares apropiados de acampada para un grupo de personas tan numeroso. A menudo los viajeros dormían en los carros, colocados en fila al borde del camino. Una noche, cuando estaban dormidos, uno de los caballos de tiro de Benzaquen, un valioso animal que le era muy necesario, rompió la cuerda con la que estaba atado y se alejó.

—En cuanto descubrí su ausencia al romper el alba, yo y otros cuatro hombres nos pusimos a buscar a la dichosa bestia.

Siguiendo unos arbustos aplastados y unas ramas quebradas, alguna que otra huella de cascos y excrementos, llegaron a una especie de sendero natural de piedra que bajaba por la pendiente siguiendo el curso de un arroyo. Al final, salieron del bosque y descubrieron al caballo rozando en el verde prado de un pequeño y recóndito valle.

—Nos llamaron inmediatamente la atención la calidad del agua y de la hierba. Regresamos a la caravana y guiamos a los demás al valle, pues éste constituía un lugar de descanso seguro y protegido. Sólo tuvimos que ensanchar un poco el camino natural en dos lugares y apartar varias rocas de gran tamaño para poder bajar con los carros.

»Al principio, pensábamos quedarnos sólo cuatro o cinco días para que hombres y animales descansaran y recuperaran las fuerzas.

Pero la belleza del valle y la evidente fertilidad de la tierra les causaron a todos una grata impresión, dijo. Sabían que el lugar se encontraba extremadamente apartado. Jaca, el pueblo más próximo al este, quedaba a dos días de difícil camino y era una comunidad muy aislada que atraía a muy pocos viajeros. Y al sudeste, Huesca, la ciudad más próxima, se encontraba también a tres días de viaje. Algunos cristianos nuevos pensaron que allí podrían vivir en paz sin ver jamás a un inquisidor o un soldado. Pensaron que les convenía no seguir adelante, quedarse en aquel valle y convertirlo en su hogar.

—Sin embargo, no todos estaban de acuerdo —añadió Benzaquen. Tras muchas disputas, diecisiete de las veintiséis familias que habían abandonado Pamplona decidieron quedarse en el valle—. Pero todos echaron una mano a las nueve familias que habían optado por trasladarse a Toulouse. Tardaron toda una mañana y casi toda la tarde en conseguir que sus carros volvieran a subir por el camino. Tras los abrazos y las lágrimas de rigor, los viajeros desaparecieron en la montaña y los que no quisimos acompañarlos bajamos de nuevo al valle.

Entre los pobladores había cuatro familias cuyos miembros se habían ganado previamente la vida trabajando el campo. Durante la preparación de los viajes de Granada a Pamplona y desde esta última ciudad a Toulouse, los campesinos se habían avergonzado de su condición de hombres del campo y habían dejado todos los preparativos y las decisiones en manos de los mercaderes cuya experiencia y conocimientos habían resultado extremadamente útiles.

Ahora, en cambio, los campesinos se convirtieron en los líderes del asentamiento, estudiaron y examinaron los distintos parajes del valle y establecieron qué habían de sembrar y dónde. Por todo el valle creció un abundante y saludable forraje y, desde un principio, decidieron llamar al lugar Prado Grande.

Los hombres trabajaron juntos para dividir el valle en diecisiete fincas de aproximadamente la misma extensión, luego numeraron cada parcela y fueron sacando los números de un sombrero para repartirse las propiedades. Los hombres acordaron trabajar en régimen de cooperativa tanto en la siembra como en la recolección, y establecieron turnos rotativos para que ningún propietario tuviera una ventaja permanente sobre los demás. Los cuatro campesinos indicaron dónde debían levantar las casas para aprovechar mejor el sol y la sombra y resistir las inclemencias del tiempo. Y trabajaron codo con codo, construyendo las fincas una a una. En las laderas de la montaña abundaba la piedra y las estructuras eran unos edificios sólidos, con los establos y los graneros en el nivel inferior o bien adosados a las viviendas.

Durante su primer verano en el valle construyeron tres caseríos, en los que durante el invierno se apretujaron las mujeres y los niños mientras los hombres vivían en los carros. Durante los cinco veranos siguientes fueron construyendo las demás casas y la iglesia.

Los cuatro expertos campesinos se convirtieron en el comité de compras de la comunidad.

—Primero viajaron a Jaca —explicó Benzaquen—, donde adquirieron unas cuantas ovejas y algunas semillas, pero Jaca era demasiado pequeña para satisfacer sus necesidades, por lo que, en su siguiente viaje, se trasladaron a la más distante Huesca, donde encontraron una mayor variedad de cabezas de ganado a la venta. Trajeron consigo varios sacos de buenas semillas, gran número de aperos de labranza, plantones de árboles frutales, más ovejas y cabras, cerdos, gallinas y gansos.

Uno de los hombres sabía trabajar el cuero y otro era carpintero, por lo que sus conocimientos resultaron muy útiles para la nueva comunidad.

—Pero casi todos nosotros éramos mercaderes. Cuando decidimos quedarnos en Prado Grande, comprendimos que tendríamos que cambiar de vida y de actividad. Al principio fue muy difícil y desalentador acostumbrar los cuerpos de unos comerciantes a las duras exigencias de las tareas agrícolas, pero estábamos emocionados con las posibilidades que nos ofrecía el futuro y ansiosos de aprender. Poco a poco, nos fortalecimos.

»Llevamos once años aquí y hemos removido la tierra para crear campos de labranza, hemos obtenido cosechas y hemos plantado vergeles —dijo Benzaquen.

—Lo habéis hecho muy bien —les alabó Yonah, sinceramente admirado.

—Ya está a punto de oscurecer, pero mañana os acompañaré en un recorrido por el valle para que lo veais con vuestros propios ojos.

Yonah asintió con la cabeza con aire ausente.

—Esta mujer, Adriana... ¿está casada con un campesino?

—Bueno, en Prado Grande todos son campesinos. Pero el marido de Adriana Chacón ha muerto. Ella es viuda —contestó Benzaquen, cortando otro trozo de cordero e invitando a su huésped a aprovechar la oportunidad de saborear carne de excelente calidad.

—Dice que me recuerda de cuando era pequeña —le dijo Adriana Chacón a su padre aquella noche—. Es curioso porque yo no le recuerdo. ¿Tú lo recuerdas?

Joaquín Chacón sacudió la cabeza.

—No. Pero es posible que lo conociera. Tu abuelo Isaac conocía a mucha gente.

A Adriana le resultaba extraño que aquel recién llegado al valle evocara recuerdos que ella no compartía. Cuando pensaba en su infancia era como tratar de contemplar un vasto paisaje desde la cumbre de una montaña: los objetos más próximos se veían con toda nitidez y claridad, mientras que los más lejanos se perdían en la remota distancia hasta convertirse en invisibles. No recordaba nada de Granada y sólo conservaba unas vagas remembranzas de Pamplona. Recordaba haber viajado durante mucho tiempo en la parte posterior de un carro. Los carros estaban cubiertos para protegerse de las inclemencias del tiempo, pero el sol calentaba tanto que la caravana solía viajar a primera hora de la mañana y a última hora de la tarde mientras que, al mediodía, cuando llegaban a una zona de sombra, los carreteros detenían sus caballos. La muchacha no podía olvidar el constante traqueteo de los carros por los pedregosos caminos, el chirrido de los arneses de cuero, el sonido de los cascos de los caballos, el grisáceo polvo que a veces rechinaba entre sus dientes. El olor a hierba de las redondas bostas que caían detrás de los caballos y los asnos y que posteriormente eran aplastadas por los carros que los seguían.

Adriana contaba por aquel entonces ocho años, se sentía desesperadamente triste mientras viajaba sola, echando de menos a sus seres queridos recientemente fallecidos. Su padre Joaquín Chacón la trataba con ternura cuando se acordaba, pero, en general, permanecía sentado delante, conduciendo los caballos en silencio, casi ciego de dolor. Los recuerdos que conservaba Adriana de lo que había ocurrido tras penetrar la caravana en las montañas eran muy confusos; sólo sabía que un día habían llegado al valle y que ella se había alegrado de no tener que seguir viajando.

Su padre, que en el pasado se había dedicado a comprar y vender lienzos de seda, se afanaba ahora en las tareas del campo, pero en sus primeros años de estancia en Prado Grande había trabajado también en la construcción de las casas. Se había convertido en un respetado albañil y había aprendido a ensamblar las piedras y a levantar sólidas paredes. Las casas, construidas con piedra de río y madera, se asignaron por turnos a las familias más numerosas. De esta manera, Adriana y su padre tuvieron que compartir durante cinco años las casas con otras familias, pues la suya fue la última que construyó la comunidad. Era también la más pequeña, pero estaba tan bien construida como las demás y a ella le pareció de lo más acogedora cuando finalmente se mudaron a vivir allí. Aquella temporada, que coincidió con el momento en que cumplió trece años, fue su período más feliz en Prado Grande. Era la dueña de la casa de su padre y estaba tan enamorada del valle como todos los demás. Cocinaba y limpiaba, cantaba día y noche y se consideraba feliz con su suerte. Fue el año en que le empezaron a crecer los pechos, cosa que la asustó un poco, pero le pareció natural, pues a su alrededor la naturaleza también se desarrollaba y florecía. Había tenido su primera menstruación a los once años y Leona Patras, la anciana esposa de Abram Montelbán, fue muy buena con ella y le enseñó a cuidarse durante aquellos días del mes.

Al año siguiente la comunidad sufrió su primera pérdida cuando Carlos ben Sagan falleció a causa de una enfermedad pulmonar. Tres meses después del entierro de Sagan, su padre le dijo a Adriana que se iba a casar con Sancha Portal, la viuda de Carlos. Joaquín le explicó a su hija que los hombres que tan duramente trabajaban en Prado Grande, temiendo verse obligados a aceptar inmigrantes del exterior, sabían que en los años venideros necesitarían la mayor cantidad de manos posible. Y también sabían que las familias numerosas eran la clave del futuro, por lo que a los adultos solteros se los animaba a casarse cuanto antes. Sancha Portal había accedido a contraer matrimonio con Joaquín; seguía siendo una mujer fuerte y hermosa, y él estaba decidido a cumplir con su obligación. Le dijo a Adriana que se iría a vivir a la casona de Sancha, pero, como ésta tenía cinco hijos y en su casa ya no cabía nadie más, ella tendría que quedarse en la casita de su padre y sólo se reuniría con su nueva familia para las comidas de los domingos y las fiestas de guardar.

Tras la construcción de una pequeña iglesia y una casa para el cura en el centro del valle, Joaquín había formado parte de la delegación que había viajado a Huesca para pedir la asignación de un sacerdote a la nueva comunidad. El padre Pedro Serafino, un reposado y receloso hombre vestido de negro, los acompañó a Prado Grande y se quedó allí apenas el tiempo suficiente para casar a Joaquín y Sancha. Al regresar a Huesca, el clérigo les comentó a sus superiores la existencia de la nueva iglesia y de la acogedora pero vacía casa parroquial y, varios meses más tarde, emergió del bosque y anunció a los colonos su nombramiento permanente como párroco.

Los aldeanos se alegraron de poder ir a misa, pues se sentían católicos hasta la médula.

—Ahora, si unos ojos hostiles examinan alguna vez nuestra comunidad —le dijo Joaquín a su hija—, hasta la Inquisición no podrá por menos que reparar en el lugar destacado que ocupan nuestra iglesia y la casa parroquial. Y, al ver cómo nuestro párroco recorre constantemente el valle con su pequeño asno, no tendrán más remedio que llegar a la conclusión de que Prado Grande es una comunidad de verdaderos cristianos.

Fue una época en que Adriana se alegró de vivir sola. Era fácil mantener la casa pulcra y ordenada habiendo sólo una persona. La joven ocupaba los días cociendo el pan, cultivando hortalizas en el huerto para contribuir a la manutención de la numerosa familia de su padre e hilando la lana de sus ovejas. Al principio, todo el mundo sonreía al verla, tanto las mujeres como los hombres. Su cuerpo experimentó el último cambio de la adolescencia; sus pechos estaban muy bien formados y su joven figura era alta y delgada, pero muy femenina. Muy pronto las esposas de la aldea repararon en la forma en que la miraban los hombres y algunas empezaron a mostrarse frías y distantes con ella.

A la muchacha le faltaba experiencia, pero no conocimientos; una vez había visto aparearse a unos caballos y había contemplado cómo el semental relinchaba mientras saltaba a la grupa de la yegua, con una verga tan grande como un garrote. Había visto lo que hacían los carneros con las ovejas. Sabía que el apareamiento humano se hacía de otra manera y sentía curiosidad por conocer los detalles del acto.

Le dolió mucho que Leona Patras enfermara aquella primavera. La visitaba a menudo y trataba de pagarle su amabilidad preparando la comida para su anciano esposo Abram Montelbán, poniendo agua a hervir para que el vapor aliviara las molestias respiratorias de la mujer y untándole el pecho con grasa de ganso y alcanfor. Pero la tos iba en aumento y, poco antes del verano, Leona falleció. Adriana lloró durante su entierro, pues le parecía que la muerte se llevaba a todas las mujeres que le mostraban afecto.

Ayudó a lavar el cuerpo de Leona antes de depositarlo en la tierra, limpió la casa de la difunta, preparó varias comidas para el viudo Abram Montelbán y se las dejó sobre la mesa.

Aquel verano el valle se inundó de belleza y tanto los frondosos árboles como las altas hierbas se llenaron de pájaros cantores de vistoso plumaje y en el aire se aspiraba el perfume de las flores recién abiertas. A veces Adriana se sentía casi embriagada de hermosura y su mente se perdía incluso cuando conversaba con sus vecinos. Por eso, cuando su padre le comunicó que debía casarse con Abram Montelbán, creyó que no le había oído bien.

Antes de que a ella y a su padre les asignaran la última casa construida en Prado Grande, ambos se habían albergado en los hogares de distintas familias, entre ellas la de Abram Montelbán y Leona Patras.

Su padre sabía que Abram era un hombre huraño, un viejo maloliente de ojos saltones y muy mal genio. Pero Joaquín no se anduvo con rodeos.

—Abram está dispuesto a aceptarte y no hay nadie más para ti. Somos sólo diecisiete familias. Sin contarnos a mí y al difunto Carlos Sagan, cuya familia es ahora la mía, sólo quedan quince familias en las que podrías encontrar marido. Pero esos hombres ya son esposos y padres. Tendrías que esperar a que muriera la mujer de otro hombre.

—Esperaré —dijo Adriana con obstinación, pero Joaquín sacudió la cabeza.

—Tienes que cumplir con tu deber para con la comunidad —replicó con firmeza, añadiendo que, si no obedecía, lo llenaría de oprobio. Al final, Adriana accedió a casarse con el viejo.

Abram Montelbán se mostró muy distante durante la boda. En el transcurso de la misa de esponsales en la iglesia no habló con ella ni la miró. Una vez finalizada la ceremonia, la fiesta se celebró en tres casas y estuvo muy animada, pues se sirvieron tres clases de carne —cordero, cabrito y pollo— y los invitados bailaron hasta altas horas de la madrugada. Adriana y su esposo pasaron parte de la velada en los tres caseríos y terminaron los festejos en la casa de Sancha Portal, donde el padre Serafino, con un vaso de vino en la mano, les habló de la santidad del matrimonio.

Abram estaba achispado cuando abandonaron la casa de Sancha Portal entre los vítores y las risas de los invitados. El anciano tropezó varias veces en su intento de subir al carro que lo tenía que trasladar a su casa junto con su flamante esposa bajo la fría luz de la luna. Desnuda en el dormitorio de su marido y acostada en el lecho en el que había muerto su amiga Leona Patras, Adriana se moría de miedo, pero estaba resignada. El cuerpo de Abram era sumamente desagradable, tenía el estómago caído y los brazos esqueléticos. Le pidió que separara las piernas y acercó la lámpara de aceite para contemplar mejor su desnudez. Pero estaba claro que el apareamiento de los humanos era más complicado que el de los caballos y las ovejas que ella había visto. Cuando él la montó, el fláccido miembro de su reciente esposo no pudo penetrar en su cuerpo a pesar de las violentas sacudidas y de las maldiciones que le soltó, salpicándola de saliva. Al final, el viejo se apartó de ella y se quedó dormido, por lo que Adriana tuvo que levantarse para apagar la lámpara. Cuando volvió a acostarse, se colocó en el borde de la cama, lo más lejos que pudo de él, y no pudo conciliar el sueño.

A la mañana siguiente, el viejo lo volvió a intentar gruñendo a causa del esfuerzo, pero sólo consiguió soltar una rociada de líquido que quedó adherido al fino vello del pubis de Adriana. Finalmente él salió de casa y ella se lavó para eliminar todos sus vestigios.

Abram resultó ser un esposo malhumorado y temible. El primer día de su matrimonio, la golpeó gritando: «¿A eso lo llamas tú budín de huevo?» Por la tarde le ordenó que al día siguiente preparara una buena comida para todos. Adriana mató dos gallinas, las desplumó y las cocinó, coció pan y fue a por agua fresca para beber. Los invitados fueron su padre y su madrastra; Anselmo, el hijo de Abram, y su esposa Azucena Aluza, con sus tres hijos, de quienes Adriana se había convertido en abuela a los catorce años: dos niñas, Clara y Leonor, y un chiquillo llamado José. Nadie le dirigió la palabra mientras servía, ni siquiera su padre, que se estaba mondando de risa con los comentarios de Anselmo acerca de las travesuras de sus cabras.

Para su desgracia, su esposo siguió intentándolo en la cama hasta que unas tres semanas después de la boda, Abram consiguió una erección lo bastante firme como para penetrarla. Adriana gimió muy quedo al sentir el dolor de la desfloración y escuchó con rabia el graznido de triunfo del viejo cuando éste retiró casi de inmediato el pegajoso miembro y se apresuró a recoger en un trapo la manchita de sangre que era el testimonio de su hazaña.

Después la dejó en paz durante algún tiempo como si, tras haber escalado la montaña, ya no considerara necesario volver a intentarlo. Pero muchas mañanas ella se despertaba al sentir su odiosa mano bajo la camisa de dormir, tanteando entre sus piernas con algo que lo era todo menos una caricia. Su esposo apenas le prestaba la menor atención, pero había adquirido la costumbre de golpearla sin reserva y a menudo.

Las manchadas manos de Abram se cerraban en unos poderosos puños. Una vez en que a ella se le quemó el pan, le azotó las piernas con un látigo.

—¡Os lo ruego, Abram! ¡No, por favor! ¡No! ¡No! —gritaba ella llorando, pero él no contestaba y respiraba hondo cada vez que la golpeaba.

Abram le explicó a su padre que se veía obligado a pegarla por sus fallos y entonces su padre se presentó en la casa para hablar con ella.

—Tienes que dejar de ser una niña caprichosa y aprender a comportarte como una buena esposa, tal como lo era tu madre —le advirtió.

Ella no se atrevió a mirarlo a los ojos, pero le dijo que intentaría hacerlo mejor.

En cuanto aprendió a hacer las cosas tal como Abram

deseaba, las palizas fueron menos frecuentes, pero siguieron produciéndose y, a cada mes que pasaba, el mal humor del viejo iba en aumento. Le dolía todo el cuerpo cuando se acostaba. Caminaba muy envarado y jadeaba de dolor y, si antes ya tenía poca paciencia, luego ya no tuvo ninguna.

Una noche, cuando ya llevaban más de un año casados, la vida de Adriana cambió. Había preparado la cena, pero no la sirvió, pues derramó el agua sobre la mesa mientras le llenaba la copa y entonces él se levantó y le propinó un puñetazo en el pecho. A pesar de que jamás se le había pasado por la cabeza hacer semejante cosa, ahora la joven se revolvió contra él y le abofeteó dos veces con tal fuerza que Abram hubiera caído al suelo si no hubiera conseguido hundirse de nuevo en su asiento.

Entonces ella se inclinó hacia él.

—Ya no vais a tocarme, señor. Nunca jamás.

Abram la miró asombrado y rompió a llorar de cólera y humillación.

—¿Lo habéis entendido? —preguntó Adriana, pero el viejo no contestó.

Cuando le miró a través de sus propias lágrimas, la joven vio que era un viejo despreciable, pero también débil e insensato, no una criatura capaz de inspirar temor. Le dejó sentado en su asiento y subió al piso de arriba. Al cabo de un rato, Abram también subió, se desnudó muy despacio y se acostó. Esta vez fue él quien se tendió en el borde de la cama, lo más lejos posible de ella.

Adriana estaba segura de que su esposo acudiría al cura o a su padre y ya esperaba con resignación el castigo que le iban a imponer, quizás unos azotes o algo peor. Sin embargo, no oyó ninguna palabra de condena y con el tiempo comprendió que su esposo no formularía ninguna queja contra ella, pues temía el ridículo que pudiera producirse y prefería que los demás hombres lo consideraran un poderoso león capaz de meter en cintura a una esposa tan joven.

A partir de aquel momento, Adriana decidió extender cada noche una manta en la sala de la planta baja y dormir en el suelo.

Cada día trabajaba en el huerto y le preparaba la comida a su esposo, le lavaba la ropa y llevaba la casa. Cuando faltaban pocos días para que se cumplieran sus dos años de casados, él empezó a sufrir unos fuertes ataques de tos y se acostó para no volver a levantarse nunca más del lecho. Ella le cuidó durante nueve semanas: le calentaba vino y leche de cabra, le daba la comida, le llevaba el orinal, le limpiaba el trasero y le aseaba todo el cuerpo.

Cuando Abram murió, Adriana se sintió invadida por una profunda gratitud y experimentó su primera sensación adulta de paz.

Durante algún tiempo, la dejaron discretamente tranquila, cosa que ella agradeció. Pero, menos de un año después de la muerte de Abram, su padre volvió a plantearle el tema de su situación de viuda en Pradogrande.

—Los hombres han decidido que las propiedades sólo pueden estar a nombre de un varón que participe en las tareas del campo.

Ella reflexionó.

—Yo participaré.

Su padre la miró con una sonrisa.

—Tú no podrás trabajar lo suficiente.

—Puedo aprender a realizar los trabajos del campo tan bien como un mercader de seda. Sé cuidar muy bien un huerto. Trabajaré con más ahínco de lo que jamás hubiera podido hacer Abram Montelbán.

Sin dejar de sonreír, su padre le contestó:

—Aun así, no está permitido. Para conservar la propiedad tendrías que volver a comprometerte en matrimonio. De lo contrario, la propiedad de tus tierras se la repartirán los demás campesinos.

—No quiero volver a casarme jamás.

—Anselmo, el hijo de Abram, quiere que tu propiedad se conserve intacta dentro de la familia.

—¿Y qué se propone? ¿Quiere tomarme como segunda esposa?

Su padre frunció el ceño al oír su tono de voz, pero prefirió no perder la paciencia.

—Propone que te comprometas en matrimonio con su hijo mayor, José.

—¡Con su hijo mayor! ¡Pero si José es sólo un niño de siete años!

—Aun así, el compromiso servirá para conservar las tierras intactas. No hay nadie más para ti —le dijo su padre, tal como le había dicho cuando le ordenó que se casara con Abram. Joaquín se encogió de hombros—. Dices que no quieres volver a casarte. Puede que José se muera en la infancia. O, si llega a la edad adulta, tardará años en crecer. Puede que al final las cosas resulten a gusto de todos. Cuando se convierta en un hombre, acaso sea de tu agrado.

Adriana jamás había reparado en lo mucho que aborrecía a su padre. Le vio rebuscar en su cesto de hortalizas y sacar las cebollas tiernas que ella había arrancado para su propio consumo aquella mañana.

—Me las llevaré a casa, pues a Sancha le gustan tus cebollas más que las otras —le dijo con una radiante sonrisa en los labios.

El segundo compromiso le deparó un período de sosiego. Tres estaciones de siembra y tres cosechas habían ido y venido desde la muerte de Abram Montelbán. Los fértiles campos se habían sembrado cada primavera, el heno se había segado y almacenado cada verano, el barbado trigo se había cosechado cada otoño y los hombres no habían tenido más remedio que aceptarlo, murmurando por lo bajo.

Algunas mujeres del valle volvían a mirar a Adriana con hostilidad. Algunos hombres casados habían ido más allá de las palabras y le habían insinuado su interés con dulces palabras, pero el lecho matrimonial aún estaba desagradablemente reciente en sus pensamientos y ella no quería saber nada de los hombres. Aprendió a quitárselos de encima y a rechazar su necedad con un comentario burlón o una leve sonrisa.

Las veces que salía a dar un paseo, veía al varón al que estaba prometida. José Montelbán era bajito para su edad y tenía una espesa mata de ensortijado cabello negro. Parecía un chiquillo jugando en los campos. Pero por entonces el niño ya tenía diez años. ¿A qué edad lo considerarían lo bastante crecido para el matrimonio? Un chico tenía que haber cumplido los catorce o quince años, suponía ella, para que lo dedicaran a semental.

Una vez pasó por su lado y vio que le caían los mocos de la nariz. Impulsivamente, se sacó un trapo del bolsillo y limpió la nariz del sorprendido chiquillo.

—Nunca tienes que irte a la cama con mocos, señor. Me lo tienes que prometer —le dijo, y se rió como una loca mientras él se alejaba corriendo como un conejo asustado.

En su interior se estaba desarrollando un pequeño bulto de frialdad semejante a un hijo no deseado. No tenía ninguna posibilidad de escapar, pero empezó a acariciar la idea de alejarse de aquel lugar, subiendo por la ladera de la montaña hasta que ya no pudiera seguir caminando.

No temía la muerte, pero no soportaba la idea de que la devoraran las fieras.

Había llegado a la conclusión de que era una locura esperar algo bueno del mundo. La tarde en que el forastero surgió del bosque como un caballero con su oxidada cota de malla y su espléndido caballo tordo, hubiera huido de él de haber podido. De ahí que no le hiciera la menor gracia que Benzaquen llamara a su puerta a la mañana siguiente y le pidiera humildemente que ocupara su lugar y le mostrara el valle al visitante.

—Mis ovejas han empezado a parir prodigiosamente corderos y hoy algunas precisarán de mis cuidados —le dijo sin ofrecerle ninguna alternativa.

Le reveló lo único que sabía de aquel hombre: que era un médico de Guadalajara.

39

La visita del médico

Yonah había dormido muy a gusto en el henil de Benzaquen. Para no molestar a la esposa de su anfitrión, entró en la casa cuando todo el mundo dormía, tomó un carbón de los rescoldos, encendió una pequeña hoguera a la orilla del riachuelo que discurría cerca de la casa y se preparó un puré de guisantes, echando mano de las menguadas provisiones que todavía le quedaban. Estaba descansado y bien alimentado cuando apareció Adriana Chacón para anunciarle que lo iba a acompañar en un recorrido por la aldea en sustitución de Benzaquen.

La joven le dijo que no ensillara el caballo.

—Hoy os mostraré la parte oriental del valle. Será mejor que vayamos a pie. Puede que mañana alguien os muestre la otra parte y tengáis que cabalgar —añadió.

Yonah asintió con la cabeza. Aún no había salido de su asombro ante el gran parecido de la joven con Inés, pero, pensándolo mejor, se dio cuenta de que era distinta en varios detalles: era más alta, tenía las espaldas más anchas y el busto más delicado. Su esbelto cuerpo era tan atractivo como su agraciado rostro y, cuando ella se le acercó, Yonah observó cómo se pegaban sus redondos muslos a la rústica tela de su vestido. Sin embargo, la muchacha no parecía ser consciente de su belleza, pues no hacía el menor alarde de afectada vanidad.

Yonah tomó el cestito cubierto con una servilleta que ella llevaba. Pasaron por un campo donde unos hombres estaban trabajando. Adriana levantó la mano a modo de saludo, pero no interrumpió sus tareas para presentarles al forastero.

—Aquel hombre que está sembrando es mi padre Joaquín Chacón —le explicó.

—Ah, ya le conocí ayer. Es uno de los que acudió corriendo para protegeros.

—Él tampoco os recordaba de Granada —le dijo ella.

—No tenía nada que recordar. Mientras yo estaba en Granada, me dijeron que se encontraba en el sur, comprando seda.

—Micah Benzaquen me dijo que habíais pedido la mano de mi tía.

Micah Benzaquen era un chismoso, pensó Yonah, pero la verdad era la verdad.

—Sí, intenté casarme con Inés Saadi Denia. Benzaquen era íntimo amigo de vuestro abuelo. Actuó de intermediario y me sometió a interrogatorio en nombre de Isaac Saadi para averiguar mi situación económica. Yo era joven y muy pobre, y apenas tenía esperanzas para el futuro. Hubiera deseado que Isaac Saadi me introdujera en el comercio de la seda, pero Benzaquen me dijo que Isaac Saadi ya tenía a un yerno que trabajaba para él, vuestro padre, y que Inés tenía que casarse con un hombre que se dedicara a otro negocio o comercio. Me explicó con toda claridad que vuestro abuelo no quería mantener a un yerno y me ordenó que me marchara.

—¿Y os dolió mucho? —preguntó la joven en tono jovial para darle a entender que, después de los años transcurridos, aquel repudio sufrido en su juventud ya no podía ser tan grave.

—Pues sí, y también me dolió perderos a vos y a Inés. Quería casarme con ella, pero su sobrinita me había robado el corazón. Después de vuestra partida encontré un guijarro redondo y suave con el que vos solíais jugar. Me lo llevé como recuerdo y lo conservé más de un año hasta que lo perdí.

La joven se lo quedó mirando.

—¿De veras?

—Os lo juro. Es una lástima que Isaac no me aceptara. Hubiera podido ser vuestro tío y hubiera participado en vuestra educación.

—También hubierais podido morir con Inés en Pamplona, en lugar de Isidoro Sabino —observó ella.

—Sois una mujer muy práctica. Es algo que hubiera podido ocurrir, en efecto.

Llegaron a una pocilga hedionda en la que muchos cerdos se estaban revolcando en el barro.

Más allá se levantaba un ahumadero en cuyo interior se encontraba un porquero llamado Rodolfo García. Adriana le presentó a Yonah.

—Ya me han dicho que teníamos a un forastero —observó Rodolfo.

—Le estoy mostrando las riquezas de nuestro valle —le explicó Adriana, al tiempo que entraba con él en el ahumadero, de cuyas vigas colgaban unos grandes y oscuros jamones. La joven le dijo a Yonah que los cerdos se criaban con bellotas de la montaña—. Los jamones se frotan con hierbas y especias y se ahúman muy despacio. El resultado es una carne magra y oscura de exquisito sabor.

García tenía unos campos en los que los verdes renuevos ya estaban aflorando a la superficie.

—Sus cosechas son siempre las primeras en primavera —le dijo Adriana a Yonah.

El campesino le explicó que ello se debía a la presencia de los cerdos.

—Traslado sus pocilgas una vez al año. Allí donde los dejo, escarban la tierra con sus afiladas pezuñas y sus jetas, la mezclan con sus excrementos y crean un fértil campo que pide a gritos semillas.

Se despidieron de él y reanudaron su camino, siguiendo el curso de una corriente que atravesaba los campos y el bosque hasta llegar a un taller de madera en el que se aspiraba la fragancia de las virutas y en el que un hombre llamado Jacob

Orabuena fabricaba sólidos muebles e instrumentos de madera, además de aserrar troncos por cuenta ajena.

—En el monte hay tanta madera que siempre podría estar ocupado —le explicó éste a Yonah—, pero somos un grupo muy pequeño y la demanda de mis artículos no es demasiado grande. La lejanía de este valle, que tanto valoramos por la seguridad que nos ofrece, impide que podamos vender nuestros productos. Los mercados están demasiado lejos. Podríamos llenar uno o dos carros y hacer el difícil viaje a Jaca o Huesca, pero no conviene que venga mucha gente para abastecerse de los jamones de Rodolfo o los muebles que yo hago. No nos interesa llamar la atención. Por consiguiente, cuando no tengo trabajo en mi taller, echo una mano en los campos.

Después el hombre dijo que deseaba pedirle un favor a Yonah.

—La señora Chacón dice que sois médico.

—¿Sí?

—A mi madre le suele doler mucho la cabeza.

—Tendré mucho gusto en examinarla —dijo Yonah.

De pronto, se le ocurrió una idea.

—Decidle... y decidle a cualquiera que quiera ver a un médico... que mañana me podrán encontrar en el establo de Micah Benzaquen.

Orabuena sonrió y asintió con un gesto.

—Iré con mi madre —dijo.

Siguieron el curso de la corriente y llegaron a un umbroso estanque junto al cual decidieron descansar. El cesto de Adriana contenía pan, queso de oveja, cebollas tiernas y unos racimos de uva. Ambos comieron y bebieron la fría agua del estanque, recogiéndola en el cuenco de las manos. El hecho de remover el agua asustó a unas truchas de buen tamaño que se apresuraron a buscar refugio entre las raíces de la socavada orilla.

—Este valle vuestro es un lugar espléndido para vivir —comentó Yonah.

Ella no contestó y se limitó a sacudir la bolsa para arrojar las migas de pan a los peces.

—Creo que ya es hora de hacer la siesta —declaró.

Apoyó la espalda contra el tronco de un árbol y cerró los ojos. Yonah imitó su sabio ejemplo. Sólo interrumpían el silencio el canto de los pájaros y los murmullos del agua. Yonah se quedó un rato dormido y descansó sin soñar.

Cuando abrió los ojos, Adriana aún estaba dormida y él la pudo contemplar a su antojo. Tenía el rostro de los Saadi, la misma nariz larga y recta, la ancha boca de finos labios y sensibles comisuras que revelaban sus emociones. Yonah estaba seguro de que era una mujer capaz de experimentar pasiones intensas; pero no parecía tener demasiado empeño en seducir a un hombre, pues no había dado ninguna muestra, por discreta que ésta fuera, de estar disponible. A lo mejor él no le interesaba. O acaso aún llorara la muerte de su difunto esposo, pensó Yonah, envidiando por un insensato instante a su desaparecido enamorado. Su cuerpo era delgado, pero fuerte. Tenía unos huesos muy buenos, pensó, y justo en aquel instante ella abrió los ojos y lo vio contemplando arrobado su figura.

—¿Nos vamos? —le preguntó. Él asintió y se levantó, tras lo cual le ofreció la mano para ayudarla; entonces percibió los fríos y secos dedos de la joven en los suyos.

Por la tarde visitaron rebaños de ovejas y cabras y Yonah conoció a un hombre que se pasaba el día recorriendo los ríos y recogiendo y acarreando piedras aptas para la construcción que después amontonaba cual si fueran monumentos en proximidad de su casa, a la espera del día en que alguien necesitara construir algo.

Ambos estaban muy cansados cuando Adriana acompañó a Yonah a la finca de Benzaquen a última hora de la tarde. Ya se habían despedido y separado cuando ella se volvió.

—Cuando hayáis terminado vuestro trabajo de médico, tendré sumo gusto en mostraros el resto del valle —le dijo.

Yonah le agradeció de nuevo su amabilidad y le dijo que estaría encantado.

A primera hora del día siguiente, la primera persona que se presentó para ver al médico fue una mujer llamada Viola Violante.

—Tengo el demonio metido en un colmillo —le dijo.

Yonah le examinó la boca y comprendió de inmediato lo que ocurría, pues tenía un canino descolorido y la encía que lo rodeaba estaba muy pálida.

—Ojalá os hubiera visitado antes, señora —murmuró, porque tal como estaba la cosa no le quedaba más remedio que arrancar aquel diente.

Tal como se temía, el diente ya estaba podrido y se rompió durante la extracción. Tuvo que trabajar mucho para asegurarse de que no quedara ninguna raíz, pero, al final, los fragmentos quedaron esparcidos por el suelo a los pies de la señora Violante. Escupiendo sangre, la mujer alabó su pericia y se fue.

Para entonces, varias personas estaban esperando y Yonah se pasó toda la mañana atendiendo sin descanso a un paciente tras otro mientras les pedía a los demás que esperaran a cierta distancia para respetar la intimidad. Le recortó una uña encarnada del pie a Durante Chazán Halevi y escuchó con atención a Asher de Segarra mientras éste le describía las molestias estomacales que experimentaba periódicamente.

—No llevo medicinas y vos estáis muy lejos de una botica —le dijo al señor Segarra—, pero pronto florecerán las rosas. Si hervís un puñado de pétalos en agua con miel, lo dejáis enfriar y lo batís con un huevo de gallina, la bebida os aliviará las dolencias de estómago.

Al mediodía, Leah Chazán le llevó pan y un cuenco de caldo.

Yonah lo aceptó con gratitud y reanudó su tarea de abrir forúnculos, hablar de trastornos digestivos y dietas, y enviar a la gente a la parte de atrás del establo a orinar en un cuenco para que él pudiera examinar su orina.

En determinado momento, apareció Adriana Chacón y se quedó fuera, conversando con los que esperaban. Varias veces miró hacia el lugar en el que Yonah estaba atendiendo a la gente. Pero, la siguiente vez que él levantó los ojos, ella ya se había ido.

A la mañana siguiente, Adriana se presentó montada en una yegua del mismo color que el musgo pardo, llamada *Doña*. Primero lo acompañó a la iglesia, donde le presentó al padre Serafino. El sacerdote le preguntó a Yonah de dónde venía y él le contestó que de Guadalajara. El padre Serafino frunció los labios.

—Habéis recorrido un largo camino.

Lo malo de las mentiras, había descubierto Yonah hacía mucho tiempo, era que una sola de ellas engendraba muchas otras. Se apresuró a cambiar de tema, comentando la belleza de la iglesita de piedra y madera.

—¿Tiene algún nombre especial?

—Pienso sugerir varios nombres a los feligreses, que son los que me tienen que guiar en la decisión. Primero consideré la posibilidad de dedicarla a santo Domingo, pero ya hay muchas dedicadas a este santo. ¿Qué os parece si la dedicáramos a los santos Cosme y Damián?

—¿Eran unos santos, padre? —preguntó Adriana.

—En efecto, hija mía, se cuentan entre los primeros mártires cristianos y nacieron en Asia Menor. Eran médicos y atendían a los pobres sin cobrarles nada. Cuando se iniciaron las persecuciones de Diocleciano contra los cristianos, ordenó que los hermanos abjuraran de su fe y, al no conseguir que lo hicieran, los mandó decapitar por la espada. Esta mañana me han hablado de otro médico que ha tratado a los enfermos y no ha querido cobrar —añadió el clérigo.

Yonah se sintió indebidamente alabado y, además, no le hacía la menor gracia que lo compararan con unos mártires.

—Por regla general, cobro mis servicios y con mucho gusto, por cierto —aseguró—. Pero, en este caso, soy un huésped del valle. Y mal huésped sería si accediera a cobrar a mis anfitriones.

—Habéis hecho bien sin mirar a quien —dijo el padre Serafino sin dar el brazo a torcer.

Después los bendijo a los dos y ambos se despidieron de él. Había en el otro extremo del valle varias fincas cuyos propietarios eran dueños de grandes rebaños de ovejas y cabras. Sin embargo, Yonah y Adriana no se detuvieron a llamar a las puertas sino que rodearon las casas, dejando que sus caballos caminaran al paso en serena armonía.

Yonah le había pedido a Adriana que no llevara comida, pues estaba seguro de que podría atrapar alguna trucha; pero ella llevaba un poco de pan y queso que fue suficiente para saciar su apetito, por lo que Yonah se evitó el simple esfuerzo de pescar. Ataron los caballos en un umbroso prado y pasaron el mediodía tal como habían hecho la víspera, dormidos bajo un árbol a la orilla de un arroyo.

El día era muy caluroso y Yonah se pasó un buen rato durmiendo a pierna suelta. Al despertar, pensó que ella aún estaba dormida y bajó a la corriente para echarse agua fría a la cara. Pero entonces ella se levantó y se arrodilló a su lado para hacer lo mismo, recogiendo el agua con las manos. Mientras bebían, ambos se miraron a los ojos por encima de las manos chorreantes, pero ella desvió inmediatamente la vista. A la vuelta, Yonah dejó que ella se adelantara un poco para poder contemplarla sentada a mujeriegas con la espalda muy erguida y sin perder el equilibrio ni siquiera cuando cabalgaba a medio galope. A veces, la brisa le agitaba el cabello castaño, que llevaba suelto.

Al llegar a su casa, Yonah le desensilló el caballo.

—Gracias por volverme a enseñar todo eso —le dijo mientras ella le miraba sonriendo.

No le apetecía marcharse, pero ella no lo invitó a quedarse.

Regresó con el caballo árabe a casa de Benzaquen y lo dejó pastando cerca del establo. Los hombres del valle habían empezado a excavar una acequia para llevar el agua del arroyo a las partes del prado más secas. Yonah se pasó una hora ayudándolos, llevándose los cubos de tierra que ellos sacaban para arrojarla y extenderla en un lugar situado a un nivel más bajo, pero ni siquiera aquel duro esfuerzo consiguió disipar la extraña inquietud y desazón que lo dominaba.

El día siguiente era sábado. Lo primero que pensó cuando abrió los ojos fue que le apetecía ir a ver a Adriana Chacón, pero casi inmediatamente Micah Benzaquen entró en el establo y le preguntó si tendría la bondad de acompañar a unos cuantos hombres al bosque para mostrarles las hierbas medicinales que los podrían ayudar a combatir las enfermedades cuando el señor Toledano se fuera y ellos se quedaran una vez más sin médico.

—A no ser que tengáis previsto quedaros indefinidamente aquí —añadió Micah.

Yonah adivinó que el comentario iba medio en serio, pero, aun así, sacudió la cabeza sonriendo.

Inmediatamente se puso en camino, acompañado de Benzaquen, Asher de Segarra y Pedro Abulafin. Estaba seguro de que se le pasarían por alto varias plantas beneficiosas por ignorancia, pero Nuño había sido un buen maestro y él sabía que aquellos hombres vivían en un lugar que hubiera sido un paraíso para un boticario. Para empezar, no permitió que abandonaran el prado sin mostrarles la veza amarga, muy útil para ablandar las llagas o, mezclada con vino hasta formar un emplasto, para aliviar las mordeduras de serpiente. Y los altramuces que, tomados con vino, aliviaban la ciática y, mezclados con vinagre, servían para eliminar las lombrices de los intestinos. En sus huertos, les explicó, tenían otras hierbas beneficiosas.

—Las lentejas sin descascarillar curan la diarrea, como hacen los nísperos cortados a trocitos y mezclados con vino o vinagre. En cambio, el ruibarbo alivia el estreñimiento. Las semillas de sésamo mezcladas con vino mejoran el dolor de cabeza y el nabo calma la gota.

En el bosque les mostró la guija silvestre, muy buena para la sarna y la ictericia, si se mezclaba con cebada y miel.

Y la alholva, que se tenía que mezclar con salitre y vinagre para aliviar los calambres menstruales de las mujeres. Y el jacinto, que, quemado con una cabeza de pescado y mezclado con aceite de oliva, servía de ungüento para aliviar el dolor de las articulaciones.

En determinado momento, Pedro Abulafin, que era el que más cerca estaba de su casa, se retiró y no tardó en regresar con dos hogazas de pan y una jarra de bebida. Todos se sentaron sobre las rocas a la orilla del arroyo, partieron y comieron el pan y se pasaron la jarra que contenía un vino amargo que, tras haberlo dejado madurar para que fuera más fuerte, ya era casi como el aguardiente.

Los cuatro estaban un poco achispados y se sentían invadidos por un espíritu de jovial camaradería cuando salieron del bosque. Yonah se estaba preguntando si le daría tiempo para visitar a Adriana tal como tenía previsto hacer al principio, pero, cuando regresó al establo de Benzaquen, Rodolfo García lo estaba esperando.

—No sé si me podréis ayudar, señor. Es por una de mis mejores cerdas. Se ha pasado todo el día intentando parir, pero no hay manera. Sé que sois un médico de personas, pero...

Así pues, se fue inmediatamente con García a la pocilga, donde la cerda jadeaba con gran esfuerzo, tumbada de lado en el suelo. Yonah se quitó la camisa y se untó la mano y el brazo con sebo. Tras varias manipulaciones, le extrajo a la cerda un voluminoso cerdito muerto y fue como si hubiera destapado una botella. En poco tiempo salieron ocho cerditos vivos que inmediatamente se pusieron a mamar. Los honorarios de Yonah fueron un baño. Trasladaron la tina de García al establo y el porquero calentó y transportó dos grandes recipientes de agua caliente mientras Yonah se frotaba con deleite.

Cuando regresó a la casa de Benzaquen, descubrió que Leah Chazán le había dejado un plato cubierto con un lienzo, con pan, un pequeño queso redondo y un vaso de vino dulce ligero. Yonah comió y, a continuación, salió y orinó contra el tronco de un árbol bajo la luz de la luna.

Después subió al henil del establo y extendió la manta junto a la ventana sin cristales para poder contemplar las estrellas. Enseguida se quedó dormido como un niño.

El domingo por la mañana acompañó a Micah y Leah a la iglesia, donde vio a Adriana sentada al lado de su padre y la esposa de éste. Había varios bancos vacíos, pero Yonah se acercó directamente a Adriana y se sentó a su lado. Leah y Micah lo siguieron y tomaron asiento a su izquierda.

—Buenos días os dé Dios —le dijo a Adriana.

—Que Él os los dé también a vos.

Hubiera querido decirle algo más, pero se lo impidió el comienzo de la misa que el padre Serafino celebró con metódica eficiencia. A veces, cuando ambos se arrodillaban y se volvían a levantar, sus cuerpos se rozaban.

El padre Serafino anunció que aquella mañana se dirigiría al prado oriental para bendecir la zanja de avenamiento que se estaba construyendo. Tras el canto del último himno, los asistentes se pusieron en fila. Mientras el sacerdote se dirigía al confesionario, Leah dijo que, a no ser que el señor Toledano deseara confesarse, sería mejor que se fueran enseguida, pues ella tenía que preparar un refrigerio para los habitantes de Prado Grande que aquel día acudirían a su casa para conocer a su huésped y presentarle sus respetos. Soltando un gruñido en su fuero interno, Yonah no tuvo más remedio que acompañarlos.

Los visitantes se presentaron con regalos como tortas de miel, aceite de oliva o un pequeño jamón. Jacob Orabuena le ofreció una preciosa pieza de madera labrada que representaba un zorzal en pleno vuelo y casi parecía de verdad, pintado con unos colores que el artesano había obtenido utilizando unas hierbas del bosque.

Adriana, su padre y su madrastra también visitaron la casa, pero Yonah no tuvo ocasión de hablar con ella a solas. Al final, Adriana se fue y él procuró disimular su contrariedad.

40

Adriana Chacón

El interés de Adriana hacia Yonah había aumentado tras haberlo visto atendiendo a la gente en el establo de Micah. Le atraía su diligencia y el respeto con que trataba a cada paciente y dedujo de ello que era un hombre sensible.

—Anselmo Montelbán está enojado —le dijo su padre el domingo—. Dice que se te ve demasiado en compañía del médico y que eso deshonra a su hijo que está comprometido contigo.

—A Anselmo Montelbán le importa muy poco su hijito José y es evidente que para él yo no valgo un comino —contestó Adriana—. Lo único que le interesa es recuperar las tierras de su padre.

—Sería mejor que no te vieran con el señor Toledano. A no ser que tú creas que sus intenciones son serias, claro. Sería muy beneficioso tener a un médico aquí.

—No hay ningún motivo para pensar que tenga algún tipo de intención —replicó Adriana en tono irritado.

Sin embargo, el corazón le dio un vuelco en el pecho cuando vio a Yonah Toledano en su puerta el lunes por la mañana.

—¿Queréis dar un paseo conmigo, Adriana?

—Ya os he mostrado los dos extremos del valle, señor.

—Os ruego que me los volváis a mostrar.

Recorrieron de nuevo el camino que bordeaba el río,

conversando tranquilamente. Al mediodía, Yonah sacó la caña de pescar de la bolsa junto con una cajita donde guardaba unos gusanos recogidos en la acequia que se estaba construyendo en el prado. Ella regresó a la casa a por un carbón encendido de la chimenea y, cuando volvió llevándolo en un pequeño cubo de estaño, él ya había pescado y limpiado cuatro pequeñas truchas para cada uno. Cortó unas ramas secas de los árboles para encender una hoguera y se comieron la dulce y renegrida carne de las truchas con las manos, lamiéndose los dedos.

Esta vez, cuando hicieron la siesta, Yonah se tumbó más cerca de ella. Mientras se iba quedando dormida, Adriana percibió su suave respiración y vio cómo subía y bajaba su pecho. Cuando se despertó, él estaba sentado a su lado, contemplándola en silencio.

Cada día paseaban juntos. Los aldeanos ya se habían acostumbrado a verlos pasar, profundamente enfrascados en una conversación o bien caminando en amistoso silencio. El jueves por la mañana, como si cruzara una raya visible, ella lo invitó a acompañarla a su casa, donde pensaba preparar el almuerzo. Por el camino, la joven le habló del pasado. Sin dar detalles, le dijo que su matrimonio con Abram Montelbán había sido desdichado. Después le habló de los recuerdos que conservaba de su madre, sus abuelos y su tía Inés.

—Inés era más madre mía que Felipa. Perder a una de ellas hubiera sido una desgracia, pero ambas murieron y más tarde fallecieron también mi abuelo y mi querida abuela Zulaika.

Yonah tomó su mano y se la estrechó con fuerza.

—Habladme de vuestra familia —dijo Adriana.

Yonah le contó unas historias aterradoras. De su madre, que había muerto de una enfermedad. De su hermano mayor asesinado y de su padre, muerto a manos del populacho que odiaba a los judíos. Y del hermano menor, que le había sido arrebatado.

—Hace tiempo me resigné a la pérdida de los que murieron. Me cuesta más no lamentar incesantemente la desaparición de mi hermano Eleazar, porque algo dentro de mí me dice que sigue con vida. Si así fuera, ahora ya sería un hombre adulto, pero ¿en qué lugar del ancho mundo debe de vivir? Lo he perdido tan completamente como a los demás. Sé que vive, pero yo jamás lo volveré a ver y ésa es una certeza muy amarga.

Los hombres que estaban excavando la acequia habían llegado a la altura de la casa de Adriana y vieron pasar al hombre y a la mujer, conversando animadamente.

Al llegar a la casa, Adriana cerró la puerta a su espalda y mientras le decía a Yonah que se sentara en la sala, las palabras murieron en su boca, pues ambos se volvieron el uno de cara al otro sin pensar, y él empezó a besarle el rostro. Ella no tardó en devolverle los besos y, poco después, sus bocas y sus cuerpos se unieron.

Adriana estaba tan aturdida por el ardor que ambos sentían que, cuando él le levantó la falda y la enagua, experimentó una sensación de debilidad. Hubiera deseado escapar cuando percibió el roce de su mano. Debía de ser algo que hacían todos los hombres y no sólo Abram Montelbán, pensó con temor y repugnancia. Sin embargo, cuando la boca de Yonah le rindió tributo con sus delicados besos, ella advirtió que su mano hablaba un lenguaje distinto, más cariñoso. Entonces experimentó una sensación de calor que se extendió por todo su cuerpo y le debilitó las extremidades hasta obligarla a caer de rodillas. Yonah cayó también de rodillas sin dejar de besarla y acariciarla.

Desde el exterior les llegó la voz de uno de los hombres, gritándoles a los otros que estaban más lejos:

—No, no. Tienes que volver a colocar algunas piedras en la presa, Durante. Sí, en la presa, de lo contrario, no retendrá el agua.

En el interior de la casa, los dos se habían tendido medio desnudos sobre los crujientes juncos del suelo.

Cuando Adriana arqueó la espalda para recibirlo, todo fue muy fácil. Yonah no tuvo las dificultades que siempre había tenido Abram, ninguna en absoluto. Bueno, es que es un médico, pensó la joven... Sabía que era pecado considerarlo el momento más feliz de su vida, pero aquel pensamiento y todos los demás huyeron de su mente cuando poco a poco empezó a llenarse de temor. Porque algo distinto le estaba ocurriendo. Tuvo la sensación de que se moría. Te lo ruego, Dios mío, suplicó maravillosamente viva hasta el final, mientras todo su mundo temblaba y se estremecía, y ella se agarraba con ambas manos a Yonah Toledano para no perder las fuerzas.

En las dos noches siguientes Yonah se entregó a un nuevo juego en cuanto oscurecía; les daba muy temprano las buenas noches a Micah y Leah, y esperaba con impaciencia a que llegara aquella oscuridad de color ciruela que le permitía abandonar furtivamente el establo de Benzaquen. Evitaba la luz de la luna y se movía entre las sombras cuando las había, dirigiéndose a la casa de Adriana con el mismo sigilo con que lo hubiera hecho un bárbaro criminal que tuviera intención de degollar a unos cuantos inocentes. Ambas noches encontró la aldaba descorrida, pues Adriana se encontraba detrás de la puerta, preparada para echársele encima con el mismo ardor que él sentía por ella. En cada ocasión Adriana lo obligó a abandonar su casa antes del amanecer, pues todos los aldeanos eran campesinos que se levantaban con el alba para cuidar de los animales.

Creían ser muy discretos y tal vez lo fueran, pero un viernes por la mañana Benzaquen le pidió a Yonah que lo acompañara.

—Para hablar.

Ambos se encaminaron a pie a un lugar situado a escasa distancia de la iglesia de la aldea. Micah le mostró a Yonah una ancha franja de tierra herbosa que se extendía desde la orilla del río a la rocosa ladera de la montaña.

—Esto es el centro del valle —señaló Micah—. Un buen emplazamiento, fácilmente accesible para cualquier aldeano que necesite al médico.

Yonah recordó aquella vez en que él era el pretendiente de una joven y Benzaquen lo había rechazado. Ahora adivinó que Micah lo estaba cortejando para que se quedara en la aldea.

—Estas tierras formaban parte de la propiedad del difunto Carlos ben Sagan, que en paz descanse, pero ahora pertenecen a Joaquín Chacón desde que éste se casó. Joaquín se ha percatado del interés que sentís por su hija y me ha pedido que os las ofrezca a los dos.

Yonah se dio cuenta de que estaban utilizando a Adriana como señuelo. Eran unas espléndidas tierras llenas de árboles, en las que se podría construir una casa sobre terreno elevado, pero lo bastante cerca de la corriente como para poder oír el murmullo del agua. Una familia que viviera en aquel paraje podría chapotear en las pozas durante los cálidos días estivales. Delante se extendía un pequeño campo y más allá se levantaba la boscosa ladera de la montaña.

—Esto es el centro del valle. Todo el mundo se podría desplazar a pie hasta vuestro consultorio. Los hombres de Prado Grande os construirían una buena casa.

»Nuestra población es muy pequeña —añadió cautelosamente Benzaquen, procurando no engañarlo—. Tendríais que atender no sólo a las personas, sino también a los animales, y es posible que después trabajarais un poco en el campo, si fuera de vuestro agrado.

El ofrecimiento era tentador y merecía una respuesta. Yonah estaba a punto de rechazarla cortésmente. Aquel valle le parecía el jardín del Edén, pero jamás se le había pasado por la imaginación que pudiera ser para él. Sin embargo, no quería rechazar el ofrecimiento sin antes averiguar qué efecto ejercería su decisión en la vida de Adriana Chacón.

—Dejadme que lo piense —contestó y Benzaquen asintió con la cabeza, alegrándose de no haber recibido una negativa.

Durante el camino de vuelta, Yonah le pidió un favor a Benzaquen.

—¿Recordáis cuando nos reuníamos en la casa de Granada de Isaac Saadi para celebrar los ritos del *Sabbath* de la antigua religión? ¿Podríais invitar esta noche a vuestros amigos para una ceremonia como aquélla?

Benzaquen frunció el entrecejo. Miró a Yonah como si viera en él unos problemas en los que antes no hubiera reparado y esbozó una sonrisa preocupada.

—Si tanto lo deseáis...

—Así es, Micah.

—En tal caso, haré correr la voz.

Pero aquella noche sólo Asher de Segarra y Pedro Abulafin se presentaron en la casa de Benzaquen y, por su recelosa actitud, Yonah adivinó que estaban allí no por devoción, sino porque le habían cobrado afecto.

Junto con Micah y Leah, esperaron hasta mucho después de que la tercera estrella hubiera aparecido en el cielo nocturno, hecho que marcaba el comienzo del *Sabbath* judío.

—No recuerdo muy bien la oración —confesó Asher.

—Yo tampoco —dijo Yonah.

Hubiera podido dirigir la *shema*. Pero el domingo anterior el padre Serafino había hablado en la iglesia de la Trinidad y le había dicho a su rebaño:

—Son tres personas. El Padre crea. El Hijo salva las almas. Y el Espíritu Santo santifica a los pecadores del mundo.

Yonah comprendió que eso era lo que ahora creían los cristianos nuevos de Prado Grande. Con tal de que la Inquisición los dejara en paz, estaban encantados de ser católicos. ¿Quién era Yonah Toledano para pedirles que entonaran: «Escucha, Israel, el Señor nuestro Dios, el Señor es Uno.»? Asher de Segarra apoyó la mano en el hombro de Yonah.

—De nada sirve recordar el pasado.

—Tenéis razón —convino Yonah.

No tardó en darles las gracias a todos y despedirse de ellos. Eran buenos, pero, si él no podía reunir un *minyan*, no quería que aquellos apóstatas participaran a regañadientes y rezaran para hacerle un favor. Sabía que le aprovecharía más rezar solo, tal como llevaba haciendo desde hacía mucho tiempo.

Aquella noche en la casa de Adriana acercó una tea al fuego de la chimenea hasta que el fuego prendió en ella y entonces encendió la lámpara.

—Sentaos, Adriana —le dijo—. Os tengo que decir ciertas cosas.

Por un instante, ella no contestó.

—¿Queréis decirme acaso que ya tenéis esposa?

—Ya tengo un Dios.

En pocas palabras le reveló que era judío y desde su infancia había conseguido evitar tanto la conversión como la Inquisición. Ella le escuchó sentada en silencio, sin apartar los ojos de su rostro.

—Vuestro padre y otros hombres me han pedido que me quede en Prado Grande. Pero yo no podría sobrevivir aquí, pues todo el mundo conoce la vida y milagros de los demás. Yo me conozco, y sé que no cambiaría y que tarde o temprano alguien me traicionaría por miedo.

—¿Acaso vivís en un lugar más seguro?

Yonah le habló de la hacienda en la que vivía, cerca de la ciudad, pero lejos de las miradas indiscretas.

—Allí la Inquisición es muy poderosa, pero a mí me consideran un cristiano viejo. Voy a misa. Entrego el diezmo de mis ingresos a la Iglesia. Jamás me han molestado.

—Llevadme con vos, Yonah.

—Quisiera llevaros a mi casa como esposa, pero tengo miedo. Si algún día me descubrieran, ardería en la hoguera. Y mi esposa se enfrentaría con una muerte terrible.

—Cualquiera puede sufrir una muerte terrible en el momento menos pensado —contestó Adriana con serenidad. Yonah observó que siempre actuaba con mucho sentido común. La joven se levantó, se acercó a él y lo estrechó fuertemente en sus brazos—. Me honra que me confiéis vuestra vida, haciéndome esta confesión. Habéis sobrevivido. A partir de ahora sobreviviremos juntos. —Las lágrimas que surcaban su rostro le mojaron las mejillas, pero él sintió que su boca se curvaba en una sonrisa—. Creo que moriréis en mis brazos cuando ambos seamos muy viejos.

»Tenemos que irnos de aquí sin tardanza. La gente de este valle es muy temerosa. Si supieran que sois judío y que os busca la Inquisición, ellos mismos os matarían.

»Qué curioso —añadió—. Vuestro pueblo era mi pueblo. Cuando yo era pequeña, mi abuelo Isaac decidió que dejáramos de ser judíos. Pero cada viernes por la noche y durante toda su vida, mi abuela Zulaika preparaba una excelente cena para la familia y encendía las velitas del *Sabbath*. Aún conservo sus palmatorias de cobre.

—Nos las llevaremos —decidió Yonah.

Emprendieron la marcha al día siguiente, justo cuando la oscuridad se estaba empezando a convertir en una luz grisácea, siguiendo el sendero de piedra que subía desde el valle. Yonah estaba nervioso, pues recordaba un viaje similar que había emprendido con Manuel Fierro la mañana en que una flecha aparecida como por arte de ensalmo había acabado con la vida del hombre al que él seguía considerando su maestro.

En ese momento nadie trató de matarlos. Yonah vigiló con inquietud y no aminoró el medio galope de sus monturas hasta que abandonaron el sendero de la montaña y se adentraron por el camino de Huesca sin que nadie los persiguiera.

Cada vez que miraba a Adriana, sentía deseos de gritar de felicidad.

En Huesca se enteró de que la familia Aurelio había preparado una considerable cantidad de triaca de excelente calidad y enseguida fue en busca de su acémila y ambos reanudaron el camino. A partir de aquel momento, ya no se dio prisa y procuró que Adriana viajara con comodidad sin cabalgar demasiado en un solo día.

Por el camino, le reveló qué cosas de las que había contado eran mentira: que no irían a Guadalajara y que ella tendría que acostumbrarse a ser la esposa de Ramón Callicó, el médico de Zaragoza. Adriana comprendió enseguida el motivo de las mentiras.

—Me gusta el nombre de Ramón Callicó —dijo, y así lo llamó a partir de aquel momento para acostumbrarse.

Cuando finalmente llegaron a Zaragoza y cruzaron la ciudad, miró extasiada a su alrededor y, al adentrarse por el sendero de la hacienda de Yonah, experimentó una profunda emoción. Yonah ansiaba tomar un baño, saborear un cuenco de gachas con un vaso de vino, acostarse con Adriana en su cama y disfrutar después de un sueño reparador; pero ella le suplicó que salieran hasta que, muerto de sueño, él la acompañó en un recorrido por la hacienda. Paseó con ella por los campos y le mostró el olivar, el sepulcro de Nuño, el arroyo con sus diminutas truchas, el vergel, el olvidado huerto lleno de maleza y la casa.

Tras conseguir él finalmente las cosas que tanto ansiaba, ambos se pasaron durmiendo el resto del día y toda la noche.

Al día siguiente, se casaron. Yonah ató cuatro palos a sendas sillas en la sala y extendió sobre ellos una manta para formar un dosel nupcial. Después encendió unas velas y ambos permanecieron juntos bajo la improvisada tienda.

—Bendito eres tú, Señor, nuestro Dios, que nos has santificado con tus mandamientos y me has concedido esta mujer en matrimonio.

Adriana le miró.

—Bendito eres tú, Señor, nuestro Dios, que nos has santificado con tus mandamientos y me has concedido este hombre en matrimonio —dijo con sus resplandecientes ojos llenos de lágrimas.

Yonah colocó en su dedo la sortija de plata que su padre le había hecho al cumplir los trece años, pero le estaba grande.

—No importa —le dijo—. Lo llevarás alrededor del cuello con una cadenita.

Después quebró un vaso con el tacón para llorar la destrucción del Templo de Jerusalén, aunque, en realidad, aquel día no había espacio en sus corazones para el duelo. Se desearon buena suerte, pronunciando las palabras hebreas.

—*Mazal tov*, Adriana.

—*Mazal tov*, Yonah.

Su viaje de bodas consistió en ir al huerto, quitar las malas hierbas y arrancar unas cuantas cebollas. Yonah se dirigió a la alquería de su paciente Pascual Cabrera para recuperar el caballo negro que había dejado a su cuidado. El animal no tardó en ponerse a correr por los campos con el tordo árabe y con *Doña*, la yegua de Adriana.

—¿Por qué llamas a tus caballos el Negro y el Gris? —le preguntó ella—. ¿Por qué no tienen nombre?

¿Cómo hubiera podido explicarle que muchos años atrás un joven había tenido y perdido un asno con dos nombres y que desde aquel entonces no había podido dar un nombre a ningún animal? Se encogió de hombros con una sonrisa.

—¿Les puedo poner un nombre? —preguntó Adriana y él le contestó que le parecía muy bien. El tordo árabe se convirtió en *Sultán*.

Adriana comentó que la yegua negra de Manuel Fierro parecía una monja y decidió llamarla *Hermana*.

Aquella misma tarde empezó a trabajar en la hacienda. La casa olía a humedad a causa de la ausencia de su dueño, por lo que abrió la puerta de par en par para que entrara el aire. Fregó, quitó el polvo y sacó brillo. Recogió juncos frescos para esparcirlos por el suelo, acercó un poco más los sillones a la chimenea y colocó los candeleros de su abuela y el zorzal de madera labrada de Prado Grande en la repisa.

En sólo dos días, fue como si Adriana hubiera vivido toda la vida allí y la hacienda fuera suya.

SÉPTIMA PARTE

EL HOMBRE TACITURNO

Aragón

3 de abril de 1509

41

La carta de Toledo

Después de Nuño Fierro, Miguel de Montenegro era el mejor médico que Yonah jamás hubiera conocido. Sus actividades se superponían a las de Yonah, pero ambos habían conseguido prestarse mutuo apoyo sin el menor sentimiento de rivalidad. Montenegro había supervisado recientemente el aprendizaje de Pedro Palma y había convertido a dicho joven en socio suyo.

—Pero Pedro tiene ciertas lagunas en sus conocimientos y su experiencia —le dijo Montenegro a Yonah un día en que ambos estaban tomando juntos un vaso de vino en una taberna de Zaragoza—. Creo que necesita más experiencia en anatomía. Aprendería mucho trabajando con vos, si se presentara la ocasión.

Yonah comprendió que Montenegro le estaba pidiendo permiso para que Palma practicara disecciones con él.

Yonah siempre había respetado a Montenegro, el cual había sido uno de los examinadores que habían concedido a Ramón Callicó la licencia para ejercer la medicina, por lo que no podía negarle aquel favor. Sin embargo, desde que se había casado, era más consciente de sus responsabilidades para con Adriana y no quería poner en peligro su seguridad.

—Creo que sois un excelente cirujano y que vos mismo le podréis enseñar tal como vuestro amigo Nuño me enseñó a mí —le dijo.

Montenegro asintió con un gesto, comprendiendo su decisión y aceptándola sin rencor.

—¿Cómo está vuestra esposa, Ramón?

—Igual que siempre, Miguel.

—Bueno, ya sabéis que a veces estas cosas requieren un poco de tiempo. Es una mujer encantadora. ¿Querréis transmitirle mis saludos? —dijo Montenegro.

Yonah asintió con la cabeza, apurando su vaso de vino.

No sabía si Adriana era estéril o si la culpa era suya, pues, que él supiera, jamás había dejado preñada a ninguna mujer. La incapacidad de procrear era la única desdicha de su matrimonio. Yonah sabía muy bien cuánto deseaba su mujer tener descendencia y le dolía la expresión de tristeza que afloraba a sus ojos cuando contemplaba a los hijos de otras mujeres.

Consultó con Montenegro y ambos estudiaron la literatura médica que tenían a su disposición y decidieron administrarle una infusión de legumbres, alcanfor, azúcar, agua de cebada y raíz de mandrágora molida y mezclada con vino, según la receta del médico árabe Alí Ibn Ridwan. Adriana se había pasado dos años tomando la infusión y otras medicinas sin el menor resultado.

Ambos llevaban una existencia tranquila y ordenada. Para conservar las apariencias, Adriana acompañaba a Yonah a la iglesia varios domingos al mes, pero, por lo demás, raras veces iba a la ciudad, donde se la trataba con gran respeto por ser la esposa del médico. Había ampliado el huerto de la cocina y, con la ayuda de Yonah, había conseguido que, sin prisa pero sin pausa, el vergel y el olivar fueran más productivos. Le gustaba trabajar la tierra como un peón.

Fue un período muy satisfactorio para Yonah. Aparte de disfrutar de la compañía de una esposa a la que amaba, su trabajo le gustaba e incluso podía gozar de los placeres de la erudición. Pocos meses después de su viaje a Prado Grande, había llegado a la última página del *Canon de la medicina*. Casi a regañadientes había traducido el último folio de los caracteres hebreos, en el que se advertía a los médicos de que no practicaran sangrías a los enfermos debilitados o a los que padecieran diarreas o náuseas.

Al final, pudo escribir las últimas palabras:

El Sello de la Obra y una Acción de Gracias.
Ojalá este resumen acerca de los principios generales de la
ciencia de la medicina se consideren suficientes.
Nuestra siguiente tarea será compilar la obra
sobre los Simples, con la venia de Alá. Que Él sea nuestro
auxilio, y a Él damos
gracias por sus
innumerables
favores.

FINAL DEL PRIMER LIBRO DEL
CANON DE LA MEDICINA DE
AVICENA, EL JEFE
DE LOS MÉDICOS.

Yonah utilizó arenilla para secar la tinta, la sacudió cuidadosamente y añadió la página al impresionante manuscrito que se elevaba a una considerable altura de la superficie de la mesa. Experimentó la satisfacción especial que, a su juicio, sólo debían de sentir los escritores y los eruditos que trabajaban con gran esfuerzo y en absoluta soledad hasta terminar una obra, y lamentó que Nuño Fierro no pudiera ver el fruto definitivo de la tarea que había encomendado a su pupilo.

Yonah colocó el Avicena español en un estante y volvió a guardar el Avicena hebreo en su escondrijo del hueco de la pared, sustituyéndolo por la segunda parte de la tarea que Nuño le había encargado: el libro de aforismos médicos de Maimónides. Aprovechando el rato que faltaba para que Adriana lo llamara para cenar, volvió a sentarse junto a la mesa y empezó a traducir la primera página de la nueva obra.

Se relacionaban con pocas personas. Cuando Adriana llegó por primera vez a Zaragoza, habían invitado a Montenegro a cenar. El pequeño y enérgico médico era viudo y les devolvió la invitación, ofreciéndoles una opípara cena en una posada de la ciudad, con lo cual comenzaron una costumbre que se mantuvo desde entonces.

A Adriana le encantaba la historia de la casa.

—Háblame de las personas que han vivido aquí, Ramón —decía.

Le hizo mucha gracia saber que Reyna Fadique había servido como ama de llaves a los tres médicos que habían vivido en la hacienda.

—Debe de ser una mujer muy especial para haber podido complacer a tres amos distintos —observó—. Me gustaría conocerla.

Yonah confiaba en que Adriana se olvidara del tema, pero no fue así, por lo que, al final, tomó su caballo y fue a entregarle una invitación a Reyna. Ambos se felicitaron mutuamente, pues se habían casado desde su último encuentro. Las obras que habían de convertir la casa en una posada seguían adelante y Reyna se alegró de que la esposa de su antiguo amo la hubiera invitado junto con Álvaro, cuyo apellido era Saravía, a la casa donde ella había servido durante tanto tiempo.

Cuando llegaron con sus presentes de vino y cera de abeja, ambas mujeres simpatizaron de inmediato. Yonah y el canoso Álvaro salieron a dar un paseo por las tierras, para que ellas se familiarizaran la una con la otra. Álvaro se había criado en una pequeña alquería y elogió los esfuerzos que habían hecho Yonah y Adriana para devolver el vigor a algunos árboles.

—Si seguís salvando árboles, convendría que construyerais un pequeño granero cerca del vergel y el olivar de la parte superior de la ladera de la colina. Allí podríais guardar los aperos de labranza y almacenar la fruta recogida.

A Yonah le pareció un buen consejo. Los dos hombres comentaron el precio de la mano de obra y la cantidad de piedras que se necesitarían para construir las paredes y, a la vuelta, encontraron a las mujeres hablando animadamente con una radiante sonrisa en los labios. La comida fue muy placentera y, cuando los huéspedes se despidieron, Adriana y Reyna, ya convertidas en amigas, se abrazaron afectuosamente.

Adriana habló de sus invitados con gran simpatía mientras retiraba las sobras de la cena.

—Se siente casi como si fuera tu madre y creo que está deseando ser abuela. Me ha preguntado si estoy en estado.

Yonah la miró consternado, sabiendo lo mucho que sufría su mujer cuando salía a relucir el tema de los embarazos.

—Y tú, ¿qué le has dicho?

Adriana le miró sonriendo.

—Le he dicho que todavía no porque hasta ahora sólo hemos estado haciendo prácticas.

El último día de diciembre, un joven fraile con la cabeza inclinada para protegerse del viento se desplazó a caballo a la hacienda y llamó a la puerta.

—Señor Callicó, esta carta dirigida a vos ha llegado en la bolsa del correo de Toledo.

Al romper el sello de cera, Yonah vio que era del padre Francisco Espina.

Al señor Ramón Callicó, médico de Zaragoza, le envío mis saludos y espero que goce de buena salud.

He sido durante varios años asistente del Reverendísimo Enrique Sagasta, obispo auxiliar de Toledo. El obispo Sagasta está ocupado en la escritura de un libro de vidas de santos, un noble proyecto que cuenta con el respaldo de nuestro Santísimo Padre de Roma y en el que tengo el honor y el placer de colaborar. El obispo es también el responsable del Santo Oficio de la Sede de Toledo, actividad en la que ha tenido ocasión de conocer el grave percance sufrido por un noble de Tembleque.

Se trata del conde Fernán Vasca, caballero de la Orden de Calatrava que siempre fue extremadamente generoso con la santa Madre Iglesia y ahora padece una enfermedad que lo ha dejado sin habla e inmóvil como una piedra, pero dolorosamente vivo.

Muchos médicos han sido infructuosamente consultados en su nombre. Recordando el alto aprecio de que gozáis en Zaragoza, más aún, en todo Aragón, os ruego tengáis la bondad de trasladaros a Castilla.

Si accedéis a la petición, la Iglesia, y yo personalmente lo consideraremos un gran favor. Os aseguro que seréis muy bien recompensado con doble paga si conseguís su curación.

Debéis saber que rezo diariamente con el breviario de mi padre y que os bendigo constantemente por habérmelo entregado.

Vuestro hermano en Cristo,

Padre Francisco Espina,
Orden de Predicadores

El nombre del paciente pareció saltar de la página y atacar los ojos de Yonah.

Ni hablar: no pensaba ir a Toledo. No quería dejar sola a Adriana. Tembleque estaba demasiado lejos, el tiempo que había de emplear en semejante viaje sería excesivo.

Si algo le debía al conde de Tembleque era venganza. Pero entonces le pareció oír la voz de Nuño, preguntándole si un médico tenía derecho a atender tan sólo a los miembros de la humanidad que fueran de su agrado o a los que respetara o apreciara.

Se pasó aquel día y el siguiente reflexionando hasta que, al final, reconoció que tenía un asunto pendiente en Tembleque. Sólo respondiendo a la llamada del padre Espina, que parecía predestinada, podría intentar hallar la respuesta a las preguntas que lo habían perseguido a lo largo de toda su vida acerca de los asesinatos que habían destruido su familia.

Al principio, Adriana le rogó que no fuera. Después le pidió permiso para acompañarlo.

El viaje podía ser difícil y peligroso, y Yonah no sabía lo que encontraría cuando llegara allí.

—No puede ser —le contestó con dulzura.

Le hubiera resultado más fácil si hubiera visto una expresión de cólera en sus ojos, pero sólo vio miedo. Más de una vez lo habían llamado a consulta a lugares lejanos y ella se había quedado sola durante dos o tres días. Pero en esta ocasión su ausencia sería más prolongada.

—Volveré junto a ti —le prometió.

Tuvo cuidado de dejarle dinero suficiente para cualquier necesidad imprevista.

—¿Y si me lo quedo y me voy? —dijo ella.

Yonah la acompañó a la parte de atrás de la casa y le mostró el lugar donde había enterrado la bolsa que contenía el dinero de Manuel Fierro, cubriéndolo después con un montón de estiércol.

—Puedes llevártelo todo si alguna vez de verdad deseas dejarme.

—Tendría que cavar demasiado —replicó Adriana.

Yonah la estrechó en sus brazos, la besó y la consoló. Después fue a ver a Álvaro Saravía y éste le prometió visitar a Adriana una vez a la semana para asegurarse de que siempre hubiera leña de la chimenea amontonada donde ella la pudiera recoger sin dificultad y de que siempre hubiera un buen montón de heno donde ella pudiera tomarlo con la horca e introducirlo en los pesebres de los caballos.

Miguel de Montenegro y Pedro Palma no tenían demasiado interés en atender a los pacientes de Yonah en su ausencia, pero no le negaron el favor.

—Tened mucho cuidado con los nobles. En cuanto se curan, fastidian al médico —le advirtió Montenegro.

Yonah decidió no tomar el tordo árabe porque, con la edad, se había vuelto más lento. La yegua negra de Manuel Fierro todavía era muy fuerte y la tomó en su lugar. Adriana le llenó la alforja con dos hogazas de pan, carne asada, guisantes secos y una bolsa de uva pasa. Él le dio un beso y se alejó rápidamente en medio de la bruma matinal.

Cabalgó al trote hacia el sudoeste. Por primera vez en su vida, el hecho de viajar no elevó su espíritu gitano. No podía quitarse de la cabeza a su mujer y experimentaba un impulso casi irresistible de dar media vuelta y regresar a casa, pero lo reprimió.

Viajaba a buen ritmo. Aquella noche acampó detrás de una hilera de árboles plantada para cortar el viento en un campo situado a considerable distancia de Zaragoza.

—Te has portado muy bien —le dijo a la yegua, quitándole la alforja—. Eres un animal extraordinario, *Hermana* —añadió, acariciándola y dándole unas afectuosas palmadas.

42

En el castillo

Nueve días después atravesó la roja arcilla del llano de Sagra, ya muy cerca de las murallas de Toledo. Vio la ciudad desde lejos, recortándose con toda claridad en lo alto de la roca bajo el sol de la tarde. Toda una vida lo separaba del aterrorizado mozo que había huido de Toledo en un asno, pero, cuando cruzó la Puerta de Bisagra, se sintió invadido por unos inquietantes recuerdos. Pasó por delante de la sede central de la Inquisición, señalada por el escudo de piedra con la cruz, la rama de olivo y la espada. Cuando era chico en la casa de su padre había oído a David Mendoza explicarle el significado de aquellos símbolos a Helkias ben Toledano: «Si aceptas la cruz, te dan la rama de olivo. Si la rechazas, te dan la espada.»

Ató la yegua negra delante del edificio de la administración diocesana. Anquilosado por las largas jornadas a caballo, entró y se acercó a un fraile que estaba sentado a una mesa, el cual le preguntó el motivo de su visita y le indicó por señas un banco de piedra.

El padre Espina salió tras una breve espera, con una sonrisa radiante en los labios.

—Cuánto me alegro de volver a veros, señor Callicó.

Había envejecido y madurado, y se le veía más relajado que en la época en que Yonah lo había conocido. También se había refinado como sacerdote.

Se sentaron para hablar. El padre Espina hizo preguntas acerca de Zaragoza y comentó brevemente el placer que le deparaba su trabajo.

—¿Deseáis quedaros a descansar aquí y trasladaros a Tembleque mañana por la mañana? —preguntó el clérigo—. Os puedo ofrecer la cena de un monasterio y la celda de un monje donde reposar la cabeza.

Pero a Yonah no le apetecía dormir en una celda.

—No, proseguiré mi camino para examinar cuanto antes al conde.

El padre Espina le facilitó las indicaciones necesarias para ir aTembleque y él las repitió en voz alta, a pesar de que recordaba muy bien el camino.

—El conde se había quedado sin mayordomo cuando cayó enfermo —explicó Espina— y la Iglesia le envió otro para que ayudara a su esposa, la condesa María del Mar Cano. Es la hija de Gonzalo Cano, un acaudalado e influyente marqués de Madrid. El mayordomo es el padre Alberto Guzmán. —El sacerdote miró a Yonah—. Tal como os escribí, varios médicos han intentado ayudar al conde.

—Lo comprendo. Yo también lo intentaré.

—Os agradezco que hayáis atendido con tanta presteza mi petición. Fuisteis el mejor de los benefactores, pues me devolvisteis la memoria de mi padre. Si alguna vez os pudiera ayudar en algo, os ruego que me lo digáis.

—Yo receto las medicinas, pero no las preparo —dijo Yonah—. ¿Me podríais indicar un buen boticario de aquí cerca?

Espina asintió con un gesto.

—Santiago López, a la sombra del muro norte de la catedral. Id con Dios, señor.

La botica era pequeña y estaba muy desordenada, pero se aspiraba en ella el penetrante aroma de las hierbas medicinales. Yonah tuvo que llamar a gritos al boticario, que vivía en el piso de arriba. Era un hombre calvo de mediana edad cuyos ojos bizcos no conseguían ocultar la inteligencia que anidaba en ellos.

—¿Tenéis arrayán? ¿Y bálsamo de *Acacia nilotica*? —le preguntó Yonah—. ¿Tenéis remolacha amarga? ¿Coloquíntida?

López no se ofendió por las preguntas de Yonah.

—Tengo casi cuanto me habéis pedido, señor. Tal como vos sabéis, uno no puede tenerlo todo. Si necesitáis algo que yo no tenga, con vuestro permiso os lo diré y os aconsejaré una o más sustancias que puedan sustituirlo.

El boticario asintió con la cara muy seria cuando Yonah le dijo que le pediría las medicinas desde el castillo de Tembleque.

—Espero que no hayáis hecho este camino tan largo por una empresa imposible, señor.

—Ya veremos —contestó Yonah, y se despidió de él.

Cuando llegó al castillo ya hacía una hora que había oscurecido y la puerta estaba cerrada.

—¡Ah del castillo!

—¿Quién va?

—Ramón Callicó, médico de Zaragoza.

—Aguardad.

El centinela se retiró a toda prisa, pero regresó de inmediato, esta vez acompañado por alguien que llevaba una antorcha. Las dos figuras que observaban a Yonah desde arriba quedaron envueltas en un cono de luz amarilla que se alejó con ellos.

—¡Entrad, señor médico! —dijo el centinela, levantando la voz.

Levantaron el rastrillo en medio de un terrible sonido metálico que hizo respingar a la yegua negra antes de que ésta siguiera adelante mientras sus cascos arrancaban chispas de las baldosas de piedra del patio.

El padre Alberto Guzmán, un hombre de expresión severa y espaldas redondeadas, le ofreció comida y bebida.

—Sí, os lo agradezco, necesito ambas cosas. Pero habrá de ser más tarde, cuando haya visitado al conde —contestó Yonah.

—Será mejor que no le molestéis esta noche y esperéis a mañana para examinarle —advirtió bruscamente el clérigo.

A su espalda destacaba un anciano fornido y rubicundo vestido con las rústicas prendas propias de un peón, cuyo rostro aparecía enmarcado por una nube de cabello blanco y una poblada barba del mismo color.

—El conde no puede hablar ni moverse y no entiende lo que le dicen. No hay razón para que os apresuréis a verle —añadió el padre Guzmán.

Yonah le miró a los ojos.

—Aun así, insisto. Necesitaré velas y lámparas alrededor de la cama. Muchas, para que haya mucha luz.

El padre Guzmán apretó los labios con expresión de hastío.

—Como queráis. El padre Sebas se encargará de proporcionaros la luz.

El anciano asintió con la cabeza y entonces Yonah se dio cuenta de que era un clérigo y no un obrero del campo.

El padre Guzmán tomó una lámpara y Yonah lo siguió por varios corredores y distintas escaleras de piedra. Pasaron por delante de una estancia que Yonah recordaba, la sala en la que el conde lo había recibido en audiencia tras la entrega de su armadura. Siguieron hasta llegar al dormitorio, un negro espacio en el que la lámpara del sacerdote hizo que las sombras del enorme lecho danzaran en los muros de piedra. Un olor nauseabundo impregnaba el ambiente.

Yonah tomó la lámpara y la acercó al rostro del enfermo. Los ojos de Vasca, el conde de Tembleque, parecían mirar a lo lejos. El lado izquierdo de su boca estaba torcido hacia abajo en una mueca permanente.

—Necesito más luz.

El padre Guzmán se acercó a la puerta y dio un grito,

pero el padre Sebas ya se estaba acercando en compañía de dos hombres y una mujer que llevaban varias velas y lámparas. Una vez encendidas las lámparas y los pabilos de las velas, el conde quedó inundado de luz.

Yonah se inclinó sobre su rostro.

—Conde Vasca —le dijo—, soy Ramón Callicó, el médico de Zaragoza.

Los ojos lo miraron fijamente con unas pupilas de distinto tamaño.

—Ya os he dicho que no puede hablar —intervino Guzmán.

Vasca estaba cubierto por una manta sucia. Cuando Yonah la apartó, el hedor se intensificó.

—Tiene la espalda comida por una dolencia maligna —explicó el padre Guzmán.

El cuerpo que yacía en la cama era muy alto, pero Yonah le dio la vuelta sin dificultad y soltó un gruñido al ver una especie de forúnculos de desagradable aspecto, algunos de los cuales supuraban.

—Son llagas provocadas por la larga permanencia en la cama —determinó. Señaló a los criados que esperaban al otro lado de la puerta—. Tienen que calentar agua y traerla aquí sin tardanza junto con unos lienzos limpios.

El padre Guzmán carraspeó.

—El último médico, Carlos Sifrina de Fonseca, dijo con toda claridad que no teníamos que bañar al conde Vasca, so pena de que absorbiera los humores del agua.

—Estoy seguro de que al último médico, Carlos Sifrina de Fonseca, jamás lo han dejado tumbado sobre su propia mierda. —Ya era hora de ejercer su autoridad y Yonah así lo hizo con la mayor discreción posible—. Agua caliente en cantidad, jabón y lienzos suaves. Tengo un ungüento, pero traedme pluma, tinta y papel para que pueda anotar de inmediato qué otros ungüentos y medicinas necesitaré. Tendré que enviar a un jinete a Santiago López, el boticario de Toledo. El jinete deberá despertar al boticario si fuera necesario.

El padre Guzmán le miró dolido, pero resignado.

Cuando dio medio vuelta, Yonah lo llamó.

—Buscad unos suaves y gruesos vellocinos para ponérselos debajo. Que estén limpios. Traedme camisas de noche limpias y una manta que no esté sucia —añadió.

Ya era muy tarde cuando terminó. Había lavado el cuerpo, curado las llagas con ungüento, extendido los vellocinos y cambiado la manta y la camisa de noche. Le rugía el vientre cuando le sirvieron pan, un trozo de carne de cordero, con fuerte olor a choto y grasienta, y un vaso de vino amargo. Después lo acompañaron a una pequeña estancia, donde el lecho conservaba todavía el desagradable olor del cuerpo de su último ocupante, quizá Carlos Sifrina, el médico de Fonseca, pensó mientras caía dormido de puro cansancio.

A la mañana siguiente, desayunó pan con jamón y un vino un poco mejor y procuró comer todo el jamón que pudo.

La luz de la mañana apenas entraba en el dormitorio del paciente, pues sólo había un ventanuco en la parte superior del muro. Yonah mandó que los criados prepararan un catre en la estancia exterior, cerca de una soleada ventana más baja, y ordenó que trasladaran allí al conde Vasca.

A la luz del día, el estado de Vasca resultaba todavía más desolador. Los músculos atrofiados habían hecho que las manos se abrieran en una posición exagerada, con la parte exterior de los nudillos situada en el vértice del arco. Yonah le dijo a un criado que cortara dos trocitos de una rama redonda de un árbol. Después curvó las manos de Vasca alrededor de los trozos de rama y las aseguró con unos lienzos.

Las cuatro extremidades del enfermo parecían muertas. Cuando rascó las manos de Vasca, la parte posterior de sus piernas y los pies con el extremo romo de un escalpelo, le pareció que la pierna derecha reaccionaba ligeramente, pero, en la práctica, todo el cuerpo estaba paralizado. Lo único que se movía en el cuerpo del conde eran los ojos y los párpados.

Vasca podía abrir y cerrar los ojos y era capaz de contemplar algo y apartar la mirada.

Yonah clavó los ojos en los del enfermo sin dejar de hablarle.

—¿Notáis esto, conde Vasca? ¿O esto otro?

»¿Percibís alguna sensación cuando os toco, conde Vasca?

»¿Os duele algo, señor conde?

De vez en cuando se escapaba de la figura un gemido o un gruñido, pero jamás una respuesta a una pregunta.

El padre Guzmán acudía a veces a la habitación para contemplar los esfuerzos de Yonah con una mal disimulada expresión de desprecio.

—No entiende nada —masculló al final—. No entiende nada ni siente nada.

—¿Estáis seguro?

El clérigo asintió.

—Habéis hecho un esfuerzo en vano. Se está acercando al divino viaje que a todos nos espera.

Por la tarde entró una mujer en la habitación del enfermo. Debía de tener la edad de Adriana y era rubia y de piel muy clara. Tenía un agraciado rostro felino, la boca pequeña, los pómulos muy pronunciados, las mejillas mofletudas y unos grandes ojos almendrados que ella alargaba con afeites de color negro. Lucía un precioso, pero manchado vestido y apestaba a vino. Por un instante, Yonah pensó que tenía un antojo en el largo cuello, pero después se dio cuenta que era la clase de señal que dejaba una noche de amor.

—El nuevo médico —dijo la mujer, mirándole.

—Sí. ¿Sois vos la condesa?

—En efecto. ¿Podréis hacer algo por él?

—Es muy pronto para decirlo, condesa... Me han dicho que lleva más de un año enfermo, ¿verdad?

—Ya va para catorce meses.

—Comprendo. ¿Desde cuándo sois su esposa?

—Cuatro años se cumplirán en primavera.

—¿Estabais a su lado cuando enfermó?

—Mmmmm...

—Me sería muy útil saber con todo detalle lo que le ocurrió aquel día.

La mujer se encogió de hombros.

—A primera hora de la mañana salió a cabalgar y a cazar.

—¿Qué hizo a la vuelta?

—De eso hace catorce meses, señor. Pero... vamos a ver si me acuerdo. Bueno, ante todo, me llevó a la cama.

—¿Fue a última hora de la mañana?

—A mediodía. —La mujer miró sonriendo al enfermo—. Para irse a la cama, no le importaba el momento, ya fuera de día o en plena noche.

—Condesa, perdonadme la pregunta... ¿hizo muchos esfuerzos aquel día el señor conde en su actividad sexual?

La mujer le miró.

—No me acuerdo. Pero él se esforzaba mucho en todas sus actividades.

Según la información de la mujer, aquel día el conde se había comportado con normalidad.

—A última hora de la tarde me dijo que le dolía la cabeza, pero se encontró lo bastante bien como para sentarse a la mesa a la hora de cenar. Mientras le servían el pollo, observé que torcía la boca hacia abajo... tal como la tiene ahora. Y me pareció que le costaba respirar y que resbalaba de la silla.

»Tuvieron que matar a sus lebreles, porque no permitían que nadie se acercara para prestarle ayuda.

—¿Volvió a sufrir un ataque similar desde aquel día?

—Dos más. No estaba tal como vos lo veis ahora después del primer ataque. Podía mover las extremidades de la derecha y hablar. A pesar de que las palabras eran torpes y confusas, consiguió darme instrucciones para su entierro. Sin embargo, dos semanas después del primer ataque sufrió otro más y, a partir de entonces, se quedó mudo y paralizado. Hace un mes, sufrió el tercero.

—Os doy gracias por haberme contado todo esto, condesa.

La mujer asintió con un gesto y se volvió para estudiar la figura de la cama.

—A veces era muy severo, tal como les ocurre a los hombres fuertes. Le he visto comportarse con gran crueldad. Pero para mí siempre fue un señor benévolo y un buen esposo. —La condesa se volvió para mirar a Yonah—. ¿Cómo os llamáis?

—Callicó.

La mujer le miró un instante, volvió a asentir con la cabeza y se retiró.

43

La condesa

Su habitación, situada al fondo de un corredor, estaba separada de los aposentos de la condesa, ubicados en el otro extremo, por un dormitorio intermedio. Yonah sólo pudo ver al otro huésped del castillo a la noche siguiente. En mitad de la noche, cuando abandonó la habitación para vaciar el orinal, vio salir de los aposentos de la condesa a un hombre que sostenía algo en los brazos. En la pared del corredor había dos teas de pez encendidas y Yonah distinguió con toda claridad a un individuo corpulento, desnudo, de rostro mofletudo, que llevaba la ropa colgada del brazo.

Yonah hubiera preferido no decir nada, pero el hombre le vio y se quedó petrificado por un momento.

—Buenas noches —le dijo Yonah.

Sin pronunciar palabra, el otro entró en la estancia contigua a la suya.

A la mañana siguiente, Yonah trasladó de nuevo al conde a la habitación soleada con la ayuda del padre Sebastián. Había descubierto que el anciano y canoso sacerdote era la única persona del castillo con quien podía hablar.

Mientras ambos estaban acomodando al conde en el catre, entró un hombre en la estancia. Yonah reconoció en él al sujeto que había visto desnudo unas cuantas horas antes en el pasillo.

—¿Adónde diablos se ha ido?

Un tipo pendenciero, pensó Yonah. Tenía los ojos pequeños e iracundos, el rostro redondo y mofletudo, y una corona
de cabello negro alrededor de un cráneo prácticamente calvo.
Su musculoso cuerpo estaba empezando a engordar. Tenía los
dedos muy gruesos y manos de gladiador, cada una de ellas
adornada por una llamativa y pesada sortija.

—¿Dónde está? —preguntó.

—Lo ignoro, señor.

Yonah apenas conocía al padre Sebastián, pero adivinó
por la fría sequedad de su voz que el anciano sacerdote no le
tenía la menor simpatía a aquel hombre que no le había prestado a Yonah la menor atención y había dado media vuelta
sin decir nada más. Yonah y el padre Sebastián cubrieron al
conde Vasca con una manta ligera.

—¿Con qué descortés caballero hemos tenido el placer
de departir?

—Es Daniel Fidel Tapia —contestó el padre Sebas.

Tapia.

«¿Quién os acompañaba cuando salisteis a cabalgar de
noche, fray Bonestruca?

»Tapia.»

—¿Y quién es ese tal Tapia?

—Un amigo del conde Vasca. Últimamente gusta de ca-
lificarse de compañero del conde.

—¿Y a quién buscaba, pues no ha pronunciado su nombre?

—Él sabía que yo he comprendido que buscaba a la condesa. Ella y Tapia están unidos por una amistad muy especial —contestó el padre Sebastián.

A veces, el pulso de Vasca era fuerte y rápido mientras que
otras vacilaba como el trémulo correteo de un animalillo asustado. El padre Guzmán se presentaba una vez al día y se quedaba un ratito para echar un vistazo al rostro del conde y comentar que su aspecto era peor que el de la víspera.

—Dios me dice que se está muriendo.

¿Y por qué razón os lo tendría que decir Dios?, pensaba Yonah.

Dudaba que hubiera algo capaz de salvar la vida de Vasca, pero tenía que seguir intentándolo. La enfermedad que estaba matando al conde no era insólita. En el tiempo que llevaba ejerciendo la medicina, Yonah había visto a otras personas aquejadas del mismo mal, algunas de ellas con la boca deformada y los brazos y las piernas inertes. Por regla general, sólo resultaba afectado un lado del cuerpo, pero, en algunas ocasiones la paralización alcanzaba a los dos lados. Ignoraba cuál era la causa o si había algún remedio.

En algún lugar del complicado cuerpo humano tiene que haber un centro que gobierne la fuerza y el movimiento de un hombre, pensó. Quizás en el conde Vasca aquel centro se parecía a la zona ennegrecida y dañada que él había visto en el corazón de Nuño.

Deseó poder diseccionar el cuerpo del conde Vasca cuando éste muriera.

—¡Cuánto me gustaría llevaros a mi establo de Zaragoza! —murmuró.

Los ojos, que estaban cerrados, se abrieron y lo miraron. Yonah hubiera podido jurar que los ojos del conde lo habían mirado con expresión perpleja y fue entonces cuando se le ocurrió una terrible sospecha. Pensó que quizás a ratos el conde Fernán Vasca comprendía lo que ocurría en el mundo que lo rodeaba.

Pero tal vez no...

Se pasaba mucho rato a solas con su paciente, sentado junto a su lecho o bien inclinado sobre él para hablarle, pero el momento en que los ojos de ambos se cruzaron no volvió a repetirse. Casi siempre Vasca parecía dormir con una lenta y ruidosa respiración en la que se le hinchaban las mejillas cada vez que exhalaba el aire. El padre Sebas se presentaba dos veces al día para leer los textos de su devocionario con voz áspera y cascada, deteniéndose de vez en cuando para carraspear a causa del catarro crónico que padecía. Yonah le recetó alcohol de alcanfor y el anciano sacerdote se lo agradeció mucho.

—Tenéis que descansar mientras yo esté aquí. Id a echar una siesta, señor —le decía el padre Sebas y a veces él aprovechaba para huir de la estancia durante las prolongadas sesiones de oración. Paseaba libremente por las silenciosas estancias del enorme castillo que estaba prácticamente vacío, un frío y siniestro hogar lleno de chimeneas apagadas. Buscaba los objetos que su padre había creado para el conde y que Vasca jamás se había dignado pagar. Le hubiera gustado especialmente encontrar la flor de oro con tallo de plata para ver si era tan hermosa como la conservaba en su recuerdo infantil.

El conde Vasca había tomado disposiciones para cuando se muriera. En un almacén había un enorme sarcófago de piedra caliza con una inscripción latina: CUM MATREM MATRIS SALVUS. La cubierta de piedra era lo bastante pesada como para que no pudieran penetrar los gusanos o los reptiles. Pero Yonah no vio ni la rosa de oro ni ningún otro objeto que le resultara familiar hasta que entró en una sala de armaduras y se sobresaltó al ver un espléndido caballero preparado para la batalla.

Era la armadura que él había entregado con Ángel, Francisco y Luis. Dominado por el asombro, acarició las cinceladuras y los adornos labrados que él mismo había creado bajo la guía de Manuel Fierro, el armero de Gibraltar.

El padre Sebastián acudía a diario a la habitación del enfermo y no se apresuraba a retirarse, para gran placer de Yonah, que le había cobrado afecto. Yonah observó con curiosidad que las manos del anciano estaban tan encallecidas como las de cualquier peón del campo.

—Padre Sebastián, habladme un poco de vos.

—No hay nada digno de interés, señor.

—Pues a mí me parecéis un hombre muy interesante.

Decidme, padre, ¿por qué no vestís como los demás sacerdotes?

—Antaño yo era muy engreído y ambicioso, y vestía unos hermosos hábitos negros hechos a mi medida. Pero no cumplía con mis obligaciones, lo cual provocó el enojo de mis superiores, que me enviaron a los caminos como mendicante para que predicara la palabra de Dios y me ganara el pan de cada día con mi trabajo.

»Pensé que estaba perdido y salí horrorizado a cumplir mi castigo. No sabía adónde ir, caminaba dejando que los pies me llevaran adonde quisieran. Al principio, era demasiado orgulloso y arrogante como para mendigar. Comía frutos del bosque y, a pesar de ser un hombre de Dios, robaba en los huertos. Pero siempre hay gente buena y algunas personas muy pobres compartían conmigo su mísero alimento y me mantenían.

»Con el tiempo, el hábito negro se pudrió y rompió, y yo anduve errante, envuelto en andrajos y sin tonsura. Vivía y trabajaba con los pobres que rezaban y compartían su pan y su agua conmigo, luego yo heredaba su ropa, que a veces pertenecía a hombres que habían muerto. Por primera vez empecé a comprender a san Francisco, aunque no anduve desnudo por el mundo como él, ni me quedé ciego ni me aparecieron estigmas en el cuerpo. Soy simplemente un hombre sencillo y perplejo, pero me han sonreído y ahora ya llevo muchos años siendo un vagabundo de Dios.

—Pero, si trabajáis con los pobres, ¿por qué estáis en este castillo?

—De vez en cuando vengo aquí. Me quedo el tiempo suficiente para oír las confesiones de los criados y los soldados de la guardia, y darles la comunión; después me voy. Esta vez el padre Guzmán me ha pedido que me quede hasta que muera el conde.

—Padre Sebas, nunca he oído vuestro nombre de pila —le dijo Yonah.

El clérigo esbozó una sonrisa.

—Sebas no es mi auténtico nombre. Así me empezó a llamar cariñosamente la gente, como una abreviación de Sebastián. Me llamo Sebastián Álvarez.

Yonah se quedó petrificado, pero no llegó a ninguna conclusión; a fin de cuentas, muchos hombres se llamaban igual. Estudió el rostro del clérigo, tratando de descubrir en él algún vestigio del pasado.

—Padre, ¿qué servicio prestabais en la Iglesia antes de convertiros en un fraile mendicante?

—Raras veces pienso en ello, pues me parece que aquél era otro hombre en otra existencia. Era el prior del priorato de la Asunción de Toledo —contestó el anciano.

Aquella noche, mientras permanecía sentado a solas junto al lecho del conde, Yonah evocó la época que precedió al asesinato de su hermano Meir, los días anteriores al período en que su padre empezó a forjar el ciborio para el priorato de la Asunción y ya había realizado los bocetos preliminares. Yonah sólo había visto al clérigo en dos ocasiones en que había acompañado a su padre al priorato, donde éste tenía que hablar con el padre Álvarez. Recordaba a un hombre autoritario e impaciente, y ahora se asombraba de la transformación que se había operado en él.

Estaba seguro de que el padre Sebas tenía empeño en regresar al castillo porque sabía, tal como él sabía también, que Fernán Vasca había estado detrás de los robos del ciborio y de la reliquia de santa Ana.

Seguía hablándole al conde en la esperanza de poder despertar su conciencia. Estaba empezando a cansarse de oír su propia voz mientras hablaba con un Fernán Vasca aparentemente dormido. En caso de que Vasca lo pudiera oír, estaba seguro de que el conde también estaba harto de oír el constante zumbido de su voz. Ya le había hablado del tiempo, de las previsiones para la siguiente cosecha, de los halcones que volaban por el aire, recortándose como un punto contra las nubes.

Al final, decidió utilizar otro sistema.

—Conde Vasca, ya es hora de que estudiemos la cuestión de mis honorarios —le dijo—. En justicia, éstos tendrían que equilibrarse con lo que ambos nos hemos debido mutuamente en el pasado. Hace diez años yo visité este lugar para entregaros una espléndida armadura y vos me entregasteis diez maravedíes por la molestia. Pero tuvimos otros tratos, pues yo os hablé de las reliquias de un santo que había en una cueva de la costa sudoriental y, a cambio, vos acabasteis con la vida de dos hombres que me hubieran arrebatado la mía.

Vio un movimiento bajo los párpados cerrados.

—Yo envíe a dos hombres a la muerte en la cueva de un ermitaño. Y vos os librasteis de unos rivales y os quedasteis con unas reliquias. ¿Lo recordáis?

Los ojos se abrieron lentamente y Yonah descubrió en ellos algo que no había visto antes.

Interés.

—Qué extraño es el mundo, pues ahora no soy un armero sino vuestro médico, que desea ayudaros. Tenéis que colaborar conmigo.

Ya había pensado en lo que haría en caso de que pudiera despertar la mente consciente del conde.

—Ya sé que es difícil, pues estáis privado de la palabra. Sin embargo, existe un medio para que podamos comunicarnos. Yo os haré una pregunta. Vos parpadearéis una vez para decir que sí y dos para decir que no. Cada vez que parpadeéis, cerrad un momento los ojos para que yo sepa que es una respuesta.

»Una vez para decir que sí y dos para decir que no. ¿Habéis comprendido?

Pero Vasca se limitó a mirarle.

—Parpadead una vez para decir que sí y dos veces para decir que no. ¿Me habéis comprendido, conde Vasca?

¡Un solo parpadeo!

—Bien. Lo estáis haciendo muy bien, conde Vasca. ¿Notáis alguna sensación en las piernas o en los pies?

Dos parpadeos.

—¿Y en la cabeza?

Un solo parpadeo.

—¿Sentís dolor o molestias en alguna parte de la cabeza?

Sí.

—¿En la boca o la mandíbula?

No.

—¿En la nariz?

No.

—¿Los ojos?

Vasca parpadeó una vez.

—Bueno pues, los ojos. ¿Es un dolor agudo?

No.

—¿Un prurito?

Un parpadeo y un cierre de los párpados para acentuarlo.

—Conde Vasca, ¿recordáis a Helkias Toledano, el platero de Toledo?

Vasca le miró.

—Teníais en vuestro poder varios objetos que él confeccionó para vos. Por ejemplo, una preciosa rosa de oro y plata. Me gustaría mucho ver algunas de las cosas que hizo Toledano. ¿Sabéis dónde se guardan?

Vasca le miró. La torcida boca pareció curvarse hacia arriba; era difícil saberlo a ciencia cierta, pero a Yonah le pareció ver una expresión burlona en los ojos del conde.

Ya no recibió más respuestas. Hubo algunos parpadeos al azar, reflejos naturales y no respuestas a sus preguntas, y después Vasca cerró los ojos.

—Maldición. ¿Conde Vasca? ¿Me oís?

Los ojos permanecieron cerrados.

—Eran obra de las manos de mi padre, condenado señor —dijo con rabia—. Tres cuencos grandes. Cuatro espejitos de plata y otros dos de tamaño más grande. Una flor de oro con tallo de plata. Ocho peinetas y un peine. Y una docena de copas de plata y electro. ¿Dónde están?

Se pasó un rato hablando y preguntando hasta que se quedó ronco, y finalmente se dio por vencido. Era como si el enfermo se hubiera vuelto a hundir en el lugar inalcanzable del que tan brevemente había salido. Yonah comprendió las limitaciones que le imponía su ignorancia. No sabía cómo devolverle la conciencia a Vasca. Lavó suavemente los párpados cerrados con agua tibia y envió a un jinete a la botica a por un ungüento para los ojos. Había sido un intervalo emocionante. Se quedó solo con su irritación, pero por primera vez su tarea cotidiana le deparó una gozosa satisfacción.

Le comentó a la condesa el lenguaje de los parpadeos y ella palideció de emoción.

—Yo también quiero hacerlo —dijo, pero, cuando se sentó junto al lecho del enfermo, sufrió una decepción.

La mujer tomó una de las manos de Vasca, doblada todavía alrededor del trozo de rama que impedía su deformación, y le dijo:

—Mi señor esposo.

Otra vez y otra.

—Mi señor esposo... mi señor...

»Esposo mío...

»Por Dios, Fernán, abrid los ojos, ¡miradme, por el amor de Cristo!

Yonah abandonó la estancia para respetar la intimidad de la condesa, pero, cuando regresó, Vasca aún estaba dormido y sus mejillas se hinchaban cada vez que exhalaba el aire.

Al día siguiente, la mujer regresó junto al lecho del conde. Cuando tomó asiento, Yonah vio dos magulladuras en su mejilla izquierda.

—Condesa... ¿hay algo en lo que yo pueda ayudaros?

La pregunta había sido formulada con torpeza, y ella le contestó con distante frialdad.

—No, gracias, señor.

Sin embargo, a primera hora de la mañana siguiente, un criado lo despertó para decirle que se requerían los servicios del médico en los aposentos de la condesa. La encontró tumbada en la cama, con el rostro cubierto por un trapo ensangrentado.

En el lugar de las magulladuras, la mujer presentaba un corte en la mejilla.

—¿Os lo ha hecho él con su sortija?

La condesa no contestó. Tapia debía de haberla golpeado con la mano abierta, pensó Yonah, pues, si la hubiera tenido cerrada en puño, la sortija hubiera producido una herida más profunda. Sacó de su bolsa hilo encerado y una fina aguja. Antes de coser la herida le dio a beber a la condesa un traguito de aguardiente. Aun así, la mujer se agitó y gimió, pero él se lo tomó con calma y suturó la herida con pequeñas puntadas. Después empapó un lienzo con vino y lo sostuvo contra la herida para favorecer la cicatrización.

Cuando terminó, la condesa se incorporó para darle las gracias, pero inmediatamente cayó hacia atrás y rompió en silenciosos sollozos.

—Condesa...

La mujer vestía una camisa de noche de seda que dejaba al descubierto todo lo que se podía ver de ella.

Yonah apartó los ojos mientras ella volvía a incorporarse y se enjugaba los ojos con el dorso de la mano, como una niña.

Yonah recordó lo que le había dicho el padre Espina acerca del poder y la riqueza del padre de la condesa en Madrid.

—Señora, creo que vuestro esposo no tardará en morir —le dijo con dulzura—. En caso de que ocurriera el trance fatal, ¿habéis considerado la posibilidad de poneros bajo la protección de vuestra familia?

—Tapia dice que, si huyo, él me perseguirá. Y me matará.

Yonah lanzó un suspiro. Tapia no podía ser tan estúpido. Pensó que, a lo mejor, él conseguiría hacerlo entrar en razón, o puede que lo consiguieran el padre Sebas o el padre Espina.

—Dejadme que intente hacer algo —dijo con visible turbación.

Pero, para su ulterior turbación, empezó a averiguar más cosas de las que hubiera querido acerca de Tapia y de la condesa.

—Yo tengo la culpa —sollozó la mujer—. Llevaba mucho tiempo mirándome. Yo no lo desalenté, sino que más bien me complací en mantener vivo el anhelo que reflejaban sus ojos, si he de seros sincera. Me sentía totalmente a salvo, porque Tapia temía a mi señor y jamás se hubiera atrevido a tocar a su esposa.

»Daniel Tapia lleva muchos años trabajando por cuenta de mi esposo como comprador de reliquias sagradas. Fernán conoce muchas comunidades religiosas, a las que podía vender muchos de los objetos que Tapia compraba.

Yonah esperó en silencio.

—Cuando mi esposo enfermó, tuve miedo. Soy una mujer que necesita el consuelo de unos brazos y una noche acudí al dormitorio de Tapia —prosiguió. Yonah no hizo ningún comentario, pero admiró su sinceridad—. Sin embargo, las cosas no fueron como yo esperaba. Es un hombre brutal y quiere casarse conmigo cuando sea posible. No hay herederos para el título del conde y, cuando yo muera, las propiedades revertirán a la monarquía. Pero Daniel Tapia se encargará de que yo viva una larga existencia —añadió amargamente—. Quiere el dinero.

»Hay más —continuó—. Está convencido de que Fernán oculta en este castillo algo de mucho valor. Creo que, al final, se ha convencido de que yo no sé nada, pero él lo busca sin descanso.

Por un instante, Yonah no se atrevió a hablar.

—¿Es una reliquia? —preguntó.

—No lo sé. Espero que no añadáis vuestras propias preguntas a mi tormento, señor —contestó la condesa. Después se levantó temblando, se acercó la mano al rostro y se lo tocó—. ¿Me quedará una cicatriz?

—Sí, pero muy pequeña. Al principio, será de color rojo, pero después se ira aclarando. Es de esperar que sea tan blanca como vuestra piel —dijo Yonah, y tomó la bolsa para regresar a la estancia del conde.

44

La primavera

Aquel mismo día, cuando el padre Sebas lo relevó y él salió de nuevo para reanudar su búsqueda, encontró una prueba de que el recuerdo que él conservaba de la obra de su padre no era imperfecto.

En el estante de un armario del sótano lleno de polvorientos marcos de cuadros y de sillas rotas, descubrió una doble hilera de copas pesadas y oscuras.

Cuando tomó una de ellas y la acercó a la ventana, vio que la había hecho su padre. No cabía la menor duda. El color era casi negro, porque la plata se había oscurecido con el paso de los años y el olvido, pero, cuando le dio la vuelta, distinguió en su fondo la marca HT.

Grabada por las manos de su padre.

Fue acercando las copas una a una por la ventana. Eran unas sencillas y pesadas copas de plata maciza con bases de electro.

Dos de ellas estaban muy abolladas y rayadas, como si alguien las hubiera arrojado en un arrebato de furia. Recordaba que el conde le debía a su padre una colección completa de doce vasos, pero, a pesar de que buscó con denuedo en el armario, retirando marcos y sillas, y de que anduvo tanteando en todos los oscuros rincones, sólo encontró las diez copas.

Regresó dos días más tarde al armario del sótano para sostener las copas en sus manos por el simple placer de sentir en ellas su peso y su solidez. Pero la tercera vez que regresó allí, encontró a Daniel Tapia, que sin duda buscaba algo, pues todos los objetos del armario estaban esparcidos por el suelo.

Tapia se lo quedó mirando.

—¿Qué queréis?

—No quiero nada, señor —contestó Yonah con toda naturalidad—. Estaba admirando simplemente la belleza del castillo para que algún día se lo pueda describir a mis hijos.

—¿Se va a morir el conde?

—Así lo creo, señor.

—¿Cuándo?

Yonah se encogió de hombros y lo miró serenamente. No tenía ninguna prueba de que Tapia hubiera intervenido en la violación y el asesinato de su hermano Meir, pero su instinto le decía que así era.

—Un antiguo compañero vuestro mencionó vuestro nombre, señor Tapia. Fray Lorenzo de Bonestruca.

—¿Ése? Llevo años sin ver a Bonestruca. Se fue a Zaragoza.

—Allí le vi yo.

Tapia frunció el entrecejo.

—¿Qué dijo de mí?

—Sólo que a veces ambos salíais a cabalgar juntos y que erais un compañero excepcional de diversiones. Fue un comentario muy breve que me hizo durante una partida de damas.

—En tal caso, el muy malnacido debió de deciros también lo mucho que yo aborrezco el juego de damas. ¿Sigue encaprichado con esta insensata actividad?

—No, señor. Ya ha muerto. Fray Bonestruca perdió el juicio y se pasó dos años en el manicomio de Zaragoza, donde murió a causa de la pestilencia que asoló aquel lugar.

Tapia hizo una mueca y se santiguó.

Sin embargo, habló con recelo cuando le preguntó a Yonah si era aquella conversación con Bonestruca lo que lo había inducido a viajar a Tembleque.

—No. La Diócesis me pidió que viniera aquí para ver si podía ayudar al conde. Hace poco, tuve que atender a la esposa del conde Vasca.

Tras casarse con él, Adriana le había revelado los malos tratos a que la había sometido su primer esposo. Con el tiempo, la expresión de dolor había desaparecido de sus ojos, pero él no podía soportar la idea de los hombres que golpeaban a las mujeres.

—Espero que la condesa no sufra más lesiones.

Tapia le miró sin poder creer que aquel médico tuviera el valor de hablarle en semejantes términos.

—A veces se producen lesiones y ninguno de nosotros se libra de ellas —dijo—. Por ejemplo, yo que vos, no me pasearía por el castillo sin escolta, no vaya a ser que alguien os confunda con un ladrón y os mate, señor.

—Sería una lástima que alguien lo intentara, pues hace mucho tiempo que soy capaz de enfrentarme yo solo con los asesinos —replicó Yonah, poniendo especial empeño en alejarse muy despacio.

De hecho, la amenaza sólo sirvió para espolearle en su búsqueda, pues estaba claro que Tapia creía que algo muy valioso se ocultaba en aquel lugar y no quería que otro lo encontrara. Yonah buscó concienzudamente, examinando incluso todos los huecos de los muros, por si éstos hubieran sido utilizados como los de su casa para ocultar sus manuscritos hebreos, pero sólo halló un nido de ratones y un montón de telarañas. No tardó en encontrarse de nuevo en estancias que ya había registrado anteriormente.

En el almacén, contempló el gran sarcófago de piedra digno de un príncipe y volvió a estudiar la inscripción.

CUM MATREM MATRIS SALVUS.

Sus conocimientos de latín eran casi nulos, pero, mientras regresaba a la estancia del enfermo, se cruzó con el mayordomo que estaba supervisando los trabajos de los obreros en la balaustrada de la escalinata.

—Padre Guzmán —le dijo—, ¿vos sabéis latín?

—Por supuesto que sí —contestó el clérigo, dándose importancia.

—¿Qué significa la inscripción del sarcófago de piedra destinado al conde?

—Quiere decir que, después de la muerte, estará por toda la eternidad con la Virgen María —contestó el padre Guzmán.

En tal caso, ¿por qué no pudo Yonah conciliar el sueño aquella noche?

A primera hora de la mañana siguiente, mientras una lluvia primaveral golpeaba la fina losa de alabastro de la ventana, se levantó, tomó una antorcha de la pared, se dirigió al almacén y la sostuvo en alto para examinar el sarcófago bajo su trémula luz.

A media mañana, cuando el padre Sebas se presentó en la habitación del enfermo, Yonah lo estaba esperando con ansia.

—Padre, ¿tenéis buenos conocimientos de latín?

El padre Sebas esbozó una sonrisa.

—Eso ha sido desde siempre la tentación del orgullo pecaminoso.

—*Cum Matrem Matris salvus.*

La sonrisa del clérigo se esfumó.

—Un momento —dijo en tono desabrido.

—¿Qué significa?

—¿De dónde habéis sacado... estas palabras?

—Padre, vos y yo no nos conocemos demasiado, pero tendréis que preguntaros si podéis confiar en mí.

Sebas le miró y lanzó un suspiro.

—Puedo y debo confiar. «Me salvaré con la Madre de la Madre», eso significa.

Yonah observó que el rubicundo sacerdote había palidecido visiblemente.

—Sé lo que perdisteis hace tiempo, padre Sebas, y creo que lo hemos encontrado —dijo.

Ambos examinaron cuidadosamente el sarcófago. La gran tapa de piedra adosada a la pared sobre el sarcófago era una única y sólida losa. También lo eran el fondo y tres de sus lados.

—Pero mirad aquí —señaló Yonah.

El cuarto lado era distinto, más ancho que el del otro extremo. El panel con la inscripción se encontraba en la parte superior de aquel lado. Yonah dio unas palmadas al panel para que el padre Sebas oyera que era hueco.

—Tenemos que retirar el panel.

El sacerdote se mostró de acuerdo, pero le aconsejó prudencia.

—El almacén está demasiado cerca de los dormitorios. Y no muy lejos del comedor. La gente pasa a distintas horas del día y a los soldados de la guardia se les puede llamar rápidamente. Tenemos que esperar un momento en que los demás moradores del castillo estén ocupados en otra cosa —dijo.

Sin embargo, los acontecimientos los privaron del lujo de la espera, pues a primera hora de la mañana siguiente Yonah fue despertado por una criada que aquella noche había velado al conde Vasca. El conde estaba vomitando en medio de unas fuertes convulsiones. La mueca de su rostro se había acentuado de manera alarmante y sus ojos ya no estaban al mismo nivel, pues el izquierdo estaba más abajo que el derecho. Su pulso era fuerte y rápido, y su respiración lenta y ruidosa. Yonah percibió un nuevo y afanoso suspiro e identificó su significado.

—Daos prisa. Id en busca de la condesa y de los sacerdotes —apremió a la criada.

La condesa y los clérigos llegaron juntos, la esposa del moribundo se presentó despeinada y desgranando en silencio las cuentas del rosario, mientras que el padre Guzmán se había puesto con tantas prisas las vestiduras funerarias, una casulla y un sobrepelliz morados, que el padre Sebas aún estaba tratando de colocarle la estola morada alrededor del cuello cuando ambos cruzaron la puerta.

El conde, con los ojos desorbitados, estaba exhalando su último aliento; su aspecto le recordó a Yonah la descripción que había hecho Hipócrates de la muerte inminente: «La nariz afilada, las sienes hundidas, las orejas frías y estiradas con los lóbulos deformados, la piel del rostro endurecida, estirada y reseca, el color del rostro oscuro.»

El padre Sebas abrió el pequeño recipiente de oro que contenía los santos óleos. Humedeció el pulgar del padre Guzmán con crisma y el sacerdote ungió los ojos, los oídos, las manos y los pies de Vasca. El aire se llenó del perfume del denso bálsamo y de la fragancia del óleo cuando el decimocuarto y último conde de Tembleque exhaló su último, prolongado y sofocado suspiro.

—Sus pecados han sido perdonados —dijo el padre Guzmán—, y en estos momentos se está reuniendo con Nuestro Señor.

El padre Sebas y Yonah se intercambiaron una larga mirada, pues ambos eran conscientes de que dadas las circunstancias, el sarcófago de piedra no tardaría en ser enterrado profundamente en la tierra.

—Tenemos que comunicarles a los criados y a los soldados la muerte de su amo y señor, y celebrar una misa conmemorativa en el patio —le dijo el padre Sebas al padre Guzmán.

Guzmán frunció el ceño.

—¿Lo creéis necesario? En estos momentos tenemos muchas cosas entre manos.

—Pero eso es lo primero que hay que hacer —dijo con firmeza el mayor de los dos clérigos—. Yo os prestaré ayuda, pero vos tenéis que comunicar la noticia después de la misa, porque sabéis hablar mucho mejor que yo.

—Eso no es cierto —replicó modestamente el padre Guzmán, aunque accedió a comunicar la noticia, visiblemente satisfecho de recibir aquel cumplido.

—Entre tanto —añadió el padre Sebas—, el médico tiene que lavar al difunto y prepararlo para el entierro.

Yonah asintió con un gesto.

Procuró entretenerse en su tarea hasta que oyó que empezaba la misa en el patio de abajo. Cuando oyó la lenta y monótona voz del padre Sebas, la más clara del padre Guzmán y la sonora respuesta de los presentes, corrió al almacén.

Utilizando una sonda médica, empezó a rascar la argamasa que rodeaba el panel labrado del ataúd de piedra. Era un uso que Manuel Fierro jamás hubiera podido imaginar cuando había hecho el instrumento, pero dio muy buen resultado. Cuando acababa de quitar la argamasa de dos lados del panel, Yonah oyó una voz a su espalda.

—¿Qué estáis haciendo, matasanos?

Daniel Tapia entró en el cuarto con los ojos clavados en el panel del sarcófago.

—Quiero cerciorarme de que todo está bien.

—Ya —dijo Tapia—. O sea que creéis que aquí dentro hay algo, ¿verdad? Confío en que no os equivoquéis.

Desenvainó su puñal y se acercó a Yonah.

Yonah comprendió que a Tapia no le interesaba armar un alboroto y provocar la intervención de los soldados, pues quería completar el saqueo por su cuenta. El hombre era tan alto como Yonah, pero mucho más corpulento, y debía de pensar que podría liquidar fácilmente al médico desarmado con su puñal. Yonah amagó con la pequeña sonda y saltó hacia un lado cuando el puñal describió un amplio arco con el visible propósito de abrirlo en canal.

Faltó muy poco; la hoja no lo alcanzó por un pelo. La punta quedó prendida en el tejido de su túnica y la rasgó, pero el breve instante en que quedó enganchada permitió a Yonah sujetar el brazo que había detrás de ella.

Dio un tirón más por una acción refleja que por un propósito deliberado, y Tapia perdió el equilibrio. Cayó hacia delante sobre el sarcófago abierto. Aún conservaba el puñal en la mano y actuó con mucha rapidez a pesar de su corpulencia, pero Yonah tomó instintivamente la tapa del ataúd, apoyada contra la pared. Era tan pesada que tuvo que hacer acopio de todas sus fuerzas para moverla, pero la tapa de piedra se separó de la pared y, por efecto de su considerable peso, cayó hacia delante. Justo en el instante en que Tapia se estaba levantando, la pesada losa le cayó encima como una trampa sobre un animal. Su cuerpo amortiguó buena parte del ruido; en lugar del estruendo de la piedra contra la piedra, se oyó un sordo rumor.

Pero, aun así, el ruido fue considerable, por lo que Yonah permaneció inmóvil y prestó atención. Las voces de los asistentes a la misa siguieron rezando sin interrupción.

La mano de Tapia aún sostenía el puñal que Yonah tuvo que arrancarle de los dedos. Yonah levantó cautelosamente la tapa, pero la precaución ya no era necesaria.

—¿Tapia? —No se oía el menor sonido de respiración—. No, maldición.

La columna vertebral del hombre se había roto y éste había muerto.

Yonah no tuvo tiempo para lamentarlo. Trasladó a Tapia a la habitación contigua a la suya y lo depositó en la cama. Después le quitó las prendas exteriores y le cerró los ojos, entornó la puerta y se retiró.

Regresó a toda prisa al almacén, pues la misa estaba tocando a su fin y la nasal voz del padre Guzmán estaba ensalzando la vida de Fernán Vasca.

Cuando terminó de eliminar la fina capa de argamasa, Yonah retiró el panel de piedra y descubrió un hueco.

Introdujo la mano, presa de una profunda emoción, y notó unos trapos. Protegido por los paños, como un enorme y valioso huevo, había un objeto envuelto en un lienzo de lino y, debajo del lienzo de lino, una bolsa de seda bordada. Cuando sacó la bolsa le tembló la mano, pues en su interior acababa de encontrar la causa de la muerte y destrucción de su familia.

Aquella tarde la condesa María del Mar acudió a la habitación de Tapia y lo encontró muerto. Inmediatamente mandó llamar al médico y a los sacerdotes.

En dos ocasiones anteriores Yonah había provocado muertes; llevaba mucho tiempo luchando contra los demonios de su conciencia y había llegado a la conclusión de que era lícito protegerse cuando alguien pretendía matarle. Pero en ese momento tuvo que pasar por la perturbadora experiencia de tener que certificar la muerte de alguien a quien él mismo había matado, y se avergonzaba de utilizar su oficio de aquella manera tan ruin, sabiendo que jamás se lo hubiera podido confesar a Nuño Fierro.

—Ha muerto de repente —dijo, lo cual era cierto. Acto seguido añadió—: Mientras dormía —lo cual era falso.

—¿Es una dolencia que nos puede afectar a todos? —preguntó temerosamente el padre Guzmán.

Yonah le contestó que no, explicando que había sido una pura coincidencia que el conde y Tapia fallecieran el mismo día. Sintió que el blanco rostro de la condesa se volvía hacia él.

—Daniel Tapia no tenía parientes vivos —dijo la condesa. Se había recuperado rápidamente tras el sobresalto inicial—. Sus ritos fúnebres no tienen que obstaculizar los del conde —añadió sin vacilar.

Así pues, envolvieron a Tapia con la manta sobre la cual descansaba, se lo llevaron fuera, cavaron un hoyo y lo enterraron a toda prisa acompañado por las oraciones del padre Sebastián. Yonah estuvo presente y pronunció los amenes de rigor mientras dos soldados de la guardia cavaban el hoyo y lo cubrían con tierra.

Entre tanto, las actividades del castillo no se habían interrumpido. Al anochecer ya se había preparado el funeral del conde a entera satisfacción de su viuda, y toda la noche el aristócrata permaneció de cuerpo presente en la gran sala, rodeado por gran cantidad de cirios y velado por un grupo de damas que conversaban en susurros hasta que la luz del alba devolvió una vez más la vida al castillo.

A media mañana doce fornidos soldados tomaron el sarcófago y lo llevaron a hombros hasta el centro del patio. Enseguida se inició el lento desfile de criados y soldados por delante del ataúd. Si unas manos indiscretas hubieran tanteado las finas grietas que rodeaban el panel en el que estaba grabada la inscripción latina, hubieran notado que sus bordes se mantenían en su sitio gracias a una fina capa de ungüento ocular, tras haber colocado de nuevo en su lugar y alisado a toda prisa los granos de la argamasa de piedra pulverizada.

Sin embargo, ninguna mirada reparó en semejantes detalles, pues todos los ojos estaban clavados en la figura que yacía en el interior del sarcófago. Fernán Vasca, conde de Tembleque, yacía en todo su caballeresco esplendor, con sus manos de soldado cruzadas serenamente sobre el pecho. Iba vestido en toda la gloria de su armadura. La hermosa espada forjada por Paco Parmiento descansaba a un lado de su cuerpo, y el yelmo al otro. El sol del mediodía iluminó con sus ardientes rayos el bruñido acero de tal forma que el conde semejaba un santo dormido, envuelto por un celestial resplandor.

El sol de principios de primavera era muy fuerte y la armadura absorbía el calor cual si fuera una marmita. Sobre los adoquines del patio se habían esparcido unas hierbas aromáticas que los presentes aplastaban con sus pies al pasar por delante del sarcófago, pero el olor de la muerte no tardó en dejarse sentir. María del Mar tenía previsto que el cadáver permaneciera varios días de cuerpo presente en el patio para que el pueblo menudo de la campiña de los alrededores acudiera a despedirse de su señor, pero enseguida se dio cuenta de que tal cosa no sería posible.

Se había cavado una tumba en un rincón del patio, al lado de las tumbas de tres condes anteriores de la comarca. Un pequeño ejército de hombres trasladó el pesado sarcófago hasta el borde de la fosa, pero, en el momento en que estaban a punto de cerrarlo, la condesa María del Mar les ordenó en voz baja que se detuvieran.

Regresó a toda prisa al interior del castillo y salió momentos después con una sola rosa de largo tallo que colocó entre las manos de su difunto esposo.

Yonah se encontraba a unos ocho pasos de distancia. Sólo cuando los soldados volvieron a levantar la tapa y ya habían empezado a colocarla en su sitio se le ocurrió una idea que lo indujo a contemplar la flor.

Parecía una simple rosa. Pero tal vez la más bella que él jamás hubiera visto.

Yonah no pudo reprimir el impulso de adelantarse hacia el sarcófago, pero demasiado pronto la pesada losa de piedra se posó sobre la inscripción latina, el caballero muerto y la rosa de oro con el tallo de plata.

45

Las partidas

A la mañana siguiente María del Mar Cano se le acercó mientras él estaba llenando las alforjas. Se había vestido de luto con unas prendas negras de viaje. El velo negro del tocado ocultaba la pequeña cicatriz de su mejilla, cuyos puntos él le había quitado unos días atrás.

—Regreso a mi casa. Mi padre enviará a uno de sus servidores para que se encargue de los asuntos relacionados con la propiedad y la herencia. ¿Querréis acompañarme a Madrid, señor médico?

—No puedo, condesa. Mi esposa me espera en Zaragoza.

—Ah —dijo tristemente la condesa. Pero enseguida sonrió—. En tal caso, tenéis que ir a visitarme algún día cuando necesitéis un cambio. Mi padre querrá recompensaros generosamente. Daniel Tapia me hubiera podido causar un gran daño.

Yonah tardó un momento en percatarse de que la condesa pensaba que él había matado a un hombre por haberla golpeado.

—Estáis confundida acerca de lo ocurrido.

Ella levantó el velo que le cubría el rostro y se inclinó hacia delante.

—No estoy confundida. Tenéis que ir a Madrid, pues yo también os quiero recompensar generosamente —le dijo, y le estampó un beso en la boca.

Yonah se sintió dolido y enojado.

Estaba claro que su padre, ¡o cualquier otra persona que la oyera!, pensaría que el médico de Zaragoza había utilizado veneno para matar. Y él no quería que semejante idea corriera de boca en boca.

María del Mar Cano era joven y hubiera sido una tentación para los hombres aunque hubiera sido vieja, pero su presencia en Madrid sería suficiente para que él jamás se acercara por allí.

Para cuando terminó de llenar las alforjas, ya estaba de mejor humor. Miró a través de la ventana, vio a la condesa de Tembleque cruzando la puerta del castillo, y se alegró muy a pesar suyo al observar que la dama estaría muy bien protegida durante su viaje a Madrid, pues había elegido como acompañante a un fornido miembro de la guardia.

Se despidió de los dos clérigos en el patio. El padre Sebas llevaba una bolsa en la espalda y un largo bastón en la mano.

—La cuestión de los honorarios... —le dijo Yonah al padre Guzmán.

—Ah, los honorarios. Como es natural, no os los podrán pagar hasta que se establezcan los detalles de la herencia. Ya os los enviarán.

—He visto que, entre las pertenencias del conde, figuran diez copas de plata. Quisiera que fueran mis honorarios.

El clérigo mayordomo se escandalizó.

—El valor de diez copas de plata es muy superior a los honorarios de un fracaso —dijo secamente. «No conseguisteis salvarle la vida», le dijeron sus ojos—. Llevaos cuatro, si tanto os interesan.

—Fray Francisco Espina me dijo que me recompensarían muy bien.

El padre Guzmán sabía por experiencia que era mejor que los funcionarios diocesanos no metieran las manos en los asuntos.

—Seis entonces —dijo, comportándose como un severo mayordomo.

—Me las llevaré si puedo comprar las otras cuatro. Dos están dañadas.

El mayordomo le propuso un precio exagerado, pero las copas valían para Yonah mucho más que todo el dinero del mundo, por lo que éste aceptó de inmediato, tras una breve resistencia inicial.

El padre Sebas lo había escuchado todo con una leve sonrisa en los labios. Luego se despidió y, levantando la mano para impartir una última bendición a los guardias, cruzó la puerta del castillo sabiendo que su destino era el ancho mundo.

Una hora más tarde, cuando estaba a punto de cruzar aquella misma puerta, Yonah se vio obligado a detenerse.

—Disculpadme, señor. Tenemos orden de registrar vuestras pertenencias —le dijo el sargento de la guardia.

Sacaron todo lo que él había guardado con tanto esmero, pero consiguió reprimir su enojo, aunque se notó un nudo en el estómago.

—Tengo el recibo de las copas —dijo.

Al final, el sargento asintió con la cabeza y él apartó a *Hermana* a un lado y volvió a guardar sus pertenencias en las alforjas. Después montó de nuevo en su cabalgadura y se alegró de poder dejar el castillo de Tembleque a su espalda.

Se reunieron en Toledo, delante del edificio de la administración diocesana.

—¿No ha habido ninguna dificultad?

—No —contestó el padre Sebastián—. Un carretero que me conocía se detuvo y me llevó en su carro vacío. He viajado hasta aquí como el Papa.

Entraron en el edificio, se identificaron y se sentaron juntos en un banco sin decir nada, hasta que el fraile de la entrada se les acercó para comunicarles que el padre Espina ya podía recibirles en privado.

Yonah sabía que el padre Espina se sorprendía de verlos juntos.

—Os quiero contar una historia —dijo el padre Sebastián en cuanto se sentaron.

—Os escucho.

El canoso anciano habló de un joven sacerdote dominado por la ambición que, a través de sus importantes relaciones familiares, había pedido una reliquia capaz de convertirlo en el abad de un gran monasterio. Habló de intrigas, robos y asesinatos. Y de un médico de Toledo que había muerto en la hoguera por haber rechazado la petición de un sacerdote de su nueva fe.

—Era vuestro progenitor, padre Espina.

El padre Sebastián añadió que se había pasado sus largos años de vida errante, tratando de averiguar el paradero de las reliquias robadas.

—La mayoría de la gente se encogía de hombros. Era muy difícil obtener información, pero recogí una palabra por aquí y otra por allá y todos los indicios me señalaban al conde Fernán Vasca. Así pues, adquirí la costumbre de ir con frecuencia al castillo de Tembleque hasta que la gente de allí se acostumbró a verme. Mantenía los ojos bien abiertos y los oídos atentos, pero sólo este año Dios ha tenido a bien reunirme con este médico en aquel castillo, por lo cual le doy infinitas gracias.

El padre Espina escuchó con un arrobado interés que no tardó en convertirse en asombro cuando el padre Sebastián sacó un objeto de su bolsa y lo desenvolvió con sumo cuidado. Los tres hombres contemplaron en silencio el relicario. La plata estaba ennegrecida, pero el oro brillaba en toda su pureza y, debajo de la suciedad, las figuras sagradas y los adornos de frutos y plantas llamaban la atención por su belleza.

—Dios guió las manos del que lo hizo —dijo el padre Espina.

—En efecto —asintió el padre Sebastián.

Levantaron la tapa del ciborio y contemplaron la reliquia que contenía. Ambos clérigos se santiguaron.

—Llenaos los ojos con esta visión —dijo el padre Sebastián—, pues tanto la reliquia de santa Ana como el relicario se tendrán que enviar a Roma cuanto antes, dado que nuestros amigos de la curia papal tardan mucho en confirmar la autenticidad de una reliquia robada cuando ésta se recupera. Puede que nosotros no vivamos para verlo.

—Pero ocurrirá —aseguró el padre Espina—, y será gracias a vosotros dos. La leyenda de la reliquia de santa Ana robada en Toledo se conoce en todas partes y vosotros seréis alabados como los héroes de su recuperación.

—Hace poco me dijisteis que, si alguna vez necesitaba vuestra ayuda, no tenía más que pedirla —dijo Yonah—. Ahora os la pido. No quiero que se mencione mi nombre en relación con este asunto.

El padre Espina, desconcertado por aquel inesperado sesgo de los acontecimientos, miró a Yonah en silencio.

—¿Qué pensáis de la petición del señor Toledano? —le preguntó al padre Sebastián.

—La apoyo totalmente —contestó el anciano sacerdote—. He tenido ocasión de conocer su bondad. En tiempos extraños y difíciles, el anonimato puede ser a veces una bendición, incluso para un hombre bueno.

Al final, el padre Espina asintió con la cabeza.

—Sé que hubo un tiempo en que mi propio padre hubiera formulado esta petición. Cualesquiera que sean vuestras razones, yo no os causaré dolor. Pero ¿hay alguna cosa en la que yo os pueda ayudar?

—No, padre. Os doy las gracias.

El padre Espina se volvió hacia el padre Sebastián.

—Vos, por lo menos, tendréis que estar dispuesto a declarar como sacerdote lo que ocurrió en el castillo de Tembleque —le dijo—. ¿Me permitís que os busque una tarea más fácil que la de vagar entre los pobres, mendigando para comer?

Pero el padre Sebastián deseaba seguir siendo un fraile mendicante.

—Santa Ana cambió mi vida y mi vocación y me llevó

a un sacerdocio que yo no había imaginado. Pido vuestra ayuda para que sólo se me mencione justo lo necesario, de tal forma que pueda seguir ejerciendo mi ministerio sacerdotal.

El padre Espina asintió con un gesto.

—Tenéis que escribir un informe acerca de la forma en que se recuperaron estos objetos. El obispo Enrique Sagasta me conoce y confía en mí no sólo como hombre, sino también como sacerdote. Espero poder convencerle de que envíe los valiosos objetos a Roma, señalando que han sido recuperados por el Santo Oficio de la Sede de Toledo en el castillo de Tembleque a la muerte del conde Fernán Vasca, de quien era notoria su condición de comerciante de reliquias. La antigua basílica de Constantino en Roma ha sido arrasada, y sobre la tumba de san Pedro se va a levantar un gran templo. El obispo Sagasta desea trasladarse a la curia papal y yo deseo trasladarme allí con él. —El clérigo esbozó una sonrisa—. El hecho de que se le reconozcan los méritos de la recuperación de la reliquia de santa Ana y de este precioso relicario no dañará la fama de que goza el obispo como historiador eclesiástico.

Una vez en la calle delante del edificio de la diócesis, ambos hombres se miraron a los ojos.

—¿Sabéis quién soy?

El padre Sebastián cubrió con su encallecida mano la boca de Yonah.

—No quiero oír el nombre. —Pero miró a Yonah a los ojos—. He observado que vuestros rasgos se parecen a los del bondadoso rostro de un hombre a quien yo conocí en otros tiempos, un hombre honrado extremadamente hábil en su arte.

Yonah esbozó una sonrisa.

—Adiós, padre.

Ambos se abrazaron.

—Id con Dios, hijo mío.

Yonah vio alejarse a Sebastián Álvarez por la abarrotada calle de la ciudad, con su larga melena de cabello blanco y su alto bastón de fraile mendicante.

Cabalgó hasta las afueras de Toledo para dirigirse al campo que antaño fuera el cementerio judío. Las cabras y ovejas llevaban mucho tiempo sin pisar aquel lugar; la verde hierba cubría todos los huesos judíos y Yonah dejó que su yegua rozara un rato mientras pronunciaba el *kaddish* por su madre y por Meir y por todos los que descansaban allí. Después montó de nuevo en su cabalgadura y regresó a Toledo, recorriendo las calles en las que había transcurrido los días más felices e inocentes de su vida para subir por el empinado camino del peñasco que se elevaba sobre el río.

Los leñadores se habían adueñado de la sinagoga, por lo menos de momento.

Los haces de leña se amontonaban en las gradas frontales y a lo largo de la fachada del edificio.

Refrenó su caballo y se detuvo cuando llegó a la antigua casa y el taller de la familia Toledano.

Sigo siendo judío, *abba*, dijo en silencio.

El árbol que había crecido sobre la tumba de su padre era mucho más robusto y, en la parte posterior de la casa, sus frondosas ramas agitadas por la brisa cubrían el tejado y daban sombra.

Sentía la poderosa presencia de su padre.

Tanto si ésta era real como si era imaginaria, él experimentó un profundo deleite.

Sin palabras le contó a su padre todo lo ocurrido. No se podía recuperar a los muertos; lo perdido, perdido estaba, pero tuvo la sensación de que la cuestión del relicario ya había descrito todo el círculo y había tocado a su fin.

Le dio una palmada a *Hermana* mientras contemplaba la casa donde había muerto su madre.

Sebastián Álvarez le había dicho que se parecía a su padre. ¿Se parecería también Eleazar Toledano a su padre? Si se cruzara con él por la calle en medio de la gente, ¿habría algo en él que le haría comprender que era su hermano?

Dondequiera que mirara le parecía ver a un niño delgaducho con una cabeza muy grande.

«Yonah, ¿vamos al río?

»Yonah, ¿no puedo ir contigo?»

La repentina conciencia de un olor lo devolvió al presente; la curtiduría de cuero aún seguía allí.

Te quiero, abba.

Cuando pasó por delante de la propiedad de su vecino Marcelo Troca, vio que el viejo aún vivía y que estaba en su campo, colocándole un ronzal a un asno.

—¡Buenos días os dé Dios, señor Troca! —le gritó, tocando con los tacones los flancos de su montura.

Marcelo Troca se quedó con la mano paralizada en el cuello del asno, contemplando perplejo a la negra yegua hasta que ésta y su jinete se perdieron en la lejanía.

46

El establo

Él y el lugar hacían buena pareja. La propiedad rectangular que, en realidad, no era más que una colina alargada y baja, atravesada por un pequeño arroyo, no se parecía al Edén y tampoco se podía comparar con un castillo, pero tanto las tierras como la casa le hacían a Yonah el mismo servicio como si lo fueran.

Aquel año la primavera llegó muy temprano a Zaragoza. Los árboles frutales que él y Adriana habían podado y abonado estaban llenos de brotes cuando él volvió a casa. Adriana lo recibió entre risas y lágrimas, como si hubiera regresado de la muerte.

Se quedó asombrada al ver las copas de plata que el padre de Yonah había hecho. La negrura que las cubría era muy tenaz y resistente, pero Yonah recogió todos los excrementos que se habían acumulado en el suelo del gallinero durante el invierno y cubrió las copas con las deposiciones húmedas; después empapó un suave lienzo con los excrementos y frotó enérgicamente. Tras frotar con jabón y con unos paños secos, las copas quedaron tan brillantes como la armadura del conde Vasca. Adriana las colocó en una mesita, para que las iluminara el reflejo de las llamas de la chimenea, y volvió hacia la pared las partes dañadas de las dos copas arañadas y abolladas.

En el olivar que había cerca de la cumbre de la colina, los

árboles estaban llenos de aceitunas duras y verdes, y Adriana tenía intención de prensarlas para hacer aceite cuando estuvieran maduras. Durante la ausencia de Yonah, había comprado unas cuantas cabras para formar un pequeño rebaño. Aunque el vendedor le había asegurado que tres hembras habían sido fecundadas, sólo una de ellas parecía preñada. Pero a Adriana le daba igual, pues, al llegar la última semana del verano, supo con toda certeza que estaba embarazada. Yonah se alegró y Adriana se sumió en un sereno éxtasis.

Sin embargo, la inminencia de la llegada del hijo los obligó a introducir algunos cambios.

A principios de otoño Reyna y Álvaro los visitaron y, mientras las mujeres charlaban tomando un vaso de vino, los hombres subieron a la cumbre de la colina para calcular las dimensiones de un nuevo establo.

Álvaro se rascó la cabeza cuando vio lo que Yonah quería.

—¿Vais a necesitar un establo tan grande, Ramón?

Yonah sacudió la cabeza sonriendo.

—Si lo construimos, mejor que sea grande —dijo.

Álvaro había construido varias casas y Yonah lo contrató para que erigiera las paredes exteriores de un establo con una techumbre de tejas a juego con la casa. Álvaro y Lope, su joven ayudante, se pasaron todo el otoño y el invierno recogiendo piedras y transportándolas a la cumbre de la colina con un carro tirado por bueyes.

Adriana dio a luz en marzo, estuvo de parto toda una larga y ventosa noche, y alumbró a la criatura en las primeras luces de un frío amanecer. Yonah recibió al varón en sus manos y, mientras el niño abría la boca y lanzaba un grito, le besó la suave y arrebolada piel de la mejilla y sintió que su última soledad se esfumaba como por arte de ensalmo.

—Es Helkias Callicó —dijo Adriana y, cuando Yonah depositó en sus brazos a la criatura envuelta en pañales, añadió unas palabras que jamás pronunciaban, ni siquiera en sus momentos de mayor intimidad—. Hijo de Yonah Toledano.

Al llegar la primavera, Álvaro y Lope cavaron una somera zanja siguiendo las indicaciones de Yonah y echaron los cimientos. Mientras las paredes empezaban a levantarse gracias a su esfuerzo, Yonah decidió echarles una mano, dedicando todos los momentos libres que le dejaban sus pacientes. Aprendió a elegir y ensamblar cuidadosamente las piedras y a equilibrarlas las unas encima de las otras para que su tensión diera firmeza a la pared. Aprendió incluso a mezclar el mortero con pizarra pulverizada y arcilla, arena, piedra caliza y agua para formar una especie de cemento. A Álvaro le hacían gracia sus preguntas y su entusiasmo.

—Ya veo que queréis dejar de ser médico y preferís trabajar en mi oficio —le dijo, pero ambos disfrutaban de la experiencia del esfuerzo en común.

El establo quedó terminado la primera semana de junio. En cuanto Álvaro y Lope cobraron el precio acordado y se fueron, Yonah empezó a trabajar en solitario durante las horas más frescas del día, recogiendo los materiales adicionales a primera hora de la mañana y antes del anochecer. Se pasó todo el verano y el otoño cargando rocas y piedras en su carretilla y descargándolas en el establo.

En noviembre ya pudo utilizar las piedras. Trazó una línea que dividía el espacio en dos y empezó a construir un tabique de piedra, paralelo a la pared exterior de la parte de atrás.

En el rincón más oscuro del establo abrió una puerta baja y estrecha a través de la pared nueva y construyó alrededor de la puerta un depósito de troncos de pino. Después dividió el depósito. En la parte anterior almacenó leña para el fuego mientras que en la parte más cercana a la pared colocó una trampilla a escasa profundidad. La trampa le permitía acceder al cuarto secreto que, cuando no se utilizaba, se podía ocultar por completo, amontonando más leña.

En el alargado y estrecho espacio que separaba las paredes colocó una mesa, dos sillas y todas las manifestaciones externas de su condición de judío: la copa del *kiddush*, las velas del *Sabbath*, los dos libros de medicina en hebreo y algunas páginas garabateadas de todas las bendiciones, los modismos y las leyendas que recordaba.

Una vez finalizada la construcción del establo, la noche del viernes subió a la cumbre de la colina con Adriana y su hijo, y se situó cerca del sepulcro de Nuño. Juntos escudriñaron la creciente oscuridad del cielo hasta que distinguieron el blanco resplandor de las tres primeras estrellas.

Previamente había encendido una lámpara en el establo para no tener que hacerlo después del comienzo del *Sabbath* y, bajo su luz, retiró la leña y abrió la trampa. Entró primero y tomó el niño que Adriana llevaba en brazos, agachándose para cruzar la pequeña puerta y entrar en el oscuro espacio del otro lado. Al poco Adriana se unió a ellos con la lámpara.

Fue una ceremonia muy sencilla. Adriana encendió las velas y ambos pronunciaron la bendición juntos, dando la bienvenida a la Reina del *Sabbath*. Después Yonah entonó la *shema*: «Escucha, Israel, el Señor nuestro Dios, el Señor es Uno.»

Fue la única liturgia que celebraron.

—Buen *Sabbath* —dijo Yonah, y besó a su esposa.

—Buen *Sabbath*, Ramón.

Ambos permanecieron sentados en el recóndito lugar.

—Que veas la luz —le dijo Yonah al niño.

Él no era Abraham y el chiquillo no era Isaac, y tampoco tenía que convertirse en mártir en una hoguera de la Inquisición, cual si fuera una ofrenda a Dios.

Aquélla sería la única vez que Helkias viera aquella estancia secreta hasta que pudiera pensar como un hombre adulto.

El carácter judío de Yonah viviría en su alma, donde nadie lo podría molestar, y él acudiría allí y visitaría sus objetos siempre que no hubiera peligro. Si viviera lo bastante como para ver a sus hijos alcanzar la edad de la razón, acompañaría a cada uno de ellos a aquel lugar secreto.

Encendería las velas y entonaría oraciones desconocidas, tratando de ayudar a la siguiente generación de la familia

Callicó a comprender lo que había ocurrido en el pasado. Contaría las historias de unos abuelos y unos tíos a los que el niño jamás conocería, de un hombre cuyas manos y cuya mente creaban belleza con el metal, de unos espléndidos objetos sagrados, de una rosa de oro con tallo de plata. Historias de tiempos mejores, de una familia desaparecida y de un mundo ya perdido. Tras lo cual, él y Adriana pensaron que todo dependería de Dios.

EPÍLOGO

1 DE SEPTIEMBRE DEL AÑO 2000

Ambas mujeres habían acordado reunirse en el aeropuerto de Francfort, Elizabeth Spencer procedente de Nueva York por la American y Rosalyn Toledano desde Boston por la Lufthansa, y después se habían trasladado en un vuelo de Iberia a Barcelona, donde se habían hospedado en un hotel del barrio Gótico. Disponían de ocho días, muy poco tiempo a su juicio, pero eran unas íntimas amigas cuyos caminos se habían separado, y querían aprovechar aquella oportunidad para estar juntas.

Formaban una pareja muy curiosa: Betty ágil y rubia; Rosalyn más alta y morena, y lo bastante bronceada como para recibir una lección sobre el cáncer de piel por parte de Betty, que era estudiante de medicina. Eran amigas desde que habían compartido habitación cuando ambas estudiaban en la Universidad de Michigan.

Procuraron aprovechar al máximo los ocho días de que disponían. Decidieron pasar tres días en Barcelona y otros tantos en Madrid, más dos días intermedios en Zaragoza, ciudad a medio camino entre las otras dos. Acordaron no llenar sus vacaciones con excesivas visitas, pero tomaron un taxi para dirigirse al parque Güell, donde admiraron el genio arquitectónico de Antonio Gaudí; después se sentaron a charlar a la sombra en un banco mientras en una cercana fuente los dragones de Gaudí escupían agua. Pasaron la tarde en el museo Picasso y por la noche tomaron una cena ligera en un bar de tapas y se mezclaron con los paseantes de las Ramblas, haciendo una parada para tomar un café con pastas y deteniéndose a cada pocos minutos ante los artistas y los músicos callejeros.

Regresaron muy tarde al hotel. Tras haberse duchado, se sentaron en pijama cada una en su cama para seguir charlando.

Faltaban cuatro semanas para que Betty empezara su cuarto año de estudios en la Albert Einstein Medical School de Nueva York, el año de prácticas, y la joven estaba preocupada y emocionada.

—Tengo mucho miedo, Roz. Tengo miedo de cometer un error y matar a alguien.

—Estoy segura de que los mejores estudiantes de medicina piensan lo mismo —dijo Rosalyn—. Vas a ser una médica fabulosa, Betts.

Rosalyn se había licenciado en derecho en la Universidad de Boston en junio, pocos días antes de que su novio Bill Steinberg se doctorara en la Tufts y obtuviera un empleo como instructor de botánica en la Universidad de Massachusetts. Ambos vivían juntos en Cambridge y pensaban casarse en noviembre. Ella se había presentado al examen del colegio de abogados en julio y, mientras esperaba el resultado, trabajaba en un importante bufete jurídico de Boston. El bufete acababa de ofrecerle un empleo permanente, pero ella había trabajado allí el tiempo suficiente como para observar que las firmas de mayor prestigio esperaban que sus abogados trabajaran sin descanso setenta y cinco horas semanales o más, y se le antojaba que semejante programa sería desastroso para unos recién casados, por cuyo motivo había rechazado la oferta. El hecho de rechazar aquel trabajo la había puesto nerviosa y estaba preocupada por su inminente boda.

Rosalyn y Betty habían viajado a España para hablar; cuando echaron un vistazo al reloj, se dieron cuenta de que ya eran las tres de la madrugada.

—Procuremos no perdernos de vista, ¿eh? Tenemos que seguir en contacto aunque tengamos montones de hijos y nos convirtamos en unas lumbreras en nuestras profesiones.

—De acuerdo.

—¿Me lo prometes?

—Te lo prometo... y ahora, duérmete ya de una vez, mujer.

Pasaron otros diez minutos y entonces fue Rosalyn la que habló.

—¿Unas lumbreras?

La mañana del cuarto día tomaron un vuelo de primera hora de la Aviaco a Zaragoza. Mientras se registraban en el hotel, prepararon su programa de visitas del día: un palacio moro del siglo XI y montones de obras de Goya.

En la plaza de España, Rosalyn dijo que tenía que hacer unas compras.

—En realidad, es una ofrenda de paz para mi perversa abuela.

—¿Os habéis peleado? Siempre me decías que era una mujer extraordinaria.

—Sí, pero mi Nona es un poco difícil algunas veces. Ni siquiera ha querido conocer a Bill porque sus padres son judíos ashkenazis y no sefarditas. Me ha echado un rapapolvo que no veas. Dice que no se puede esperar nada bueno de un matrimonio interracial.

—Qué barbaridad. ¿Qué hubiera dicho si hubieras seguido con Sonny Napoli?

—Jamás presenté a Sonny Napoli a mi familia —contestó modestamente Rosalyn y ambas se echaron a reír.

—¿Dónde encontraste a Bill Steinberg? Debe de ser el único chico bueno que queda.

—Él sabe hacerme feliz, Betts. Y es un buen chico, de verdad. A él le gustaría una boda sencilla, con sólo los amigos más íntimos, pero aceptará la gran fiesta y la ceremonia sefardita. Cuando le dije que tendrían que sostener sobre nuestras cabezas su chal de oración, una especie de dosel nupcial dentro del dosel nupcial, dijo que tendría que comprarse un chal de oración. Ya verás cuando Nona se dé cuenta de que es un chal nuevo a estrenar.

»Harold y Judith, los padres de Bill, son tan buenos y pacientes como él. Mis padres los invitaron al *seder* de la Pascua judía para que conocieran al clan. Pensaron que prepararíamos sopa de pollo y *kugel* de patatas, pero, en su lugar, se encontraron con tortilla de patatas y casi cuarenta miembros de las familias Toledano y Raphael. Mi Nona les contó en voz baja que uno de sus antepasados de la familia Raphael había ayudado a levantar la sinagoga española y portuguesa de Nueva Amsterdam en 1654. Entonces Harold Steinberg le contestó, también en voz baja, que en 1919 su abuelo había sido el primer hombre de Pinks que había utilizado una máquina de coser en una fábrica de zapatos de Lowell, Massachusetts.

—Ya, pero aquello fue en 1654 —dijo Betty—. Hasta mi abuela yanqui Spencer hubiera considerado que es lícito presumir del año 1654.

—Eso fue la parte materna de la familia, los Raphael. Por parte de mi padre, su primer antepasado no llegó a Estados Unidos hasta el siglo pasado, pero Nona ha logrado seguir la pista de los Toledano hasta Eleazar Toledano, un constructor de carros que se trasladó desde Amsterdam a La Haya en 1529.

—Dios bendito, Roz. ¿Y cómo es posible que nunca me hablaras de esa gente?

Rosalyn se encogió de hombros.

—Creo que no tengo ocasión de pensar en ellos muy a menudo.

Al poco rato llegaron a una tiendecita con un sencillo rótulo que decía Antigüedades Salazar, y decidieron entrar.

—Por lo menos, aquí habrá un poco de sombra —bufó Betty.

Pero, una vez dentro, comprobaron que las antigüedades eran muy curiosas e interesantes.

—¿Buscan algo en particular? —les preguntó el propietario que dijo llamarse Pedro Salazar.

Era un anciano calvo vestido con traje negro, camisa blanca y una corbata roja estampada un tanto incongruente que le confería un aspecto casi de truhán.

—Estoy buscando un regalo para mi abuela —contestó Rosalyn.

—Ah, su abuela... bueno pues, tenemos muchas cosas. Por favor, eche un vistazo.

Los objetos eran muy bonitos, pero lo que más abundaba eran los muebles. Rosalyn no vio nada que pudiera regalarle a su abuela hasta que llegó a una bandeja de lata esmaltada con un juego de grandes copas de plata. Las copas estaban muy brillantes.

—¿Qué te parece? —preguntó, tomando una de las copas.

—Creo que a tu abuela le encantarían unos objetos de plata española antigua —contestó Betty.

Al ver su interés, el señor Salazar se acercó a ellas. Pero cuando le preguntó el precio de las copas y él se lo dijo, Rosalyn tardó un momento en traducir las pesetas en dólares e hizo una mueca.

—Demasiado —dijo.

El señor Salazar esbozó una sonrisa.

—Pertenecían a un amigo mío de toda la vida que falleció en abril. Era Enrique Callicó, un caballero muy conocido, casi el último representante de una excelente familia de Zaragoza. Su padre murió en la guerra civil, durante la batalla de Madrid. Sólo queda Manuel, su hermano menor, que ahora es un anciano monseñor del Vaticano, en Roma. He vendido muchos objetos antiguos de la testamentaría Callicó.

—No sé... —Rosalyn examinó varias de las copas—. ¿Han perdido el color por la parte de abajo?

—No, señorita, las bases son de electro, una mezcla de plata y oro.

—Hay unas iniciales debajo, HT. ¿Sabe algo del platero que las hizo?

El anticuario sacudió la cabeza.

—Lo siento. Sólo sé que son unas copas muy hermosas y muy antiguas. Han pertenecido a la familia Callicó durante muchas generaciones.

—Mmmm. Dos de ellas están muy abolladas y arañadas... Y sólo hay diez. ¿Es el juego completo?

—Yo sólo tengo estas diez. Quizá le podría rebajar un poco el precio.

—No sé... —dijo Rosalyn al final—. No es sólo por el precio. Mi abuela ya es muy vieja y muchas veces la he oído quejarse de que a la plata hay que sacarle constantemente brillo.

—Sí, la plata necesita muchos cuidados —convino el anticuario.

—Roz, ven aquí —dijo Betty—. ¿No te gusta este pequeño escritorio?

El mueble era precioso.

—¿Es de roble? —preguntó Rosalyn.

—En efecto.

—¿En qué parte de España se hizo?

—En realidad, señorita, es inglés. Es de finales del siglo XVIII y pertenece al estilo Chippendale. También forma parte de la testamentaría Callicó —explicó el anticuario con una sonrisa—. Yo estaba precisamente en Londres con Enrique Callicó cuando él compró este escritorio. Poco después lo nombraron... magistrado. ¿Cómo lo llaman ustedes?

—Juez —dijo Betty.

—Sí, fue un famoso y distinguido juez. Y en este escritorio firmó muchos documentos importantes.

—Me lo quedo.

—Roz. ¿Estás segura? —dijo Betty.

—Sí. Le arrancará un mordisco tremendo a mi cuenta bancaria y Bill pensará que me he vuelto loca, pero lo quiero. ¿Cómo lo enviarán? —le preguntó Rosalyn al señor Salazar.

—Haremos una caja de madera de tamaño apropiado. Se puede enviar despacio por barco o, por un poco más de dinero, más rápido por avión.

—Más rápido por avión —dijo temerariamente Rosalyn. Anotó una dirección y le entregó al anticuario su tarjeta de crédito—. Voy a trabajar como abogada. Quién sabe, puede que algún día yo también sea magistrada.

El señor Salazar contempló la tarjeta sonriendo.

—¿Por qué no, señorita Toledano?

—¿Por qué no, en efecto? Siempre que firme en este escritorio un documento importante, pensaré en su amigo, el señor...

—El señor Callicó.

—Sí, el señor Callicó.

—Me encanta la idea, señorita Toledano —dijo el anticuario mientras ella firmaba el resguardo de la venta y él le devolvía la tarjeta de crédito.

—Gracias por su paciencia, señor.

—De nada, a mandar —contestó el anticuario, inclinando levemente la cabeza.

Cuando las dos americanas se fueron, el anciano tomó un suave paño y empezó a sacar brillo a las copas. Procuró eliminar todas las huellas de los dedos para que las copas ofrecieran un aspecto impecable antes de volver a depositarlas en la bandeja, colocando las dos piezas dañadas con las abolladuras y los arañazos de cara a la pared.

Glosario

ab es el undécimo mes del año civil (el quinto mes del año gregoriano) del calendario judío. Los meses son adar, nisan, iyar, given, tammuz, ab, elul, tishri, heshvan, kislev, tebet y shebat.

amidah es una oración inicialmente integrada por dieciocho bendiciones, a las cuales se añadió más adelante una decimonovena. Puede contener entre siete y nueve berachot. Es la oración central de las tres que se rezan diariamente y se recita de pie.

anusim significa «el forzado» en hebreo. Es un término que los judíos aplicaban a sus correligionarios obligados a convertirse al catolicismo.

berachot es el primer tratado del talmud, también unas oraciones de acción de gracias y bendiciones a Dios, ofrecidas sobre los alimentos o el vino. Las plegarias se atribuyen a los eruditos de la Gran Asamblea, h. 400-300 a. C.

filacterias (*tefillin* en hebreo) son dos cajas negras de cuero que contienen pasajes de las Sagradas Escrituras. Se atan con unas correas negras de cuero a la mano izquierda y a la frente en las oraciones de todos los días del año menos el *sabbath* y las fiestas de guardar.

filisteos eran los enemigos tradicionales de los judíos.

kaddish es una oración por los difuntos en la que se santifica el nombre de Dios.

kiddush es una oración que se canta en casa o en la sinagoga durante el sabbath o bien para guardar una fiesta.

kosher o kasher son palabras que se utilizan para indicar que las casas, los utensilios, los alimentos y la forma en que se preparan los alimentos están limpios y son ritualmente correctos.

leviatanes eran unos animales o monstruos marinos reales o imaginarios, representados en la Biblia y en la literatura talmúdica como enemigos sobrenaturales de Dios.

maimónides o Moisés ben Maimón (conocido en la literatura rabínica como «Ramban», acrónimo de Rabí Moisés ben Maimón, 1135-1204), una de las más grandes figuras judías de todos los tiempos, autoridad rabínica, filósofo y médico real del sultán Saladino. A pesar de que escribió textos de medicina y de filosofía, sus dos obras más importantes fueron unos libros religiosos, el *Mishneh Torah* (Repetición de la Ley) y la *Guía de descarriados* o *de perplejos*.

matzos es el pan ácimo que se come durante la fiesta de la pascua judía para conmemorar el pan sin levadura que los israelitas cocieron a toda prisa cuando Moisés los guió en su huida de Egipto.

mazal tov es una felicitación que expresa literalmente un deseo de buena suerte.

mezuzah es el estuche alargado donde se guarda un pergamino que contiene dos pasajes de la shema. Se cuelga en la parte superior de la jamba derecha de las casas judías.

minyan es el quorum de diez judíos (de trece años o más) necesario para que se pueda rezar una oración en público.

mitzvah es un mandamiento religioso. A veces, la palabra se utiliza para designar una acción ética o una buena obra. El Bar Mitzvah es el día en que un muchacho de trece años o más es conducido delante de la Torá y aceptado en la comunidad de los adultos.

onán es un personaje bíblico castigado por Dios por derramar su semilla (masturbarse) y evitar de este modo la procreación.

pascua judía (en hebreo *Pesach*) es la fiesta que conmemora el éxodo de Egipto y la liberación de la esclavitud. Empieza con una cena, o seder, el decimoquinto día del mes de nisan, y dura ocho días.

piyyutim son unos poemas de carácter religioso que se intercalan en el servicio tradicional de la sinagoga.

sabbath, el sábado judío, es el día de descanso que empieza con la puesta del sol de viernes y termina con la puesta del sol del sábado. Su comienzo se marca encendiendo tres velas o tres lámparas de aceite.

saulo de tarso era el nombre inicial del tendero que se convirtió en el apóstol san Pablo.

selihah (perdón en hebreo) es una oración por el perdón de los pecados.

shema está integrada por tres partes del Pentateuco, pero, por regla general, la palabra se utiliza para referirse al primer versículo: «Escucha, oh, Israel, el Señor Nuestro Dios, el Señor es el único.»

succoth o Fiesta de los Tabernáculos conmemora los cuarenta años que pasaron las tribus de Israel en el desierto.

talmud significa literalmente en hebreo «aprendizaje», pero la palabra se utiliza para designar toda la tradición oral judía integrada por los comentarios de numerosos rabinos y sabios.

torá significa literalmente en hebreo «enseñanza», pero la palabra se utiliza para designar el libro del Pentateuco de la Biblia.

yom kippur, Día de la Expiación, es la jornada más solemne del año judío, dedicado al arrepentimiento, la plegaria y el ayuno.

yotzeroth son una serie de piyyutim insertados en las oraciones que preceden y siguen a la *shema* de las devociones de la mañana.

zulat es un canto que sigue a la *shema*.

Índice

TERCERA PARTE
EL PEÓN
Castilla, 30 de agosto de 1492

CUARTA PARTE
EL PASTOR
Sierra Morena, 11 de noviembre de 1495

QUINTA PARTE
EL ARMERO DE GIBRALTAR
Andalucía, 12 de abril de 1496